课程思政特色教材

中国古代文学作品

精选导读

高日晖◎主　编

孙惠欣　李　丽　姚海斌◎副主编

暨南大学出版社
JINAN UNIVERSITY PRESS

中国·广州

图书在版编目（CIP）数据

中国古代文学作品精选导读 / 高日晖主编；孙惠欣，李丽，姚海斌副主编. -- 广州 ：暨南大学出版社，2024.12. -- （课程思政特色教材）.

ISBN 978-7-5668-4021-9

Ⅰ. I212.01

中国国家版本馆 CIP 数据核字第 20242UM687 号

中国古代文学作品精选导读

ZHONGGUO GUDAI WENXUE ZUOPIN JINGXUAN DAODU

主　编：高日晖

副主编：孙惠欣　李　丽　姚海斌

出 版 人：阳　翼

策划编辑：杜小陆　潘江曼

责任编辑：曾小利

责任校对：刘舜怡

责任印制：周一丹　郑玉婷

出版发行：暨南大学出版社（511434）

电　　话：总编室（8620）31105261

　　　　　营销部（8620）37331682　37331689

传　　真：（8620）31105289（办公室）　37331684（营销部）

网　　址：http：//www. jnupress. com

排　　版：广州良弓广告有限公司

印　　刷：佛山市浩文彩色印刷有限公司

开　　本：787mm×1092mm　1/16

印　　张：22

字　　数：368 千

版　　次：2024 年 12 月第 1 版

印　　次：2024 年 12 月第 1 次

定　　价：69. 80 元

（暨大版图书如有印装质量问题，请与出版社总编室联系调换）

前　言

　　中国古代文学作品选教材有很多，朱东润先生主编的《中国历代文学作品选》当是出版较早且在较长时间内被选用最广的作品选教材。如果说自1949年以来，游国恩先生主编的《中国文学史》是文学史教材的经典之作的话，那么朱东润先生主编的《中国历代文学作品选》就是作品选教材中的经典。自袁行霈先生主编的《中国文学史》教材出版后，游国恩先生的教材逐渐退出高校的基本教材之列，变成了参考书，但朱东润先生的教材仍然是许多高校的选择。此外，袁世硕先生主编的《中国古代文学作品选》和郁贤皓先生主编的《中国古代文学作品选》选用的高校也较多。朱东润先生之后，诸多作品选教材的体例设置基本上参考了《中国历代文学作品选》，按文学史和朝代分期，每一时期再按照文体分类，每一部作品前有作家介绍和作品解题，作品正文后附有注释，也有的作品选将解题改为导读，有的附思考题。各作品选教材体例上的差异不大，选文的标准也基本相同，即所谓代表作品或经典作品。所谓代表作品或经典作品包含三个方面的意思：一是某一阶段的代表作；二是某一文体的代表作；三是某一作家的代表作。同时，代表作品首先要具备较高的思想和艺术价值，其次是经过历代读者检验的公认的好作品，经典不是个别人评价出来的，而是读者的共识。应该说，所有作品选教材所选择的作品，几乎都是经典。作品选教材又是特殊的教材，大部分高校只开设必修课程"中国古代文学史"或"中国古代文学"，在此基础上同时开设"中国古代文学作品选"的较少，作品选课程往往以文体或作品专题的形式出现，如"先秦散文""唐宋词""明清小说""《红楼梦》研究"等，作品选教材实际上是配合文学史教学的辅助教材，所选的作品是支撑文学史的"资料"。

　　随着中国特色社会主义的发展进入新时代，发展与改革如两个车轮，推动着中国教育急速前进，教育思想、方针、目标更加明确。党的十八大报告把"立德树人"作为教育的根本任务，习近平总书记发表了一系列关于教育的思想和理论，深刻回答了"培养什么人""怎样培养人"和"为谁培养人"的问题，这是推进我国教育现代化的指导思想和行动指南。《在北京大学师生座谈会上的讲话》中，习近平总书记指出："要把立德树人内化到大学建设和管理各领域、各方面、各环节，做到以树人为核心，以立德为根本。"《在学校思想政治理论课教师座谈会上的讲话》中，习近平总书记明确指出，教育要"坚持社会主义办学方向，落实立德树人的根本任务，坚持教育为人民服务、为中国共产党治国理政服务、为巩固和发展中国特色社会主义制度服务、为改革开放和社会主义现代化建设服务"。在"大思政"教育的背景下，课程思政是高校"立德树人"根本任务的必然要求，是中国特色社会主义大学的教学特点。当下，课程思政建设如火如荼，相关的研究也在热烈地展开，但关注点基本在课堂教学环节，讨论的是如何发掘学科的思政元素；如何把思政建设融入课程教学；如何把思政教育化作水中之糖，看不见却能让人尝到甜头，达到润物无声的效果，等等。这些讨论和实践当然是非常必要的，但是，课程思政的教材问题也必须提上日程。课程思政不仅是教育改革的问题，而且是一个长期的系统工程，从系统的角度看，不能仅有理论、目标、大纲和课堂教学，而没有相关的教材。当然，教材和教学的关系是辩证的，教材建设以教学实践为前提和基础，不过，像"中国古代文学"这样比较成熟的课程，在教改进行时，完全可以同步建设教材，甚至可以按照教改的需要让"教材先行"。

这本《中国古代文学作品精选导读》就是根据课程思政改革的需要，为保证和增强课程思政的教学效果编写的，是配合经典文学作品选教材的辅助教材。作为课程思政的教材，其编写体例与经典的作品选教材不同，主要有三个特点。其一，所选作品按内容和思想分为爱国、崇德、友善、勤政、诚信、励志、勉学七篇，每篇再以诗、词、戏曲、散文、小说等文体分类，每一文体内的选文则按时代先后排序。其二，每部作品前的"导读"侧重从该篇主题的角度对作品进行分析，而不是全面的思想和艺术介绍。如《三国演义》的主题思想很复杂，但在以诸葛亮为代表的人物形象上，表现出了很值得后人学习的勤政精神，我们节选相关段落，从勤政的角度进行分析解读，引导学生根据这一思想精神理解作品。其三，选文后的思考题都是从该篇主题的视角出发，结合该作品的特点，以启发学生思考为目的而设计的。如爱国篇第一篇《诗经·无衣》后附的思考题，"《诗经·无衣》中所体现的昂扬向上的爱国主义精神振奋人心。几千年来中华民族创造了辉煌的文明，也遭受过屈辱的侵略，但爱国主义精神从未丧失，并早已沉淀于心、内化于骨。直至今日，爱国主义精神始终是中华儿女的精神支柱，是中国奋进的强大动力，请结合生活中有关爱国主义的事迹，谈谈你的感受。"这样就把古代文学作品中的优秀思想和现实生活联系在一起，发挥文学"移情"的作用，达到思政的目标。

尽管本书的出发点是课程思政，体例也是按照课程思政的思路设计的，但是正如课程思政正处于在探索中发展、在教学中成熟的进程一样，这部教材也是课程思政改革的探索之作，在编写体例和选文的代表性方面肯定有值得商榷之处，注释的准确性、导读的水平和思考题的设计更需要由教学实践来检验。欢迎各位教师同仁和同学提出宝贵意见，以期我们在教学实践中不断改进和完善本书。

编 者

2024 年 8 月

目 录
CONTENTS

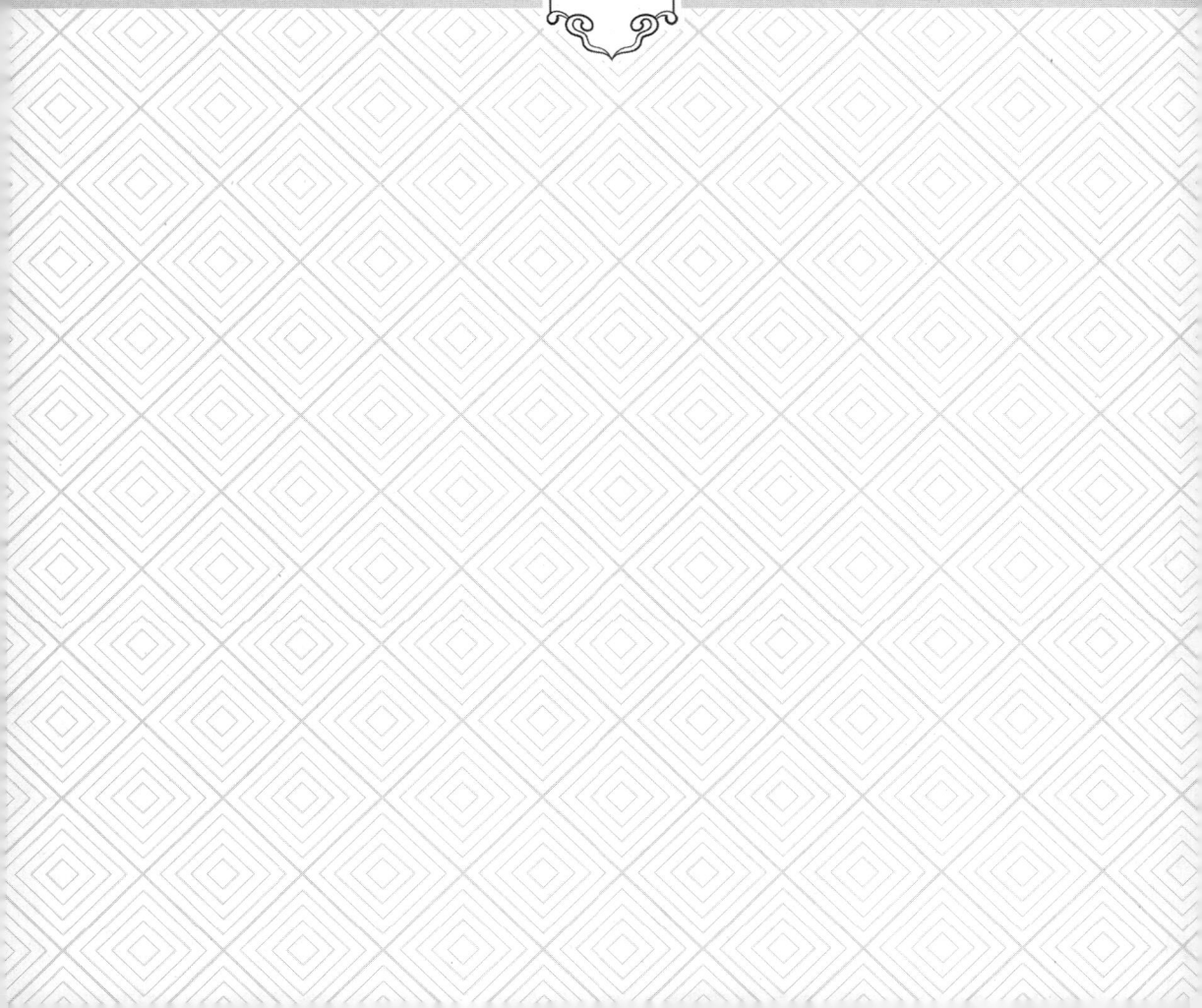

爱国篇

一、诗

诗经·无衣

导读

《无衣》选自《诗经·秦风》，属于秦地的军中战歌。由于作品的创作年代久远，文字叙述简略，故而后代对其时代背景、写作旨意有种种推测。据今人考证，秦襄公七年（周幽王十一年，前771），周王室内讧，导致戎族入侵，攻进镐京，周王朝土地大部沦陷；秦国靠近王畿，与周王室休戚相关，遂奋起反抗，此诗似在这一背景下产生。此外，春秋早期以前秦与西部诸戎的斗争非常激烈，一方面为了自己的生存，要与诸戎争夺土地；另一方面又有保卫王室的责任，所以伐戎也是秦国政治活动中的头等大事，在《无衣》中有所表现也是必然的。

《无衣》共分为三章，每章五句，采用了重叠复沓的形式，节奏明快。诗歌虽体例短小，但字里行间充满了激昂慷慨、豪迈乐观的基调，描写了青年们相互鼓励，决心响应国家号召，慷慨奔赴前线的热烈场面，抒发了举国上下决心团结御侮的英雄主义气概和爱国主义精神。

从《无衣》中可见，齐心御侮、慷慨豪迈的爱国主义精神已深深浸入民族的骨髓，成为中华民族坚韧生命力的基因之一。我们是中华儿女，要秉承这一中华文化基因，把自己的理想同祖国的前途、把自己的人生与民族的命运联系在一起，报效国家。

岂曰无衣？与子同袍[1]。王于兴师[2]，修我戈矛[3]。与子同仇[4]！
岂曰无衣？与子同泽[5]。王于兴师，修我矛戟[6]。与子偕作[7]！
岂曰无衣？与子同裳[8]。王于兴师，修我甲兵[9]。与子偕行！①

---

① 王秀梅. 诗经［M］. 北京：中华书局，2006：178－179.

注释

[1]袍：外面的长衣。[2]王：周王，指代国家。于：助词。[3]戈矛：戈与矛皆古代长柄兵器。[4]同仇：齐心合力，打击敌人。[5]泽：贴身内衣。[6]戟：古代长柄兵器，合戈矛为一体，既可横击又可直刺。[7]偕作：共同行动。[8]裳：古称裙为裳，上衣下裳。[9]甲兵：铠甲和兵器。

思考题

《诗经·无衣》中所体现的昂扬向上的爱国主义精神振奋人心。几千年来中华民族创造了辉煌的文明，也遭受过屈辱的侵略，但爱国主义精神从未丧失，并早已沉淀于心、内化于骨。直至今日，爱国主义精神始终是中华儿女的精神支柱，是中国奋进的强大动力，请结合生活中有关爱国主义的事迹，谈谈你的感受。

（孙惠欣）

九章·橘颂

屈　原

导读

《橘颂》选自《九章》，作者是战国时期爱国诗人屈原。屈原（约前340—约前278），名平，字原，又自云名正则，字灵均，楚国丹阳秭归（今属湖北宜昌）人，出身贵族，是战国末期重要的政治家、杰出的诗人。代表作品有《离骚》《天问》《九歌》《九章》等。屈原的"楚辞"文体在中国文学史上独树一帜，与《诗经》并称"风骚"二体，对后世诗歌创作产生积极影响。

《橘颂》是一首托物言志的咏物诗，表面上歌颂橘树，实际是诗人对自己的理想和人格的表白。全诗可分为两部分，前十六句为第一部分，缘情咏物，重在描述橘树俊逸动人的外在美，写其"绿叶素荣""曾枝剡棘""精色内白"，十分可喜；后面的部分缘物抒情，转入对橘树内在精神的热情讴歌，以抒情为主，赞扬了其"不迁"的精神（不迁于志、不流于俗、不离于国）。两部分各有侧重，又互相勾连，融为一体。诗人以三言和四言（不算语气词"兮"）的形式，用拟人的手法塑造了橘树的美好形象，从各个侧面描绘和赞颂橘树，借以表达自己对美好品质的追求和坚定的爱国意志。

屈原对橘树的赞美，寄寓着自己人格的修养。作为一个追求崇高人格的爱国诗人，屈原借橘树的特性表达了自己扎根故土、忠贞不渝的爱国情感和特立独行、怀德自守的人生理想。屈原巧妙地抓住橘树的生态和习性，运用类比联想，将它与人的精神、品格联系起来，给予热烈的赞美。借物抒志，以物写人，既沟通物我，又融汇古今，此后，南国之橘便蕴含了仁人志士"独立不迁"、热爱祖国的丰富文化内涵，永远为人们所歌咏和效法，屈原的爱国精神更是对后世影响深远。

屈原是一面伟大旗帜，他坚贞不渝的爱国情怀是数千年来中华民族爱国主义文化的精神典范。今天的中国不仅需要大量优秀的人才，而且需要成千上万富有高尚爱国情操的仁人志士。当下我们仍然要高举这面爱国主义的大旗，学习屈原矢志不渝的爱国精神，培育全民的爱国之心，助力国家繁荣和发展。

后皇嘉树，橘徕服兮[1]。

受命不迁，生南国兮[2]。

深固难徙，更壹志[3]兮。

绿叶素荣[4]，纷其可喜兮。

曾枝剡棘，圆果抟兮[5]。

青黄杂糅，文章烂兮[6]。

精色内白，类可任兮[7]。

纷缊宜修，姱而不丑兮[8]。

嗟[9]尔幼志，有以异兮。

独立不迁[10]，岂不可喜兮。

深固难徙，廓[11]其无求兮。

苏世独立，横而不流兮[12]。

闭心自慎，不终失过兮[13]。

秉德[14]无私，参天地兮。

愿岁并谢，与长友兮[15]。

淑离不淫，梗其有理兮[16]。

年岁虽少，可师长兮[17]。

行比伯夷，置以为像兮[18]。①

注释

[1] 后皇：即后土、皇天，指地和天。嘉：美，善。橘徕服兮：适宜南方水土。徕：通"来"，来到南方。洪兴祖《楚辞补注》指出："徕与来同。《说文》云：周所受瑞麦来麰，天所来也。故为行来之来。"服：适应，即适应当地的水土。王逸《楚辞章句》认为："言皇天后土生美橘树，异于众木，来服习南土，便其风气。屈原自喻才德如橘树，亦异于众也。"[2] 受命：受天地之命，即禀性、天性。南国：江南。王逸《楚辞章句》指出："言橘受天命生于江南，不可移徙，种于北地则化而为枳也。屈原自比志节如橘，亦不可移徙。"[3] 壹志：志向专一。壹：专一。王逸《楚辞章句》认为："屈原见橘根深坚固，终不可徙，则专一己志，守忠信也。"王船山《楚辞通释》指出："难于徙而更易之，其志壹矣。橘不逾淮，喻忠臣生死依于宗国。"[4] 素荣：白色花。洪兴祖《楚辞补注》考证说："《尔雅》：草谓之荣，木谓之华。此言素荣，则亦通称也。"王船山《楚辞通释》认为："素荣，白华也，喻士志行修洁。"[5] 曾枝：繁枝。曾：同"增"，层叠的意思。剡（yǎn）棘：尖利的刺。此句意为枝条累累。洪兴祖《楚辞补注》考证说："《方言》曰：凡草木刺人，江湘之间谓之棘。注引'曾枝剡棘'。"王逸《楚辞章句》指出："剡，利也。棘，橘枝，刺若棘也。"王船山《楚辞通释》认为："剡，锐也。……喻贞介与俗相拒。"抟（tuán）：通"团"，圆圆的；这里用来形容橘的形状团团圆圆。王逸《楚辞章句》考证说："抟，圜也。楚人名圜为抟。言橘枝重累，又有利棘，以象武也。其实圆抟，又象文也。以喻己有文武，能方圆也。圆果，一作圜实。抟，一作槫。"《说文》云："抟，圜也，其字从手。"[6] 文章：花纹色彩。烂：斑斓，明亮。[7] 精色：鲜明的皮色。类可任兮：就像能担当道义之人。一作"类任道兮"。类：像。任：担当。[8] 纷缊宜修：长得繁茂，修饰得体。姱（kuā）：美好。不丑：出类拔萃，无比。丑：类，比。王逸《楚辞章句》认为："言橘类纷缊而盛，如人宜修饰，形容尽好，无有丑恶也。"[9] 嗟：赞叹词。[10] 独立：超群

---

① 林家骊. 楚辞·九章 [M]. 北京：中华书局，2015：154–155.

而特立。不迁：不可移易，不变。[11] 廓：胸怀开阔。[12] 苏世独立：独立于世，保持清醒。苏：苏醒，指对浊世有所觉悟。横而不流：横立水中，不随波逐流。[13] 闭心：安静下来，戒惧警惕。不终失过分：一作"终不失过分"。失过：即"过失"。[14] 秉德：保持好品德。[15] 愿岁并谢，与长友兮：洪兴祖《楚辞补注》考辨说："《说文》云：谢，辞去也。此言己年虽与岁月俱逝，愿长与橘为友也。"王逸《楚辞章句》指出："言己愿与橘同心并志，岁月虽去，年且衰老，长为朋友，不相远离也。"谢：去。长友：长期为友。[16] 淑离：美丽而善良自守。离：通"丽"。梗：正直。[17] 少：年少。师长：作动词，为人师长。[18] 行：德行。伯夷：古代的贤人，纣王之臣。他固守臣道，反对周武王伐纣，与弟叔齐逃到首阳山，不食周粟而死，古人认为他是贤人义士。置：植。像：榜样。

思考题

《橘颂》中所体现的屈原的思想品格与精神追求对后世有何影响？请结合相关人物及其事迹谈一谈。

（孙惠欣）

大风歌

刘 邦

导读

《大风歌》是汉高祖刘邦所作。刘邦（前 256/前 247—前 195），字季，沛县丰邑中阳里人（今江苏省徐州市丰县），中国历史上杰出的政治家、战略家，汉朝开国皇帝，对汉族的发展以及中国的统一有突出贡献。

公元前 196 年，淮南王英布起兵反汉，刘邦亲自出征。他很快击败了英布并将其杀死。在得胜还军途中，刘邦顺路返回故乡沛县，把昔日的朋友、尊长、晚辈都招来，共同欢饮十数日。一天酒酣，刘邦一面击筑，一面唱着这首自己即兴创作的《大风歌》，抒发了自己远大的政治抱负，也表达了对国事忧虑的复杂心情。

《大风歌》仅有三句，前二句直抒胸臆，雄豪自放，亦踌躇满志，第三句却突然透露出前途未卜的焦灼，抒发了作者内心对国家尚未安定的浓郁惆怅。本诗首句用大风、飞云开篇，暗喻淮南王英布起兵反汉这场惊心动魄的战争画面；第二句"威加海内兮归故乡"中一个"威"字，刻画出刘邦威风凛凛、所向披靡的冲天豪迈气概；第三句笔锋一转，既是希冀，又是疑问，写出刘邦内心面临的另一种巨大的压力，即谁能为他守住这片江山的疑虑。

全诗由过去到现在再到将来，浑然一体、大气磅礴，凝聚着作者对帝业和故土的感情，表达了作者既能创业又能守业的豪迈气概。

大风起兮云飞扬，
威[1]加[2]海内[3]兮归故乡，
安得[4]猛士兮守[5]四方[6]！①

注释

[1] 威：威望，权威。[2] 加：施加。[3] 海内：四海之内，即"天下"。我国古人认为天下是一片大陆，四周大海环绕，海外则荒不可知。[4] 安得：怎样得到。安：哪里，怎样。[5] 守：守护，保卫。[6] 四方：指代国家。

思考题

赏析并比较《大风歌》与项羽的《垓下歌》。

（孙惠欣）

胡笳十八拍（节选）/悲愤诗（节选）

蔡文姬

导读

《胡笳十八拍》《悲愤诗》的作者是蔡文姬。蔡文姬（生卒年不详），名

---

① 司马迁. 史记·汉高祖本纪［M］. 北京：中华书局，1959：389.

琰，字文姬，陈留郡圉县人，东汉女性文学家，是文学家蔡邕之女。蔡文姬博学多识，尤擅文学书法，身世坎坷。东汉末年中原战乱，蔡文姬流离失所，为匈奴左贤王所擒并生有两子。北方趋于统一后，曹操感于故人蔡邕无嗣，故出重金赎回蔡氏，并将其嫁与董祀。文姬归汉的故事流传至今。

《胡笳十八拍》是蔡文姬在被俘12年后重返故土的途中，百感交集，借胡地音调创作的古乐府歌辞。《悲愤诗》则是蔡文姬创作的一首五言古诗，诗中记叙了作者本人的不幸遭遇和惨痛人生，字里行间再现了东汉末年战乱频繁的社会面貌和民不聊生的时代悲剧。值得注意的是，《悲愤诗》是中国文学史上文人创作的第一首自传体长篇五言叙事诗，具有史诗的规模。在这两篇作品中，蔡文姬首先感慨了动荡的社会环境，这也正是蔡文姬人生悲剧的背景。董卓之乱后，北方胡人进入中原烧杀抢掠，狼烟四起，在这样的残酷环境中，蔡文姬为匈奴人所俘，目睹了"斩截无孑遗，尸骸相撑拒"的现实惨状后，日夜思念故土，"无日无夜兮不思我乡土"。在《胡笳十八拍》中，蔡文姬借"雁"的文学意象，表达了思念故国、渴望归汉的爱国情怀。她希望寒来暑往的大雁可以寄去她的思乡之心，并为她带回家乡的音信，"雁南征兮欲寄边心，雁北归兮为得汉音。雁高飞兮邈难寻，空断肠兮思愔愔"。即使受到左贤王宠爱而生育两子，不再是被动辄责骂的俘虏，蔡文姬也从未忘却故土，"生仍冀得兮归桑梓，死当埋骨兮长已矣"。在这两篇诗歌作品中，蔡文姬字字伤心，句句泣血，字里行间淋漓尽致地显露出故土难离、乡音难觅的思乡之情，表达了不管生活贫贱还是富贵，唯有回到故土才是人生追求的爱国情怀。

在这两篇作品中，蔡文姬用抒情和白描的手法，描写了东汉末年人民困苦不堪的生活状况，吐露了自己一心归汉的爱国之心。不管是身为"欲死不能得，欲生无一可"的奴隶，还是处于后来"胡人宠我兮有二子"的相对安稳的生活，蔡文姬始终不曾忘却故乡山河，不曾忘记父老乡亲，其归国之心随着岁月更替愈发坚定。这也告诉当代的我们，不管身居何处，唯有中华大地，才是我们的心之归处。

越[1]汉国兮入胡城，亡家失身兮不如无生。
毡裘为裳兮骨肉震惊，羯膻为味兮枉遏我情[2]。
鼙鼓喧兮从夜达明，胡风浩浩兮暗塞营[3]。

伤今感昔兮三拍成，衔悲蓄恨兮何时平！

无日无夜兮不思我乡土，禀气含生[4]兮莫过我最苦。
天灾国乱兮人无主，唯我薄命兮没戎虏[5]。
殊俗心异兮身难处，嗜欲不同兮谁可与语。
寻思涉历兮何艰阻[6]，四拍成兮益凄楚。

雁南征兮欲寄边心，雁北归兮为得汉音[7]。
雁高飞兮邈难寻，空断肠兮思愔愔[8]。
攒眉向月兮抚雅琴，五拍泠泠兮意弥深[9]。

冰霜凛凛兮身苦寒，饥对肉酪兮不能餐[10]。
夜闻陇水兮声呜咽，朝见长城兮路杳漫[11]。
追思往日兮行李[12]难，六拍悲来兮欲罢弹。①

注释

[1] 越：度过，这里指离开。[2] 毡裘：亦作"旃裘"，古时北方民族用兽毛等制成的衣服。骨肉震惊：指穿匈奴人用兽毛做的衣服感到厌恶可怕。羯膻：指有膻气的羊肉羊奶之类。羯：阉割了的公羊。膻：羊膻气。枉过：委屈，不顺。这句指吃匈奴人的带有羊膻气的食品与自己的性情相违背。[3] 鼙鼓：古时军中所敲的一种小鼓。胡风：北风。浩浩：盛大的样子。暗：这里有"弥漫""笼罩"的意思。塞营：边塞上的营垒，这里指匈奴人住的帐篷。[4] 禀气含生：指具有生命的人类，古人认为人是禀受天地之气而生的。王充《论衡·骨相篇》："禀气于天，立形于地。"[5] 无主：无依靠。没：消失，沦没。[6] 寻思涉历兮何艰阻：追思自己的经历啊有太多艰难险阻。涉历：经历。[7] 边心：边塞人的心意。汉音：来自汉朝（家乡）的音信。[8] 愔（yīn）愔：寂静无声的样子。[9] 攒眉：皱眉。泠（líng）泠：清冷凄凉的样子。[10] 凛凛：寒冷的样子。酪（lào）：乳制品。[11] 陇水：从陇山上下来的流水。北朝民歌《陇头歌辞》："陇头流水，鸣声呜咽。遥望秦川，心肝断绝。"陇山在今陕西省宝鸡市陇县西北。杳（yǎo）漫：遥

① 郭茂倩. 乐府诗集［M］. 北京：中华书局，2017：875－876.

远。[12] 行李：行程。这里指蔡文姬被掠来匈奴之地的行程。

汉季失权柄[1]，董卓乱天常[2]。
志欲图篡弒[3]，先害诸贤良[4]。
逼迫迁旧邦[5]，拥主以自强[6]。
海内兴义师[7]，欲共讨不祥[8]。
卓众来东下，金甲耀日光[9]。
平土人脆弱，来兵皆胡羌[10]。
猎野围城邑，所向悉破亡[11]。
斩截无孑遗，尸骸相撑拒[12]。
马边悬男头，马后载妇女。
长驱西入关，迥路险且阻[13]。
还顾邈冥冥，肝脾为烂腐[14]。
所略有万计，不得令屯聚[15]。
或有骨肉俱，欲言不敢语[16]。
失意几微间，辄言"毙降虏。
要当以亭刃，我曹不活汝！"[17]
岂敢惜性命，不堪其詈骂[18]。
或便加棰杖，毒痛参并下[19]。
旦则号泣行，夜则悲吟坐[20]。
欲死不能得，欲生无一可[21]。
彼苍者何辜，乃遭此厄祸[22]。①

注释

[1] 汉季：汉朝末期。失权柄：指皇帝丧失了统治权力。[2] 乱天常：
违背天理纲常。189 年，凉州军阀董卓带兵入洛阳，废少帝刘辩，立献帝刘
协，把持了朝政，由此引起各州郡将领的反对。190 年，关东州郡成立讨卓联
军，开始了长期的军阀混战，给国家和人民带来了巨大灾难。[3] 图篡
弒（shì）：图谋杀君篡位。弒：臣杀死君主或子女杀死父母。189 年，董卓废
少帝刘辩为弘农王，次年杀死刘辩，还毒死何太后。[4] 诸贤良：指周珌、

① 余冠英. 汉魏大朝诗选［M］. 北京：中华书局，2012：23－24.

伍琼等贤臣。关东各州郡将领起兵讨伐董卓，董卓逼迫汉献帝迁都长安以避之，当时遭到督军校尉周毖、城门校尉伍琼等反对，董卓便杀害了他们。[5] 旧邦：旧都，指长安。长安是西汉的首都，故说旧邦。董卓杀死周毖、伍琼等人以后，在190年逼迫汉献帝和老百姓从洛阳迁都到长安，沿路死人无数，洛阳的宫室房屋全部被烧光。[6] 拥主：指挟持汉献帝。主：君主。自强：加强自己的权势。[7] 海内：国内。古人以为中国的四周都被大海包围着。兴：起。义师：为正义而战的军队，指讨卓联军。[8] 不祥：不祥之人，即恶人，指董卓。[9] 卓众：指董卓的军队。金甲：铠甲，用金属和皮革制的战衣。这两句指192年，董卓的部下李傕、郭汜等出函谷关东下平原，在蔡文姬的家乡陈留（今属河南开封）、颍川（今河南许昌）一带杀掠人口，抢劫财物，蔡文姬大概就是这次被掳去的。[10] 平土：平原，指陈留一带平原地区。胡：古代汉族对北方少数民族的通称。羌（qiāng）：东汉时居住在今青海、甘肃一带的少数民族。董卓、李傕的部队中多羌族士兵。[11] 猎野围城邑：劫掠农村，包围城市。猎：猎取。所向：所到之处。悉：都。破亡：破坏伤亡。[12] 斩截：指杀戮。截：斩断。无孑（jié）遗：一个都不留下。孑：单独。相撑拒：互相支撑着，形容尸骸很多。[13] 关：指函谷关。李傕、郭汜的军队从关内东下，在陈留一带劫掠后，又向西回到关内。迥（jiǒng）：远。阻：艰难。[14] 还顾邈冥冥，肝脾为烂腐：回头望家乡，道路遥远，迷迷茫茫，为此心里像肝脾五脏都要腐烂一样十分痛苦难受。还顾：回顾。邈冥冥：遥远渺茫。[15] 所略有万计，不得令屯聚：被掳掠的人成千上万，不得让他们聚在一块儿。略：同"掠"。屯聚：聚集。[16] 或：有的。骨肉俱：最亲的亲人一起被掳。俱：一同，一起。欲言不敢语：有话不敢讲。[17] 失意：不如意。几（jī）微：细微，稍微。辄（zhé）：总是。要当：应当。亭刃：加刀，挨刀。我曹：我们。汝：你们。[18] 不堪：忍受不了。詈（lì）骂：责骂。[19] 或便加棰杖，毒痛参并下：李傕、郭汜的士兵有时用棍子打人，挨打者心中的恨毒和身上的痛苦交加而来。或：有时。棰杖：木棍子。参：杂。并：都。[20] 旦：天亮。号泣：流着眼泪哭号。悲吟：悲哀地呻吟。[21] 无一可：无一条活路。[22] 彼苍者何辜，乃遭此厄祸：天啊，我们有什么罪过，竟然遭到这样的灾难？彼苍者：指天。辜：罪。乃：竟。厄祸：灾祸。

思考题

"兴，百姓苦；亡，百姓苦"，乱世中百姓颠沛流离，女子命运则更加多舛。蔡文姬的人生经历让人不由自主地联想到宋代女词人李清照，两人均为饱受战乱之苦、留下传世之作的才女。请结合具体事迹和作品，谈谈蔡文姬和李清照诗文的异同。

（孙惠欣）

辟雍诗

班　固

导读

《辟雍诗》是班固创作的四言诗。班固（32—92），字孟坚，扶风安陵（今陕西省咸阳市）人，东汉著名史学家、文学家，与司马迁并称"班马"。班固自幼好学，博览群书，一生著述颇丰，修撰《汉书》，撰写《两都赋》，具备极高的文化修养和著述能力。

《辟雍诗》内容短小，主要赞颂了汉代帝王的功绩，表达了对大汉王朝的热爱之情。诗歌首先赞颂了辟雍的恢宏气势，接着颂扬了"孝友"的美好品质，发扬光大孝顺父母、友爱兄弟的品德，并将之上呈于天，以此彰显大汉王朝的显赫国威。诗歌虽体例短小，但字里行间表露出作者的自豪感。在班固看来，生为汉朝子民，是一件十分荣耀的事情。今天的我们依旧如是，生于平安稳定的中国，是值得我们每个中国人骄傲的事情。我们应在感恩自身幸运的同时，努力奋斗，将自身的爱国之心化为实际力量，为祖国的繁荣发展贡献力量。

乃流辟雍[1]，辟雍汤汤[2]。
圣皇莅止，造舟为梁。
皤皤[3]国老，乃父乃兄。
抑抑[4]威仪，孝友[5]光明[6]。
於赫[7]太上[8]，示我汉行。

洪化^[9]惟神,永观厥成。①

注释

[1] 辟雍:辟,通"璧"。本为西周天子所设大学,校址圆形,围以水池,前门外有便桥。东汉以后,历代皆有辟雍,除北宋末年为太学之预备学校(亦称"外学")外,均为行乡饮、大射或祭祀之礼的地方。[2] 汤汤:水势浩大、水流很急的样子。[3] 皤皤:头发白的样子。[4] 抑抑:缜密美好的样子。[5] 孝友:事父母孝顺、对兄弟友爱。[6] 光明:光大、显扬。[7] 於(wū)赫:叹美之词。[8] 太上:最上者。[9] 洪化:宏大的教化。古时歌颂帝王的套语。

思考题

爱国是每个中国人都应当具备的优良品质。班固在诗歌中表现出身为大汉子民的自豪感,请结合实际,谈谈当代的我们应该怎样爱国。

(孙惠欣)

蒿里行

曹 操

导读

曹操(155—220),字孟德,小字阿瞒,沛国谯县(今安徽亳州)人。东汉末年杰出的政治家、军事家、文学家。三国时期曹魏政权的缔造者,其子曹丕称帝后,追尊其为武皇帝,庙号太祖。曹操精兵法,善诗歌,借诗文抒发自己的政治抱负,反映汉末人民的苦难生活,气魄雄伟,慷慨悲凉。曹操的诗全为乐府诗,《三国志·魏志·武帝纪》裴注引《魏书》曰:"及造新诗,被之管弦,皆成乐章。"可见他熟悉音乐,受汉乐府影响深刻,现存诗歌也颇具民歌色彩。曹操的散文清峻整洁,开启并繁荣了建安文学,给后人留

① 张溥. 班兰台集校注 [M]. 白静生,注. 郑州:中州古籍出版社,1991:32 - 33.

下了宝贵的精神财富，鲁迅评价其为"改造文章的祖师"。今有整理排印本《曹操集》。

《蒿里行》是曹操对汉末诸侯混战时期社会现实的描述，被后人称为"汉末实录，真诗史也"。诗歌记述了从关东各州郡将领讨伐董卓到袁术在淮南寿春（今安徽省寿县）称帝时期的历史事变和社会面貌，军阀割据、战乱频仍给人民带来沉重的灾难。诗歌表现出诗人对现实社会的强烈关切，对国家命运、人民苦难的责任与使命，不仅让人们了解到战事纷争的社会事实以及战乱带给人民的苦难，更重要的是诗人抒发了自己对人民的无限同情，反映了诗人忧国忧民的爱国情怀。

诗歌前十句运用记叙的手法、简练的语言描写真实的历史，展现了曹操对现实的关心。自"铠甲生虮虱"以下，诗人将视角转向人民，从视觉、听觉角度描述人民的水深火热，表达对人民苦难的深切同情，体现出一个政治家、军事家的忧患意识、悲悯情怀。诗歌集典故、史实、描述、慨叹于一身，于国于民只有爱之深才会哀之切。"念之断人肠"是诗人的悯世之叹，也是对造成这种悲剧现实元凶的揭露和鞭挞。诗中对现实的描摹、对人民的悲悯就是诗人胸怀天下、情系人民的表现。关心身边的人，关心天下的人，爱之、护之，就是在守护我们的国家，就是对国家具体且深刻的爱。

关东有义士[1]，兴兵讨群凶[2]。初期会盟津[3]，乃心在咸阳[4]。军合力不齐[5]，踌躇而雁行[6]。势利使人争，嗣还自相戕[7]。淮南弟称号[8]，刻玺[9]于北方。铠甲生虮虱[10]，万姓以死亡[11]。白骨露于野，千里无鸡鸣。生民百遗一[12]，念之断人肠。①

注释

[1] 关东：函谷关（在今河南灵宝）以东。义士：指起兵讨伐董卓的诸州郡将领。[2] 讨群凶：指讨伐董卓及其党羽。[3] 初期：本来期望。盟津：即孟津（今属河南洛阳）。相传周武王伐纣时曾在此大会八百诸侯，此处借指本来期望关东诸将也能像武王伐纣会合的八百诸侯那样同心协力。[4] 乃心：其心，指上文"义士"之心。咸阳：秦时的都城，此借指长安，当时汉献帝被挟持到长安。[5] 力不齐：指讨伐董卓的诸州郡将领各有打算，

---

① 郭茂倩. 乐府诗集［M］. 北京：中华书局，2017：582.

力量不集中。齐：一致。[6]踌躇：犹豫不前。雁行（háng）：飞雁的行列，形容诸军列阵后观望不前的样子。此句倒装，正常语序当为"雁行而踌躇"。[7]嗣还：后来不久。还：同"旋"。自相戕（qiāng）：自相残杀。当时盟军中的袁绍、公孙瓒等发生了内部的攻杀。[8]淮南弟称号：指袁绍的异母弟袁术于建安二年（197）在淮南寿春（今安徽省寿县）自立为帝。[9]玺：皇帝的印。初平二年（191）袁绍谋废汉献帝，欲立幽州牧刘虞为皇帝，并刻制金玺。[10]铠甲：古代的护身战服。铠：甲。虮：虱卵。[11]万姓：百姓。以：因此。[12]生民：百姓。遗：剩下。

思考题

曹操的《蒿里行》与《薤露行》都是对汉末现实的描绘，二者在情感寄寓和手法上有何异同？

（姚海斌）

白马篇
曹　植

导读

曹植（192—232），字子建，沛国谯县（今安徽亳州）人。三国曹魏著名文学家，建安文学代表人物。魏武帝曹操之子，魏文帝曹丕同母之弟，曹丕继位后，曹植备受猜忌打击。魏明帝时曹植多次上疏自试，终不被允，生前曾为陈王，去世后谥号"思"，因此又称"陈思王"。后人因他文学上的造诣而将他与曹操、曹丕合称为"三曹"，南朝宋文学家谢灵运对他更是有"天下才有一石，曹子建独占八斗"的评价。王士祯尝论汉魏以来两千余年间诗家堪称"仙才"者，曹植、李白、苏轼三人耳。现存诗作近八十首，多奇气勃郁，感情强烈，语言精练，善用对偶，文质兼备。曹植对五言诗发展做出了重要贡献。有《曹子建集》十卷本传世。

《白马篇》是曹植前期的代表作品，此诗描写了边塞游侠捐躯赴难、奋不顾身的英勇行为，塑造了一位武艺超群、不惜己身、为国奉献的游侠少年形象。从汉献帝建安到魏文帝黄初年间，"感于哀乐，缘事而发"的现实主义精神在汉乐府诗中得到继承和发扬。曹植正视现实，将目击的苦难、社会的真相诉诸笔端，寄寓自己真切的情感。曹植作此诗，首先是为了描绘一位在西北战场上奔驰的少年英雄，那位"游侠儿"身骑白马在边境纵横驰骋，心中只有卫国的忠勇；其次，诗人歌颂少年"捐躯赴国难，视死忽如归"的舍生忘死精神；最为重要的是凸显诗人与诗中少年一样，具有"甘心赴国忧"的拳拳爱国之情。《白马篇》有叙事、有抒情，开篇运用借代和烘托的手法将战场徐徐展开，战场的叙实描述凸显出白马英雄精绝的武艺，通过问答的方式自然地引出后续对游侠少年的深入描写与礼赞。

这篇诗歌写作手法多样，在叙事诗里加入饱含诗人情感的议论，热情赞扬了少年的爱国精神和舍生取义的情怀。曹植写就的"捐躯赴国难，视死忽如归"既是对游侠少年为国献身、视死如归精神的讴歌，也是诗人渴望自身为国建功立业的赤子之呼。《白马篇》就是曹植的"心画心声"，他想要实现"勠力上国，流惠下民"的理想。战场上这位游侠少年正是既有爱国之德又有爱国之才的诗人化身，也是无数爱国人士的化身。曹植歌颂少年的爱国热情，渴望为国为民挥洒自己的热血，人人尽力为国不念私，则国必兴。白马英雄之所以成为历经千年而不衰的艺术形象，不仅仅因为诗人的"生花妙笔"，更是因为在每个时代都存在这样的"白马英雄"。他是千千万万个热爱国家、甘于奉献的志士的代表，在每个时代幻化为一个个鲜活、具体的人。

白马饰金羁[1]，连翩[2]西北驰。借问谁家子，幽并[3]游侠儿。少小去乡邑[4]，扬声沙漠垂[5]。宿昔秉良弓[6]，楛矢何参差[7]。控弦破左的[8]，右发摧月支[9]。仰手接飞猱[10]，俯身散马蹄[11]。狡捷过猴猿[12]，勇剽若豹螭[13]。边城多警急，胡虏数迁移[14]。羽檄[15]从北来，厉马登高堤[16]。长驱[17]蹈匈奴，左顾[18]凌鲜卑。弃身[19]锋刃端，性命安可怀[20]？父母且不顾，何言子与妻？名编[21]壮士籍，不得中顾私[22]。捐躯赴国难[23]，视死忽如归。①

🌸 注释

[1] 金羁（jī）：金色的马笼头。[2] 连翩：连续不断，原指鸟飞的样

---

① 曹植. 曹植集校注［M］. 赵幼文，校注. 北京：中华书局，2017：613－615.

子，这里用来形容白马奔驰的俊逸形象。[3] 幽并：幽州和并州。在今河北、山西、陕西一带。[4] 去乡邑：离开家乡。[5] 扬声：扬名。垂：同"陲"，边境。[6] 宿昔：早晚。秉：持。良弓：指硬弓。[7] 楛（hù）矢：用楛木做成的箭。何：多么。参差：长短不齐的样子。[8] 控弦：开弓。的：箭靶的中心部位。[9] 摧：毁坏。月支：箭靶名。左、右是互文见义。[10] 接：接射。飞猱（náo）：飞奔的猿猴。猱是猿的一种，行动轻捷，攀缘树木，上下如飞，故称"飞猱"。这里也是箭靶名称。[11] 散：射碎。马蹄：箭靶名。[12] 狡捷：灵活敏捷。[13] 勇剽（piāo）：勇敢剽悍。螭（chī）：传说中形状如龙的黄色猛兽。[14] 胡虏：即下文所言匈奴、鲜卑。数（shuò）：屡次，频繁。迁移：指入侵。[15] 羽檄（xí）：军事文书，插鸟羽以示紧急，必须迅速传递。[16] 厉马：扬鞭策马。堤：堤防，指用土筑成的防御工事。[17] 长驱：向前奔驰不止。[18] 左顾：向左方观看。古人常以东为左，这里是向东进攻的意思。[19] 弃身：舍身。[20] 怀：爱惜，顾念。[21] 名编：一作"名在"。籍：名册。[22] 中：同"衷"，心里。顾：念，考虑。[23] 捐躯：献身。赴：奔赴。

思考题

如何理解"捐躯赴国难，视死忽如归"的精神内涵？它与屈原《国殇》中的"魂魄毅兮为鬼雄"有何异同？

（姚海斌）

咏怀八十二首·其三十九

阮 籍

导读

阮籍（210—263），字嗣宗，陈留郡尉氏县（今属河南开封）人，阮瑀之子，"竹林七贤"之一。少时志气宏放，任性不羁，但颇为好学，博览群籍，尤好老庄。正元元年（254），封关内侯，徙散骑常侍。后为步兵校尉，故世称"阮步兵"。魏晋之际，天下多故，名士少有全者，由是不与世事，酣饮为常（《晋书·阮籍传》）。然不拘礼法，发言玄远，虽礼法之士疾之若仇。多赖司马昭曲意保护，得以善终。阮籍是曹魏后期著名文人，诗文兼擅，原有集十三卷，已佚。明人辑有《阮嗣宗集》，今人陈伯君有《阮籍集校注》。

阮籍《咏怀八十二首》，颇为后人推崇，第三十九首"壮士何慷慨"讴歌了"壮士"投躯战场、为国立功的豪情壮志。"咏怀"组诗顾名思义皆是诗人抒发内心情怀的诗篇，诗人为"壮士"唱赞歌，甚至以之自比。方东树说此诗"原本《九歌·国殇》，辞旨雄杰壮阔"，"可合子建《白马篇》同诵，皆有为言之"（《昭昧詹言》卷三）。《晋书·阮籍传》记载阮籍"本有济世志"。"壮士何慷慨"一诗显露的是诗人对国家命运的关怀，对甘心为国奉献的壮士的赞许。

此诗笔力刚劲，慷慨昂扬，感情几乎是奔涌而出。在内容、写法上似乎与我们印象中诗人的名士形象、狂放行为不符。实际上，阮籍早年确有建功立业的抱负，深切关念国家命运，想要为国效力，但由于现实环境最终未能实现。他的诗歌多以深沉为特色，但此诗情调高昂，或许更显本色。诗中描绘的壮士，从军卫国，不惜己身，迎难而上，忠于国家，此义举能鼓舞激荡更多忠勇、忠义为国的后世人。这首诗直接、浓烈地展现出诗人对国家的关切、对保家卫国的壮士的歌颂。在国家危难时期，无数壮士不惜己身，舍生忘死，践行忠义，效命争先，写就了我们中华民族的伟大篇章。壮士精神生生不息、代代传承，这也是促使国家走向富强的不竭力量。

壮士何慷慨，志欲威八荒[1]。驱车远行役[2]，受命念自忘[3]。良弓挟乌号[4]，明甲有精光[5]。临难不顾生，身死魂飞扬。岂为全躯士[6]，效命[7]争战场。忠为百世荣，义使令名彰[8]。垂声谢后世[9]，气节故有常。①

注释

[1] 威八荒：威加八荒，与刘邦《大风歌》"威加海内"之意相同。八荒：八方荒远之地，指天下。[2] 行役：犹言从军。[3] 受命：受君王之命。念自忘：意即不念其身。[4] 乌号：良弓名。[5] 明甲：铠甲名，即明光铠。精光：光彩。[6] 全躯士：保全身躯之士，指苟且偷生之人。[7] 效命：献出生命。[8] 忠为百世荣，义使令名彰：忠、义均指死节于君亲之难，

---

① 张溥. 汉魏六朝百三家集 [M]. 上海：上海古籍出版社，1994：162.

这里指为国献身的行为。荣：荣耀。令名：美名。彰：显扬。[9] 垂声：犹流名。谢：以辞相告曰谢。

思考题

古诗中多有"壮士"形象，你所熟知的都有哪些？他们有何共同特征？

（姚海斌）

❀ 扶风歌 ❀
刘　琨

导读

刘琨（271—318），字越石，中山魏昌（今河北省无极县）人。西晋爱国将领、诗人，曾任太尉，又称"刘太尉"。早年好老庄之学，尚清谈。与潘岳、石崇、陆机等以文章事权贵贾谧，为"二十四友"之一。历任著作郎、尚书左丞、司徒左长史等职。"永嘉之乱"后，尖锐的民族矛盾和亡国危机，激发了刘琨的爱国主义热情，他积极投入了艰苦的卫国斗争。在他的《扶风歌》《答卢谌诗》《重赠卢谌》三首诗中，都洋溢着忧国的感情，抒发了效忠祖国、抗敌御侮的豪迈气概。诗风慷慨悲壮，继承了"建安风骨"的优良传统。《隋书·经籍志》著录有集九卷，又别集十二卷，均佚。明人辑有《刘中山集》。

《扶风歌》是一首五言诗，作于诗人前往并州治所晋阳的途中，当时黄河以北已成为匈奴、羯等少数民族争战之场。诗人是抱着匡扶晋室的壮志而去的，诗歌记述了其中的艰难历程，展示了诗人感时伤乱、忠愤交织的爱国情怀。全诗叙述清晰，形象鲜明，情感真切，慷慨悲伤。刘琨作此诗一是为了表明自己赴国忧的真实心情，他既有一往无前的气概，又有彷徨和隐忧，此诗刻画了国难之时真实的人。诗歌纪实与夸张笔法相结合、往昔与当下相对比、直铺与转折相搭配，将诗人辞家赴难、身处穷窘又忠勇填膺的多面形象展示出来。我们透过诗人的笔端还能观照出朝廷不振、凶荒满目的现实，本诗具有史的意义与价值。

这首诗歌韵律谐和、声情激越。描绘了"国已不国"状态下，诗人挺身而出的担当精神。难能可贵的是，诗人描述了内心困厄与希望的矛盾心理，让我们看到一个有血有肉的、真实的、具体的人。诗歌结尾采用常见的结束话语，但本篇不是单纯的套用。诗人前途艰险，就如曲子一样悲而长，实在不忍重陈使人心伤。我们庆幸诗人真实记录所见、所想，让我们看到那个即使心有担忧但也明白重任在肩，要救国于水火的英雄形象。面对危难人们不是没有担忧，但为了国之大义依然可以忘却担忧，一往无前。正是这样一个个真实可感、有血肉、有灵魂、有担当的人民筑起了国家坚不可摧的精神脊梁，延续民族的繁荣。

朝发广莫门[1]，暮宿丹水山[2]。左手弯繁弱[3]，右手挥龙渊[4]。顾瞻望宫阙[5]，俯仰御飞轩[6]。据鞍[7]长叹息，泪下如流泉。系马长松下，发鞍[8]高岳头。烈烈[9]悲风起，泠泠[10]涧水流。挥手长相谢[11]，哽咽[12]不能言。浮云为我结[13]，归鸟为我旋[14]。去家[15]日已远，安知存与亡。慷慨穷林中[16]，抱膝独摧藏[17]。麋鹿游我前，猿猴戏我侧。资粮[18]既乏尽，薇蕨[19]安可食！揽辔命徒侣[20]，吟啸绝岩中[21]。君子道微[22]矣，夫子故有穷[23]。惟昔李骞期[24]，寄在匈奴庭。忠信反获罪，汉武不见明。我欲竟此曲，此曲悲且长。弃置勿重陈，重陈令心伤[25]。①

📝注释

[1] 广莫门：晋洛阳城北门。汉时洛阳城北有二门，一曰谷门，一曰夏门。晋时改谷门为广莫门。[2] 丹水山：即丹朱岭，在今山西省高平市北，丹河发源于此。[3] 繁弱：古良弓名。[4] 龙渊：古宝剑名。[5] 顾瞻：回头望。宫阙：指城郭。阙：宫门前的望楼。[6] 御：驾驭。飞轩：飞奔的车子。[7] 据鞍：靠着马鞍，谓驻马不前。[8] 发鞍：卸下马鞍。[9] 烈烈：形容风声呼啸。[10] 泠（líng）泠：形容流水声。[11] 谢：辞别。[12] 哽咽：过分悲泣以至于难以出声。[13] 结：集结。[14] 旋：盘旋。[15] 去家：离开家。[16] 慷慨：慷慨悲歌。穷林：深林。[17] 摧藏：凄怆，伤心感叹的样子。[18] 资粮：物资和粮食，指军中粮草。[19] 薇蕨：一种野菜，嫩时可食。[20] 揽辔（pèi）：拉住马缰绳。徒侣：随从，指军中士卒。

① 张启成，等. 文选［M］. 北京：中华书局，2019：1952.

[21] 吟啸：即吟诵。绝岩：绝壁。[22] 微：衰落。[23] 夫子：指孔子。故：一作"固"。[24] 李：指李陵。骞（qiān）：通"愆"。愆期：错过约定期。指汉李陵在武帝天汉二年（前99），率步卒五千人出征匈奴，匈奴八万士兵围击李陵。李陵战败，并投降匈奴。汉武帝因此杀了李陵全家。[25] 我欲竟此曲，此曲悲且长。弃置勿重陈，重陈令心伤：是乐府诗末的套语。陈：陈述、陈说。

思考题

刘琨引用孔子、李陵的典故想要表达什么样的思想内涵？

（姚海斌）

代出自蓟北门行

鲍 照

导读

鲍照（约415—466），字明远，祖籍东海（治所在今山东郯城西南，辖区包括今江苏涟水），久居建康（今南京）。南朝宋文学家，与颜延之、谢灵运合称"元嘉三大家"。家世贫贱，临海王刘子顼镇荆州时，任前军参军，故世称"鲍参军"。刘子顼作乱，照为乱兵所杀。他的诗、赋、骈文均有很高成就，其七言歌行对唐代诗歌的发展起了很重要的作用。南齐时虞炎将鲍照诗文编为《鲍氏集》，《隋书·经籍志》著录为十卷，今存。

《代出自蓟北门行》是乐府旧题，也是鲍照诗歌中的名篇。此诗通过渲染边庭紧急战事和边境恶劣的环境，突出表现壮士从军卫国、英勇赴难的壮志和豪情。鲍照作此诗是有感于时危世乱之际壮士知命不惧、投身报国的忠勇行为和精神境界，诗歌描绘的满腔热血的壮士能激发人们的爱国热情。诗歌由边亭告警开始，接着征骑分兵，加强防卫，虏阵精强，天子按剑，使者促战，描绘汉军壮伟场面和战地自然风光，最后以壮士捐躯，死为国殇的高潮作结。通篇下来情节紧凑、一气呵成，具有极强的画面感，边塞风光贯穿在紧凑的情节中：疾风起、马瑟缩、弓冻凝等为此诗增添了艺术光彩。这样一幅壮阔、宏大、紧张的边塞图画的中心是壮士的英雄群像，奔赴战场的英勇、激烈战斗的奋勇、投躯身死的忠勇，一个个有血有肉的壮士在时危世乱之际挺身而出，为保卫祖国而自觉献出生命，他们的形象穿越千年依旧闪烁着耀眼的光芒。

此诗写作手法别出心裁、独具一格。"羽檄""烽火"互文见义，"雁行""鱼贯"比喻贴切，《国殇》引典讴歌，全诗情节紧凑曲折、画面清晰、形象突出。结尾句"时危见臣节，世乱识忠良。投躯报明主，身死为国殇"礼赞忠节之士，颂扬英烈之人，寄托了诗人的崇敬之意。这两联流传甚广，成为封建时代衡量忠良行为的准则，具有鼓舞人心的力量。事实上，任何时代面对动荡局面，危亡时刻都需要仁人志士的勇敢付出，以力所能及的方式救国救家。

羽檄起边亭[1]，烽火入咸阳[2]。征骑屯广武[3]，分兵救朔方[4]。严秋筋竿劲[5]，虏阵[6]精且强。天子按剑怒[7]，使者遥相望[8]。雁行缘石径[9]，鱼贯度飞梁[10]。箫鼓流汉思[11]，旌甲被胡霜[12]。疾风冲塞起，沙砾[13]自飘扬。马毛缩如猬，角弓不可张[14]。时危见臣节，世乱识忠良。投躯[15]报明主，身死为国殇[16]。①

注释

[1] 羽檄（xí）：檄是古时官府用以征召或声讨的军事文书，上插鸟羽，表示紧急。边亭：边境上的瞭望哨。[2] 烽火：边防告警的烟火，古代边防发现敌情，便在高台上燃起烽火报警。咸阳：城名，秦曾建都于此，借指京城。[3] 征骑：征调骑兵。屯：驻守。广武：地名，今山西代县西。[4] 朔方：汉郡名，在今内蒙古自治区河套西北部及后套地区。[5] 严秋筋竿劲：弓弦与箭杆都因深秋的干燥变得强劲有力。严秋：肃杀的秋天。[6] 虏阵：指敌方的阵容。虏：古代对北方入侵民族的恶称。[7] 天子按剑怒：指天子闻警后大怒。[8] 使者遥相望：意思是军情紧急，使者奔走于路，络绎不绝，遥相望见。[9] 雁行：排列整齐而有次序，像大雁的行列一样。缘：沿着。[10] 鱼贯：谓依次而进，如同游鱼前后相贯。飞梁：飞跨深谷的桥梁。[11] 箫鼓：两种乐器，此指军乐。流汉思：流露出对家国的思念。

---

① 张溥. 汉魏六朝百三家集 [M]. 上海：上海古籍出版社，1994：11.

[12] 旌（jīng）甲：旗帜、盔甲。被：同"披"，覆盖，沾满。[13] 砾（lì）：碎石。[14] 缩：蜷缩。猬：刺猬。角弓：以牛角做的硬弓。[15] 投躯：舍身，献身。[16] 国殇（shāng）：为国牺牲的人。屈原《九歌·国殇》："身既死兮神以灵，魂魄毅兮为鬼雄。"

思考题

你如何理解"时危见臣节，世乱识忠良"？和平时期的"臣节""忠良"又该如何判断呢？

（姚海斌）

✤ 从军行七首·其四 ✤

王昌龄

导读

王昌龄（698—757），字少伯，进士出身，与李白、高适、王维、王之涣、岑参、孟浩然等诸多诗人交好。与高适、岑参同为盛唐著名边塞诗人。生于河东晋阳（今山西太原），安史之乱中，被刺史闾丘晓所害，终年59岁。

王昌龄擅长七言绝句的创作，在现存的181首诗歌中，表现离别、边塞、闺怨和宫怨的七言绝句较多，如《芙蓉楼送辛渐》："寒雨连江夜入吴，平明送客楚山孤。洛阳亲友如相问，一片冰心在玉壶。"《出塞二首·其一》："秦时明月汉时关，万里长征人未还。但使龙城飞将在，不教胡马度阴山。"《闺怨》："闺中少妇不知愁，春日凝妆上翠楼。忽见陌头杨柳色，悔教夫婿觅封侯。"《长信秋词五首·其三》："奉帚平明金殿开，且将团扇共徘徊。玉颜不及寒鸦色，犹带昭阳日影来。"这些诗歌主题多样，风格不同，言简意赅，具有非常高超的艺术表现力。明代胡应麟在其《诗薮》中评论说："七言绝，太白（李白）、江宁（王昌龄）为最。"因此诗歌史上王昌龄被誉为"七绝圣手"。《新唐书》《旧唐书》有王昌龄的简要传记。

盛唐时期国力强盛，与周边少数民族和邻国的关系不论在外交方面还是军事方面，都处于主导地位。640年，唐太宗设西州都护府、安西都护府；

702 年，武则天设北庭都护府，朝廷不仅派驻官员还派驻军队，对西北地区实行行政和军事管理，天朝的虎威给文人墨客增添了在边疆建功立业的雄心，加之文人自古有之的尚武情节，唐代的文人不安于做一个普通的文官，从小吏一步步升至宰辅之位，而是渴望有机会驰骋沙场、报效朝廷，迅速建立功业，从而平步青云，达到仕途高峰。

年轻的王昌龄也和唐代大多数文人一样，渴望通过出塞寻求建功立业、报效朝廷的机会。他在 27 岁前后，到陇西，出玉门关，漫游西北，对大漠戍边将士们的生活、情感和心理有了直接深入的了解，创作了大量的边塞诗。《从军行七首·其四》即作于此时。

本诗借景抒情、情景相生。前两句从西北独特而宏大的自然景色写起，视角由高到低，距离由远及近，仿佛电影拍摄技法中的摇镜头，从高空中的带状浓云，到因浓云遮挡阳光而变得昏暗的雪山，再到雪山脚下那座远远望去孤独耸立的玉门关，瞬间将人们带到迥异于中原的情境中。与中原天高云淡远山如黛、城郭相连繁华热闹的秀美景色不同，边塞浓云凝聚雪山昏暗、孤城无依寂寞萧条，使人顿感压抑寒冷、绝望无助。后两句用"黄沙""百战""穿金甲"写战斗之苦、战事之多、战况之激烈。用"破楼兰"表达建功立业的决心，用两个"不"字表达将士们不畏艰苦、百战不馁、不达目的誓不罢休的豪情壮志。景色渲染了氛围，更加衬托了他们百折不挠、视死如归的豪迈之情和爱国情怀。

青海[1]长云[2]暗[3]雪山[4]，孤城遥望玉门关[5]。
黄沙[6]百战[7]穿[8]金甲[9]，不破[10]楼兰[11]终[12]不还。①

注释

[1] 青海：青海湖，在今青海省。[2] 长云：带状的云。[3] 暗：形容词使动用法，使……暗。[4] 雪山：祁连山，横亘于青海省和甘肃省交界处，呈西北—东南走向，绵延 800 多公里，是河西走廊重要的山脉，也是从中原到西域的必经之处。[5] 玉门关：始建于汉代，位于今甘肃省敦煌市西北，距市区 90 多公里。[6] 黄沙：沙漠。[7] 百战：表示很多的战斗，不是实指一百次战斗。[8] 穿：磨穿。[9] 金甲：金属做的铠甲。[10] 破：攻破，

---

① 陈贻焮. 增订注释全唐诗：第一册 [M]. 北京：文化艺术出版社，2001：1074.

击败。[11] 楼兰：汉代西域国名称，常与汉朝为敌。诗中代指与唐朝为敌的西北少数民族或邻国。楼兰古城位于今天新疆维吾尔自治区巴音郭楞蒙古自治州若羌县东北。[12] 终：最后，一直。

思考题

"不破楼兰终不还"体现了诗人什么样的爱国情怀？

（李丽）

陇头吟

王 维

导读

《陇头吟》被《乐府诗集》收于汉横吹曲。陇头泛指西北边塞。王维（701—761），字摩诘，号摩诘居士，祖籍山西祁县，生于河东蒲州（今山西运城），逝于陕西辋川晚年居住的别墅中。据《旧唐书·王维传》记载，王维"临终之际，以缙在凤翔，忽索笔作别缙书，又与平生亲故作别书数幅，多敦厉朋友奉佛修心之旨，舍笔而绝"。

王维状元及第，和弟弟王缙皆有才名。他历官右拾遗、监察御史、河西节度使判官、尚书右丞等职，故世称"王右丞"。王维在诗歌、绘画、书法、音乐等方面都造诣颇深。他创作了大量五言、七言诗，内容涵盖边塞、田园山水、亲情、友情、爱情、咏史等多方面，尤其擅长山水田园诗的创作，是盛唐山水田园诗派的代表人物，与孟浩然合称"王孟"。

受母亲影响，王维和他的兄弟们都信奉佛教。王维的名和字均出自佛教著名典籍《维摩诘经》。佛教不仅深深地影响着王维的日常生活、行为方式，也同样影响着他的诗歌创作。在他晚年创作的大量山水田园诗中，蕴含着丰富的佛教思想，营造出清幽静谧空灵的禅境，如《山居秋暝》《辛夷坞》《鸟鸣涧》等。王维也因此有"诗佛"之称。

如果说王维晚年诗歌创作以山水田园诗为主，那么他早期的诗歌创作，则主要是充满理想主义色彩的边塞诗。虽然在诗歌流派划分上把王维归于山水田园诗派，但王维的边塞诗在盛唐边塞诗歌史上也占有一席之地，有其独特的艺术价值。

王维的边塞诗歌，大多作于他出使边塞和出任河西节度使判官期间，意境悠远、韵味深沉，情感豪放，内容十分丰富。有的描写边塞自然景色，有的描写边塞风土人情，还有的描写军旅生活，抒发戍边将士的壮志豪情。

《陇头吟》是王维边塞诗歌中的代表作，他从长安游侠少年的视角，为我们描绘了一幅边关夜色图：一位来自京城的游侠少年，在戍楼之上仰望夜空中的星辰；一位不知来自哪里、去往何方的行人在月下吹笛；一位戍守边关的老将驻马听之潸然泪下。月光如水，夜色静美，一切似乎都那么温馨美好。但是三位不同身份、不同经历、不同期待的人，却因一样的边关、一样的月夜、一样不宁的心绪，进入了相同的画面中，从而使静美的画面增添了浓郁的哀怨与忧伤。这哀怨与忧伤深深地压在心中，他们只能借登楼、吹笛、驻马、流泪加以释放与抚慰。

"吹笛"或"羌笛"，在古代诗歌尤其是唐诗中，是塞外官员和将士们思乡的代名词，在边塞诗和与出塞有关的送别诗中频频出现。如王之涣："羌笛何须怨杨柳，春风不度玉门关。"（《凉州词二首·其一》）王昌龄："更吹羌笛关山月，无那金闺万里愁。"（《从军行七首·其一》）。李白："五月天山雪，无花只有寒。笛中闻折柳，春色未曾看。"（《塞下曲六首·其一》）岑参："中军置酒饮归客，胡琴琵琶与羌笛。"（《白雪歌送武判官归京》）等。本诗中吹笛的陇上行人，正在奔向理想的路途中。他已不再是单纯的少年，以为功业可以一蹴而就，他把自己的苦痛感伤、矛盾彷徨，都杂糅在思乡的笛声中，在清冷的夜色中吹奏出来。

这韵味悠长的笛声，勾起了戍边老将内心深处的苦痛和忧伤："身经大小百余战，麾下偏裨万户侯。"可自己依然戍守在遥远荒凉的边陲，功名未就。

少年望星空，怀揣梦想；中年吹横笛，追梦艰难；老年泪双流，梦想破灭……

王维用简洁的白描手法，用三个具有代表性的人物，把边塞将士们少年离乡从军、壮年塞外远行、老年关隘戍守的人生三阶段凝练地表现出来。本诗既是对将士们的同情，也是对朝廷不公的谴责。作者把同情、伤感、悲愤等诸多情感借助登楼、吹笛、驻马、流泪等几个动作表达出来，读之令人感慨不已。

长安[1]少年游侠[2]客，夜上戍楼[3]看太白[4]。

陇头明月迥[5]临关，陇上行人[6]夜吹笛。

关西[7]老将不胜愁，驻马听之双泪流。

身经大小百余战，麾下[8]偏裨[9]万户侯。

苏武才为典属国[10]，节旄[11]落尽海[12]西头。①

注释

[1] 长安：今西安，唐都城。[2] 游侠：指仗义豪侠之人。[3] 戍楼：边塞关隘守军瞭望敌情的高楼。[4] 太白：太白星，即金星，晨曦时现于东方。[5] 迥（jiǒng）：远，差别大。[6] 行人：出行或出征之人。[7] 关西：潼关以西，这里泛指西北边塞。[8] 麾下：部下。[9] 偏裨（pí）：副将。[10] 典属国：汉代掌管藩属国事务的官职，职位不高。[11] 节旄（máo）：外交使节出使时拿的旌节上用牦牛尾做的装饰物。[13] 海：草原上称湖泊为海，此处指苏武牧羊的北海（一般认为是今天的贝加尔湖）。

思考题

试分析王维边塞诗的内容和艺术特色。

（李丽）

北风行

李白

导读

《北风行》为乐府古题，内容以写北风雨雪、行人不归为主。李白（701—762），字太白，号青莲居士，盛唐时期著名诗人，是继屈原后，中国诗歌史上最伟大的浪漫主义诗人，被尊为"诗仙"，与现实主义诗人杜甫并称"李杜"。贺知章称其为"谪仙人"。

---

① 陈贻焮. 增订注释全唐诗：第一册［M］. 北京：文化艺术出版社，2001：881.

据《新唐书·李白传》和李阳冰《草堂集序》所记，李白祖籍陇西成纪（今甘肃省天水市秦安县），是凉武昭王李暠九世孙，与唐王朝同宗。祖先在隋朝末年谪居条支（也写作"条枝"。汉代西域国名，大约在今伊拉克境内；唐代指吉尔吉斯斯坦和哈萨克斯坦一带）；李白生于碎叶（吉尔吉斯斯坦境内），5岁后随家人回到中原，客居于今四川省江油市青莲镇，62岁病逝于今安徽省当涂县叔祖李阳冰家中。《新唐书》和《旧唐书》中收录有《李白传》。

《北风行》是李白用乐府旧题创作的思妇诗，通过思妇睹物思人的情景，谴责战乱带给人们尤其是北方人民的灾难。

这首边塞诗歌，从神话传说中可以照亮黑暗的烛龙（王逸《楚辞章句》：天西北有幽冥无日之国，有龙衔烛而照之也）写起，极写燕山以北塞外之地寒冷黑暗、狂风怒号、大雪纷飞的恐怖情景。面对这样恶劣苦寒的自然环境，思妇的丈夫为救边关危急，毫不犹豫地提剑出征却一去不返，牺牲在边关。多少个寒冷的冬日，思妇倚门北望，思念着远征的丈夫，惦念着他的生活，她无法欢笑终日凝眉。一次次的盼望，等来的却是丈夫战死边关的噩耗。墙上挂着丈夫出征前留下的箭袋和一双白羽箭，上面已经积满了尘埃、结满了蛛网！睹物思人，丈夫的遗物可以烧掉，可是对丈夫的思念却像北风吹落的片片雪花，铺天盖地，无休无尽。黄河虽深，还可以用手捧着土填塞，可是生离死别之恨，怎么能够消除呢？

李白用神话增添了诗歌的跨时空色彩，营造了神秘悠远、寒冷凄清的氛围。用倚门而望的画面写思妇之苦，用提剑救边的行为写战士之勇，用静挂的箭袋、生尘的羽箭写物是人非的苦痛。诗歌运用比喻、夸张、白描等手法，把雪花之大、生离之苦、死别之恨写得形象生动，感人至深。

烛龙[1]栖寒门，光曜[2]犹旦开。

日月照之何不及此[3]？惟有北风号怒天上来。

燕山[4]雪花大如席，片片吹落轩辕台[5]。

幽州思妇十二月，停歌罢笑双蛾摧[6]。

倚门望行人，念君长城苦寒良[7]可哀。

别时提剑救边去，遗此虎文金鞞靫[8]。

中有一双白羽箭，蜘蛛结网生尘埃。

箭空在，人今战死不复回。

不忍见此物，焚之已成灰。

黄河捧土尚可塞，北风雨雪恨难裁[9]。①

注释

[1] 烛龙：《山海经·大荒北经》中记载的神龙，"西北海之外，赤水之北，有章尾山。有神，人面蛇身而赤，身长千里，直目正乘，其瞑乃晦，其视乃明，不食，不寝，不息，风雨是谒。是烛九阴，是谓烛龙"。[2] 曜，明亮。[3] 此：指烛龙所居之地，代指幽州。[4] 燕山：燕山山脉，位于河北北部，战略要地。[5] 轩辕台：纪念轩辕黄帝的建筑物，故址位于今河北省。[6] 蛾：蛾眉。摧：眉头紧锁的愁苦模样。[7] 良：确实。[8] 鞞靫（bǐng chá）：鞴（bèi）靫，箭袋。[9] 裁：消除。

思考题

分析李白边塞诗的特点。

（李丽）

闻官军收河南河北

杜　甫

导读

杜甫（712—770），字子美，自号少陵野老。曾任左拾遗、检校工部员外郎，故世称"杜拾遗""杜工部"。祖籍湖北襄阳，生于河南巩县（今河南省巩义市）。晚年居于四川成都，后出川，病逝于湖南潭州驶往岳阳的小船上。

杜甫是唐代伟大的现实主义诗人，现存诗1 500多首，著名的有《兵车行》、《春望》、《北征》、《茅屋为秋风所破歌》、《登高》、《秋兴八首》、《登岳阳楼》、"三吏"、"三别"及本篇《闻官军收河南河北》等。杜甫被后人称为"诗圣"，与李白合称"李杜"，其诗歌被称为"诗史"。《新唐书》有《杜甫传》。

① 陈贻焮. 增订注释全唐诗：第一册［M］. 北京：文化艺术出版社，2001：1296.

《闻官军收河南河北》作于唐代宗广德元年（763）春安史之乱平定后。本诗首联"剑外忽传收蓟北，初闻涕泪满衣裳"写身处四川的杜甫听到从河北传来安史之乱被平定的消息后，喜极而泣的情景。安史之乱爆发后，杜甫一直颠沛流离，仕途不顺、生活困顿，最小的儿子也因饥饿而死，自己还曾被安史之乱叛军俘获。在 759 年冬天被迫入川后，虽然有好友之子严武的照拂，生活也依旧艰难。这种艰难在《茅屋为秋风所破歌》中有所记述："布衾多年冷似铁，娇儿恶卧踏里裂。床头屋漏无干处，雨脚如麻未断绝。自经丧乱少睡眠，长夜沾湿何由彻！"在这样的境遇中，杜甫渴望叛乱平复、天下太平、早日返回中原故乡的心情自然十分强烈。虽然日日渴盼着这一天早点到来，但真的来临的时候，又是那么令人不敢相信。杜甫用一个"忽"字、一个"初"字，把这种既高兴又怀疑的心情表达得十分准确。

颔联"却看妻子愁何在，漫卷诗书喜欲狂"，从自己喜极而泣写到妻子愁容顿消，高兴得收拾书卷，准备归乡的行囊。

颈联"白日放歌须纵酒，青春作伴好还乡"，写自己和家人对胜利的庆祝，对归乡的渴望。安史之乱的平息，不仅是唐王朝的幸事，更是天下百姓和杜甫一家的幸事。面对这样令人高兴的大事，自然要放声高歌、举杯祝贺，要趁着大好的春光早点回到阔别多年的故乡。

尾联"即从巴峡穿巫峡，便下襄阳向洛阳"，既是写杜甫计划或想象中归乡的路线，也是写路程之远、路途之难。"从巴峡""穿巫峡""下襄阳""向洛阳"几个连续的动词加上几个不同的地点，不但表达了归乡速度之快，而且表达了归乡之情的迫切。

本诗韵律和谐，对仗工整，用词准确，描述生动，与《登高》《秋兴八首》一样，都代表了杜甫律诗的成就，也成就了杜甫在律诗发展史上不可替代的地位。

剑外[1]忽传收蓟北[2]，初闻涕[3]泪满衣裳。

却看[4]妻子[5]愁何在[6]，漫卷[7]诗书喜欲狂。

白日放歌须[8]纵酒，青春[9]作伴好还乡。

即从巴峡[10]穿巫峡[11]，便[12]下襄阳向洛阳。①

---

① 陈贻焮. 增订注释全唐诗：第二册 [M]. 北京：文化艺术出版社，2001：233.

注释

[1] 剑外：剑门关以南，这里指四川。[2] 蓟北：泛指唐代幽州、蓟州一带，今河北北部地区，是安史叛军的根据地。[3] 涕（tì）：眼泪。[4] 却看：回头看。[5] 妻子：妻子和孩子。[6] 愁何在：忧愁在哪里？表示没有了忧愁。[7] 漫卷：随意卷起。[8] 须：应当。[9] 青春：美好的春天景色。[10] 巴峡：长江三峡之一，长江流经巴山一段称为巴峡。[11] 巫峡：长江三峡之一，长江流经巫山一段称为巫峡。[12] 便：就，马上。

思考题

举例分析杜甫律诗的特点。

（李丽）

金错刀行

陆　游

导读

陆游（1125—1210），字务观，号放翁，越州山阴（今浙江绍兴）人，南宋著名文学家、词人、史学家、爱国诗人。陆游一生创作诗词散文一万多篇，涉及爱情、田园、军旅等多方面内容。军旅作品很多与抗金北伐、收复失地有关。如《书愤》《十一月四日风雨大作二首·其二》《示儿》《诉衷情·当年万里觅封侯》《关山月》《病起书怀》《秋夜将晓出篱门迎凉有感二首》等。有《剑南诗稿》《渭南文集》《老学庵笔记》《南唐书》等著作存世。《宋史》有《陆游传》。

《金错刀行》为歌行体，也是陆游爱国诗篇中的代表作。诗歌从黄金白玉镶嵌的金错刀写起，抒发作者渴望出征北伐、收复失地的壮志豪情。

被黄金美玉装饰的宝刀，光芒透过窗扉照亮夜空。"刀"是兵器的一种，本属于不祥之器，如《道德经》说："兵者不祥之器。"一般情况下是不应该对其大加推崇和赞美的，但当民族利益受到威胁的时候，文人佩刀，投笔从戎，武士佩刀，征战沙场，就如匣中宝剑、壁上龙泉，刀要出鞘，剑应在手。

提刀出征，慷慨赴死，是每一位热血男儿共同的愿望。陆游一生坚持抗金主战，反对议和，也因此经常被主和派排挤非议，一直在仕途上郁郁不得志。就像诗作中的"丈夫"，空有满怀豪情壮志，却报国无门，真是有心杀敌、无力回天，只能提刀独立、环顾八荒，心绪茫然。

这位提刀独立的半百老人，在京城结交的都是有理想有抱负、志向相同、愿意为理想而献身的豪杰之士，他们为自己不能青史留名而感到耻辱，一心想报效天子和朝廷。最近从军来到汉水之滨，遥望被外族侵占的地方，心中愤慨难平："楚虽三户能亡秦，岂有堂堂中国空无人！"这里运用楚国和秦国的历史典故，表达作者誓死抗战的决心和打败侵略者收复失地的信心。

诗作运用比喻、拟人手法，塑造了一位提刀独立的孤独的爱国者形象。用华贵闪光、豪气冲天却无用武之地的宝刀，比喻有理想、有抱负却不能施展才能的爱国英雄。刀如人、人似刀，宝刀未老！通过这一形象，抒发了沉郁悲壮的爱国豪情。

全诗韵律和谐，音韵与感情相协调，"装""芒""荒"的韵母属于开口呼，发音响亮豪放，正适合抒发豪迈奔放的感情；"士""死""子"的韵母属于齐齿呼，适合表达沉郁压抑之情；"滨""峋""秦""人"的韵母既有齐齿呼，也有撮口呼、开口呼，与江边远眺、怀古伤今的复杂情感十分切合。

全诗借景抒情，借物喻人，借古喻今，最后一句画龙点睛，抒发了爱国豪情。

黄金错[1]刀白玉装，夜穿窗扉出光芒。

丈夫五十功未立，提刀独立顾八荒[2]。

京华[3]结交尽奇士[4]，意气[5]相期[6]共生死。

千年史册[7]耻无名，一片丹心报天子。

尔来[8]从军天汉滨[9]，南山[10]晓雪玉嶙峋[11]。

呜呼！楚虽三户能亡秦[12]，岂有堂堂中国空无人！①

注释

[1]错：装饰，镶嵌。[2]八荒：八方。[3]京华：京城。[4]奇士：奇异之人。[5]意气：志趣、豪迈之气。[6]相期：互相勉励。[7]史册：

①　高克勤，曹明纲，朱刚，等. 宋诗三百首［M］. 上海：上海古籍出版社，2001：213.

史书。[8] 尔来：近来。[9] 天汉滨：汉水边，这里指汉中一带。[10] 南山：终南山，属秦岭山系。[11] 嶙峋：山石参差重叠的样子。[12] 楚虽三户能亡秦：出自《史记·项羽本纪》"楚虽三户，亡秦必楚"，意为楚国即使只剩下屈、景、昭三个氏族，也一定能报仇灭秦。

思考题

陆游在诗歌中是如何表达自己的爱国情怀的？

(李丽)

夜思中原

刘 过

导 读

刘过（1154—1206），字改之，号龙洲道人。南宋文学家、爱国词人。一般认为他生于吉州太和（今江西泰和），逝于江苏昆山，一生未考取功名，未入仕途，与辛弃疾、陆游、陈亮及岳飞之孙岳珂交往甚厚，今昆山有刘过墓。刘过词作虽不足百首，但词风豪放悲凉，与辛弃疾词风相近。内容多抒发抗金爱国、悲愤感伤之情。有《龙洲集》《龙洲词》《龙洲道人诗集》存世。《宋史》无传，生平事迹见于宋人笔记。

刘过虽以词取胜，但也工于诗，有古体诗、律诗。《夜思中原》即是其七言律诗的代表作，此诗韵律和谐，对仗工整，抒情真挚，气势豪迈，不失为南宋爱国诗歌中的佳作。

首联"中原邈邈路何长，文物衣冠天一方"，开篇点题，直指中原之地。曾经宋王朝统治的故国山川，曾经宋朝子民生活的中原大地，现在却是路途遥远只能思念不能回去的地方。曾经中原保留和传承的礼乐典章制度、流行的衣冠服饰文化，也与作者天各一方，无法见到了。

颔联"独有孤臣挥血泪，更无奇杰叫天阍"，承接上联，抒写悲愤之情。孤臣挥泪泣血，既为山河破碎不能收复中原失地，也为时无英雄不能拯救朝廷！叫天阍，可以理解为叩击皇宫之门、救助皇室，也可以理解成叩问苍天、祈求苍天护佑大宋王朝。然而，叫天天不应，叫地地不灵，孤臣无援，唯有泣血问天。

颈联"关河夜月冰霜重，宫殿春风草木荒"，对仗工整，一实一虚，极写边关旧殿凄冷荒凉之景。关河，实指函谷关和黄河，也代指关塞河防或山河，在边塞、战乱、思乡、报国等主题的诗词中出现频率非常高，是一种抒发沉郁悲凉、绝望断肠的情感的意象。本联中，"关河"指作者月色中思念中原的地方，夜月凄清、冰霜厚重、寒气袭人，这是实景。"宫殿"指中原旧皇宫，自靖康之变徽、钦二宗被掠北去，高宗渡江偏安江南，曾经繁盛的皇宫，已是人去殿空，春风吹来杂草丛生，不见似锦繁花，却更增一派荒凉，这是作者想象中的虚景。而"冰霜"与"春风"，表面看是季节的变换，实则是岁月的更迭。岁岁年年，孤臣夜思中原，悲愤难消。

尾联"犹耿孤忠思报主，插天剑气夜光芒"，借物喻人，抒发报国豪情。塑造了忠臣忠心耿耿、无所畏惧、携剑出征、收复中原的伟岸形象。诗句中运用夸张的手法，写宝剑的气势和照彻暗夜的光芒，用剑气比喻孤臣震慑人心的豪迈气概。

本诗的题目就是主题，诗人将夜晚景色、思念之痛表现得淋漓尽致，深刻感人。

中原邈邈[1]路何长，文物[2]衣冠[3]天一方。
独有孤臣挥血泪，更无奇杰叫天阍[4]。
关河[5]夜月冰霜重，宫殿春风草木荒。
犹耿[6]孤忠思报主，插天剑气夜光芒。①

注释

[1] 邈邈：遥远。[2] 文物：指礼乐、典章制度等。[3] 衣冠：衣帽，指汉族不同于异族的服饰制度，代指宋朝皇室与仕宦之家。[4] 天阍：传说中的天门，亦指皇宫的正门。阍：门。[5] 关河：这里指关塞、关防。[6] 耿：正直，坦诚，忠厚。

---

① 高克勤，曹明纲，朱刚，等. 宋诗三百首［M］. 上海：上海古籍出版社，2001：258.

思考题

试分析《夜思中原》与《唐多令·芦叶满汀洲》在表达爱国情感方面的相同之处。

(李丽)

别云间

夏完淳

导读

夏完淳（1631—1647），原名复，字存古，松江府华亭（今上海松江）人。其父夏允彝是明末著名文社"几社"的创始人之一，其师陈子龙是著名文学家、"复社"领袖。夏完淳幼年即博览群籍，诗文俱佳，表现出过人的天赋。清兵南下，夏完淳跟随父亲和老师参加抗清斗争，后被俘遇难，年仅16岁。

《别云间》是一首五言律诗，作于诗人被俘后，即将告别故乡押赴南京之际。松江府古称云间，诗人在三年的抗清斗争中，漂泊辗转，志在保卫家乡，恢复国土，不料落入敌手。一面是山河破碎难以挽回的大局，一面是即将与故乡和亲人的永诀，诗人将内心的家国之痛和视死如归的精神，以及后来人能够抗争到底的希望，都凝结在这首诗中。

从诗的首联能够看出，诗人对三年来抗清斗争的艰辛和失败被俘，充满了不甘与无奈。三年是实写，夏完淳从1645年随父亲在家乡起兵抗清，到1647年被俘正好三年，期间经历了数次失败，他的父亲夏允彝和老师陈子龙先后投水殉国，此时他自己又被俘虏，诗人心中的痛苦可想而知。颔联写诗人面对前明的大好河山遭受兵燹，而自己却无可奈何，只能以泪洗面。前一句"无限河山"正对应"谁言天地宽"，祖国的山河虽然壮阔广大，但没有诗人的容身之地。颈联既写出了诗人视死如归的勇气，又表达了对故乡无限的眷恋。所谓"无情未必真豪杰"，正是因为诗人对故乡的热爱，他才以死抗清，不愿让故乡沦入敌手。诗的尾联用屈原《国殇》的典故，表达了自己为国捐躯、义无反顾的决心，可以和李清照"生当作人杰，死亦为鬼雄"相对照，又呼应了上一联"已知泉路近"。诗人还把不屈的斗争精神和复国的热切希望寄托在后来人身上，自己宁可牺牲，也希望看到抗清的事业能够继续下去。老一辈革命家陈毅的《梅岭三章》中有"此去泉台招旧部，旌旗十万斩阎罗""后死诸君多努力，捷报飞来当纸钱"等诗句，可以看作对夏完淳"毅魄归来日，灵旗空际看"的接受与创新。

这首诗感情深沉澎湃，风格慷慨悲凉，诗人把对国家的热爱融入对故乡的眷恋，正因为如此，他才能大义凛然地面对死亡，并以不屈的斗争精神，寄希望于未来。

三年[1]羁旅客，今日又南冠[2]。
无限河山泪，谁言天地宽。
已知泉路[3]近，欲别故乡难。
毅魄[4]归来日，灵旗[5]空际看。①

注释

[1] 三年：1645—1647 年作者参加抗清斗争，共三年。[2] 南冠（guān）：被囚禁的人。语出《左传》，晋侯见钟仪，问左右"南冠而絷（zhí）者，谁也？"后世以"南冠"代指被俘。[3] 泉路：黄泉路，死路。泉：指人死后埋葬的地穴。[4] 毅魄：坚强不屈的魂魄，语出屈原《九歌·国殇》："身既死兮神以灵，魂魄毅兮为鬼雄。"[5] 灵旗：又叫魂幡，古代招引亡魂的旗子，这里指后继者的队伍。

思考题

（1）思考夏完淳在诗中运用屈原《国殇》典故的深意。
（2）《别云间》中，诗人运用了哪些手法表达对故乡的眷恋？

（高日晖）

---

① 夏完淳. 夏完淳集笺校［M］. 白坚，笺校. 上海：上海古籍出版社，1991：260.

二、词

江城子·密州出猎

苏 轼

导读

苏轼（1037—1101），字子瞻，号东坡居士，世称苏东坡。祖籍河北栾城，生于眉州眉山（今四川省眉山市），病逝于江苏常州。与父亲苏洵、弟弟苏辙合称"三苏"。苏轼不仅是北宋著名官员，还是著名文学家、书画家，在多种艺术领域都取得了极高的成就：散文创作与欧阳修合称"欧苏"；诗歌创作与黄庭坚合称"苏黄"；与辛弃疾同为宋代豪放派代表词人，合称"苏辛"；书法方面则与黄庭坚、米芾、蔡襄合称"北宋四大家"。

苏轼的词在中国词史上占有非常重要的地位。他一生创作颇丰，存词2 700多首。代表词作有怀念亡妻的《江城子·乙卯正月二十日夜记梦》，思念弟弟的《水调歌头·明月几时有》，怀古的《念奴娇·赤壁怀古》，以及抒写自我卓然不群、超然物外的人生境界的《卜算子·黄州定慧院寓居作》《定风波·莫听穿林打叶声》等。苏轼的诗歌散文创作数量虽然不及词作，但也句句珠玑，篇篇精美，令人拍案称奇。

苏轼诗词散文中名词佳句比比皆是，如"春宵一刻值千金，花有清香月有阴"（《春宵》）、"人生到处知何似，应似飞鸿踏雪泥。泥上偶然留指爪，鸿飞那复计东西"（《和子由渑池怀旧》）、"粗缯大布裹生涯，腹有诗书气自华"（《和董传留别》）、"枝上柳绵吹又少，天涯何处无芳草"（《蝶恋花·春景》）、"且将新火试新茶，诗酒趁年华"（《望江南·超然台作》）、"人生如逆旅，我亦是行人"（《临江仙·送钱穆父》）、"小舟从此逝，江海寄余生"（《临江仙·夜归临皋》），这些诗词抒写人生哲理、体现旷达的人生境界，历来为人们所喜爱。

苏轼有《东坡易传》《东坡乐府》《东坡七集》等易学和诗词作品集，及《潇湘竹石图》《枯木怪石图》《寒食帖》等书画作品传世，是宋代乃至于中国历史上具有多方面艺术修养和艺术成就的伟大作家。《宋史》有其传，林语堂有《苏东坡传》，王水照、崔铭有《苏轼传》。

1057年，21岁的苏轼和19岁的苏辙一举考中进士，成为京城佳话。本以为从此青云直上，仕途得志，可以报效朝廷和国家，实现自己的人生理想和抱负，却因为各种原因，命运多舛，仕途不顺，一生在"被贬外放—回京任职—被贬外放—回京任职"中循环，甚至在43岁时因"乌台诗案"被捕，险些丧命狱中。本篇词作就是苏轼被贬密州时所作。

对于朝廷的内政外交，苏轼一直有很深的忧患意识，25岁应"制科"考试时，他写了25篇探讨时政的策论，其中就包括探讨宋朝军队国防问题的《教战守策》。所以在他自己掌管一州军政的时候，就把自己的理念运用到了实践当中。

这首词初看是写苏轼自己闲暇时领着官员和百姓去狩猎，似乎有些不务正业，其实是在培养当地官员和百姓的防御意识，训练大家的军事作战能力，增强抵御外敌的军事实力。他曾在《教战守策》中论述："昔者先王知兵之不可去也，是故天下虽平，不敢忘战。秋冬之隙，致民田猎以讲武，教之以进退坐作之方，使其耳目习于钟鼓旌旗之间而不乱，使其心志安于斩刈杀伐之际而不慑。是以虽有盗贼之变，而民不至于惊溃。"这次狩猎，正是践行他的军事思想。

词的上阕，苏轼正值38岁的壮年，却自称"老夫"，既可以理解成一种自我揶揄和调侃，也可以理解为经过宦海浮沉后消极悲观的心态。但他毕竟是有抱负和责任感的大宋官员和地方父母官，所以年少时的理想依旧没有泯灭，"少年"和"老夫"一样，既是写年龄，也是写心态。"狂"既是写狩猎时牵狗擎鹰、锦帽貂裘、千骑卷平冈的外在状态，也是写一腔热血报效朝廷、英气勃发不忘初心的内在精神。教民狩猎以讲武，百姓倾城出动跟随太守，"倾城"运用了夸张的艺术手法，写狩猎人数之多，百姓跟随之众。"亲射虎，看孙郎"运用三国时期孙权骑马射虎的典故，写自己雄姿勃发的英武形象。

下阕写苏轼酒后的豪放气概和对朝廷的期待，并表达自己渴望守边抗敌的豪情壮志。"鬓微霜，又何妨"与上阕"老夫"呼应，写老骥伏枥、壮心不已的豪气。"持节云中，何日遣冯唐"用汉文帝派遣冯唐去云中郡（今河北、山西、内蒙古北部一带），赦免云中太守魏尚，让他率兵继续驻守云中抗击匈奴的历史典故，表达自己对朝廷的期待。苏轼觉得自己被贬官外放，就像当年的魏尚。他希望宋朝皇帝能像汉文帝一样，也派遣使臣，委他以戍边抗敌的重任。"会挽雕弓如满月，西北望，射天狼"表达自己的豪迈气概和对未来功业的展望，顶天立地的爱国将帅形象跃然纸上。北宋后期，虽然表面上经济繁荣，一派祥和景象，但实际上已经国库空虚，兵力不足，常年向位于西北的西夏和东北的辽金等国纳贡，苏轼觉得在这样的情势下，两国或多国交战在所难免："今国家所以奉西北之虏者，岁以百万计。奉之者有限，而求之者无厌，此其势必至于战。"（《教战守策》）虽然词中写西北，但不限于西北，而是代表了所有外敌。结合苏轼的策论，我们看到了他作为官员在政治、军事、外交上的远见卓识。

整首词将白描和夸张、实景和虚景、现状和理想、现实和历史、写景和抒情融合得自然贴切，如行云流水，一气呵成，将作者的冲天豪气抒发得酣畅淋漓。

老夫[1]聊[2]发少年狂[3]，左牵黄[4]，右擎苍[5]，锦帽貂裘[6]，千骑[7]卷[8]平冈。为报倾城随太守，亲射虎，看孙郎[9]。

酒酣[10]胸胆[11]尚[12]开张[13]，鬓微霜，又何妨！持节[14]云中，何日遣冯唐[15]？会[16]挽雕弓[17]如满月[18]，西北望，射天狼[19]。①

注释

[1] 老夫：苏轼自称。[2] 聊：姑且，暂且。[3] 狂：狂放、豪情。[4] 黄：黄犬。[5] 擎苍：举着苍鹰。[6] 貂裘：貂皮外衣。[7] 千骑：很多骑兵，一人一马为"一骑"。[8] 卷：席卷。[9] 孙郎：孙权。三国时期吴国君王。[10] 酒酣：喝酒尽兴。[11] 胸胆：胸怀胆气。[12] 尚：更加。[13] 开张：开阔。[14] 持节：拿着朝廷的节符。[15] 冯唐：汉文帝时期著名大臣。[16] 会：一定、能。[17] 挽雕弓：拉开雕刻着花纹的弓。[18] 如满月：把弓拉得很满，就像十五的月亮，表示膂力惊人，具有英雄气概。[19] 射天狼：射杀天狼星。天狼星属于二十八星宿中的井宿，主战事，也主西北方位。屈原《九歌·东君》有"青云衣兮白霓裳，举长矢兮射天狼"，以天狼星借指位于楚国西北的秦国。苏轼这里也可以算是化用了屈原的诗句，用天狼星借指位于宋朝西北的西夏国，和屈原一样表达爱国情怀。

---

① 王水照. 苏轼选集［M］. 上海：上海古籍出版社，2014：259－261.

思考题

苏轼是如何在词中表达爱国情怀的？

（李丽）

六州歌头

贺 铸

导读

贺铸（1052—1125），字方回，自号庆湖遗老，北宋词人。因其写愁绪的词句"试问闲愁都几许？一川烟草，满城风絮，梅子黄时雨"被时人赞赏，故也被称为贺梅子。祖籍浙江山阴，是唐代诗人贺知章后裔，宋太祖贺皇后族孙，生于卫州（今河南省卫辉市），晚年定居苏州，74 岁卒于常州僧舍。

贺铸擅长诗词创作，词作 280 余首，词风兼具婉约与豪放。婉约词主要抒发凄婉柔美的感伤离别之情，如《鹧鸪天·重过阊门万事非》："重过阊门万事非，同来何事不同归。梧桐半死清霜后，头白鸳鸯失伴飞。原上草，露初晞，旧栖新垅两依依。空床卧听南窗雨，谁复挑灯夜补衣。"送别词《青玉案·凌波不过横塘路》："凌波不过横塘路，但目送、芳尘去。锦瑟华年谁与度？月桥花院，琐窗朱户，只有春知处。飞云冉冉蘅皋暮，彩笔新题断肠句。若问闲情都几许？一川烟草，满城风絮，梅子黄时雨。"《绿罗裙·东风柳陌长》："东风柳陌长，闭月花房小。应念画眉人，拂镜啼新晓。伤心南浦波，回首青门道。记得绿罗裙，处处怜芳草。"豪放词则主要抒发爱国豪情，如本篇《六州歌头·少年侠气》。贺铸有《东山词》存世，《宋史》有简传。

《六州歌头》作于北宋哲宗元祐三年（1088）秋。其时贺铸在和州（今安徽省和县一带）任管界巡检，负责当地军事治安等事宜。在贺铸生活的时代，宋经常被东北的辽，西北的吐蕃、西夏等侵扰，宋朝廷却经常采取绥靖安抚纳贡等软弱政策，致使边境不得安宁。就在此词创作的前一年，吐蕃大将果庄率军向洮州发动进攻，又派兵七万包围河州军事重镇，西夏、吐蕃联军大破宋军。在这样的时代背景下，胸怀报国之志的贺铸只能任职于内地小城，不能奔赴边疆杀敌报国，心中浩然英烈之气难以平息，只能借酒浇愁，借词抒愤。

上阕塑造了一位擅交游、重义气、守承诺、轻功利、能饮酒、擅骑射的少年游侠形象。中国历史上，游侠一直是一个非常特殊的群体，在国家安宁没有外敌的时候，游侠行侠仗义，扶弱济贫；在外敌入侵的时候，游侠驰骋沙场，精忠报国。不论是曹植的"幽并游侠儿"，还是王维的"长安少年游侠客"，以及本词中的少年，都是这一群体中优秀的代表。少年结交各地英豪，与他们志趣相同、肝胆相照，路见不平、怒发冲冠。他们死生契阔，崇尚卓然不群的英雄，轻视世俗的权势地位。他们闲暇时经常一起饮酒田猎，呼鹰唤犬，弯弓射箭，乐在其中。

下阕写宦海浮沉如黄粱一梦。当年的少年随一叶孤舟、一轮明月，离开京都，到外地任小吏，终日困于杂务，如同雄鹰落入樊笼。更令人感到悲催愤慨的是，落入这可悲境地的，不仅仅是他一个人，而是和他一样有报国雄心壮志的众多武官们。本可以长缨在手，本可以驰骋边关，为国家民族效力，却在外敌入侵的时候，英雄无用武之地，只能如宝剑一样在西风中啸吼，只能登山临水，拨动琴弦，仰望归鸿，宣泄自己抑郁不得志的悲愤之情，抒发报国无门、年岁渐老的悲伤情怀。

魏晋时期竹林七贤的代表人物嵇康写给兄长从军的诗句："目送归鸿，手挥五弦。"写的是军中休整时的悠闲状态，而本词中的少年侠客、中年小吏，却是渴望从军而不得，他手寄七弦、目送归鸿，却不是身心闲适的美好状态，而是满腔悲愤无处诉说的苦痛了。

本词叙写从少年到中年的人生经历，描写日常生活交游场景和活动，抒发人生感慨，将叙事、描写、抒情融为一体，全面完整地勾画出词中人的人生轨迹和情感历程，使抒情有所依托，人物形象饱满生动。本词最大的特点是在音律方面的独特性，词以三字为主，节奏感强烈，给人以或明快欢乐或急促压抑的感觉，特别适合抒发或欢乐或悲愤的豪放之情。明快欢乐属于交游饮酒田猎，急促压抑表现对军情危急的悲愤抑郁，发音以开口呼、合口呼为主，发音高昂，豪放中蕴含沉郁之情。

少年侠气，交结五都[1]雄[2]。肝胆洞[3]，毛发耸。立谈中，死生同，一诺千金重。推翘勇，矜豪纵，轻盖拥，联飞鞚[4]，斗城[5]东。轰饮酒垆，春色浮寒瓮，吸海垂虹。闲呼鹰嗾[6]犬，白羽摘雕弓，狡穴俄空。乐匆匆。

似黄粱梦，辞丹凤，明月共，漾孤蓬。官冗从[7]，怀倥偬[8]，落尘笼，簿书丛。鹖弁[9]如云众，供粗用，忽奇功。笳鼓[10]动，渔阳[11]弄，思悲翁。不请长缨，系取天骄种，剑吼西风。恨登山临水，手寄七弦桐[12]，目送归鸿。①

注释

[1] 五都：泛指北宋的各大城市。[2] 雄：指有雄才大略之士。[3] 洞：洞明，透彻。[4] 鞚（kòng）：带嚼子的马笼头。[5] 斗（dǒu）城：汉长安故城，这里借指汴京。[6] 嗾（sǒu）：主人驱使狗的声音。[7] 冗从：散职侍从官。[8] 倥偬（kǒng zǒng）：事多、繁忙。[9] 鹖（hé）弁（biàn）：本义指武将的官帽，代指武官。[10] 笳鼓：都是军乐器。[11] 渔阳：渔阳郡，治所位于今北京市密云区，是唐代安禄山起兵叛乱之地。词中指侵扰北宋的少数民族发动了战争。[12] 七弦桐：即七弦琴。桐木是制琴的最佳材料，故以"桐"代"琴"。

思考题

贺铸爱国词与苏轼爱国词在词风和表现手法上有何异同？

（李丽）

相见欢

朱敦儒

导读

朱敦儒（1081—1159），字希真，河南洛阳人，号岩壑，又称伊水老人、洛川先生，宋代词人。早期畅游山水拒绝入仕，靖康之乱后南迁，高宗赐进士，曾任兵部郎官、两浙东路提点刑狱等官职。晚年居嘉禾，病卒，享年79岁。有词集《樵歌》存世，《宋史》有传。

朱敦儒词作的内容和风格因人生阶段的变化而不同。在北宋时期的朱敦

---

① 中国社会科学院文学研究所. 唐宋词选 [M]. 北京：人民出版社，2002：181–183.

儒终日留恋山水不求仕进，词作大多记叙享乐生活，抒发快乐情绪，如《鹧鸪天·西都作》：“我是清都山水郎，天教分付与疏狂。曾批给雨支风券，累上留云借月章。诗万首，酒千觞。几曾着眼看侯王？玉楼金阙慵归去，且插梅花醉洛阳。”南归后，经历了山河破碎，失去了故国家园，朱敦儒的词作开始抒发爱国抗敌的悲愤之情，如本书所选的《相见欢·金陵城上西楼》。因主战，朱敦儒被免职，后又因晚年结交秦桧，受到时人诟病。

《相见欢·金陵城上西楼》作于南渡初期，因靖康之变，作者以贵胄公子身份被迫南迁，不仅失去了故国家园，还失去了曾经美好安宁的生活。在词中，他表达了自己主战的立场，希望能早日收复失地，为朝廷报仇雪耻。

上阕“金陵城上西楼，倚清秋。万里夕阳垂地大江流”，写自己登上南京西门城楼所见的自然景色。倚栏远眺秋日景色，望见万里江山，夕阳垂落，大江奔流。凭栏远眺，一直是去国怀乡的骚人墨客抒发离愁别绪的方式之一，如：“凭轩槛以遥望兮，向北风而开襟……人情同于怀土兮，岂穷达而异心！”（王粲《登楼赋》）“亲朋无一字，老病有孤舟。戎马关山北，凭轩涕泗流。”（杜甫《登岳阳楼》）到了南宋，凭栏远眺又增加了新的情感内涵，表达了爱国词人思念故国却报国无门的悲愤沉郁之情。如：“江南游子，把吴钩看了，栏杆拍遍，无人会，登临意！”（辛弃疾《水龙吟·登建康赏心亭》）朱敦儒坚持主战，却被谗言构陷遭免职，心中抑郁悲愤之情难以平复，只能登临眺望。眼中的秋色一派凄清，眼前的落日无比落寞，眼下的江水无言流逝，一切都染上了浓郁的哀伤、悲凉、绝望的色彩。这不是纯自然的景物，而是词人内心情感的外放。如果当年在洛阳，国泰民安一派祥和，词人可以登东楼，看春色看日出，也可以看一叶扁舟在江水中逍遥，那是心中美好喜乐的再现。而此时，山河破碎，词人的心境不再如从前，心情不同，景色则异，心中景变成了眼中景，借景抒情，情景相生。

下阕“中原乱，簪缨散，几时收？试倩悲风吹泪过扬州”，叙事和抒情结合，与上阕写景相呼应。靖康之难，堂堂大宋两位皇帝被金人所掠，士大夫们不能奋起抗击金兵、杀敌护国，却纷纷作鸟兽散，逃离京都过江偏安。遥望北方，眺望前线，不知道失去的山河能否收复，不知道自己能否有机会亲临前线。只能借秋日的悲风把自己悲伤的泪水吹过大江，吹到扬州边防前线。词人为自己流泪，为朝廷流泪，为国家流泪，泪水在风中飞散，悲伤像滔滔江水，沉默却无休止。“问君能有几多愁，恰似一江春水向东流”，李煜的亡国之愁，跨越了时空与词人契合。

作为一直远离仕途无心功名的逍遥词人，朱敦儒能在这首小词中借景抒情，抒发自己的亡国之恨、家国情怀，也是难能可贵。

金陵[1]城上西楼[2]，倚[3]清秋。万里夕阳垂地大江流。
中原乱[4]，簪缨[5]散，几时收[6]？试倩[7]悲风吹泪过扬州[8]。①

注释

[1] 金陵：南京。[2] 城上西楼：西门上的城楼。[3] 倚：靠。[4] 中原乱：指 1127 年金人侵占中原。[5] 簪缨：借指达官显贵。簪，簪子，头饰。缨，系帽子的带子。[6] 收：收复。[7] 倩：请。[8] 扬州：今江苏扬州，是南宋抗击金兵的前线。

思考题

请结合此词谈谈南渡词人爱国词的创作特征。

（李丽）

小重山[1]
岳 飞

导 读

岳飞（1103—1142），字鹏举，相州汤阴（今河南省安阳市汤阴县）人，南宋抗金名将，民族英雄，与张俊、韩世忠、刘光世一起被称为"南宋中兴四将"。

岳飞跟随北宋抗金名将宗泽十几年，率领岳家军力抗金兵，先后收复被金人占领的郑州、洛阳等地，并在郾城、颖昌大败金兵，重创入侵之敌。后因主和派秦桧构陷，岳飞与长子岳云、部将张宪一起，被宋高宗以莫须有的罪名杀害，年仅 40 岁。宋孝宗为岳飞平反，封鄂王，改葬西湖畔，今西湖边

---

① 中国社会科学院文学研究所. 唐宋词选［M］. 北京：人民文学出版社，2002：222.

有岳飞墓并建有岳王庙。岳飞家乡河南汤阴、抗金获胜之地河南朱仙镇、岳家军基地湖北武昌均建有岳飞庙，以纪念这位伟大的民族英雄。《宋史》有《岳飞传》。

岳飞在率军抗击金兵之时，常用诗词抒情言志。其诗词主要抒发抗金爱国情怀，或豪放或婉约，无不感人肺腑。间有写景之作，也刚柔兼备，令人有身临其境之感。有《岳忠武王文集》存世。代表作有《满江红·怒发冲冠》："怒发冲冠，凭栏处、潇潇雨歇。抬望眼，仰天长啸，壮怀激烈。三十功名尘与土，八千里路云和月。莫等闲、白了少年头，空悲切！靖康耻，犹未雪。臣子恨，何时灭！驾长车，踏破贺兰山缺。壮志饥餐胡虏肉，笑谈渴饮匈奴血。待从头、收拾旧山河，朝天阙。"《宝刀歌书赠吴将军南行》："我有一宝刀，深藏未出韬。今朝持赠南征使，紫蜺万丈干青霄。指海海腾沸，指山山动摇。……使君一一试此刀，能令四海烽尘消，万姓鼓舞歌唐尧。"

本词作于岳飞人生低谷期，一般认为在绍兴六年至七年间。其时，岳飞出师北伐，抵抗金兵，正在不断取得胜利之际，却遭到以高宗赵构和秦桧为首的主和派的阻挠，使得岳飞孤军深入，内无粮草、外无救兵，不得不从抗金前线河南撤回湖北武昌。一些主战派官员和将领也或被贬或被杀，使得收复失地的大好时机被错过，抗金前景不容乐观。作为积极主战并在抗金前线不断取得胜利的将领，岳飞对抗击金兵收复失地一直充满信心。就像他在《满江红·怒发冲冠》下阕中所写"驾长车，踏破贺兰山缺。壮志饥餐胡虏肉，笑谈渴饮匈奴血。待从头、收拾旧山河，朝天阙"。可是，信心虽有，理想也在，却身不由己，不能驾战车，不能跨战马，只能囿于小小庭院，在梦中回到千里之外的前线，在梦中过饥餐胡虏肉、渴饮匈奴血的军旅生活，在梦中实现自己的抗金报国壮志。

上阕，作者回忆昨晚三更时分，在梦中被蟋蟀的叫声惊醒，从梦中千里外的前线回到现实。梦中的慷慨激烈、格斗厮杀还历历在目，梦中的热血还在心中涌动。这满腔豪情不能平复，只好起身绕阶散步，却听不见家人或部下一点声音，只有帘外的朦胧月色，静静地陪伴着独行者，感受他身体与心灵的双重孤独。"蝉噪林逾静，鸟鸣山更幽。"（南北朝王籍《入若耶溪》）蟋蟀的叫声更加衬托了此刻夜色的静寂。这份孤独，这份安静，给了词人一个回忆和思考的最佳时刻。此刻的叙事、写景为下阕的抒情奠定了基础，确定了幽怨、感伤、失望的情感基调。

如果说上阕是回忆昨晚，下阕则是回忆平生。那位曾经满怀豪情壮志要为国家和民族建立功业的少年，如今已到壮年，然而前途无望，报国无门，有心退隐，却无路还家。"旧山"不仅是家乡的代称，更是被金人占领的中原故土。"松竹老"不仅表时光流逝，岁月更迭，用物老比喻人老，更是以物喻人，表达词人如松似竹般的高尚品德和节操。进不能杀敌，退不能归乡，只有岁月匆匆催人老，英雄荷戟独彷徨，这种苦痛悲愤、孤独无助无处诉说，即使诉诸瑶琴，弹断琴弦，没有知音，又有谁能听！

本词借景抒情，动静结合、正反相映：上阕梦中千里外沙场的喧嚣，醒来眼前小院中的寂寥，一动一静，互相映衬，借助写景抒发了词人内心的矛盾和苦痛。下阕功名与归程，一进取一隐遁，借行为上的矛盾再写词人内心的矛盾和苦痛。上阕之"独"与下阕之"知音少"互为印证，以独写独；蛩有声，人悄悄，相辅相成，以有声写无声。虽然仅仅是一首小词，但将写景、叙事、抒情紧密结合，环环相扣，营造了悲怆苍凉的意境，抒发了知音稀少、抑郁不得志的悲凉情感。

昨夜寒蛩[2]不住鸣，惊回千里梦[3]，已三更[4]。起来独自绕阶行，人悄悄，帘外月胧明[5]。

白首为功名，旧山[6]松竹老，阻归程。欲将心事付[7]瑶琴[8]，知音少，弦断有谁听？①

注释

[1] 小重山：词牌名。[2] 寒蛩：秋天的蟋蟀。[3] 千里梦：千里外抗击金兵的梦。[4] 三更：半夜，指夜里十一点到后半夜一点，即子时。[5] 胧明：朦胧。[6] 旧山：家乡的山。[7] 付：给予。[8] 瑶琴：用美玉装饰的琴。

思考题

试比较《满江红·怒发冲冠》和《小重山·昨夜寒蛩不住鸣》在表达爱国情感方面的异同。

（李丽）

---

① 夏承焘，等．宋词鉴赏辞典［M］．上海：上海辞书出版社，2003：996－997．

❁ 六州歌头 ❁

张孝祥

导 读

张孝祥（1132—1170），字安国，别号于湖居士，唐代诗人张籍七世孙。南宋著名豪放派词人，书法家。先祖从简州（今四川省简阳市）迁至历阳乌江（今安徽省和县乌江镇），张孝祥生于明州鄞县（今浙江省宁波市），13 岁时随家人迁居芜湖（今安徽省芜湖市），39 岁病逝于芜湖。据南宋周密《齐东野语》所记，其于暑热之时在芜湖舟中与虞允文饮酒，为其饯行，中暑而亡。葬于南京钟山清国寺，江浦老山有张孝祥墓。

张孝祥进士出身，累官至中书舍人。因上书为岳飞申冤，其父张祁遭秦桧陷害入狱，秦桧死后获救出狱。

张孝祥擅长诗文创作，尤其工于词。因其幼年经历了靖康之耻随家人避难的生活，对收复失地回归家园有着深厚的情结。登进士第走上仕途后，张孝祥积极主战，随时关注前线战况，即使在仕途不顺之时，也不忘抗金报国，词中多抒发自己的爱国豪情和壮志难酬的感伤。如《水调歌头·闻采石矶战胜》："雪洗虏尘静，风约楚云留。"

《全宋词》辑录其 223 首词，有《于湖居士文集》《于湖词》等传世。《宋史》有《张孝祥传》。

本词创作于 1162 年。当时，抗金名将张浚被启用，负责两淮地区抗金事务。张孝祥主动投奔张浚，被张浚派往南京，安排在北伐前线。在一次宴会上，张孝祥写下了这首激昂慷慨、悲愤豪放、流传千古的爱国词篇。

上阕写景记事，词人眺望蜿蜒流淌的淮河对岸，苍茫关塞，衰草遍野，一望无际的平原上，曾是征尘飞扬的战场，而今却只有秋风凄冷地吹过。没有紧张激烈的战斗场面，没有挥剑杀敌的英雄，一切都归于宁静，一切都悄无声息。霜风凄紧，严冬将至，词人空怀一腔报国热情，虽然来到了最前线，但仍然不能驰骋沙场，收复失地。那份失望与绝望，怎不令人黯然神伤？广大中原土地都被金人占领，甚至是儒家文化的发祥地都未能幸免。一河之隔的对岸，就是金人占领的地方，本来是田野遍布的农耕文化之地，现在却牛羊遍野、毡房错落，一派狩猎文化的草原景象。"洙泗上，弦歌地，亦膻腥"，金人侵占的不仅是广袤的土地、绚丽的江山，还有礼仪之邦的优秀文化。对于一个国家、一个民族而言，文化是比土地更重要、更有意义的存在！堂堂大宋，失去了土地，失去了文化，任凭敌人在眼前飞扬跋扈、气焰嚣张却无能为力，此情此景，怎不令人震惊？

下阕记事抒情，借物喻人。以腰间箭、匣中剑被虫蛀尘封，比喻爱国将帅英雄无用武之地的苦痛。时光飞逝，壮志难酬，又是一年徒劳无功，只能遥望远方的故都，寄去一份怀念之情。朝廷主和不主战，不断派遣使者议和，往来奔走于南宋和金人之地。烽烟不起，边关休兵，此处的一派祥和，是南宋君臣的让步、中原百姓的苟安换来的，这是多大的嘲讽、多大的羞辱。稍微有一点民族尊严的人，都会为之羞愧为之动容。一边是词人不想看到却往来不绝的议和使者们乘坐的车马冠盖，一边是中原百姓盼望却从未出现的君王抗击金兵收复失地的"翠葆霓旌"。两个场景，一实一虚，既形成鲜明的对比，构成强烈的反差，又指向同一个令人失望、悲愤的结局，那就是山河破碎，收复无望已成定局。叙事至此，作者所要表达的情感"忠愤气填膺，有泪如倾"水到渠成，喷薄而出，叙事与抒情完美衔接。

整首词节奏感强烈，尤其是三个音节的连续使用，如同骤雨狂风扑面袭来，令人无法呼吸，给人急促压抑、紧迫悲愤之感，强化了词作的抒情效果。

长淮[1]望断，关塞[2]莽然[3]平。征尘[4]暗，霜风劲，悄边声，黯销凝[5]。追想当年事[6]，殆[7]天数，非人力。洙泗[8]上，弦歌地，亦膻腥。隔水毡乡[9]，落日牛羊下，区脱[10]纵横。看名王[11]宵猎[12]，骑火[13]一川明。笳鼓悲鸣，遣人惊。

念腰间箭，匣中剑，空埃蠹[14]，竟何成。时易失，心徒壮，岁将零[15]，渺[16]神京[17]。干羽方怀远[18]，静烽燧[19]，且休兵。冠盖[20]使，纷驰骛[21]，若为情[22]。闻道中原遗老，常南望、翠葆霓旌[23]。使行人到此，忠愤气填膺[24]，有泪如倾[25]。①

注释

[1] 长淮：淮河。为宋金议和后的分界线。[2] 关塞：边塞。[3] 莽然：草木茂盛的样子。[4] 征尘：此处指战场上因战事而飞扬的尘土。

---

① 中国社会科学院文学研究所. 唐宋词选［M］. 北京：人民文学出版社，2002：300 - 302.

［5］黯销凝：黯然神伤。［6］当年事：指1127年的靖康之变。［7］殆：大概。［8］洙泗：洙水和泗水，流经山东曲阜。代指孔孟之乡、礼仪之邦。［9］毡乡：遍布毡房的地方，代指金人占领区。［10］区（ōu）脱：匈奴语译音，指边境处的土堡一类。［11］名王：敌军将帅。［12］宵猎：夜晚狩猎。［13］骑火：举着火把的骑兵。［14］埃蠹（dù）：名词作动词，被灰尘掩盖，被虫子所蛀。［15］零：凋零，没有。［16］渺：渺茫，遥远。［17］神京：指北宋都城汴京（今开封）。［18］干羽方怀远：指与金人议和。干羽，舞蹈所用道具，武舞用干，文舞用羽。怀：怀柔。远：远方，异族。［19］烽燧（suì）：烽烟。［20］冠盖：官员所穿戴的衣帽和乘坐的车辆，代指官吏。［21］驰骛（wù）：往来不绝。［22］若为情：怎么好意思，多羞耻。［23］翠葆霓旌：此处代指皇帝的仪仗，进而代指皇帝。翠葆：用翠鸟羽毛做装饰的车盖。霓旌：像虹霓似的彩色旌旗。［24］填膺：塞满胸怀。［25］倾：倒。

思考题

以本篇为例，试分析张孝祥豪放词的特色。

（李丽）

鹧鸪天

辛弃疾

导读

辛弃疾（1140—1207），字坦夫，后改幼安，别号稼轩。生于山东历城（今山东省济南市历城区），病逝于铅山（今江西省上饶市铅山县），享年68岁。济南市历城区有辛弃疾纪念馆，江西省上饶市铅山县有辛弃疾墓。辛弃疾是南宋著名词人，与李清照（号易安）同乡，并称"济南二安"；与苏轼同属豪放派，并称"苏辛"。辛弃疾一生坎坷，生于被金人占领的地区，后起兵抗金，南渡后作为主战派官员，一直呼吁北伐抗金，也因此遭到主和派的迫害打压，多次被贬。

辛弃疾和岳飞一样既是爱国将领又是爱国词人，但他在宋词创作方面取得的辉煌成就，盖过了他作为爱国将帅的光芒。当我们说起岳飞的时候，身份首先是岳元帅，然后才是词人。而说起辛弃疾的时候，我们总是先说他是南宋豪放派词人，然后才说他在军事方面了不起的战绩。作为词人，他创作了大量词作，代表了苏轼以后豪放词的最高成就；作为官员，他高瞻远瞩，为国家献计献策，写出了《美芹十论》和《九议》；作为将帅，他驰骋沙场，有谋略有胆识。

辛弃疾现存词600多首，诗文900多篇，有《稼轩长短句》。词作内容丰富，有抒发爱国抗金豪情和抑郁不得志之情的，如《破阵子·为陈同甫赋壮词以寄之》《永遇乐·京口北固亭怀古》《水龙吟·登建康赏心亭》《菩萨蛮·书江西造口壁》《鹧鸪天·送人》等；有描写田园山水风光和生活场景的，如《西江月·夜行黄沙道中》《清平乐·村居》《浣溪沙·父老争言雨水匀》等；还有一些是充满哲理的人生感慨，如《丑奴儿·书博山道中壁》《青玉案·元夕》等。辛弃疾的词作扩大了词的题材范围，其风格兼具豪放与婉约，是继苏轼后最有成就的词人。《宋史》有《辛弃疾传》。

本词作于一次宴饮后。酒桌上有客人慷慨激昂谈论功名问题，勾起了辛弃疾对年少追求功名经历的回忆。上阕回忆自己当年抗击金兵，率领千军万马渡过长江归依南宋，为南宋朝廷尽忠效力，在艰苦的作战环境中，无惧死生，敢于向装备精良的金兵发起进攻。这是怎样的一种豪气，一种积极进取的精神！可是，现实总是给年少的轻狂以迎头痛击，任你有万丈豪情、凌云壮志，都会在复杂万变的现实面前消磨殆尽。

下阕由叙事转为抒情，一个"叹"字，包含了词人数不尽的人生感慨，道不完的经验之谈。"春风不染白髭须"，冬去春来，百花盛开，大自然在严冬后还有美好的春光。可是"花有重开日，人无再少年"，"了却君王天下事，赢得生前身后名，可怜白发生！"花白的胡须，苍老的容颜，不能回去的青春时光，是词人内心深处永远的痛。随岁月流逝的，不仅是词人的青春，还有年少时的万丈豪情。"却将万字平戎策，换得东家种树书。"耗费半生，用理想和生命写成的抗击金人的兵书，已经失去了存在的意义和价值，朝廷向异邦妥协了，理想向现实低头了，将帅向农夫靠拢了！兵书换成了农书，这不是美好的和平景象，而是屈辱无奈的苦痛。朝廷尚在偏安，失地还没收复，遗民南望王师，可年少时曾经叱咤疆场苦研兵法的将领，晚年却不得不躬耕陇亩，钻研农作，这是怎样的一种理想破灭后的失望与绝望。

辛弃疾这首词，就像一位老者，用自己的亲身经历，给不谙世事的客人泼了一盆冷水。"江头未是风波恶，别有人间行路难。"（《鹧鸪天·送人》）词人用最具典型性的事件和画面，最朴实的语言，抒发了内心最深的苦痛，情感豪放率真、深沉悲凉。

壮岁[1]旌旗拥万夫，锦襜突骑[2]渡江初。燕兵[3]夜娖[4]银胡䩮[5]，汉箭[6]朝飞金仆姑[7]。

追往事，叹今吾，春风不染白髭须[8]。却将万字平戎策[9]，换得东家[10]种树书。①

注释

[1] 壮岁：年轻时候。[2] 锦襜（chān）突骑：穿锦绣战袍的骑兵。[3] 燕兵：金兵。[4] 娖（chuò）：整理。[5] 银胡䩮：银色或镶银的箭袋。[6] 汉箭：代指宋军的箭。[7] 金仆姑：箭名。[8] 髭（zī）须：胡子。唇上曰髭，唇下为须。[9] 平戎策：平定戎狄的计策。[10] 东家：东邻。

思考题

自选一首辛弃疾的词作，分析其思想内容与艺术特色。

（李丽）

---

① 中国社会科学院文学研究所. 唐宋词选［M］. 北京：人民文学出版社，2002：341－342.

三、散文

荆轲刺秦王

刘 向

导读

《荆轲刺秦王》选自《战国策·燕策三》。《战国策》是一部由西汉刘向因国别、按时序、重新编校整理的史书。上继《春秋》，下接秦并六国，记载了共约245年之事。其中"策"为策简、策谋之意，主要内容是记载战国时代谋臣策士的言论及其纵横捭阖的斗争，反映那个历史时期的政治大事和各种社会矛盾，因此刘向将其定名为《战国策》。

《荆轲刺秦王》的故事发生在战国末期的公元前227年，即秦统一中国之前的6年。当时，秦已于公元前230年灭韩，又于公元前228年破赵，统一六国的大势已定。地处赵国东北方的燕国是一个弱小的国家。当初，燕王喜为了结好秦国，曾将太子丹交给秦国作为人质。而秦"遇之不善"，太子丹于公元前232年逃回燕国。为了抵抗强秦的大举进攻，同时也为了报"见陵"之仇，太子丹想派刺客去劫持秦王，"使悉反诸侯之侵地"；或者刺杀秦王嬴政，使秦"内有大乱""君臣相疑"，然后联合诸侯共同破秦。荆轲刺秦王的故事，就是在这样的背景下发生的。

本文通过记叙荆轲刺秦王事件的始末，反映了战国时期秦国与燕国的兼并与反兼并的斗争，实际上也是从一个侧面反映了强秦同其他诸侯国之间的矛盾斗争。在秦兵压境、燕国生死存亡之际，燕太子丹为刺杀秦王，委以荆轲大任。正是对燕国的情感归宿，荆轲认识到了为国牺牲的意义和生而为人的价值。文章从荆轲将入秦做准备工作写起，接着写他在太子丹的催促下启程赴秦，及至秦国后巧用各种办法"拜见"秦王，最后记叙了刺秦王的壮烈举动及其惊心动魄的场面。对这一复杂的事件，作者不但写得精彩生动，而且文字十分洗练，有很强的感染力，尤其着力刻画了荆轲这一爱国侠士的形象。

"人生自古谁无死，留取丹心照汗青。"荆轲身上担负的是国家的责任，是拯救天下的伟业，明知行动失败会招致杀身之祸，仍要以微弱的自身去挑战强大的对手。这种"虽千万人吾往矣"的勇气和执着震撼着每一个中国人，其炽热的爱国情怀在历史的长河之中熠熠生辉，千百年来受到华夏大地子子孙孙的歌颂与称赞，永远值得我们敬佩。

秦将王翦破赵，虏赵王[1]，尽收其地，进兵北略地[2]，至燕南界。太子丹恐惧，乃请荆卿[3]曰："秦兵旦暮渡易水[4]，则虽欲长侍[5]足下，岂可得哉？"荆卿曰："微太子言，臣愿得谒之[6]。今行而无信，则秦未可亲也[7]。夫今樊将军[8]，秦王购之金千斤，邑万家[9]。诚能得樊将军首与燕督亢[10]之地图献秦王，秦王必说[11]见臣，臣乃得有以报太子。"太子曰："樊将军以穷困来归丹，丹不忍以己之私而伤长者之意，愿足下更虑之[12]！"

荆轲知太子不忍，乃遂私见樊於期曰："秦之遇[13]将军，可谓深[14]矣。父母宗族，皆为戮没[15]。今闻购将军之首，金千斤，邑万家，将奈何？"樊将军仰天太息流涕曰："吾每念，常痛于骨髓，顾计不知所出耳[16]！"轲曰："今有一言，可以解燕国之患，而报将军之仇者，何如？"樊於期乃前曰："为之奈何？"荆轲曰："愿得将军之首以献秦，秦王必喜而善[17]见臣。臣左手把[18]其袖，而右手揕[19]其胸，然则将军之仇报，而燕国见陵之耻[20]除矣。将军岂有意乎？"樊於期偏袒扼腕而进[21]曰："此臣之日夜切齿拊心[22]也，乃今得闻教！"遂自刎。太子闻之，驰往，伏尸而哭，极哀。既已，无可奈何，乃遂收盛[23]樊於期之首，函封之[24]。

于是太子预求天下之利匕首，得赵人徐夫人[25]之匕首，取之百金，使工以药淬之[26]。以试人，血濡缕[27]人无不立死者。乃为装遣荆轲。燕国有勇士秦武阳，年十二，杀人，人不敢与忤视[28]。乃令秦武阳为副[29]。荆轲有所待，欲与俱[30]，其人居远未来，而为留待。顷之未发，太子迟之[31]。疑其改悔，乃复请之曰："日以尽矣，荆卿岂无意哉？丹请先遣秦武阳！"荆轲怒，叱太子曰："今日往而不反者，竖子也[32]！今提一匕首入不测[33]之强秦，仆所以留者，待吾客与俱。今太子迟之，请辞决矣[34]！"遂发。

太子及宾客知其事者，皆白衣冠以送之。至易水上，既祖，取道[35]。高渐离[36]击筑，荆轲和而歌，为变徵之声[37]，士皆垂泪涕泣。又前而为歌曰："风萧萧兮易水寒，壮士一去兮不复还！"复为慷慨羽声[38]，士皆瞋目[39]，发尽上指冠。于是荆轲遂就车而去，终已不顾[40]。

既至秦，持千金之资币物[41]，厚遗秦王宠臣中庶子蒙嘉[42]。嘉为先言于秦王曰："燕王诚振怖[43]大王之威，不敢兴兵以逆军吏，愿举国为内臣，比[44]诸侯之列，给贡职如郡县[45]，而得奉守先王之宗庙[46]。恐惧不敢自陈，谨斩樊於期头，及献燕之督亢之地图，函封，燕王拜送于庭，使使[47]以闻大王。唯大王命之[48]。"

秦王闻之，大喜。乃朝服，设九宾，见燕使者咸阳宫。荆轲奉[49]樊於期头函，而秦武阳奉地图匣，以次进[50]。至陛[51]下，秦武阳色变振恐，群臣怪之，荆轲顾笑武阳[52]，前为谢曰："北蛮夷之鄙人，未尝见天子，故振慑，愿大王少假借之[53]，使毕使于前[54]。"

秦王谓轲曰："起，取武阳所持图！"轲既取图奉之，秦王发[55]图，图穷而匕首见。因左手把秦王之袖，而右手持匕首揕之。未至身，秦王惊，自引而起，绝袖[56]。拔剑，剑长，掺其室[57]。时惶急，剑坚[58]，故不可立拔。荆轲逐秦王，秦王还[59]柱而走。群臣惊愕，卒起不意，尽失其度[60]。而秦法，群臣侍殿上者，不得持尺寸之兵[61]；诸郎中[62]执兵皆陈殿下，非有诏不得上。方急时，不及召下兵，以故荆轲逐秦王，而卒惶急无以击轲，而乃以手共搏之。是时，侍医夏无且以其所奉药囊提[63]轲。秦王方还柱走，卒惶急不知所为，左右乃曰："王负剑[64]！王负剑！"遂拔剑以击荆轲，断其左股。荆轲废[65]，乃引[66]其匕首提秦王，不中，中柱。秦王复击轲，轲被八创[67]。轲自知事不就，倚柱而笑，箕踞[68]以骂曰："事所以不成者，乃欲以生劫[69]之，必得约契以报太子也。"左右既前斩荆轲。秦王目眩良久。①

注释

[1] 秦将王翦破赵，虏赵王：这是公元前228年的事。荆轲刺秦王是在第二年。[2] 收：占领。北：向北，名词用作状语。略：通掠，掠夺，夺取。[3] 荆卿：燕人称荆轲为荆卿。卿：古代对人的敬称。[4] 旦暮渡易水：早晚就要渡过易水了。旦暮：早晚，极言时间短暂。易水：在河北省西部，发源于易县，在定兴县汇入南拒马河。[5] 长侍：长久侍奉。[6] 微太子言，臣愿得谒之：即使太子不说，我也要请求行动。微：假如没有。谒：拜访。[7] 今行而无信，则秦未可亲也：当下去却没有什么凭信，就无法接近秦王。信：凭信。亲：亲近，接近。[8] 樊将军：即下文的樊於期，秦国将领，因得罪秦王，逃到燕国。[9] 秦王购之金千斤，邑万家：秦王用一千斤金（当

---

① 廖文远，廖伟，罗永莲. 战国策·燕策三 [M]. 北京：中华书局，2012：1011－1018.

时以铜为金）和一万户人口的封地做赏格，悬赏他的头。购：重金征求。邑：封地。[10] 督亢：今河北省易县、霸州市一带，是燕国土地肥沃的地方。[11] 说：同"悦"，喜欢，高兴。[12] 更虑之：再想想别的办法。更：改变。[13] 遇：对待。[14] 深：这里是刻毒的意思。[15] 戮没：杀戮和没收。重要的人杀掉，其他人等收为奴婢。[16] 顾计不知所出耳：只是想不出什么办法罢了。顾：不过，只是，表轻微转折。[17] 善：好好地。[18] 把：握，抓住。[19] 揕（zhèn）：刺。[20] 见陵之耻：被欺侮的耻辱。见：被。陵：侵犯，欺侮。[21] 偏袒扼腕而进：脱下一只衣袖，握住手腕，走近一步。这里形容激动愤怒的样子。偏袒：袒露一只臂膀。扼：握住。[22] 拊心：捶胸，这里形容非常心痛。[23] 盛：装。[24] 函封之：用匣子封装起来。函：名词作状语，用匣子。[25] 徐夫人：姓徐，名夫人。一个收藏匕首的人。[26] 以药淬之：在淬火时把毒药浸到匕首上。淬：把烧红的铁器浸入水或者其他液体中，急速冷却，使之硬化。[27] 濡缕：沾湿衣缕。濡：浸湿，沾湿。[28] 忤视：正眼看，意思是迎着目光看。忤：逆。[29] 为副：做助手。[30] 荆轲有所待，欲与俱：荆轲等待一个人，想同他一起去。[31] 迟之：嫌荆轲动身迟缓。[32] 往而不反者，竖子也：去了而不能好好回来复命的，那是没用的人。反：通"返"。竖子：对人的蔑称。[33] 不测：难以预料，表示凶险。[34] 请辞决矣：我就辞别了。请：请允许我，表示客气。辞决：辞别，告别。[35] 既祖：取道：祭过路神，就要上路。祖，临行祭路神，引申为践行和送别。[36] 高渐离：荆轲的朋友。秦始皇统一中国后，高渐离因擅长击筑（竹制的乐器），秦始皇叫他在左右侍奉。一天，高渐离找到机会，用灌了铅的筑打秦始皇，要为燕国报仇，没打中，遇害。[37] 为变徵之声：发出变徵的声音。古时音乐分为宫、商、角、徵、羽、变徵、变宫七音，变徵是徵音的变调，声调悲凉。[38] 慷慨羽声：声调激愤的羽声。[39] 瞋目：形容发怒时瞪大眼睛的样子。[40] 终已不顾：始终不曾回头。形容意志坚决。[41] 持千金之资币物：拿着价值千金的礼物。币：礼物。[42] 厚遗秦王宠臣中庶子蒙嘉：以厚礼赠送给秦王的宠臣中庶子蒙嘉。遗：赠送。[43] 诚：确实。振怖：惧怕。振：通"震"。[44] 比：并，列。[45] 给贡职如郡县：像秦国的郡县那样贡纳赋税。给：供。贡职：贡赋，赋税。[46] 奉守先王之宗庙：守住祖先的宗庙。意思是保存祖先留下的国土。[47] 使使：派遣使者。前一个"使"是名词作动词，派遣；后一个"使"是名词，使者。[48] 唯大王命之：一切听大王的吩咐。唯：希望的意思。[49] 奉：两手捧着。[50] 以次进：按先后顺序进来。[51] 陛：殿前的台阶。[52] 顾笑武阳：回头冲武阳笑。顾：回头看。[53] 少假借之：稍微原谅他些。少：通"稍"。假借：宽容，原谅。[54] 使毕使于前：让他在大王面前完成使命。[55] 发：打开。[56] 自引而起，绝袖：自己挣着站起来，袖子断了。引：指身子向上起。绝：挣断。[57] 操其室：握住剑鞘。室：指剑鞘。[58] 剑坚：剑插得紧。[59] 还：通"环"，绕。[60] 卒起不意，尽失其度：事情突然发生，没意料到，全都失去常态。卒：通"猝"，突然。[61] 尺兵：尺寸之兵，指各种兵器。[62] 郎中：宫廷的侍卫。[63] 提：掷击。[64] 负剑：把剑背在背上。[65] 废：倒下。[66] 引：举起。[67] 被八创：荆轲受了八处剑伤。被：受。创：伤口。[68] 箕踞：坐在地上，两脚张开，形状像箕。这是一种轻慢傲视对方的姿态。[69] 劫：强迫，威逼（其订立盟约）。

思考题

世人对荆轲的评价历来见仁见智，苏洵在《六国论》中认为荆轲的行为"始速祸焉"，朱熹认为荆轲是"匹夫之勇"。但有更多人对他表示称赞，如左思的《咏史八首·其六》称颂他"虽无壮士节，与世亦殊伦""贱者虽自贱，重之若千钧"，陶潜的《咏荆轲》说他"其人虽已没，千载有余情"等。那么时至今日我们应该如何全面深刻地认识"荆轲刺秦王"这一行为呢？

（孙惠欣）

史记·李将军列传（节选）

司马迁

导读

司马迁（生卒年不详），字子长，左冯翊夏阳（今陕西韩城）人，西汉史学家、文学家、思想家，被后世尊称为史迁、太史公、历史之父。司马迁以"究天人之际，通古今之变，成一家之言"的史识创作了中国第一部纪传体通史《史记》（原名《太史公书》），它被公认为中国史书的典范。本书记载了从上古传说中的黄帝时期，到汉武帝太初四年（前101），长达3 000多年的历史，是"二十四史"之首，被鲁迅誉为"史家之绝唱，无韵之离骚"。

《李将军列传》选自司马迁的《史记》，记述汉代名将李广的生平事迹。李广，陇西成纪（今甘肃省秦安县）人。西汉时期名将、民族英雄，秦朝名将李信的后代。他于汉文帝十四年（前166）从军击匈奴，因功授中郎。景帝时，先后任北部边境七郡太守。武帝即位，召为未央宫卫尉。元光六年（前129）任骁骑将军，领万余骑出雁门（今山西省右玉县南）击匈奴，因众寡悬殊负伤被俘。匈奴兵将其置卧于两马间，李广佯死，于途中趁隙跃起，奔马返回。后任右北平郡太守。元狩四年（前119）漠北之战中，李广任前将军，因迷失道路，未能参战，回朝后自杀。

李广一生与匈奴战斗七十余次，常常以少胜多，险中取胜，以致匈奴人闻名丧胆，称其为"飞将军"，"避之数岁"。李广又是一位最能体恤士卒的将领。他治军简易，对士兵从不苛刻，尤其是他与士卒同甘共苦的作风，深得将士们的敬佩。正是由于李广这种战斗中身先士卒、生活中先人后己的品格，士兵都甘愿在他麾下效力，"咸乐为之死"。然而，这位战功卓著、备受士卒爱戴的名将，却一生坎坷，最终含愤自杀，终身未得封爵。

"飞将军"李广为使大汉领土免受匈奴侵掠，几乎与匈奴作战一生，他的骁勇善战、爱兵如子，皆源于对祖国的热爱。他一次次出生入死，用一颗炽热的爱国之心保全国土。司马迁评曰："桃李不言，下自成蹊。"他用行动激励着中华儿女为祖国伟大复兴而奋斗。

后汉以马邑城诱单于，使大军伏马邑旁谷，而广为骁骑将军，领属护军将军[1]。是时，单于觉之，去，汉军皆无功[2]。其后四岁，广以卫尉为将军，出雁门击匈奴。匈奴兵多，破败广军，生得广。单于素闻广贤，令曰："得李广必生致[3]之。"胡骑得广，广时伤病，置广两马间，络而盛[4]卧广。行十余里，广详[5]死，睨[6]其旁有一胡儿骑善马，广暂[7]腾而上胡儿马，因推堕儿，取其弓，鞭马南驰数十里，复得其余军，因引而入塞。匈奴捕者骑数百追之，广行取胡儿弓，射杀追骑，以故得脱。于是至汉，汉下广吏[8]。吏当[9]广所失亡多，为虏所生得，当斩，赎为庶人[10]。

顷之，家居数岁。广家与故颍阴侯孙屏野[11]居蓝田南山中射猎。尝夜从一骑出，从人田间饮。还至霸陵亭，霸陵尉醉，呵[12]止广。广骑曰："故李将军。"尉曰："今将军尚不得夜行，何乃故也！"止广宿亭下。居无何[13]，匈奴入杀辽西太守，败韩将军，后韩将军徙右北平。于是天子乃召拜广为右北平太守。广即请霸陵尉与俱，至军而斩之。

广居右北平，匈奴闻之，号曰"汉之飞将军"，避之数岁，不敢入右北平。①

注释

[1] 领属：受统领节制。护军将军：指下文的韩将军，即韩安国。[2] 汉军皆无功：韩安国率军埋伏在马邑附近，设计诱骗单于，但被单于发觉，匈奴兵退去，所以汉军无功。[3] 致：送。[4] 络：用绳子编结的网兜。盛：放，装。[5] 详：通"佯"，假装。[6] 睨：斜视。[7] 暂：骤然。[8] 下：交付。吏：指执法的官吏。[9] 当：判断，判决。[10] 赎：古代罪犯缴纳财物可减免刑罚，称为"赎罪"或"赎刑"。庶人：平民。[11] 颍阴侯孙：指颍阴侯灌婴之孙灌强。屏野：退隐田野。屏：隐居。[12] 呵：大声呵斥。[13] 居无何：过了不久。

思考题

爱国是每一个中国人必须具备的品质，古往今来许多人为国家和民族抛头颅、洒热血，请以某个具体的仁人志士为例，谈谈应当如何爱国。

（孙惠欣）

刺世疾邪赋（节选）

赵　壹

导读

《刺世疾邪赋》是东汉赵壹的代表作品。赵壹（122—196），本名赵懿，字元叔，汉阳郡西县（今甘肃省陇南天水县）人，东汉时期辞赋家，与张芝、王符并称"陇上三大家"。性格恃才傲物，耿介狂傲，举止独特。平生爱好辞

---

① 司马迁．史记·李将军列传［M］．北京：中华书局，1959：2871．

赋，在汉赋发展史上自成一家，代表作有《穷鸟赋》《刺世疾邪赋》《非草书》等，语言流畅，朴实典雅，观点尖锐，在文学史上占有重要地位。

《刺世疾邪赋》主要讽刺了东汉末年荒唐的社会时事，表达了作者不愿与其同流合污的可贵精神。散文开篇，赵壹提出"数极自然变化，非是故相反驳"的观点，认为时势发展到了一定的限度就自然会起变化，并非人们特意不守成规、改弦更张。紧接着，赵壹描绘黑暗腐朽的东汉社会"舐痔结驷，正色徒行""邪夫显进，直士幽藏"，甚至指出当权统治者"原斯瘼之攸兴，实执政之匪贤"。赵壹作此文的目的就是将批判的锋芒指向东汉末年奸佞当道、为政不德的社会本质，层层深入，公开曝光了社会种种丑恶现象，甚至将矛头指向了封建帝王。在他看来，自三皇五帝以来，社会现状愈发"怨酷"的根源就在于统治者"为利己而自足"，不管人民命运，只顾自身利益。赵壹无疑是那个时代的反抗者，他振臂高呼，直接用文字撕开了表面繁华实则千疮百孔的东汉社会，并勇于与统治者抗争，以宛如火山爆发般的激越感情，震撼人心。赵壹敢于冒天下之大不韪，痛快淋漓地揭露、批判时政，无惧生死，展现了他强烈的爱国之情。爱之深痛之切，只有对国家的热爱深入骨髓，才能发出如此震慑人心的呼喊。正如百年前的鲁迅先生，希望以文字唤醒国人沉睡的心灵，千年前的赵壹也是如此，试图用兼具深度和力度的语言文字，尖锐批判黑暗的东汉社会。

本篇散文以精悍短小的篇幅，爆发出直率猛烈的感情。赵壹在文中的批判语句，无不体现其内心深处对国家的挂念和热爱。即使赵壹在文末借鲁人之口说出"哀哉复哀哉，此是命矣夫"的消极言论，但《刺世疾邪赋》的存在及其入骨三分的批判现实言论却从另一种角度证明了他深切的爱国情怀。

伊五帝之不同礼，三王亦又不同乐[1]。数极自然变化，非是故相反驳[2]。德政不能救世溷[3]乱，赏罚岂足惩时清浊[4]？春秋时祸败之始，战国愈复增其荼毒。秦、汉无以相逾越，乃更加其怨酷。宁计生民之命？为利己而自足。

于兹迄今[5]，情伪万方[6]。佞谄日炽，刚克消亡[7]。舐痔结驷[8]，正色徒行[9]。妪媚名执[10]，抚拍[11]豪强。偃蹇反俗[12]，立致咎殃。捷慑逐物，日富月昌[13]。浑然同惑，孰温孰凉[14]？邪夫显进，直士幽藏[15]。

原斯瘼[16]之攸兴，实执政之匪贤。女谒[17]掩其视听兮，近习秉其威权[18]。所好则钻皮出其毛羽，所恶则洗垢求其瘢痕[19]。虽欲竭诚而尽忠，路绝崄而靡缘[20]。九重[21]既不可启，又群吠之狺狺[22]。安危亡于旦夕[23]，肆嗜欲于目前。奚异[24]涉海之失柁，积薪而待燃[25]？荣纳由于闪榆[26]，孰知辨其蚩妍[27]？故法禁屈挠于势族，恩泽不逮于单门[28]。宁饥寒于尧、舜之荒岁兮，不饱暖于当今之丰年。乘理[29]虽死而非亡，违义虽生而匪存。①

注释

[1] 伊五帝之不同礼，三王亦又不同乐：《后汉书》注引《礼记》："五帝殊时，不相沿乐；三王异代，不相袭礼。"按《史记·赵世家》："圣人之兴也，不相袭而王；夏、殷之衰也，不易礼而灭。"《史记·商君列传》："汤、武不循古而王，夏、殷不易礼而亡。"都是说因时制宜，不可拘泥成法。伊，发语辞。[2] 数极自然变化，非是故相反驳：时势发展到了一定的限度就自然会起变化，并非人们特意不守成规、改弦更张。数：气运。极：发展到极限。驳：反对。[3] 涸：同"混"。[4] 赏罚岂足惩时清浊：光靠赏罚，不足以激浊扬清。惩：惩劝。以下各句列举自春秋以至秦、汉的统治者，都是自私自利，不惜迫害人民，一代甚于一代。[5] 于兹迄今：两个同义词汇的复句。承上文说来，意思是今天的情况更为恶劣。[6] 《左传》"民之情伪，尽知之矣"，就是说人们的真情和假话都能分辨清楚。同书又有"小大之狱，虽不能察，必以情"。《论语》："如得其情，则哀矜而弗喜。"所有"情"都是指事情的真相。这里"情伪万方"，是说真相与伪饰混淆起来，千变万化。情：真相。伪：虚假。[7] 佞谄日炽，刚克消亡：邪佞谄媚的人一天天猖狂起来，则刚正的人就不能存在了。刚克：语出《尚书·洪范》："三德……二曰刚克。"指以正直刚强立事之人。刚：坚强正直；克：胜。[8] 舐痔结驷：卑鄙无耻的人能取得荣华富贵。舐痔，语出《庄子》，形容极为卑鄙无耻的行为。结驷："结驷连骑"的略语。古时以乘驷马车为贵，结驷则指不止一辆驷马车。[9] 正色徒行：正直的人只好处于贫贱了。徒行：语出《论语》："以吾从大夫之后，不可徒行也。"徒行：即步行，贵人是不步行的。[10] 妪媮（yù yú）：与"伛偻"同义。这句是说：对有名气有势力的人不惜卑躬屈节。[11] 抚拍：表示亲昵，近似谄媚的意思。[12] 偓寒：高傲。反俗：与世俗的风气背道而驰。[13] 捷慑逐物，日富月昌：形容趋炎附势，不遗余力。捷慑：叠韵的形容词。以上对举高洁的人得祸而趋奉的人得法。[14] 浑然同惑，孰温孰凉：人们都糊涂了，不辨温凉。[15] 幽藏：黯然无

---

① 范晔. 后汉书·文苑列传 [M]. 北京：中华书局，1956：2630－2631.

光，不得志。与上句"显进"，即飞黄腾达相对照。[16] 瘼：病态。[17] 女谒：指干预政事的宫廷妇女。[18] 近习秉其威权：这两种人将执政者蒙蔽住了，狐假虎威起来。近习：指左右亲近的人。[19] 所好则钻皮出其毛羽，所恶则洗垢求其瘢痕：对喜欢的人竭力夸张他的优点，对不喜欢的人竭力寻找他的缺点。形容颠倒是非，爱憎任性。[20] 靡缘：没有机会。[21] 九重：指君主的宫门。《九辩》："君之门以九重。"[22] 狺（yín）：犬吠声。[23] 安危亡于旦夕：危亡就在旦夕之间，而犹以为安。[24] 奚异：何异。[25] 积薪而待燃：《汉书·贾谊传》，贾谊曰："夫抱火厝之积薪之下而寝其上，火未及燃，因而谓之安，方今之势，何以异此？"这句即用此意。[26] 荣纳：享荣华，有权势。闪榆（yú）：形容诒佞，一本作"闪揄"。[27] 蚩妍：丑恶与美好。蚩：同"媸"。[28] 法禁屈挠于势族，恩泽不逮于单门：有势力的可以不受法律制裁，而无势力的人得不到任何照顾。单门：无势力的小户人家。[29] 乘理：顺理。

思考题

如何理解赵壹提出的"原斯瘼之攸兴，实执政之匪贤"的观点？请结合东汉社会背景，谈谈你的看法。

（孙惠欣）

❖ 张骞传（节选）❖
班 固

导读

《汉书》是中国第一部纪传体断代史，由东汉史学家班固编纂而成，主要记述了汉高祖元年（前206）至新朝王莽地皇四年（23）的历史。《汉书》共100篇，其中纪12篇，表8篇，志10篇，传70篇，全书近80万字。班固秉承"实录"精神，开创了断代史体例，自此以后，列朝正史均沿袭《汉书》体裁，由此可见其重要的史学地位。

《张骞传》出自《汉书·张骞李广利传》。张骞（约前164—前114），字子文，汉中郡城固（今陕西省汉中市城固县）人，东汉史学家、文学家，也是中国古代杰出的外交家，是汉代丝绸之路的开拓者。公元前139年，张骞奉汉武帝之命，率领百余人出使西域，打通了汉朝前往西域的南北道路，即丝绸之路。张骞开辟的丝绸之路，丰富了汉族和西域的经济生活，促进了东西方文化经济的交流，对后世文明发展产生了深远影响。

《张骞传》主要记述了汉代外交家张骞两次出使西域的经历。汉武帝时期，匈奴时常骚扰边境，边境人民苦不堪言。汉朝派遣使者出使月氏，以劝说月氏共同打击匈奴。作为郎官的张骞在出使途中，被匈奴扣留十余年，匈奴令其娶妻生子，但张骞"持汉节不失"，始终不忘使者身份。第二次出使西域时，张骞充分利用首次出使的丰富经验，不仅为攻打匈奴提供了关键情报，而且促进了汉朝与西域各国的交流往来，甚至推动了汉朝与乌孙王的通婚。班固作此文，首先是为了感念张骞出使西域以推动汉朝与他国的交往，使西域各国感受大汉国威，更重要的是赞扬张骞被扣留十余年仍不失"汉节"的爱国之情。

班固用平铺直叙的语言，刻画出一个身居异乡、不忘为国奉献的使者形象。值得注意的是"初，骞行时百余人，去十三岁，唯二人得还"一句，寥寥数语勾勒出张骞出使西域的艰险环境。然而，即使是在此等危险的状况中，张骞也毫不动摇，不忘初心，坚持完成出使西域的任务，令人钦佩。

张骞，汉中[1]人也，建元中为郎。时匈奴降者言匈奴破月氏[2]王，以其头为饮器，月氏遁而怨匈奴，无与共击之。汉方欲事灭胡[3]，闻此言，欲通使，道必更[4]匈奴中，乃募能使者。骞以郎应募，使月氏。与堂邑氏奴甘父俱出陇西。径[5]匈奴，匈奴得之，传诣[6]单于。单于曰："月氏在吾北，汉何以得往使？吾欲使越，汉肯听我乎？"留骞十余岁，予妻，有子，然骞持汉节不失。

居匈奴西，骞因与其属亡乡月氏[7]，西走数十日，至大宛[8]。大宛闻汉之饶财，欲通不得，见骞，喜，问欲何之。骞曰："为汉使月氏而为匈奴所闭道，今亡，唯王使人道[9]送我。诚得至，反汉，汉之赂遗[10]王财物不可胜言。"大宛以为然，遣骞，为发译道，抵康居[11]。康居传致大月氏。大月氏王已为胡所杀，立其夫人为王。既臣大夏[12]而君之，地肥饶，少寇，志安乐，又自以远远汉[13]，殊无报胡之心。骞从月氏至大夏，竟不能得月氏要领[14]。留岁余，还，并[15]南山，欲从羌中归，复为匈奴所得。留岁余，单于死，国内乱，骞与胡妻及堂邑父[16]俱亡归汉。拜骞太中大夫[17]，堂邑父为奉使君[18]。

骞为人强力[19]，宽大信人，蛮夷[20]爱之。堂邑父，胡人，善射，穷急，射禽兽给食。初，骞行时百余人，去十三岁，唯二人得还。①

注释

[1] 汉中：汉代郡名，郡治在南郑（今陕西汉中市南郑县）。[2] 月氏（zhī）：汉代西域国名，秦汉之际居敦煌与祁连间。汉文帝时月氏被匈奴击败，大部分人西迁至今新疆伊犁河上游，称大月氏，少数没有西迁的人进入祁连山，称小月氏。[3] 胡：古代对西方和北方各少数民族的泛称，此指匈奴。[4] 更（gēng）：经过。[5] 径：取道，路过。[6] 诣：到达（多用于上级、尊长或尊敬的人所在的地方）。[7] 亡：逃亡。乡：通"向"，朝着。[8] 大宛（yuān）：古西域国名，西南与大月氏为邻，盛产名马。[9] 道：通"导"，引导。[10] 遗（wèi）：赠送，给予。[11] 康居：古西域国名。东邻乌孙，西达奄蔡，南接大月氏，东南与大宛交界。[12] 臣大夏：谓以大夏为臣。大夏：中亚细亚古国名，在今阿富汗北部一带。公元前3世纪至公元前2世纪之际强盛，后国土分裂、势衰，为大月氏所灭。[13] 又自以远远汉：第一个"远"为形容词，指遥远。第二个"远"为动词，意为疏远。又自认为远离汉朝而疏远了与汉朝的关系。[14] 要领：比喻事物的重点或关键。颜师古注曰："要，衣要也。领，衣领也。凡持衣者则执要与领。言骞不能得月氏意趣，无以持归于汉，故以要领为喻。"[15] 并（bàng）：挨着，靠近。[16] 堂邑父：即堂邑氏奴甘父。[17] 太中大夫：官名，掌管议论。[18] 奉使君：堂邑父的封号。[19] 强力：性格坚强而又有毅力。[20] 蛮夷：对西域各国各族的泛称。

思考题

张骞是中国古代杰出的外交家，请谈谈在汉代丝绸之路的开拓上张骞做出过哪些贡献，并结合当下我国"一带一路"倡议谈谈你的看法。

（孙惠欣）

---

① 班固. 汉书·张骞李广利传 [M]. 颜师古，注. 北京：中华书局，1962：2687－2689.

苏武传（节选）

班　固

导读

《苏武传》是班固所著《汉书》中的一篇文章。苏武（前140—前60），杜陵（今陕西西安）人，西汉时期著名外交家。天汉元年（前100），奉汉武帝之命，苏武以中郎将身份持节出使匈奴，被扣留十九年，持节不屈。直至汉昭帝始元六年（前81），苏武方获释归汉。苏武忠贞爱国的品格不仅受到时人赞赏，也对后世产生了深远的影响。

《苏武传》主要记述了汉代外交家苏武的生平经历，大致可分为三节：苏武奉命出使匈奴，以寻两族和好；苏武为匈奴所扣留后的生活；苏武归汉后尊宠加深的生活。面对匈奴的威逼利诱，苏武备受煎熬而不忘使命，坚守民族气节。班固着重描写了匈奴三次招降：第一次是卫律软硬兼施，却被苏武正气凛然的怒斥所逼退。第二次匈奴幽禁苏武，"绝不饮食"，接着将其流放到了无人烟的北海让他牧羊，并提出了一个荒唐条件，即"使牧羝，羝乳乃得归"，只要公羊产子，苏武就能回来，匈奴人妄图用艰苦的生活磨灭苏武的意志。然而即使在如此艰难的生活环境中，苏武也依旧维持着汉族使臣的气节，"杖汉节牧羊，卧起操持，节旄尽落"。最后一次招降是故人李陵劝降，这一部分通过刻画李陵这一完全相反的人物形象，反衬苏武坚定不移的爱国品质。面对身处困厄境地依旧心念大汉的苏武，李陵心中尚未泯灭的爱国心再度被唤醒，慨叹"陵与卫律之罪，上通于天"。

十九年后，苏武受尽磨难，终于被放回国，一句"留匈奴凡十九岁，始以强壮出，及还，须发尽白"看似平铺直叙，实则蕴含着作者的复杂心情。古人生命短暂，十九年何其漫长！苏武为国家、为信念坚守至此，完成了出使任务，维护了国家民族气节，值得钦佩，班固更是夸赞苏武"使于四方，不辱君命"。苏武感天动地的爱国主义精神，值得我们每一个人继承发扬。

律曰："君因我降，与君为兄弟。今不听吾计，后虽欲复见我，尚可得乎？"武骂律曰："女[1]为人臣子，不顾恩义，畔[2]主背亲，为降虏于蛮夷，何以女为见？且单于信女，使决人死生，不平心持正，反欲斗两主，观祸败。

南越杀汉使者，屠为九郡[3]；宛王杀汉使者，头县北阙[4]；朝鲜杀汉使者，即时诛灭[5]。独匈奴未耳。若[6]知我不降明，欲令两国相攻，匈奴之祸，从我始矣。"

律知武终不可胁，白[7]单于。单于愈益欲降之，乃幽武，置大窖中[8]，绝不饮食[9]。天雨雪[10]，武卧啮雪，与旃毛并咽之[11]，数日不死，匈奴以为神。乃徙武北海[12]上无人处，使牧羝[13]，羝乳[14]乃得归。别其官属常惠等，各置他所。

武既至海上，廪食[15]不至，掘野鼠去[16]草实而食之。杖汉节牧羊，卧起操持，节旄尽落。积五六年，单于弟於靬王弋射海上[17]。武能网纺缴[18]，檠[19]弓弩，於靬王爱之，给其衣食。三岁余，王病，赐武马畜、服匿、穹庐[20]。王死后，人众徙去。其冬，丁令[21]盗武牛羊，武复穷厄。

初，武与李陵俱为侍中[22]。武使匈奴明年，陵降，不敢求武。久之，单于使陵至海上，为武置酒设乐。因谓武曰："单于闻陵与子卿素厚，故使陵来说足下[23]，虚心欲相待。终不得归汉，空自苦亡[24]人之地，信义安所见乎？前长君为奉车[25]，从至雍棫阳宫[26]，扶辇下除[27]，触柱折辕，劾大不敬，伏[28]剑自刎，赐钱二百万以葬。孺卿从祠河东后土[29]，宦骑与黄门驸马争船[30]，推堕驸马河中，溺死。宦骑亡，诏使孺卿逐捕，不得，惶恐饮药而死。来时，太夫人[31]已不幸，陵送葬至阳陵[32]。子卿妇年少，闻已更嫁矣。独有女弟[33]二人，两女一男，今复十余年，存亡不可知。人生如朝露，何久自苦如此！陵始降时，忽忽[34]如狂，自痛负汉，加以老母系保宫[35]。子卿不欲降，何以过陵？且陛下春秋高[36]，法令亡[37]常，大臣亡罪夷灭者数十家，安危不可知。子卿尚复谁为乎？愿听陵计，勿复有云！"

武曰："武父子亡功德，皆为陛下所成就，位列将[38]，爵通侯[39]，兄弟亲近，常愿肝脑涂地。今得杀身自效，虽蒙斧钺汤镬[40]，诚甘乐之。臣事君，犹子事父也；子为父死，亡所恨。愿勿复再言。"

陵与武饮数日，复曰："子卿，壹[41]听陵言。"武曰："自分[42]已死久矣！王[43]必欲降武，请毕今日之欢，效死于前！"陵见其至诚，喟然叹曰："嗟乎，义士！陵与卫律之罪，上通于天。"因泣下沾衿，与武决去。

陵恶[44]自赐武，使其妻赐武牛羊数十头。后陵复至北海上，语武："区脱捕得云中生口[45]，言太守以下吏民皆白服，曰上崩[46]。"武闻之，南乡[47]

号哭，欧[48]血，且夕临[49]。①

注释

[1] 女：通"汝"，你。[2] 畔：通"叛"，背叛。[3] 南越杀汉使者，屠为九郡：南越，汉代国名，在今广东广西一带。汉武帝元鼎五年（前112），南越王相吕嘉杀死南越王、太后及汉使者，汉武帝遣将讨伐。次年，南越降，吕嘉被杀。以南越之地，设置儋耳、南海、苍梧等九郡。[4] 宛王杀汉使者，头县北阙：太初元年（前104），汉武帝遣汉使者往大宛求良马，大宛国王毋寡不与，杀汉使。武帝大怒，于太初三年，派大将李广利讨伐大宛。次年，大宛因遭到汉兵围攻，国中贵人杀死国王毋寡，汉军乃立亲汉者昧蔡为王。宛王，大宛国王。县：通"悬"。[5] 朝鲜杀汉使者，即时诛灭：元封二年（前109），朝鲜发兵杀汉使涉何，汉武帝遣将攻朝鲜，第二年，朝鲜王卫右渠被部下所杀，降汉。[6] 若：你。[7] 白：下对上陈述。[8] 幽：囚禁。窖（jiào）：储存粮食的地穴。[9] 绝不饮食：即断绝供应水和食物。饮（yìn）食（sì）：给……喝水，给……吃饭。[10] 雨（yù）雪：下雪。雨，作动词。[11] 啮（niè）：咬。旃（zhān）：通"毡"，毛织物。[12] 北海：当时匈奴的北界，即今俄罗斯的贝加尔湖。[13] 羝（dī）：公羊。[14] 乳：生育。[15] 廪（lǐn）食：官方供给的粮食。[16] 去（jǔ）：通"弆"，收藏。[17] 於（wū）靬（jiān）王：且鞮侯单于的弟弟。弋（yì）射：射猎。[18] 网：据《太平御览》所引，"网"前有"结"字。结网，编织狩猎所用的网。缴（zhuó）：箭的尾部所系的丝绳。[19] 檠（qíng）：矫正弓弩的器具。这里作动词用，指以檠矫正弓弩。[20] 服匿：盛酒酪的器皿，小口，大腹，方底。穹庐：大型的圆顶帐篷。[21] 丁令：即丁零，匈奴族的别支。当时卫律为丁零王，丁零盗苏武的牛羊，应是卫律主使。[22] 李陵：李广孙，字少卿，其事迹附于《汉书·李广传》后。武帝天汉二年（前99）以骑都尉统兵五千出击匈奴，杀伤匈奴兵甚多，因无接应，力竭而降。侍中：官名，汉时为加官（即由他官兼任者），侍从皇帝左右，掌管乘舆服物。[23] 说（shuì）：劝说。足下：同辈相称的敬辞。[24] 亡（wú）：通"无"。[25] 长君：指苏武兄苏嘉。奉车：即奉车都尉，官名，掌管皇帝出行时的车架。[26] 雍：地名，在今陕西凤翔。棫（yù）阳宫：秦宫名。[27] 辇（niǎn）：

① 班固. 汉书·张骞李广利传 [M]. 颜师古，注. 北京：中华书局，1962：2462－2465.

皇帝乘坐的车。除：台阶，一说是门与屏风之间。[28] 伏：通"服"，使用。
[29] 孺卿：苏武的弟弟苏贤。祠：作动词，祭祀。河东：郡名，秦置，今山
西境内黄河以东之地。后土：土地神。[30] 宦骑（jì）：充当骑从的宦官。
黄门驸马：皇帝的骑侍。驸马，官名，掌管帝王随从的车辆马匹。[31] 太夫
人：指苏武母亲。[32] 阳陵：地名，汉时有阳陵县，在今陕西咸阳东。
[33] 女弟：妹妹。[34] 忽忽：恍惚，失意的样子。[35] 保宫：狱名，初
名居室，囚禁罪臣及家属的地方。[36] 春秋：年龄。[37] 亡（wú）：通
"无"，本段下"亡"均此意。[38] 位列将：指苏武之父苏建曾为右将军，
武为中郎将，兄嘉为奉车都尉，弟贤为骑都尉。[39] 爵通侯：指苏建奉平陵
侯。[40] 斧钺（yuè）汤镬（huò）：古时两种残酷的极刑。钺：大斧。镬：
大锅。[41] 壹：一定。[42] 分（fèn）：料定。[43] 王：指李陵，匈奴封
李陵为右校王。[44] 恶（wù）：羞愧。[45] 区（ōu）脱：边地。此指匈奴
与汉交界地区。云中：汉云中郡，在今内蒙古自治区。生口：俘虏。
[46] 崩：帝王死称"崩"。[47] 乡：通"向"，面向。[48] 欧：通"呕"。
[49] 临：哭吊。

思考题

如何评价"使于四方，不辱君命"、被扣匈奴十九年、始终持节不屈的苏
武？苏武和张骞都是西汉著名的外交家，二人都历经艰险，为中国古代外交
事业做出了巨大贡献。请结合具体事迹，谈谈张骞和苏武的相同之处和不同
之处。

（孙惠欣）

求自试表
曹植

导读

《求自试表》是曹植的代表作，表达了他渴求为国效力的强烈愿望，全篇
引经据典、慷慨激昂。曹植身处动荡时期，抱负非凡，志欲"建永世之业，

流金石之功"，文章作于曹叡即位的明帝时期，明帝依然对曹植严加防范、不予任用，长久的政治压抑使得曹植常有"抱利器而无所施"的愤懑，于是曹植向明帝进呈此表。曹植写此文最主要的目的是向明帝表明心意，希望得到报效国家的机会，实现"入则事父、出则事君""志在效命"的理想抱负，这篇向明帝求职的政治疏表具有极高的文学价值。

文章共分三个部分，第一部分表明自己"求试"之心。第二部分分析天下大势、阐释自己立功报恩的愿望以及自身具备建功立业的能力。第三部分渴望君主能够不计前嫌，给予机会。《求自试表》是封建士子对其君主请缨报国的赤胆忠心，当然里面还带有主动争取改变命运的自我意识。曹植请缨不是出于追求仕途上的飞黄腾达，而是想要实现保国戍民的终生理想。曹植将个人价值的实现、对生命意义的探索与国家的安定平和联系在一起，期望在奋身报国、建功立业的同时摆脱命运的束缚。

文章以议论开篇，点明自己"求试"的愿望，将成功之君、毕命之臣与自己虚受功德两相对比，运用对比凸显"求试"之志的真诚。文章全篇颇多典故，引经据典辅证观点。语言骈偶对仗，又间以散文句式，整齐又富于变化，文句优美，辞藻丰富，个人思想的真切流露贯穿始终。虽然曹植一直以来承受着帝王的打压与猜忌，但他报效国家的理想从没有湮灭，他渴望获得为国家平定战乱的机会。《求自试表》体现出曹植对国家坚持不懈的爱，他为国为民的精神值得歌颂（"忧国忘家、捐躯济难"），他坚持不懈的品德值得学习，历经时间长河，肉体早已化为尘土，但爱国爱民、不屈不挠的精神却能彪炳史册、流传久远。每个个体在时代背景下都有其独特的历史使命，战乱频仍则安邦定国，和平安定则奋发向上。国家与个人你中有我、我中有你。

臣植言：臣闻士之生世，入[1]则事父，出[2]则事君；事父尚于荣亲，事君贵于兴国。故慈父不能爱无益之子，仁君不能蓄[3]无用之臣。夫论德而授官者，成功之君也；量能而受爵者，毕命[4]之臣也。故君无虚授，臣无虚受。虚授谓之谬举，虚受谓之尸禄[5]，《诗》之素餐[6]所由作也。昔二虢[7]不辞两国之任，其德厚也；旦、奭[8]不让燕、鲁之封，其功大也。今臣蒙国重恩，三世[9]于今矣。正值陛下升平[10]之际，沐浴圣泽，潜润[11]德教，可谓厚幸矣。而位窃东藩[12]，爵在上列，身被轻暖，口厌百味，目极华靡，耳倦丝竹者，爵重禄厚之所致也。退念古之受爵禄者，有异于此，皆以功勤济国，辅主惠民。今臣无德可述，无功可纪，若此终年，无益国朝，将挂风人[13]彼己之讥。是以上惭玄冕[14]，俯愧朱绂[15]。

方今天下一统，九州晏如[16]，顾西尚有违命之蜀，东有不臣之吴，使边境未得税甲，谋士未得高枕者，诚欲混同宇内，以致太和也。故启灭有扈而夏功昭[17]，成克商、奄而周德著[18]。今陛下以圣明统世，将欲卒文、武之功，继成、康[19]之隆，简良授能，以方叔、邵虎[20]之臣，镇卫四境，为国爪牙者，可谓当矣。然而高鸟[21]未挂于轻缴，渊鱼未悬于钩饵者[22]，恐钓射之术或未尽也。昔耿弇不俟光武，亟击张步，言不以贼遗于君父也[23]。故车右伏剑于鸣毂，雍门刎首于齐境[24]。若此二子，岂恶生而尚死哉？诚忿其慢主而陵君也[25]。夫君之宠臣，欲以除害兴利；臣之事君，必以杀身静乱，以功报主也。昔贾谊弱冠[26]，求试属国，请系单于之颈而制其命；终军以妙年使越，欲得长缨占其王，羁致北阙[27]。此二臣岂好为夸主[28]而耀世俗哉？志或郁结，欲逞才力，输能[29]于明君也。昔汉武为霍去病治第[30]，辞曰："匈奴未灭，臣无以家为！"固夫忧国忘家，捐躯济难，忠臣之志也。今臣居外[31]，非不厚[32]也，而寝不安席，食不遑味者，伏以二方[33]未克为念。

伏见先武皇帝武臣宿兵，年耆即世者[34]，有闻矣。虽贤不乏世，宿将旧卒，犹习战也。窃不自量，志在效命[35]，庶立毛发之功，以报所受之恩。若使陛下出不世[36]之诏，效臣锥刀[37]之用；使得西属大将军[38]，当一校之队[39]；若东属大司马[40]，统偏师之任，必乘危蹈险，骋舟奋骊[41]，突刃触锋，为士卒先。虽未能擒权馘亮[42]，庶将虏其雄率，歼其丑类，必效须臾之捷，以灭终身之愧，使名挂史笔，事列朝荣。虽身分蜀境，首悬吴阙，犹生之年也。如微才不试，没世无闻，徒荣其躯而丰其体，生无益于事，死无损于数[43]，虚荷上位而忝重禄[44]。禽息鸟视[45]，终于白首，此徒圈牢之养物[46]，非臣之所志也。流闻东军失备[47]，师徒小衄[48]，辍食弃餐，奋袂攘衽[49]，抚剑东顾，而心已驰于吴、会[50]矣。

臣昔从先武皇帝，南极赤岸[51]，东临沧海[52]，西望玉门[53]，北出玄塞[54]，伏见所以行军用兵之势，可谓神妙矣。故兵者不可预言，临难而制变[55]者也。志欲自效于明时，立功于圣世。每览史籍，观古忠臣义士，出一朝之命，以殉国家之难，身虽屠裂，而功铭著于景钟，名称垂于竹帛，未尝不拊心而叹息也！臣闻明主使臣，不废有罪。故奔北败军之将用，秦、鲁以成其功[56]；绝缨盗马之臣赦，楚、赵以济其难[57]。臣窃感先帝早崩，威王弃代[58]，臣独何人，以堪长久？常恐先朝露，填沟壑[59]，坟土未干，而身名并灭。臣闻骐骥长鸣，伯乐昭其能[60]；卢狗悲号，韩国知其才[61]。是以效之齐、楚之路，以逞千里之任；试之狡兔之捷，以验搏噬之用。今臣志狗、马之微功，窃自惟度[62]，终无伯乐、韩国之举，是以於邑[63]而窃自痛者也。

夫临博而企竦[64]，闻乐而窃抃[65]者，或有赏音而识道也。昔毛遂，赵之陪隶，犹假锥囊之喻[66]，以寤主立功，何况巍巍大魏多士之朝，而无慷慨死难之臣乎！夫自炫自媒者[67]，士女之丑行也；干时[68]求进者，道家之明忌也。而臣敢陈闻于陛下者，诚与国分形同气[69]，忧患共之者也。冀以尘露之微，补益山海；荧烛末光，增辉日月。是以敢冒其丑而献其忠，必知为朝士所笑。圣主不以人废言，伏惟陛下少[70]垂神听，臣则幸矣。①

注释

[1] 入：指居家。[2] 出：指出仕。[3] 蓄：蓄养。[4] 毕命：尽命，即献出自己的生命。[5] 尸禄：指白拿官俸而不做事。[6]《诗》之素餐：指《诗经·魏风·伐檀》："彼君子兮，不素餐兮。"素餐：指白吃饭，不做事，与上文的"尸禄"意思相同。[7] 二虢（guó）：周文王的两个弟弟虢仲、虢叔，一个封在东虢，一个封在西虢。[8] 旦、奭（shì）：指周公旦、召公奭，文王之子，周初的大臣，很有功劳。周公旦封于鲁，召公奭封于燕。[9] 三世：指武帝曹操，文帝曹丕，明帝曹叡。[10] 升平：指国家太平。[11] 潜润：犹言浸润。[12] 位窃东藩：指被封为东方藩国之王。曹植被封为鄄城王、雍丘王。[13] 风人：犹言诗人。《诗经》中各国歌谣称"风"，后世遂称诗人为"风人"。[14] 玄冕：王者的礼冠。[15] 朱绂（fú）：红色系印的丝带。[16] 晏如：安然。[17] 启：夏后启，夏禹之子。有扈（hù）：夏时诸侯，不服从夏，启遂伐之并将其灭掉，于是天下诸侯皆朝夏。昭：明显，昭著。[18] 成：周成王，周武王之子。商：指商纣之子武庚及商朝遗民。周武王灭商后，封弟叔鲜于管，封弟叔度于蔡，使监视武庚及商遗民。成王时，管叔、蔡叔挟武庚及商遗民起事，成王命周公平之。[19] 成、康：周成王、周康王，是文王、武王事业的继承者。[20] 方叔、邵虎：皆周宣王的贤臣。方叔曾率兵车三千辆攻楚得胜，使楚国臣服于周。邵虎曾率军战胜淮夷，奉命经营谢邑。[21] 高鸟：高飞之鸟。[22] 渊鱼：深渊之鱼。钩：钓鱼钩。[23] 昔耿弇不俟光武，亟击张步，言不以贼遗于君父也：耿弇，东汉的开国功臣，光武的部将。他与张步交战，张步兵盛，光武亲自率兵救助，

---

① 张启成，等. 文选［M］. 北京：中华书局，2019：2568－2580.

陈俊对耿弇说："虏兵盛，可闭营休士，以待上来。"耿弇说："乘舆且到，臣子当击牛酾酒，以待百官，反欲以贼虏遗君父邪？"遂出大战，自早到晚，大破张步。（事见《后汉书·耿弇传》）[24] 故车右伏剑于鸣毂，雍门刎首于齐境：先秦时，齐王出猎，车左毂突然发出鸣声，虽是造车工的过失，但车右却认为鸣声惊动了齐王而自刎。后越军至齐，未交战，齐雍门子狄说："今越甲至，其鸣吾君也，岂左毂之下哉？"也自刎而死。越人听到齐国有如此烈士，不敢交战而归。（见《说苑·立节》）车右：指坐在车子右边的保卫人员。鸣毂（gǔ）：毂，车轮中心的圆木。[25] 慢：轻侮。陵：侵犯。[26] 贾谊：汉文帝时著名政论散文家，曾上书文帝请求出任属国之官，以制服匈奴。弱冠：古时二十岁成人而行冠礼，体犹未壮，故称弱冠。[27] 终军：西汉人，年十八岁就上书汉武帝，自请"愿受长缨，必羁南越王而致之阙下"。妙年：少年。[28] 夸主：在人主面前夸大自己。[29] 输能：贡献才能。[30] 霍去病：汉武帝时大将，曾多次出击匈奴，远涉沙漠，建立奇功。第：住宅，府第。[31] 居外：指身居京城之外的藩国。[32] 厚：指待遇优厚，生活富足。[33] 二方：指吴、蜀。[34] 耆（qí）：七十岁以上者称耆，一说六十岁称耆。即世：去世，死亡。[35] 效命：奉献出生命。[36] 不世：犹言非常，特别。[37] 锥刀：即锥刀之末，以喻微小。[38] 大将军：指曹真。228 年明帝派曹真西击诸葛亮。[39] 一校之队：犹偏师，军中以五百人为一校，此句作者自谦，言不敢当大将。[40] 大司马：指曹休。228 年曹休领兵至皖征吴。[41] 骊（lí）：黑色马。[42] 擒权馘（guó）亮：活捉孙权，杀死诸葛亮。馘，斩获敌人，把左耳割下来，以计功请赏。[43] 数：指国家运数。[44] 荷：承受。忝重禄：食此重禄而感到惭愧。[45] 禽息鸟视：犹言像禽鸟一样生活。[46] 圈牢之养物：谓如同牲畜一般。[47] 流闻：传闻。东军：指伐吴之军。[48] 衄（nù）：挫折，败北。[49] 奋袂：挥袖。攘衽：扯开衣襟。[50] 吴、会：吴郡和会稽郡。在今江苏及浙江两省，当时属吴国。[51] 赤岸：指赤壁，在今湖北。[52] 沧海：东海。[53] 玉门：玉门关，在今甘肃省敦煌西北。[54] 玄塞：指长城。古人以黑色代表北方，故北方边塞称为玄塞。[55] 临难而制变：意谓面临危险形势，随机应变。[56] 故奔北败军之将用，秦、鲁以成其功：春秋时秦穆公的大将孟明视、西乞术、白乙丙三人曾为晋所败，被俘。放还之后，穆公仍用其为将，终于打败晋人，报仇雪耻。鲁将曹沫亦三次为齐国所败，鲁国割地求和。后鲁庄公、齐桓公在柯地会盟，曹沫持匕首劫桓公，桓公乃

允许尽还鲁地。奔北：战败后往回逃跑。秦：秦穆公。鲁：鲁庄公。[57] 绝
缨盗马之臣赦，楚、赵以济其难：春秋时楚庄王与群臣夜宴。烛灭，有人暗
中引楚王美人衣。美人挽绝其缨，以告楚王。王乃命群臣绝缨，然后举火。
后楚与晋战，引美人衣者奋力作战，以报庄王。秦穆公乘马走失，为野人所
食，秦穆公不罪野人，又赐给他们酒喝。后秦与晋战，穆公被围，野人力战，
遂大败晋人。绝缨：割断结在颔下的帽带。赵：即秦穆公事，因秦赵同祖，
故云。[58] 先帝：指文帝曹丕。威王：指任城王曹彰，他与文帝皆是曹植的
兄弟。弃代：婉言死亡。[59] 填沟壑：指人死被埋。[60] 骐骥：千里马。
伯乐：古代善相马者。昭：显著。[61] 卢狗：即韩子卢，古代有名的壮犬。
韩国：齐人，善相狗。[62] 惟度：思量，忖度。[63] 於（wū）邑：悲啼，
叹息。[64] 博：古代的一种游戏。企：提起足后跟。竦：犹立。
[65] 抃（biàn）：拊，以手击节。[66] 昔毛遂，赵之陪隶，犹假锥囊之喻以
寤主立功：战国时秦国围赵邯郸，赵平原君使楚求救，门客毛遂请往，平原
君不允，毛遂称："臣今日请处囊中耳。使遂早得处囊中，乃颖脱而出，非特
其末见而已。"平原君竟与毛遂行，赖毛遂之力，与楚定合纵抗秦之约。陪
隶：犹陪臣，即臣子的臣子。[67] 自炫：指士子自我炫耀其才能。自媒：指
女子自我做媒。[68] 干时：谋求于当时。[69] 分形同气：指自己与魏文帝
骨肉之亲。分形：从一个人身体中分出的形体。同气：即气肉相同。[70]
少：稍。

思考题

如何理解曹植《求自试表》中所蕴含的家国情怀？他这一行为的出发点
是什么？

（姚海斌）

四、戏曲

桃花扇（节选）

孔尚任

导 读

　　孔尚任（1648—1718），字季重，又字聘之，号东塘，别号岸堂，自称云亭山人，山东曲阜人，他是孔子第六十四代孙。康熙二十三年（1684），康熙皇帝到曲阜祭祀孔子，孔尚任为康熙讲经，得到了康熙的嘉许，被破格任用为国子监博士，后转户部任职。1699 年，《桃花扇》上演后引起轰动，不久孔尚任被罢官。

　　《桃花扇》传奇正文共四十出，是中国古代戏曲史上的代表作，它与洪昇的传奇《长生殿》一起被视为清代戏曲的最高成就。孔尚任生于清初，他创作《桃花扇》时，很多前朝的遗老尚在，他从这些前朝的遗老口中听了许多明清易代之际的故事，尤其是李香君、侯方域的故事，了解了很多南明弘光朝廷兴亡的历史，这些都为孔尚任创作《桃花扇》提供了丰富的素材。《桃花扇》是一部"实事实人，有凭有据"（孔尚任语）的历史剧。著名的复社文人侯方域在南京结识了名妓李香君，魏忠贤阉党余孽阮大铖为结识侯方域，出资托杨龙友（名文骢）为李香君置办妆奁，李香君得知原委，斥责阮大铖奸邪，退回妆奁。李自成攻陷北京，福王在南京成立弘光小朝廷，阮大铖等擅权专政，迫害东林党和复社人士，侯方域被逼出走扬州，投奔明朝将领史可法。阮大铖逼李香君嫁田仰，李香君誓死不从，以头撞地，鲜血溅到她与侯方域的定情诗扇上，杨龙友将血迹点染成桃花。李香君被选入宫中教习戏曲，侯方域被阮大铖诬陷入狱。清军渡过长江，弘光政权君臣出逃，侯方域、李香君在白云庵相遇，经张道士点播，双双出家。

　　《桃花扇》是一部"借离合之情，写兴亡之感"的历史剧，作者的用意很明显，就是总结和反思明朝灭亡的原因。《桃花扇》通过二人悲欢离合的故事，串联起一系列历史事件，写出了兴亡之感。在思想上，这部传奇对传统的国家、君主、臣民关系做了新的诠释，突破了君国一体、忠君是伦理的最上层、忠君便是爱国的旧思想，把国家置于君主之上，宣扬了新的爱国主义精神。更为可贵的是，《桃花扇》通过对比昏君奸臣与忠臣义士这两类人物，深刻批判了误国的昏君和害国的奸臣。《桃花扇》还塑造了以李香君为代表的一批热爱国家、坚持正义、勇敢担当、坚守气节的底层人物形象。李香君虽然是风尘女子，但她深明大义，具有明确的政治立场，头脑清醒，不为金钱所诱。她与侯方域相识相爱，阮大铖为他们的结合提供财力上的帮助，想以此结识并讨好在复社影响力颇大的侯方域，进而借助侯方域的影响消除人们对他阉党身份的负面印象。陷入爱情中的侯方域甚至愿意谅解阮大铖，但李香君不但拒绝阮大铖的簪环衣饰，而且义正词严地告诫侯方域，不要被奸邪哄骗，自毁声名。李香君面对权贵的逼迫宁死抗争，更是表现出了在大是大非面前普通人也有的高尚气节和牺牲精神。

第七出 · 却奁

癸未[1]三月

（杂扮保儿掇马桶上）龟尿龟尿，撒出小龟；鳖血鳖血，变成小鳖。龟尿鳖血，看不分别；鳖血龟尿，说不清白。看不分别，混了亲爹；说不清白，混了亲伯。

（笑介）胡闹，胡闹！昨日香姐上头，乱了半夜；今日早起，又要刷马桶，倒溺壶[2]，忙个不了。那些孤老[3]、表子，还不知搂到几时哩。（刷马桶介）

【夜行船】（末）人宿平康深柳巷[4]，惊好梦门外花郎。绣户[5]未开，帘钩才响，春阻十层纱帐。

下官杨文骢[6]，早来与侯兄道喜。你看院门深闭，侍婢无声，想是高眠未起。（唤介）保儿，你到新人窗外，说我早来道喜。

（杂）昨夜睡迟了，今日未必起来哩。老爷请回，明日再来罢。

（末笑介）胡说！快快去问。

（小旦内问介）保儿！来的是那一个？

（杂）是杨老爷道喜来了。

（小旦忙上）倚枕春宵短，敲门好事多。

（见介）多谢老爷，成了孩儿一世姻缘。

（末）好说。

（问介）新人起来不曾？

（小旦）昨晚睡迟，都还未起哩。

（让坐介）老爷请坐，待我去催他。

（末）不必，不必。

（小旦下）

【步步娇】（末）儿女浓情如花酿，美满无他想，黑甜共一乡。可也亏了俺帮衬，珠翠辉煌，罗绮飘荡，件件助新妆，悬出风流榜。

（小旦上）好笑，好笑！两个在那里交扣丁香，并照菱花[7]，梳洗才完，穿戴未毕。请老爷同到洞房，唤他出来，好饮扶头卯酒[8]。

（末）惊却好梦，得罪不浅。

（同下）

（生、旦艳妆上）

【沉醉东风】（生、旦）这云情接着雨况，刚搔了心窝奇痒，谁搅起睡鸳鸯。被翻红浪，喜匆匆满怀欢畅。枕上余香，帕上余香，消魂滋味，才从梦里尝。

（末、小旦上）

（末）果然起来了，恭喜，恭喜！（一揖，坐介）

（末）昨晚催妆拙句，可还说的入情么。

（生揖介）多谢！

（笑介）妙是妙极了，只有一件。

（末）那一件？

（生）香君虽小，还该藏之金屋。（看袖介）小生衫袖，如何着得下？

（俱笑介）

（末）夜来定情，必有佳作。

（生）草草塞责[9]，不敢请教。

（末）诗在那里？

（旦）诗在扇头。（旦向袖中取出扇介）

（末接看介）是一柄白纱宫扇。（嗅介）香的有趣。（吟诗介）妙，妙！只有香君不愧此诗。（付旦介）还收好了。

（旦收扇介）

【园林好】（末）正芬芳桃香李香，都题在宫纱扇上；怕遇着狂风吹荡，须紧紧袖中藏，须紧紧袖中藏。

（末看旦介）你看香君上头之后，更觉艳丽了。（向生介）世兄有福，消此尤物。

（生）香君天姿国色，今日插了几朵珠翠，穿了一套绮罗，十分花貌，又添二分，果然可爱。

（小旦）这都亏了杨老爷帮衬哩。

【江儿水】送到缠头锦，百宝箱，珠围翠绕流苏帐，银烛笼纱通宵亮，金杯劝酒合席唱。今日又早早来看，恰似亲生自养，赔了妆奁，又早敲门来望。

（旦）俺看杨老爷，虽是马督抚至亲，却也拮据作客，为何轻掷金钱，来填烟花之窟？在奴家受之有愧，在老爷施之无名；今日问个明白，以便图报。

（生）香君问得有理，小弟与杨兄萍水相交，昨日承情太厚，也觉不安。

（末）既蒙问及，小弟只得实告了。这些妆奁酒席，约费二百余金，皆出怀宁之手。

（生）那个怀宁？

（末）曾做过光禄的阮圆海[10]。

（生）是那皖人阮大铖么？

（末）正是。

（生）他为何这样周旋？

（末）不过欲纳交足下之意。

【五供养】（末）羡你风流雅望，东洛才名，西汉文章。逢迎随处有，争看坐车郎。秦淮妙处，暂寻个佳人相傍，也要些鸳鸯被、芙蓉妆；你道是谁的，是那南邻大阮，嫁衣全忙。

（生）阮圆老原是敝年伯，小弟鄙其为人，绝之已久。他今日无故用情，令人不解。

（末）圆老有一段苦衷，欲见白于足下。

（生）请教。

（末）圆老当日曾游赵梦白[11]之门，原是吾辈。后来结交魏党[12]，只为救护东林[13]，不料魏党一败，东林反与之水火。近日复社诸生，倡论攻击，大肆殴辱，岂非操同室之戈乎？圆老故交虽多，因其形迹可疑，亦无人代为分辩。每日向天大哭，说道："同类相残，伤心惨目，非河南侯君，不能救我。"所以今日谆谆纳交。

（生）原来如此，俺看圆海情辞迫切，亦觉可怜。就便真是魏党，悔过来归，亦不可绝之太甚，况罪有可原乎。定生、次尾，皆我至交，明日相见，即为分解。

（末）果然如此，吾党之幸也。

（旦怒介）官人是何等说话，阮大铖趋附权奸，廉耻丧尽；妇人女子，无不唾骂。他人攻之，官人救之，官人自处于何等也？

【川拨棹】不思想，把话儿轻易讲。要与他消释灾殃，要与他消释灾殃，也隄防旁人短长。官人之意，不过因他助俺妆奁，便要徇私废公；那知道这几件钗钏衣裙，原放不到我香君眼里。（拔簪脱衣介）脱裙衫，穷不妨；布荆人，名自香。

（末）阿呀！香君气性，忒也刚烈。

（小旦）把好好东西，都丢一地，可惜，可惜！（拾介）

（生）好，好，好！这等见识，我倒不如，真乃侯生畏友也。

（向末介）老兄休怪，弟非不领教，但恐为女子所笑耳。

【前腔】（生）平康巷，他能将名节讲；偏是咱学校朝堂，偏是咱学校朝堂，混贤奸不问青黄。那些社友平日重俺侯生者，也只为这点义气；我若依附奸邪，那时群起来攻，自救不暇，焉能救人乎。节和名，非泛常；重和轻，须审详。

（末）圆老一段好意，也还不可激烈。

（生）我虽至愚，亦不肯从井救人[14]。

（末）既然如此，小弟告辞了。

（生）这些箱笼，原是阮家之物，香君不用，留之无益，还求取去罢。

（末）正是"多情反被无情恼，乘兴而来兴尽还[15]"。（下）

（旦恼介）

（生看旦介）俺看香君天姿国色，摘了几朵珠翠，脱去一套绮罗，十分容貌，又添十分，更觉可爱。

（小旦）虽如此说，舍了许多东西，倒底可惜。

【尾声】金珠到手轻轻放，惯成了娇痴模样，辜负俺辛勤做老娘。

（生）些须东西，何足挂念，小生照样赔来。

（小旦）这等才好。

（小旦）花钱粉钞费商量，

（旦）裙布钗荆也不妨。

（生）只有湘君能解佩[16]，

（旦）风标[17]不学世时妆。

注释

[1] 癸未：干支之一，顺序为第20个。前一位是壬午，后一位是甲申。
[2] 溺壶：指小便壶。[3] 孤老：指嫖客。[4] 平康：唐代长安有平康坊，为妓女聚居之地，后为妓女所居的泛称。深柳：寻花问柳的地方，亦指妓院。
[5] 绣户：雕绘华美的门户，多指妇女居室。[6] 杨文聪：原型为杨龙友，贵阳人，弘光朝官至常州、镇江二府巡抚，后从唐王朱聿键抗清，兵败被杀，与剧中人物不同。[7] 丁香：丁香花蕾形状的纽扣。菱花：古代常以菱花为铜镜背面的图案，故称镜子为"菱花"。[8] 扶头卯酒：旧俗新婚次日清晨饮迎朝酒之称。[9] 塞责：指做事不认真、敷衍了事，常用作谦辞。
[10] 阮圆海：即阮大铖，字集之，号圆海、石巢、百子山樵。明朝末年大臣，戏曲作家。阮大铖以进士居官后，先依东林党，后依魏忠贤，崇祯朝以附逆罪去职。[11] 赵梦白：即赵南星，东林党首领之一，熹宗天启年间任吏部尚书，因与魏忠贤抗争，被削职流放。[12] 魏党：指魏忠贤的党羽。
[13] 东林：明朝末年以江南士大夫为主的官僚阶级政治集团。[14] 从井救人：跳到井里救人，非但不能救活别人，反倒连累自己。[15] 前半句出自苏轼《蝶恋花·春景》，后半句出自范成大《巾子山又雨》。[16] 只有湘君能解佩：出自《九歌·湘君》"捐余玦兮江中，遗余佩兮澧浦"。由于湘夫人住在洞庭湖的君山上，所以湘君解下自己的玉佩丢在澧水中借澧水流入洞庭湖，作为信物赠送给湘夫人，向她求爱。这里借以赞扬香君却奁的行为。[17] 风标：风度，品格。

第二十二出·守楼

甲申[1]十月

（外、小生拿内阁灯笼、衣、银跟轿上）天上从无差月老，人间竟有错花星[2]。

（外）我们奉老爷之命，硬娶香君，只得快走。

（小生）旧院李家母子两个，知他谁是香君。

（末急上呼介）转来同我去罢。

（外见介）杨姑老爷肯去，定娶不错了。

（同行介）月照青溪水，霜沾长板桥。来此已是，快快叫门。（叫门介）

（杂扮保儿上）才关后户，又开前庭；迎官接客，卑职驿丞[3]。

（问介）那个叫门？

（外）快开门来。

（杂开门惊介）呵呀！灯笼火把，轿马人夫，杨老爷来夸官[4]了。

（末）哦！快唤贞娘出来。

（杂大叫介）妈妈出来，杨老爷到门了。

（小旦急上问介）老爷从那里赴席回来么？

（末）适在马舅爷相府，特来报喜。

（小旦）有什么喜？

（末）有个大老官来娶你令爱哩。（指介）

【渔家傲】你看这彩轿青衣[5]门外催，你看这三百花银，一套绣衣。（小旦惊介）是那家来娶，怎不早说？（末）你看灯笼大字成双对，是中堂阁内[6]。（小旦）就是内阁老爷自己娶么？（末）非也。漕抚田公，同乡至戚，赠个佳人捧玉杯。

（小旦）田家亲事，久已回断，如何又来歪缠[7]？

（小生拿银交介）你就是香君么，请受财礼。

（小旦）待我进去商量。

（外）相府要人，还等你商量；快快收了银子，出来上轿罢。

（末）他怎敢不去，你们在外伺候，待我拿银进去，催他梳洗。

（末接银，杂接衣，同小旦作进介）

（小生、外）我们且寻个老表子燥脾去。（俱暂下）

（小旦、末、杂作上楼介）

（末唤介）香君睡下不曾？

（旦上）有甚紧事，一片吵闹。

（小旦）你还不知么？

（旦见末介）想是杨老爷要来听歌。

（小旦）还说甚么歌不歌哩。

【剔银灯】忙忙的来交聘礼，凶凶的强夺歌妓；对着面一时难回避，执着名别人谁替。（旦惊介）唬杀奴也！又是那个天杀的？（小旦）还是田仰，又借着相府的势力，硬来娶你。堪悲，青楼薄命，一霎时杨花乱吹。

（小旦向末介）杨老爷从来疼俺母子，为何下这毒手？

（末）不干我事，那马瑶草知你拒绝田仰，动了大怒，差一班恶仆登门强娶。下官怕你受气，特为护你而来。

（小旦）这等多谢了，还求老爷始终救解。

（末）依我说三百财礼，也不算吃亏；香君嫁个漕抚，也不算失所；你有多大本事，能敌他两家势力？

（小旦思介）杨老爷说的有理，看这局面，拗不去了。孩儿趁早收拾下楼罢！

（旦怒介）妈妈说那里话来！当日杨老爷作媒，妈妈主婚，把奴嫁与侯郎，满堂宾客，谁没看见。现收着定盟之物。（急向内取出扇介）这首定情诗，杨老爷都看过，难道忘了不成？

【摊破锦地花】案齐眉，他是我终身倚，盟誓怎移。宫纱扇现有诗题，万种恩情，一夜夫妻。（末）那侯郎避祸逃走，不知去向；设若三年不归，你也只顾等他么？（旦）便等他三年；便等他十年；便等他一百年；只不嫁田仰。（末）呵呀！好性气，又像摘翠脱衣骂阮圆海的那番光景了。（旦）可又来，阮、田同是魏党，阮家妆奁尚且不受，倒去跟着田仰么？（内喊介）夜已深了，快些上轿，还要赶到船上去哩。（小旦劝介）傻丫头！嫁到田府，少不了你的吃穿哩。（旦）呸！我立志守节，岂在温饱。忍寒饥，决不下这翠楼梯。

（小旦）事到今日，也顾不得他了。

（叫介）杨老爷放下财礼，大家帮他梳头穿衣。

（小旦替梳头，末替穿衣介）

（旦持扇前后乱打介）

（末）好利害，一柄诗扇，倒像一把防身的利剑。

（小旦）草草妆完，抱他下楼罢。

（末抱介）

（旦哭介）奴家就死不下此楼。（倒地撞头晕卧介）

（小旦惊介）呵呀！我儿苏醒，竟把花容，碰了个稀烂。

（末指扇介）你看血喷满地，连这诗扇都溅坏了。（拾扇付杂介）

（小旦唤介）保儿，扶起香君，且到卧房安歇罢。

（杂扶旦下）

（内喊介）夜已三更了，诓去银子，不打发上轿；我们要上楼拿人哩。

（末向楼下介）管家略等一等；他母子难舍，其实可怜的。

（小旦急介）孩儿碰坏，外边声声要人，这怎么处？

（末）那宰相势力，你是知道的，这番羞了他去，你母子不要性命了。

（小旦怕介）求杨老爷救俺则个。

（末）没奈何，且寻个权宜之法罢！

（小旦）有何权宜之法？

（末）娼家从良，原是好事，况且嫁与田府，不少吃穿，香君既没造化，你倒替他享受去罢。

（小旦急介）这断不能。一时一霎，叫我如何舍得。

（末怒介）明日早来拿人，看你舍得舍不得。

（小旦呆介）也罢！叫香君守着楼，我去走一遭儿。

（想介）不好，不好，只怕有人认得。

（末）我说你是香君，谁能辨别。

（小旦）既是这等，少不得又妆新人了。

（忙打扮完介）

（向内叫介）香君我儿，好好将息，我替你去了。

（又嘱介）三百两银子，替我收好，不要花费了。

（末扶小旦下楼介）

【麻婆子】（小旦）下楼下楼三更夜，红灯满路辉；出户出户寒风起，看花未必归。（小生、外打灯抬轿上）好，好，新人出来了，快请上轿。（小旦别末介）别过杨老爷罢。（末）前途保重，后会有期。（小旦）老爷今晚且宿院中，照管孩儿。（末）自然。（小旦上轿介）萧郎[8]从此路人窥，侯门再出岂容易。（行介）舍了笙歌队，今夜伴阿谁。（俱下）

（末笑介）贞丽从良，香君守节，雪了阮兄之恨，全了马舅之威！将李代桃，一举四得，倒也是个妙计。（叹介）只是母子分别，未免伤心。

匆匆夜去替蛾眉，一曲歌同易水悲[9]；

燕子楼中人卧病，灯昏被冷有谁知。

🎵 注释

[1] 甲申：干支之一，顺序为第 21 个。前一位是癸未，后一位是乙酉。
[2] 花星：司男女风情之事的星宿。为旧时江湖术士推算星命的术语。
[3] 驿丞：掌管驿站的官，主邮传迎送之事。[4] 夸官：指士子考中进士或官员升迁时，排列鼓乐仪仗游街。[5] 青衣：指奴仆。[6] 中堂阁内：明清时对内阁大学士的称呼。[7] 歪缠：指无理取闹、胡搅蛮缠。[8] 萧郎：指情郎或佳偶。[9] 一曲歌同易水悲：借用燕太子丹在易水河边送别荆轲的典故，形容香君母女的分别。

第二十三出·寄扇

甲申十一月

【醉桃源】（旦包帕病容上）寒风料峭透冰绡[1]，香炉懒去烧。血痕一缕在眉梢，胭脂红让娇。孤影怯，弱魂飘，春丝命一条。满楼霜月夜迢迢，天明恨不消。

（坐介）奴家香君，一时无奈，用了苦肉之计，得遂全身之节。只是孤身只影，卧病空楼，冷帐寒衾，无人作伴，好生凄凉。

【北新水令】冻云残雪阻长桥，闭红楼冶游人少。栏杆低雁字[2]，帘幕挂冰条；炭冷香消，人瘦晚风峭。

奴家虽在青楼，那些花月欢场，从今罢却了。

【驻马听】绣户萧萧，鹦鹉呼茶声自巧；香闺悄悄，雪狸[3]偎枕睡偏牢。榴裙裂破舞风腰，鸾靴剪碎凌波勒[4]；愁多病转饶，这妆楼再不许风情闹。

想起侯郎匆匆避祸，不知流落何所；怎知奴家独住空楼，替他守节也。（起唱介）

【沉醉东风】记得一霎时娇歌兴扫，半夜里浓雨情抛；从桃叶渡头寻，向燕子矶[5]边找，乱云山风高雁杳。那知道梅开有信，人去越遥；凭栏凝眺，把盈盈秋水，酸风冻了。

可恨恶仆盈门，硬来娶俺；俺怎肯负了侯郎。

【雁儿落】欺负俺贱烟花薄命飘摇，倚着那丞相府忒骄傲。得保住这无瑕白玉身，免不得揉碎如花貌。

最可怜妈妈替奴当灾，飘然竟去。（指介）你看床榻依然，归来何日。

【得胜令】恰便似桃片逐雪涛，柳絮儿随风飘；袖掩春风面，黄昏出汉朝。萧条，满被尘无人扫；寂寥，花开了独自瞧。

说到这里，不觉一阵酸心。（掩泪坐介）

【乔牌儿】这肝肠似搅，泪点儿滴多少。也没个姊妹闲相邀，听那挂帘栊的钩自敲。

独坐无聊，不免取出侯郎诗扇，展看一回。（取扇介）嗳呀！都被血点儿污坏了，这怎处。

【甜水令】你看疏疏密密，浓浓淡淡，鲜血乱蘸。不是杜鹃抛；是脸上桃花做红雨儿飞落，一点点溅上冰绡。

侯郎侯郎！这都是为你来。

【折桂令】叫奴家揉开云髻，折损宫腰[6]；睡昏昏似妃葬坡平[7]，血淋淋似妾堕楼高。怕旁人呼号，舍着俺软丢答的魂灵没人招。银镜里朱霞残照，鸳枕上红泪春潮。恨在心苗，愁在眉梢，洗了胭脂，浣[8]了鲛绡。

一时困倦起来，且在妆台盹睡片时。（压扇睡介）

（末扮杨文骢便服上）认得红楼水面斜，一行衰柳带残鸦。

（净扮苏昆生上）银筝象板佳人院，风雪今同处士家。

（末回头见介）呀！苏昆老也来了。

（净）贞丽从良，香君独住，放心不下，故此常来走走。

（末）下官自那日打发贞丽起身，守了香君一夜，这几日衙门有事，不能脱身；方才城东拜客，便道一瞧。（入介）

（净）香君不肯下楼，我们上去一谈罢。

（末）甚好。（登楼介）

（末指介）你看香君抑郁病损，困睡妆台，且不必唤他。

（净看介）这柄扇儿展在面前，怎么有许多红点儿？

（末）此乃侯兄定情之物，一向珍藏不肯示人，想因面血溅污，晾在此间。（抽扇看介）几点血痕，红艳非常，不免添些枝叶，替他点缀起来。（想介）没有绿色怎好？

（净）待我采摘盆草，扭取鲜汁，权当颜色罢。

（末）妙极！

（净取草汁上）

（末画介）叶分芳草绿，花借美人红。（画完介）

（净看喜介）妙妙！竟是几笔折枝桃花。

（末大笑指介）真乃桃花扇也。

（旦惊醒见介）杨老爷、苏师父都来了，奴家得罪。（让坐介）

（末）几日不曾来看，额角伤痕渐已平复了。

（笑介）下官有画扇一柄，奉赠妆台。（付旦扇介）

（旦接看介）这是奴的旧扇，血迹腌臢[9]，看他怎的。（入袖介）

（净）扇头妙染，怎不赏鉴。

（旦）几时画的？

（末）得罪得罪！方才点坏了。

（旦看扇叹介）咳！桃花薄命，扇底飘零。多谢杨老爷替奴写照了。

【锦上花】一朵朵伤情，春风懒笑；一片片消魂，流水愁漂。摘的下娇色，天然蘸好；便妙手徐熙[10]，怎能画到。樱唇上调朱，莲腮上临稿，写意儿几笔红桃。补衬些翠枝青叶，分外夭夭，薄命人写了一幅桃花照。

（末）你有这柄桃花扇，少不得个顾曲周郎[11]；难道青春守寡，竟做个入月嫦娥不成。

（旦）说那里话，那关盼盼[12]也是烟花，何尝不在燕子楼[13]中，关门到老。

（净）明日侯郎重到，你也不下楼么？

（旦）那时锦片前程，尽俺受用，何处不许游耍，岂但下楼。

（末）香君这段苦节，今世少有。

（向净介）昆老看师弟之情，寻着侯郎，将他送去，也省俺一番悬挂。

（净）是是！一向留心访问，知他随任史公，住淮半载。自淮来京，自京到扬，今又同着高兵防河去了。晚生不日还乡，顺便找寻。

（向旦介）须得香君一书才好。

（旦向末介）奴家言出无文，求杨老爷代写罢。

（末）你的心事，叫俺如何写得出。

（旦寻思介）罢罢！奴的千愁万苦，俱在扇头，就把这扇儿寄去罢。

（净喜介）这封家书，倒也新样。

（旦）待奴封他起来。（封扇介）

【碧玉箫】挥洒银毫[14]，旧句他知道；点染红么，新画你收着。便面小，血心肠一万条；手帕儿包，头绳儿绕，抵过锦字书多少。

（净接扇介）待我收好了，替你寄去。

（旦）师父几时起身？

（净）不日束装了。

（旦）只望早行一步。

（净）晓得。

（末）我们下楼罢。

（向旦介）香君保重。你这段苦节[15]，说与侯郎，自然来娶你的。

（净）我也不再来别了。正是：新书远寄桃花扇。

（末）旧院常关燕子楼。（下）

（旦掩泪介）妈妈不归，师父又去，妆楼独闭，益发凄凉了。

【鸳鸯煞】莺喉歇了南北套，冰弦住了陈隋调[16]；唇底罢吹箫，笛儿丢，笙儿坏，板儿掉[17]。只愿扇儿寄去的速，师父束装得早；三月三刘郎[18]到了，携手儿下妆楼，桃花粥吃个饱。

书到梁园^[19]雪未消，青溪^[20]一道阻春潮。

桃根桃叶^[21]无人问，丁字帘^[22]前是断桥。①

注释

[1] 冰绡：透明如冰、洁白如雪的丝织品。[2] 栏杆低雁字：指望到栏杆外群雁低飞的行列。[3] 雪狸：白猫。[4] 靿（yào）：靴或袜子的筒儿。[5] 燕子矶：地名，位于江苏，因前临长江形如飞燕而得名。[6] 宫腰：指女子的细腰。[7] 妃葬坡平：唐代安史之乱中，唐玄宗宠妃杨贵妃被杀，葬于马嵬坡。[8] 浣（wò）：弄脏。[9] 腌臜（ā zā）：肮脏，不干净。[10] 徐熙：五代南唐杰出画家。[11] 顾曲周郎：原指周瑜业于音乐，后泛指通音乐戏曲的人。[12] 关盼盼：唐代名伎，工部尚书张愔的妾。[13] 燕子楼：楼名。相传为关盼盼居所。[14] 银毫：指毛笔。[15] 苦节：指过分节俭，坚守节操。[16] 南北套：南北曲。陈隋调：陈隋时流行的《玉树后庭花》《春江花月夜》等曲调，借指亡国之音。[17] 板儿：拍板。掠：抛弃。[18] 刘郎：指情郎。[19] 梁园：汉梁孝王修建的一座名园。[20] 青溪：碧绿的溪水。[21] 桃根桃叶：东晋美女，桃叶为姐，桃根为妹，后泛指美女。[22] 丁字帘：地名。位于南京秦淮河上利涉桥边，明朝乐户聚居之地。

思考题

（1）结合清初思想家顾炎武提出的"天下兴亡，匹夫有责"的观念，谈谈《桃花扇》的爱国思想。

（2）《桃花扇》中的李香君形象有哪些特点？这一形象的塑造体现了作者怎样的意图？

（高日晖）

---

① 孔尚任. 桃花扇 [M]. 王季思，等注. 北京：人民文学出版社，1984：51-55，147-156.

五、小说

说岳全传（节选）

钱　彩

导读

　　《说岳全传》共八十回，由清初钱彩、金丰在明代《大宋中兴通俗演义》等说岳系列小说的基础上，博采说话、戏曲、传说等岳飞故事创作而成，是明清时期英雄传奇类小说中的佳作。这部小说的中心是以岳飞为首的岳家军抗金报国的故事，同时也反映了封建时代忠奸斗争的悲剧，核心思想是宣扬忠君爱国，歌颂忠臣烈士，贬斥奸臣贼子。小说中的岳飞自幼文韬武略，待母至孝，一心报效国家，对宋朝忠心耿耿，是抗金主战派的中坚，他率领岳家军多次打败金兵。奸臣秦桧被金国收买，就在岳飞于朱仙镇打败金兵，准备直捣黄龙府时，宋高宗连发十二道金牌命令岳飞回京。岳飞明知有诈，但为了不违抗君命，他毅然带着儿子岳云和女婿张宪返回京师，结果被宋高宗以莫须有的罪名杀害于风波亭。后秦桧夫妻暴亡，宋高宗也驾崩了，宋孝宗即位后，为岳飞平反昭雪。岳飞次子岳雷继续抗金，金兀术被牛皋骑在身下活活气死，而牛皋则因为过于高兴一下子乐死了。

　　小说作者还着重颂扬了岳飞的家风家教，岳家可以说是满门忠烈。岳母深明大义，教育岳飞精忠报国，莫贪富贵，面对国家大义和母子情感的矛盾，毅然以国家为重。为了让儿子一生坚守忠君报国之志，她忍痛在儿子背上刺下"精忠报国"四个字。岳母刺字的故事代代相传，岳母不仅是英雄的母亲，更成为中国古代与孟子的母亲齐名的贤良母亲的代名词。岳飞的妻子李氏也是贤妻的典范，她坚定地支持丈夫为国出征，她在家奉养婆母教育儿女。儿子岳云和女婿张宪跟随父亲杀敌，一同冤死于奸臣之手，岳雷继承父志继续抗金，大获全胜，全歼金兵。

　　《说岳全传》充满了传奇色彩，想象丰富，情节曲折、充满悬念，战斗场景描写得激烈刺激，其中对爱华山、朱仙镇大捷、黄天荡、大破连环马等几场重大战争的描写尤其引人入胜。

《说岳全传》也像其他一些小说那样，设置了人物之间前世仇怨今生报复的叙事框架。岳飞前世是佛顶大鹏金翅鸟，秦桧前世是虬龙，秦桧妻王氏是女土蝠，秦桧的走狗万俟卨是团鱼精，大鹏啄死了女土蝠和团鱼精，啄瞎了虬龙的左眼，因此遭到这三个人下界陷害。但是小说并非着意宣传因果报应的思想，并没有影响到岳飞民族英雄的形象。

第二十二回　结义盟王佐假名　刺精忠岳母训子

词曰：寂寞相如卧茂陵[1]，家徒四壁不知贫[2]。世情已逐浮云变[3]，裘马谁为感激人[4]？

话说众兄弟不肯安贫，各自散去，岳大爷正在悲伤之际，恰遇着那人来叩门。岳大爷开了进来，只见那个人一直走上中堂，把包袱放下，问道："小可[5]有事来访岳飞的，未知可是这里？"岳爷道："在下就是岳飞，未知兄长有何见教？"那人听了，纳头便拜道："小弟久慕大名，特来相投，学些武艺。若蒙见允，情愿结为兄弟，住在宝庄，以便朝夕请教。不知尊意若何？"岳爷道："如此甚妙！请问尊姓大名？尊庚几何？"那人道："小弟姓于名工，湖广人氏，行年二十二岁。"岳爷道："如此叨长一年，有屈老弟了！"那人大喜，就与岳飞望空八拜，立誓："永胜同胞，各不相负。"拜罢起来，于工取出白银二百两送与岳飞，岳飞推辞不受。于工道："如今既为兄弟，不必推逊了。"

岳爷只得收了，就进去交与母亲，遂转身出来。于工道："哥哥有大盘子，取出几个来。"岳爷道："有。"即进房去，向娘子讨了几个盘子出来，交与于工。于工亲自动手，把桌子摆在中间，将盘安放得停当。打开黄包裹，取出十个马蹄金[6]，放在一盘。又取出几十粒大珠子，也装在一盘。又将一件猩红[7]战袍，一条羊脂玉玲珑带，各盛在盘内。恰向胸前去取出一封书来，供在中央，便叫："大哥快来接旨！"岳大爷道："兄弟，你好糊涂，又不说个明白，却叫为兄的接旨。不知这旨是何处来的，说明了，方好接得。"那人道："实不瞒大哥说，小弟并非于工，乃是湖广洞庭湖通圣大王杨幺[8]驾下，官封东胜侯[9]，姓王名佐的便是。只因朝廷不明，信任奸邪，劳民伤财，万民离散。目下徽、钦二帝被金国掳去[10]，国家无主。因此我主公应天顺人，志欲恢复中原，以安百姓。久慕大哥文武全才，因此特命小弟前来聘请大哥，同往洞庭湖去扶助江山，共享富贵。请哥哥收了。"岳大爷道："好汉子，幸喜先与我结为兄弟。不然，就拿贤弟送官，连性命也难保了！我岳飞虽不才，生长在宋朝，况曾受承信郎[11]之职，焉肯背国投贼？兄弟，你可将这些东西快快收了，再不要多言。"王佐道："哥哥，古人云：'天下者，非一人之天下，惟有德者居之。'不要说是二帝无道，现今被兀术[12]掳去，天下无主，人民离乱，未知鹿死谁手。大哥不趁此时干功立业，还待何时？不必执迷，还请三思！"岳大爷道："为人立志，如女子之守身。岳飞生是宋朝人，死是宋朝鬼。纵有陆贾[13]、随何[14]之口舌，难挽我贯日凌云之浩气。本欲屈留贤弟暂住几日，今既有此举，嫌疑不便。贤弟速速请回，拜复你那主人，今生休再想我。难得今日与贤弟结拜一场，他日岳飞若有寸进，上阵交锋之际，再得与贤弟相会也！"王佐见岳飞侃侃烈烈，无可奈何，只得把礼物收了，仍旧包好。

岳大爷遂走进里边，对母亲道："把方才那个银包取出来。"安人[15]取了出来，交与岳爷接了，出来对王佐道："这银包请收了。"王佐道："又来了！这聘礼是主公的，所以大哥不受。这些须礼物虽然不成光景，乃是小弟的敬意，仁兄何必如此！"岳大爷道："兄弟，你差了。贤弟送与为兄的，我已收了。这是为兄的转送与贤弟的，可收去做盘缠。若要推辞，不像弟兄了。"王佐谅来岳飞是决不肯收的了，也只得收下。收拾好了，拜辞了岳爷，仍旧背上包裹，悄然出门，上路回去，不提。

却说岳爷送了王佐出门，转身进来，见了安人。安人问道："方才我儿说那朋友要住几日，为何饭也不留一餐，放他去了，却是何故？"岳大爷道："母亲不要说起！方才那个人先说是要与孩儿结拜弟兄，学习武艺，故此要住几日。不料乃是湖广洞庭湖反贼杨幺差来的，叫做王佐，要聘请孩儿前去为官。被孩儿说了他几句，就打发他去了。"岳安人道："原来如此。"又想了一想，便叫："我儿你出去端正香烛，在中堂摆下香案，待我出来，自有道理。"岳爷道："晓得。"就走出门外，请了香烛，走至中堂，搬过一张桌子安放居中。又取了一副烛台、一个香炉，摆列端正，进来禀知母亲："香案俱已停当，请母亲出去。"

安人即便带了媳妇一同出来，在神圣家庙之前焚香点烛，拜过天地祖宗，然后叫孩儿跪着，媳妇磨墨。岳飞便跪下道："母亲有何吩咐？"安人道："做娘的见你不受叛贼之聘，甘守清贫，不贪浊富，是极好的了！但恐我死之后，又有那些不肖之徒前来勾引，倘我儿一时失志，做出些不忠之事，岂不把半世芳名丧于一旦？故我今日祝告天地祖宗，要在你背上刺下'精忠报国'四字。但愿你做个忠臣，我做娘的死后，那些来来往往的人道：'好个安人，教子成名，尽忠报国，岂不流芳百世！'我就含笑于九泉矣！"岳飞道："圣人云：'身体发肤，受之父母，不敢毁伤。'母亲严训，孩儿自能领遵，免刺字罢！"安人道："胡说！倘然你日后做些不肖事情出来，那时拿到官司，吃敲吃打，你也好对那官府说'身体发肤，受之父母，不敢毁伤'么？"岳飞道："母亲说得有理，就与孩儿刺字罢！"就将衣服脱下半边。安人取笔，先在岳飞背上正脊之中写了"精忠报国"四字，然后将绣花针拿在手中，在他背上一刺，只见岳飞的肉一耸。安人道："我儿痛么？"岳飞道："母亲刺也不曾刺，怎么问孩儿痛不痛？"安人流泪道："我儿！你恐怕做娘的手软，故说不痛。"就咬着牙根而刺。刺完，将醋墨涂上了，便永远不褪色的了。岳飞起来，叩谢了母亲训子之恩，各自回房安歇，不表。

书中再讲到汤阴县县主[16]徐仁，奉着圣旨，赍[17]了礼物，回到汤阴，来聘岳飞。那一日带领了众多衙役，抬了礼物并羊酒花红[18]等件，来到岳家庄叩门。岳飞开门出看，认得是徐县主，就请进中堂。徐仁便叫："贤契[19]，快排香案接旨！"岳飞暗想："我命中该有这些磨挫[20]！昨日王佐来叫我接旨，今日徐县尊也来叫我接旨。我想现今二帝北辕[21]，朝内无君，必定是张邦昌那奸贼僭位[22]，放我不下，故来算计我也。"便打一躬道："老大人，上皇、少帝俱已北狩[23]，未知此是何人之旨？说明了，岳飞才敢接。"徐仁道："贤契，你还不知么？目今九殿下康王[24]，泥马渡了夹江，现今即位金陵。这就是大宋新君高宗天子的旨意。"岳飞听了大喜，连忙跪下，徐仁即将圣旨宣读道：

奉天承运皇帝诏曰：朕闻多难所以兴邦，殷忧所以启圣。予小子遭家不造，金冠猖狂，二帝北辕，九庙丘墟。朕荷[25]天眷，不绝宋祚，泥马渡江，诸臣拥戴，嗣位金陵。但日有羽书之报，夜有狼烟之警，正我君臣卧薪尝胆之秋，图复中兴报仇雪耻之日也。必有鹰扬[26]之将，急遏猾夏[27]之虞。兹尔岳飞有文武全才，正堪大用。故命徐仁赍赐黄金彩缎、羊酒花红，即着来京受职，率兵讨贼，珍灭[28]腥膻，迎二帝于沙漠，救生民于涂炭。尔其倍道兼进[29]，以慰朕怀！钦哉！特旨。

徐仁读罢，便将圣旨交与岳飞。岳飞双手接来，供在中央。徐仁道："军情紧急，今日就要起身。我在此相等，贤契可将家事料理料理。"岳飞道："既是圣旨，怎敢迟延！"就请徐仁坐定。将聘礼收进后堂，请母亲出来坐了，李氏夫人侍立在傍。岳飞告禀母亲："当今九殿下康王在南京即位，特赐金帛，命徐县尊前来聘召孩儿赴阙。今日就要起身，特此拜别。"安人道："今日朝廷召你，多亏周先生[30]教训之恩，还该在他灵位前拜辞拜辞才是。"

岳飞领命，就将皇封御酒打开，在周先生灵位前拜奠了，又在祖宗神位前拜奠已毕。然后斟了一杯酒跪下，敬上安人。安人接在手中，便道："我儿！做娘的今日吃你这杯酒，但愿你此去为国家出力，休恋家乡。得你尽忠报国，名垂青史，吾愿足矣。切记切记，不可有忘！"岳飞道："谨遵慈命！"安人一饮而尽。岳飞立起来，又斟了一杯，向着李氏夫人道："娘子，不知你可能饮我这杯酒么？"李氏道："五花官诰[31]，尚要赠我，这杯酒怎么吃不得？"岳爷道："不是这等说！我岳飞只得孤身，并无兄弟，如今为国远去，老母在堂，娘子须要代我孝养侍奉。儿子年幼，必当教训成人。所以说娘子可能饮得此酒也！"李氏夫人道："这都是妾身分内之事，何必嘱咐？官人只管放心前去，不必挂怀，俱在妾身上便了。"接过酒来，一饮而尽。这些事，那徐仁在外俱听得明白，叹道："难得他一门忠孝！新主可谓得人，中兴有日也。"就吩咐从人，将岳飞衣甲挂在马上，军器物件叫人挑了。

岳飞拜别了母亲，又与娘子对拜了两拜。走出门来，但见那徐县主一手牵着马，一手执鞭道："请贤契上马！"岳飞道："恩师，门生怎敢当此！"徐仁道："贤契不要看轻了！当今天子本要亲来征聘，只因初登大位，不能远出，故在金銮殿上，赐我御酒三杯，命我代劳。如萧相国'推轮捧毂[32]'故事，贤契不必谦逊也！"岳飞只得告罪上马，县主随在后边送行。

正待起行，忽见岳云赶来，跪在马前。岳爷见了问道："你来做什么？"岳云道："孩儿在馆中，听得人说县主奉旨来聘爹爹，故此孩儿赶来送行。二来请问爹爹往何处去？做什么事？"岳爷道："为父的因你年幼，恐不忍分离，故不来唤你。你今既来，我有几句话吩咐你：今为父的蒙新君召去杀鞑子[33]，保江山。你在家中，须要孝顺婆婆，敬奉母亲，照管弟妹，用心读书。牢记！牢记！"岳云道："谨遵严命！但是这些鞑子，不要杀完了。"岳爷道："这是为何？"岳云道："留一半与孩儿杀杀。"岳爷喝道："胡说！快些回去！"岳云到底是个小孩子，并不留恋，磕了一个头，起来跳跳舞舞的回去了。①

注释

[1] 寂寞相如卧茂陵：引用唐温庭筠《车驾西游因而有作》"谁将词赋陪雕辇，寂寞相如卧茂林"。[2] 家徒四壁不知贫：化用唐吴象之《少年行》"一掷千金浑是胆，家无四壁不知贫"。[3] 世情已逐浮云变：化用唐贾至

---

① 钱彩. 说岳全传［M］. 上海：上海古籍出版社，2010：122-126.

《巴陵夜别王八员外》"世情已逐浮云散，离恨空随江水长"。[4] 裘马谁为感激人：引用唐杜甫《重赠郑炼》"江山路远羁离日，裘马谁为感激人"。[5] 小可：平常，轻微，不值一提。用作对自己的谦称。[6] 马蹄金：西汉时期称量货币。一般用作帝王赏赐、馈赠、聘礼以及大额交易和域外交往。[7] 猩红：一种颜色，介乎红色和橙色之间，比朱红色深，因像猩猩血液的颜色而得名。[8] 杨幺：南宋农民起义领袖，名太，龙阳祝家岗人。[9] 东胜侯：古代的爵位。明朝初期名将汪兴祖曾被封为东胜侯。[10] 靖康二年（1127），金兵南下攻取北宋首都东京，掳走徽、钦二帝，北宋灭亡，史称靖康之变。徽、钦：宋徽宗和宋钦宗。[11] 承信郎：宋官名。[12] 兀术：完颜宗弼，女真族，女真名兀术。金朝皇子、名将、开国功臣。[13] 陆贾：西汉思想家、政治家、外交家。[14] 随何：西汉初年人，汉高祖军中的谒者（主管传达禀报的人）。[15] 安人：犹夫人，对妇人的尊称。[16] 县主：指县令。[17] 赍（jī）：拿东西给人，送给。[18] 羊酒花红：泛指赏赐或馈赠的物品。[19] 贤契：对弟子或朋友子侄辈的敬称（多用于书面）。[20] 磨挫：折磨，虐待。[21] 北辕：车向北驶，借指徽、钦二帝被金朝掳走。[22] 僭（jiàn）位：指越分窃据上位。[23] 北狩：到北方狩猎，意同"北辕"。[24] 康王：宋高宗赵构，南宋开国皇帝，曾被封康王。[25] 荷：承受，承蒙。[26] 鹰扬：威武的样子。[27] 猾夏：指少数民族侵扰中原。[28] 珍灭：同"殄灭"，消灭，灭绝。[29] 倍道兼进：加快速度行进。[30] 周先生：指周侗，小说中岳父的师父，是个十八般武艺俱精的世外高人。[31] 五花官诰：指古代帝王封赠的诏书。[32] 推轮捧毂：比喻推荐人才。[33] 鞑子：即鞑虏或胡虏，旧时对北方少数民族的蔑称。

思考题

（1）"岳母刺字"的故事对我们当代的家风家教建设有哪些有益的启示？

（2）岳飞的爱国和忠君思想是否有冲突和矛盾？谈谈你的理解。

（高日晖）

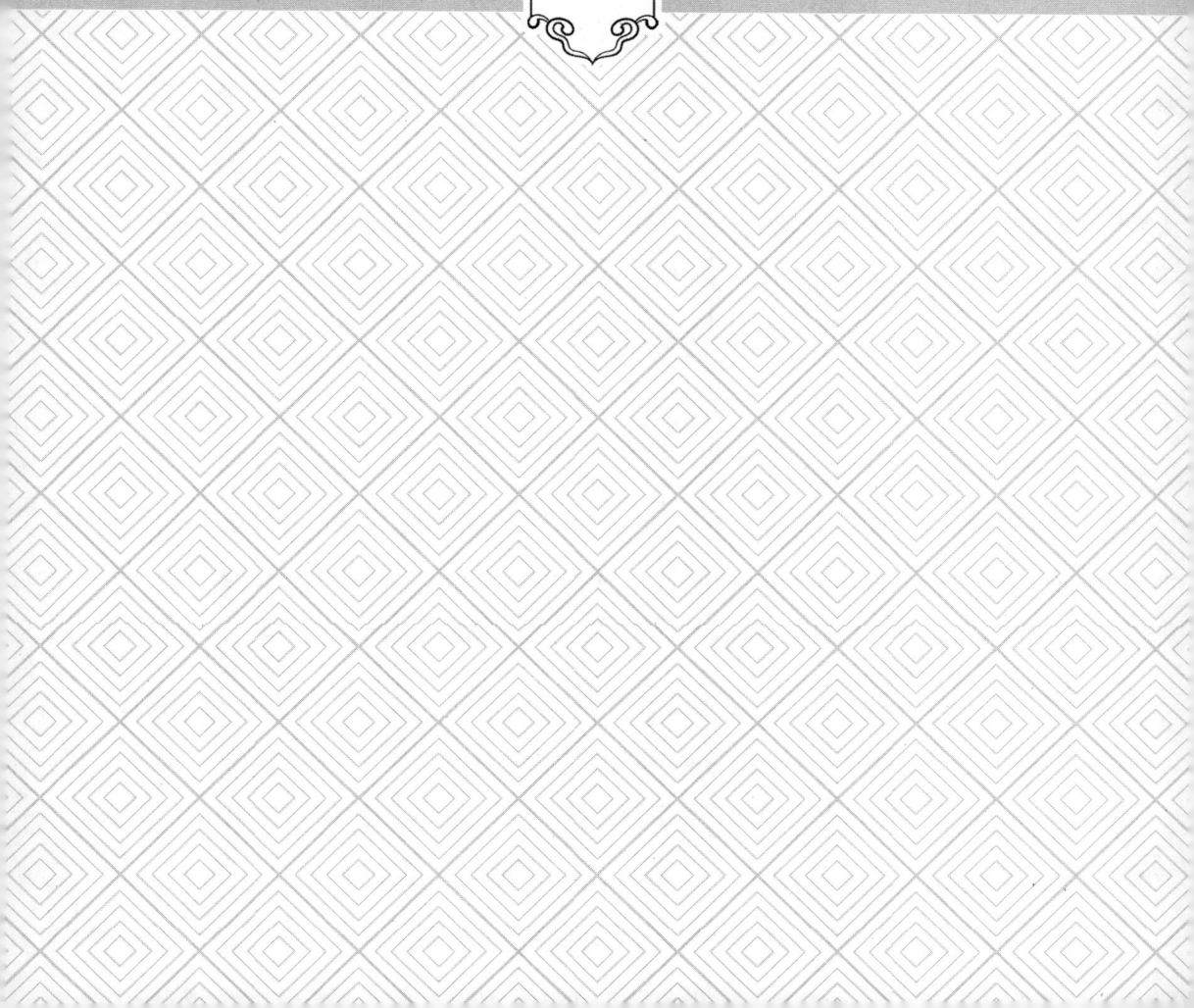

崇德篇

一、诗

诗经·大明

导读

《大明》出自《诗经·大雅》第二篇，是周王朝贵族为歌颂自己祖先的功德、为宣扬自己王朝的开国历史而作的史诗性颂诗。《毛诗序》云："《大明》，文王有明德，故天复命武王也。"宋代朱熹在《诗集传》中认为此亦周公诫成王之诗。

《大明》全诗共八章，历述周祖之德。诗篇以"天命所佑"为中心思想，集中体现周部族三代祖先的盛德。在《大明》一诗中，突出了一代兴亡系于天命而又与领袖的崇善尚德密切相关的思想，秉承唯德是从的观念——即所谓"帝迁明德"。周部族宣扬的这种"天命论"在于说明之所以周王朝能够取代殷商，是因为他们"维德之行"而获得天命。除此之外，《大明》铺叙文王、武王上承天命出生，为了表现他们出生的不凡，还歌颂了文王的母亲太任和武王的母亲太姒之德。清人范家相在《诗沈》中云："自首章以下，接言太任太姒者，唯圣父圣母乃生圣子。有是盛德，又有是圣配，妃配之际，生民之始，莫非天也。"诞生神圣化无非是要说明他是秉承天意的仁德的统治者，是仁德的化身，所以才得上帝庇佑取代殷商，建立周王朝。《大明》是一首叙事诗，但并不平铺直叙，如文王迎亲，生动具体；牧野之战，有声有色。诗中的"小心翼翼""天作之合"都成为常用成语，在现代汉语中仍很有活力。此外这组史诗属于整齐的四言体，仅有个别章句采用了五言式。四言诗因句式的延长而扩充了诗的容量，节奏的明晰增强了诗歌的音乐之美。

武王伐纣灭商是本诗最重要和突出表现的事件，周人能取代商，是因为殷商不崇德，推行暴政。除了天命所佑之外，敬德保民也是贯穿全文的重要思想。即使到今天，这种崇德思想对个人、国家之发展意义依旧十分重大，一个民族是否崇德向善，不仅关乎个人人生道路能否走得远、走得正，更关乎整个社会是否风清气正、朝气蓬勃。

明明在下[1]，赫赫在上[2]。天难忱斯[3]，不易维王[4]。天位殷适[5]，使不挟四方[6]。

挚仲氏任[7]，自彼殷商[8]。来嫁于周，曰嫔于京[9]。乃及王季[10]，维德之行[11]。大任有身[12]，生此文王。

维此文王[13]，小心翼翼[14]。昭事[15]上帝，聿怀[16]多福。厥德不回[17]，以受方国[18]。

天监在下[19]，有命既集。文王初载[20]，天作之合[21]。在洽之阳[22]，在渭之涘[23]。文王嘉止[24]，大邦有子[25]。

大邦有子，伣天之妹[26]。文[27]定厥祥，亲迎于渭。造舟为梁[28]，不显其光[29]。

有命自天，命此文王。于周于京，缵女维莘[30]。长子维行[31]，笃[32]生武王。保右命尔[33]，燮伐[34]大商。

殷商之旅，其会如林[35]。矢于牧野[36]，维予侯兴[37]。上帝临女[38]，无贰[39]尔心！

牧野洋洋，檀车[40]煌煌，驷騵彭彭[41]。维师尚父[42]，时维鹰扬[43]。凉[44]彼武王，肆伐[45]大商，会朝[46]清明。①

注释

[1] 明明：光采夺目的样子。在下：指人间。[2] 赫赫：明亮显著的样子。在上：指天上。[3] 忱：信任。斯：句末助词。[4] 易：轻率怠慢。维：犹"为"。[5] 位：同"立"。适（dí）：借作"嫡"，嫡子。殷嫡，指纣王。《史记·殷本纪》："帝乙长子曰微子启。启母贱，不得嗣。少子辛，辛母正后，辛为嗣。帝乙崩，子辛立，是为帝辛，天下谓之纣。"[6] 挟：控制、占有。四方：天下。[7] 挚：古诸侯国名，故址在今河南汝南一带，任姓。仲：指次女。挚仲，即太任，王季之妻，文王之母。[8] 自：来自。挚国之后裔，为殷商的臣子，故说太任"自彼殷商"。[9] 嫔（pín）：妇，指做媳妇。京：周京。周部族后稷十三世孙古公亶父（周太王）自豳迁于岐（今陕西岐山一带），其地名周。其子王季（季历）于此地建都城。[10] 乃：就。及：与。[11] 维德之行：犹曰"维德是行"，只做有德行的事情。[12] 大：

---

① 程俊英. 诗经译注［M］. 上海：上海古籍出版社，2016：474-476.

同"太"。有身：有孕。[13] 文王：姬昌，殷纣时为西伯（西方诸侯），又称西伯昌。为周武王姬发之父，父子共举灭纣大业。[14] 翼翼：恭敬谨慎的样子。[15] 昭：借作"劭"，勤勉。事：服事、侍奉。[16] 聿：犹"乃"，就。怀：徕，招来。[17] 厥：犹"其"，他、他的。回：邪僻。[18] 受：承受、享有。方：大。此言文王做了周国国主。[19] 监：明察。在下：指文王的德业。[20] 初载：初始，指年青时。[21] 作：成。合：婚配。[22] 洽（hé）：水名，源出陕西合阳县，东南流入黄河，现称金水河。阳：河北面。[23] 渭：水名，黄河最大的支流，源于甘肃渭源县，经陕西，于潼关流入黄河。涘（sì）：水边。[24] 嘉：美好，高兴。止：语末助词。一说止为"礼"，嘉止，即嘉礼，指婚礼。[25] 大邦：指殷商。子：未嫁的女子。[26] 伣（qiàn）：如，好比。天之妹：天上的美女。[27] 文：占卜的文辞。[28] 梁：桥。此指连船为浮桥，以便渡渭水迎亲。[29] 不：通"丕"，大。光：荣光，荣耀。[30] 缵（zuǎn）：续。莘（shēn）：国名，在今陕西合阳县一带。姒姓。文王又娶莘国之女，故称太姒。[31] 长子：指伯邑考。行：离去，指死亡。伯邑考早年为殷纣王杀害。[32] 笃：厚，指天降厚恩。一说为发语词。[33] 保右：即"保佑"。命：命令。尔：犹"之"，指武王姬发。[34] 燮（xí）：读为"袭"。袭伐，即袭击讨伐。[35] 会（kuài）：借作"旝"，军旗。其会如林，极言殷商军队之多。[36] 矢：同"誓"，誓师。牧野：地名，在今河南淇县一带，距商都朝歌七十余里。[37] 予：我、我们，作者自指周王朝。侯：乃、才。兴：兴盛、胜利。[38] 临：监临。女：同"汝"，指周武王率领的将士。[39] 无：同"勿"。贰：同"二"。[40] 檀（tán）车：用檀木造的兵车。[41] 驷（sì）騵（yuán）：四匹赤毛白腹的驾辕骏马。彭彭：强壮有力的样子。[42] 师：官名，又称太师。尚父：指姜太公。姜太公，周朝东海人，本姓姜，其先封于吕，因姓吕。名尚，字子牙。年老隐钓于渭水之上，文王访得，载与俱归，立为师，又号太公望，辅佐文王、武王灭纣。[43] 时：是。鹰扬：如雄鹰飞扬，言其奋发勇猛。[44] 凉：辅佐。《韩诗》作"亮"。[45] 肆伐：意同前文之"燮伐"。[46] 会朝（zhāo）：会战的早晨。一说黎明。

思考题

　　《大明》称颂周祖之德，文章结尾处也指出"肆伐大商，会朝清明"，这与周朝统治者秉承唯德是从的观念密切相关。由此可见，崇德于国家之发展意义重大，请结合当前国内国外背景，谈谈中华民族崇德的具体表现。

（孙惠欣）

咏史八首·其三

左 思

导读

左思（约250—305），字太冲，齐国临淄（今山东淄博）人。西晋著名文学家，其《三都赋》被时人称颂，洛阳为之纸贵，《咏史八首》《娇女诗》也很有名，其诗文语言质朴凝练。左思自幼其貌不扬却才华出众，晋武帝时，因妹左棻（fēn）被选入宫，举家迁居洛阳，左思任秘书郎。晋惠帝时，左思依附权贵贾谧，为文人集团"二十四友"的重要成员。永康元年（300），因贾谧被诛，左思遂退居宜春里，专心著述。太安二年（303），因张方进攻洛阳而移居冀州，不久病逝。后人辑有《左太冲集》。

《咏史》共八首，借咏史来咏怀，是研究左思文学作品艺术特色及思想内涵的重要参照。《咏史八首·其三》歌颂段干木、鲁仲连为国立功、不受赏赐的高洁情操，诗人仰慕和向往他们，表达了亦欲学习贤士君子报效国家、功成身退的理想追求。《咏史》整体展现了左思推崇德才兼备之人的态度取向，因此达士、英雄、壮士、隐士等出现在不同的诗中，本首直接将人物具体化，段干木、鲁仲连是古之贤德之才，被后世推崇。他们都为国家稳定做出了巨大贡献，功成却隐而不显。《战国策·赵策三》记载鲁仲连退秦军后，赵平原君欲赏赐其千金，鲁仲连说："所贵于天下之士者，为人排患、释难、解纷乱而无所取也。"这正是"天下之士"值得人们推崇的可贵之处。左思给予"高节卓不群"的极高评价，可见其对鲁仲连道德品行的推崇。

《咏史八首·其三》抒情直接热切，诗歌承继建安雄健骨力，读来刚劲有力。可贵的是诗人将咏史与咏志结合，诗才与己志结合，浑然一体。段干木与鲁仲连的贤德卓尔不群，诗人表达对他们的仰慕即是表达自己立志成为他们那样的人，在危难之时可以挺身而出，视高官厚禄为浮云，比之物质更看重精神。崇尚道德、推崇德行需要日积月累，需要适应时代社会的发展变化，高尚的德行是标杆、学习的榜样、日常实践的指导。古之贤德之人值得我们学习，但我们更应该从身边人、身边事做起，修行自己的品性、提升自己的素养。新时代青年更应该修行品性、锤炼品德，做一个德行兼备的好青年。

吾希段干木[1]，偃息藩魏君[2]。吾慕鲁仲连[3]，谈笑却[4]秦军。
当世贵不羁[5]，遭难能解纷。功成不受赏，高节卓不群[6]。
临组不肯绁[7]，对珪[8]不肯分。连玺[9]耀前庭，比之犹浮云！①

注释

[1] 希：仰慕。段干木：战国初年魏国人，时人赞他有文有才，怀君子之道，声驰千里。但他隐居陋巷，不肯为官。魏文侯请他出任宰相，他不肯接受。魏文侯乘车到他门口，都俯身在车的横木上向他致敬。[2] 偃息：仰卧、安卧。藩：护卫。[3] 慕：仰慕。鲁仲连：战国时齐国的高士，曾周游列国。《史记·鲁仲连传》载，赵孝成王时，秦将白起围攻赵国，魏王派将军新垣衍劝说赵王尊秦昭王为帝。鲁仲连适游于赵，乃说服赵人放弃了这个屈辱的计划。秦将知道后，为之退兵五十里。[4] 却：退。[5] 当世：那时的天下之士。贵：指高贵。不羁：不受羁绊。[6] 功成不受赏，高节卓不群：《史记·鲁仲连传》载，秦军离开后，赵平原君欲封赏鲁仲连，鲁仲连辞让再三，不肯受，说："所贵于天下之士者，为人排患、释难、解纷乱而无所取也。即有取者，是商贾之事也，而连不忍为也。"[7] 组：丝织的绶带。绁（xiè）：同"绁"，拴系。[8] 珪：同"圭"，瑞玉，上圆下方。古代帝王、诸侯举行礼仪时所用的板状玉器。[9] 玺：官印。

思考题

诗中评价段干木、鲁仲连"高节卓不群"，你如何理解"高节"的内涵？现实生活中又该如何实践呢？

（姚海斌）

① 张启成，等. 文选［M］. 北京：中华书局，2019：1347－1348.

猛虎行

陆 机

导读

陆机（261—303），字士衡，吴郡吴县华亭（今上海松江）人，西晋著名文学家。出身东吴世族，祖父陆逊为吴丞相，父亲陆抗为吴大司马。吴亡，十年不仕。晋武帝太康末，与弟陆云入洛阳，以文章为士大夫所重，名动一时。入晋，为太子洗马等职。后为平原内史，世称陆平原。他的诗现存104首，追求辞藻华美和对偶，开一代之风气，在当时文坛地位较高。其辞赋成就也较高，《叹逝赋》《文赋》皆为名篇，《辨亡论》《豪士赋序》《吊魏武帝文》也比较著名。宋人辑有《陆士衡集》十卷。

《猛虎行》主要描写志士慎于出处，不饮盗泉水，不息恶木阴。虽然面对现实可能存在违背初衷的行为，但高尚的品德依然是志士的追求，也是诗人栖息的精神家园。本诗描绘出诗人自身内在精神世界的崇高标准与现实之间的抵牾。晋惠帝太安初年，陆机一面被成都王司马颖所信任，任后将军、河北大都督，一面又遭王粹等人妒忌中伤。心存高远，现实却是进退两难，因此诗作中透露出一定的彷徨酸苦之情，可贵的是即使现实并不理想，诗人依然追求崇高的品德、坚守高洁的操守。诗作开篇为志士之品行奠定了一个基调，志士处世，爱惜身名，坚持操守，因此连"盗泉""恶木"这样刺耳的名字都要远离，绝不随便沾染牵涉。开篇四句表明自己的心境，巧用比喻明心见志。中间十句写出了志士对现实的无奈与忧思，即使面对困顿、遭逢变乱的悲辛，其内心深处也没有泯灭志士的道德操守。结尾八句进一步表明心志，"急弦无懦响"感叹绷紧的琴弦发不出怯弱的声音，譬喻贞节高亮的人也不会同于流俗，只能发出慷慨刚正之辞。"人生诚未易"，面对苦难，遭逢乱世的志士依然要保持正直，隐逸与出山总是难以两全，俯仰之间便生愧负古今圣贤之心。

《猛虎行》保留了古乐府质朴真挚的情感要素，形式上为以五言为主的长诗，巧用譬喻，一波三折，辞藻华美，气势高峻。陆机的《猛虎行》抒发了志士要有坚定的品德操守，即使面对困难也不改初心，不毁道德，对当下我们面临困难、面临不得已时该如何选择具有启发意义，无论身处顺境还是逆境，现实与理想是否存在矛盾，人们都应该崇德向善、静心俭德。

渴不饮盗泉[1]水，热不息恶木[2]阴。恶木岂无枝？志士多苦心[3]。整驾肃时命[4]，杖策[5]将远寻。饥食猛虎窟，寒栖野雀林[6]。日归[7]功未建，时往岁载阴[8]。崇云临岸骇[9]，鸣条[10]随风吟。静言幽谷底[11]，长啸高山岑[12]。急弦无懦响[13]，亮节难为音[14]。人生诚未易，曷云开此衿[15]？眷我耿介怀[16]，俯仰愧古今[17]。①

注释

[1]盗泉：水名。在今山东境内，注入洙水。《尸子》："孔子至于胜母，暮矣，而不宿；过于盗泉，渴矣，而不饮，恶其名也。"[2]恶木：贱劣的树，与"嘉树"相对。[3]志士：有志气、有操守的人。《论语·卫灵公》："志士仁人，无求生以害人，有杀身以成仁。"多苦心：谓志士坚持操守，爱惜声名，为避免堕入不良环境而煞费苦心。[4]整驾：整理车马。泛指备好行装。肃：敬。时命：时君之命。[5]杖策：即扶杖。杖：这里作动词用，即扶。策：这里作名词用，即杖。[6]饥食猛虎窟，寒栖野雀林：《猛虎行》古辞："饥不从猛虎食，暮不从野雀栖。"这里反用其语，谓杖策远寻，环境艰苦，故饥不择食，寒不择栖。[7]日归：日屡西归。[8]岁载阴：即岁暮。古代以春夏为阳月，以秋冬为阴月。载：犹"则"。[9]崇：高。骇：起。[10]鸣条：因风吹而发声的枝条。[11]静言：犹静然，静默沉思。言：语助词。幽谷：深谷。[12]长啸：撮口长呼，并发出一种清越的声音。这是古人抒发抑郁感情的一种方式。岑：山小而高。[13]急弦：乐器上绷得很紧的弦。懦响：弱音。[14]亮节：高尚的节操。难为音：谓执高节的人言必慷慨，不同流俗，而这不容易讨时君的喜欢。[15]曷：怎么。云：语助词。开此衿：谓放弃初衷而产生远行的想法。衿：同"襟"，胸襟。[16]眷：眷顾。耿介：正直。[17]俯仰：思忖貌。俯：抬头。古今：指古今圣贤。

思考题

"渴不饮盗泉水，热不息恶木阴。恶木岂无枝？志士多苦心。"对此你是

---

① 张启成，等. 文选［M］. 北京：中华书局，2019：1865 – 1866.

如何理解的，志士的苦心究竟指什么？

（姚海斌）

❖ 咏早梅 ❖

何 逊

导读

何逊（466—约518），字仲言，东海郯（今山东郯城）人，南朝梁诗人。宋御史中丞何承天之曾孙，宋员外郎何翼之孙，齐太尉中军参军何询之子。八岁能诗，历任安成王萧秀参军、尚书水部郎和庐陵王萧续记室，故世称"何水部"或"何记室"。诗与阴铿齐名，世号"阴何"；文与刘孝绰齐名，世称"何刘"。其诗善写离愁别绪和描绘山水，格调清新，情辞婉转，为永明体后劲。原有集八卷，已佚，明人辑有《何水部集》。

此诗一名《扬州法曹梅花盛开》，借咏叹梅花凌风傲霜的坚贞品格，表达了诗人孤高自守的情怀。这首诗以咏梅为题，围绕"梅"展开，展示了一幅俊美的早梅图。诗人咏叹梅花是因为欣赏其独特的品格，冰封寒冽之时，万木萧涮之际，梅花凌寒而开，独立报春。花之不畏严寒、凌霜傲雪的姿态触动了诗人，一"横"一"绕"尽显梅花怒放的高贵与俏丽报春的独特。世间的花有千千万，世间的人也有千千万，咏花之品性即是隐喻花代表的人之品性。梅花不与万花争、不畏严寒的品性正是诗人歌颂的人的优秀品性。

诗歌运用拟人、对比、用典的写作手法，赞咏了梅花的高洁品性。通诗名为咏物——梅花，实则咏梅花所代表的品性，即咏人的品性。梅花自古以来因气节高贵、品性高洁引得无数文人赞叹，被誉为花中四君子之一。本诗不仅写景、抒情，兼有说理，"应知早飘落，故逐上春来"隐喻人生有限，应该及早实现自己的理想抱负，整首诗基调积极向上。梅花以清丽之姿，衔霜而放，它花姿清冷，内核却是活力、热情，不畏严寒，逐春而来，让人感叹其强大的生命力和绝世独立的品德。修行品德不一定要从人身上学习，可以向自然、向万物学习，诗人借梅花表现自己坚定的情操与高远的志向，我们也应该具有如梅花般不趋炎附势、独立不失气节的品德。

兔园标物序，惊时最是梅[1]。衔霜[2]当路发，映雪拟[3]寒开。枝横却月观[4]，花绕凌风台[5]。朝洒长门[6]泣，夕驻临邛[7]杯。应知早飘落，故逐上春来[8]。①

注释

[1] 兔园标物序，惊时最是梅：从园中草木变化可以看出季节变化，最能标识春天到来的就是梅花了。兔园：也称"梁园"，本是汉梁孝王的园名，这里借指扬州的林园。标：标志。物序：时序。惊时：因时令的变化而惊醒。[2] 衔霜：含霜。梅花盛开，霜落其上，故曰"衔霜"。[3] 拟：比，对着。[4] 却月观：扬州的台观名。[5] 凌风台：扬州的台观名。[6] 长门：汉宫名。汉武帝曾遗弃陈皇后于长门宫，司马相如为她写过一篇《长门赋》。[7] 临邛（qióng）：汉县名，司马相如曾在临邛饮酒，结识了卓文君。[8] 应知早飘落，故逐上春来：梅花知道自己凋谢得早，所以赶在正月里开放。上春：即孟春，指正月。

思考题

"梅""兰""竹""菊"被誉为花中四君子，它们所代表的品性有何异同？

（姚海斌）

新安江水至清浅深见底贻京邑游好

沈　约

导读

沈约（441—513），字休文，吴兴武康（今浙江湖州德清）人，南朝史学家、文学家。出身于门阀士族家庭，家族社会地位显赫，历史上有所谓"江东之豪，莫强周沈"的说法。祖父沈林子，宋征虏将军。父亲沈璞，宋淮

---

① 张溥. 汉魏六朝百三家集［M］. 上海：上海古籍出版社，1994：86.

南太守，于元嘉末年被诛。沈约孤贫流离，笃志好学，博通群籍，擅长诗文。历仕宋、齐、梁三朝，在宋仕记室参军、尚书度支郎，南齐曾为竟陵王萧子良"竟陵八友"之一。入梁，任尚书仆射，封建昌县侯。官至尚书令，谥为"隐"。沈约是当时文坛领袖，首创"四声八病"之说，作诗讲究声律，崇尚"三易"（易见事，易识字，易读诵）。著有《晋书》《宋书》《齐纪》《高祖纪》《迩言》《谥例》《宋文章志》，并撰《四声谱》。作品除《宋书》外，多已亡佚。

诗歌整体写景抒情，形神兼备，此诗作于赴任途中，先写新安江的清澈缥碧，接着展开联想，表示愿以此水为京邑游好洗涤冠缨，实际希望他们身处尘世而能洁身自好，可见诗人的高洁品德。诗歌开首两句破题，接下来四句描绘新安江的山水之景，新安江之"信可珍"，正在于它的"清"，清澈缥碧的江水，几无浑浊，游鱼可见、山石铮铮，碧如玉、清如月的新安江水正可解世事混沌。"沧浪有时浊，清济涸无津"，诗人由景入情，运用典故表明心志，将清峻坚劲的峥嵘品格与宣言明告世人。久经官场沉浮的诗人在诗作结尾处寄语京中朋友"愿以潺湲水，沾君缨上尘"，希望他们获得远离尘嚣的轻松愉悦。

本诗写景兼及抒情，构句精巧，用典婉转，景、情、理交相呼应。"千仞写乔树，百丈见游鳞"，写景在俯仰之间，人生亦在俯仰之间，新安江水的清浅透彻折射出的是诗人思想的清白、洁净，绘景同时观照和反思为人处世之道，思想达观之时不忘寄语京中同好。"一切景语皆情语"，诗歌由景及人，景至纯则人至纯。新安江水涤去了凡尘，诗人高洁的品德得以供人观瞻。诗人在澄澈的景致中洗涤了自己的品性，可贵的是诗人希望将这份纯净的心性带给自己的朋友。"德若水之源"，修行自身品德同时也像水滋润万物一样影响更多的人，人人崇德向善必会构建和谐之景。

眷言访舟客[1]，兹川信可珍。洞澈随深浅，皎镜无冬春[2]。千仞写乔树[3]，百丈见游鳞[4]。沧浪[5]有时浊，清济涸无津[6]。岂若乘斯[7]去，俯映石磷磷[8]？纷吾隔嚣滓，宁假濯衣巾[9]？愿以潺湲[10]水，沾君缨上尘[11]。①

---

① 张启成，等. 文选［M］. 北京：中华书局，2019：1813－1814.

注释

[1] 眷言：怀顾貌。访舟客：寻船过河的客人，此处为诗人自指。[2] 洞澈随深浅，皎镜无冬春：新安江无论深处浅处，一年四季都清澈明净。皎镜，谓皎若明镜。[3] 仞：古代以七尺或八尺为一仞。写：描摹，这里是映入的意思。乔树：高树。[4] 游鳞：游鱼。[5] 沧浪：水名。《楚辞·渔父》：“沧浪之水清兮，可以濯吾缨；沧浪之水浊兮，可以濯吾足。”[6] 济：济水，源出河南省王屋山，其故道过黄河而南，东流入山东省境，与黄河并行入海。《战国策·燕策一》：“齐有清济浊河。”津：这里借指水。[7] 斯：指新安江。[8] 石磷磷：谓江中之石棱角分明，清晰可见。[9] 纷吾隔嚣滓，宁假濯衣巾：自己既然离去京邑，和嚣尘相隔，不必借此水洗濯衣巾。嚣滓：犹“嚣尘”。宁：岂，难道。假：借。[10] 潺湲：水流不断的样子。[11] 沾：洗。君：指京邑游好。缨：结冠的带子。

思考题

“愿以潺湲水，沾君缨上尘”与“沧浪之水清兮，可以濯吾缨；沧浪之水浊兮，可以濯吾足”在思想上有何异同？

（姚海斌）

❧ 述祖德诗·其一 ❧
谢灵运

导读

谢灵运（385—433），即谢安，名公义，陈郡阳夏（今河南太康）人。刘宋时期文学家、诗人、佛学家。谢玄之孙，袭封康乐公，世称谢康公、谢康乐。谢灵运工诗善文，是中国文学史上山水诗派的开创者，其《山居赋》享有盛名，其诗与颜延之齐名，并称“颜谢”。同时他还兼通史学，擅长书法，翻译佛经，有集二十卷。《宋书》《南史》皆有传。钟嵘《诗品》将其诗列为上品，曰：“兴多才高，寓目辄书，内无乏思，外无遗物，其繁富，宜哉！”

《述祖德诗》二首是谢灵运颂其先祖之功德的诗作，正合陆机《文赋》

"咏世德之骏烈，诵先人之清芬"所言。谢灵运是名公子孙，其祖父谢玄是东晋名将，383年淝水之战，谢玄为前锋，最终以少胜多，封康乐县公。谢灵运自身才能出众，《述祖德诗》二首主要是颂扬谢玄打败异族入侵的功绩，功勋卓著的先祖却不渴求仕途上的进取得失，而是沿袭段干木、柳下惠等人至清至高的品德，功成不受赏。诗作开首四句统概全篇，"达人""高情""济物""不垢"都是贤人的美德，也是谢灵运先祖的美德。接下来列举段干木、柳下惠、弦高、鲁仲连的贤德、智慧与胆识以及他们做事不图回报的高风亮节，至高的品行让他们流芳百世。这一切高尚、美好的品德，诗人之祖谢玄同样具备，诗人通过记述先祖的功德提醒自己、警醒世人。

《述祖德诗》二首流露出诗人对先祖的崇拜之情，通过用典以及对比的手法从正面及侧面颂扬先祖美德。孔子忧"德之不修"，自古德行向美、向善，达到一定高度才能流芳百世。谢灵运开篇提出的德行标准是极高的，列举的也都是立德之人，当然贤人立德并不是刻意而为，而是行为带来的自然结果。谢灵运述祖德并非夸耀，而是想要继承和弘扬这种美德，他的先祖德行彪炳史册，值得赞颂、铭记、继承、发扬。诗人想通过本诗达到启和扬，启发当下的人们重拾美好的德行，弘扬至善的品德。若人人都时时修德、对标高尚，社会、国家、民族会越来越美好。

达人[1]贵自我，高情属天云[2]。兼抱济物[3]性，而不缨垢氛[4]。
段生蕃魏国[5]，展季[6]救鲁人。弦高犒晋师[7]，仲连却秦军[8]。
临组乍不缀[9]，对珪[10]宁肯分。惠物辞所赏[11]，励志故绝人[12]。
苕苕[13]历千载，遥遥播清尘[14]。清尘竟谁嗣[15]，明哲时经纶[16]。
委讲缀道论[17]，改服康世屯[18]。屯难既云康，尊主隆斯民。①

注释

[1] 达人：远见卓识者。这里指隐居者。[2] 高情：高洁的情操。属：连接。[3] 济物：拯救人类于危难之中。[4] 缨：绕，沾染。垢氛：尘秽。[5] 段生：段干木。战国晋人，流寓魏国，为魏文侯所敬重。因魏文侯能礼贤下士，故秦国不敢攻魏。蕃：篱笆，屏障。[6] 展季：名获，字禽，即柳下惠。春秋鲁僖公二十六年（前634）夏，齐孝公出兵伐鲁，齐兵尚未攻入

① 张启成，等. 文选［M］. 北京：中华书局，2019：1234－1236.

鲁国国境，僖公即派展喜去慰劳。展喜按展季的指示说服齐国退兵。[7]　弦高：春秋时郑国商人。秦将兴师伐郑，贾人弦高遇之，一面派人通知郑国国君，一面佯作犒劳秦师。秦军以为郑国已经设防，便放弃了偷袭郑国的计划。犒：以辛劳而赏赐以财帛、食物。[8]　仲连：即鲁仲连。齐国人，赵孝成王时，秦将白起在长平破赵军四十万，乘胜围困赵国首都邯郸。魏安釐（lí）王派晋鄙领兵十万去救赵。晋鄙惧怕秦军强大，不敢对垒，反而派辛垣衍间道入邯郸劝说赵王尊秦为帝。这时鲁仲连正在围城之中，他驳斥了辛垣衍的主张，时魏信陵君设法偷得魏安釐王虎符，指挥魏军进攻，秦军乃退。却：退。[9]　组：丝带，古人用来佩玉挂印。乍：止。缬（xiè）：打结。[10]　珪：瑞玉。古代皇帝分封爵位皆赐珪璧以为符信。[11]　惠物：有惠于人。辞绝，辞却。[12]　励：勉励。绝人：不同一般世俗之人。[13]　苕苕：遥远。[14]　播：发扬。清尘：清高的遗风。言高让之德，清尘远播千载。[15]　嗣：继承。[16]　明哲：深明事理者，指谢玄。经纶：本指治丝，以喻人的组织才能。言谢玄有明哲经纶之才。[17]　委讲：放弃清谈。委：弃。缀道论：停止对道学的讨论。[18]　改服：改换服装。指脱下隐士的服装而改穿戎装。康：平定。世屯：世难，指苻坚南侵。

思考题

　　诗人在述祖德时，为何列举段干木、鲁仲连等人的事迹呢？他们和诗人祖父谢玄有何异同？

（姚海斌）

金陵怀古

刘禹锡

导读

　　刘禹锡（772—842），字梦得，中唐文学家、哲学家，曾任太子宾客，世称刘宾客。与柳宗元并称"刘柳"，与白居易合称"刘白"，被白居易称为"诗豪"。其诗作融哲人的睿智与诗人的挚情为一体，行云流水，明快简洁。

　　金陵为今江苏省南京市，作为六朝古都它多次见证了王朝的兴衰，也成为历代文人反复吟咏的对象。诗人刘禹锡生逢大唐帝国江河日下的中唐时代，早年因参与永贞革新被贬荒远二十三年，这首诗大约作于唐敬宗宝历三年（827），此年他结束贬谪生涯返回洛阳，途经金陵。

　　此诗前四句写景，所涉之景皆在自然景物之中暗含历史名胜，暗示了千古兴亡变迁之缘由，后四句则直接议论感慨，表达全诗借古讽今的主旨。

　　全诗开篇，从金陵历史遗迹冶城和征虏亭落笔，于景物中生兴衰之感。诗人寻访当年东吴（一说为春秋吴国）大规模冶铸兵器的冶城遗迹，于早晨来到江边，却只见春潮拍岸，江川辽阔，一片荒凉，仿佛那东吴（吴国）的霸业连同冶城一道隐没于历史的长河，空留下吴钩的美名。当年东晋时所建，曾见证东晋王谢贵族无数次践行排场的征虏亭，依旧立于斜阳之中，却早已物是人非，徒留一份寂寞。首联通过景物描写点出盛衰变化，紧扣题意。颔联依旧写景寄慨，蔡洲是金陵城外长江之中最大的洲渚，俯视之下一片春草新绿，它也是东晋时期陶侃、温峤平叛苏峻之地，历史的风云飘散于年年依旧的春草之中。抬头仰望那堪称金陵门户的幕府山，风烟依旧，却早已不见了东晋丞相王导建幕府屯兵于此的身影，空留下山名。"新草绿"与"旧烟青"在山河依旧中融入了王朝更迭的兴衰之感。颈联在前文写景的基础上发表议论，直接点出六朝兴亡的关键，并借古讽今：一国之兴亡取决于人事，而不能只依靠江河之险、山川之峻抵御外敌。社稷之存、王朝之兴"在德不在险"，当权者厚德勤勉才能使国家长治久安。尾联借六朝之末陈后主的《玉树后庭花》依旧流行，再次从反面点明全诗主旨，依凭山川之险耽于声色享乐，乃是六朝亡国的缘由，并以此警示当朝统治者。

　　潮满冶城[1]渚，日斜征虏亭[2]。蔡洲[3]新草绿，幕府[4]旧烟青。兴废由人事[5]，山川空地形[6]。后庭花[7]一曲，幽怨不堪听。①

注释

　　[1] 冶（yè）城：东吴著名的制造兵器之地。冶：一作"台"。[2] 征虏亭：亭名，在金陵。[3] 蔡洲：江中洲名。"蔡"：一作"芳"。[4] 幕府：山名。[5] 兴废：指国家兴亡。人事：指人的作为。[6] 山川空地形：徒然

① 陈贻焮. 增订注释全唐诗：第二册 [M]. 北京：文化艺术出版社，2001：1589 – 1590.

具有险要的山川形势。[7] 后庭花：即《玉树后庭花》，陈叔宝所作歌曲名。

思考题

六朝古都引发作者怎样的怀古幽思？作者创作此诗的目的是什么？

（李丽）

咏　史

李商隐

导读

李商隐（约813—约858），字义山，号玉溪生，怀州溪内（今河南省沁阳市）人。晚唐著名诗人，和杜牧合称"小李杜"。李商隐一生被卷入"牛李党争"的政治旋涡，备受排挤，一生困顿不得志。大中末年，病逝于郑州。

李商隐是晚唐乃至整个唐代为数不多的刻意追求诗美的诗人，他擅长诗歌写作，骈文文学价值颇高。其诗构思新奇，风格秾丽，尤其是一些爱情诗和无题诗写得缠绵悱恻，优美动人，广为传诵。但部分诗歌（以《锦瑟》为代表）过于隐晦迷离，难于索解，以致有"诗家总爱西昆好，独恨无人作郑笺"之说。

李商隐这首七律诗从尾联来看应作于唐文宗逝世之后，文宗是晚唐难得的励精图治的帝王，即位之后克勤克俭，两次谋诛宦官却均以失败告终，反而越发受制于家奴，终抑郁而终。诗人伤悼文宗之亡，感怀国势衰颓，遂作此诗。

诗的首联以议论总结历来经验，无论家还是国大多成于勤俭破于奢侈。结合下文和全诗的创作背景，实际上这两句也充满了对文宗勤俭治国却无所成、抑郁而终的叹惋与同情，含有浓重的抒情成分。颔联二句进一步强调了文宗的勤俭不奢，而他的结局则证明，俭成奢败只是常理，王朝兴衰却有可能超出常理，背后有更为复杂的原因。颈联则将这一比勤俭治国更为重要的因素归结到了国运和国力上，点出全诗主旨，再贤明的君主一旦运去，也无力回天。文宗于唐王朝国运衰微之时，未遇得力贤臣，两度诛杀宦官不成，反而更增其气焰。唐文宗曾自比周赧王、汉献帝，与亡国同耻抑郁而终。"青海马"比贤臣，"蜀山蛇"喻宦官。尾联承上而来，抒悲君哀悼之情，诗人于文宗开成二年（837）中进士，曾参与文宗赐题的考试，同时文宗雅好诗文，故以此句赞美其好文。文宗最终受制于宦官含恨而终的结局，更让诗人痛心、哀婉。

诗人出于对国家命运的关注，在哀悼文宗的同时，对文宗超越俭成奢败常规的遭遇进行了反思，感慨大唐王朝运去力穷、颓势难挽的大局。

历览前贤国与家，成由勤俭破由奢[1]。
何须琥珀方为枕[2]，岂得真珠始是车[3]。
运去不逢青海马[4]，力穷难拔蜀山蛇[5]。
几人曾预南薰曲[6]，终古苍梧哭翠华[7]。①

注释

[1] 历览前贤国与家，成由勤俭破由奢：《韩非子·十过》："昔者戎王使由余聘于秦，穆公问之曰：'寡人尝闻道而未得目见之也，愿闻古之明主得国失国何常以？'由余对曰：'臣尝得闻之矣：常以俭得之，以奢失之。'"历览：遍览，逐一地看。奢：享受。[2] 何须琥珀方为枕：琥珀是松柏树脂之化石，有淡黄、褐、红褐诸种颜色，透明，质优者可作饰物。以琥珀作枕称琥珀枕。与下句"真珠车"皆借以喻唐文宗父兄穆宗、敬宗之奢侈。"何须"与下文"岂得"言文宗勤俭不奢。[3] 岂得真珠始是车：真珠车，以真珠照乘之车。真珠即珍珠。《史记·田敬仲完世家》载："梁王自夸有十枚径寸之珠，枚可照车前后各十二乘。"[4] 运去：指唐朝国运衰微。青海马：龙马，以喻贤臣。《隋书·吐谷浑传》："吐谷浑有青海，周回千余里。中有小山，其俗至冬辄放牝马于其上，言得龙种。尝得波斯草马，放入海，因生骢驹，日行千里，故时称青海骢焉。"按：亦称青海龙孙。[5] 蜀山蛇：比喻宦官佞臣。据《蜀王本纪》载：秦献美女于蜀王，蜀王遣五丁力士迎之。还至梓潼，见一大蛇入山穴中，五丁共引之，山崩，五丁皆化为石。刘向《条灾异封事》："去佞则如拔山。"[6] 预：与，意指听到。南薰曲：即《南风》。相传舜曾弹五弦琴，歌《南风》之诗而天下大治。其词曰："南风之薰兮，可以解吾民之愠兮。"[7] 苍梧：即湖南省宁远县九嶷山，传为舜埋葬之地。这里借

---

① 李商隐. 玉谿生诗集笺注［M］. 冯浩，笺注；蒋凡，标点. 上海：上海古籍出版社，2016：147 – 149.

指唐文宗所葬的章陵。翠华：以翠羽为饰之帐，皇帝仪仗。舜逝于苍梧之野，故云"哭"，此以舜比文宗。司马相如《上林赋》："建翠凤之旗，树灵鼍之鼓。"李善注："翠华，以翠羽为葆也。"

思考题

你是否赞同李商隐的观点？谈谈你的看法。

（李丽）

❖　北陂杏花　❖

王安石

导读

　　此诗作于王安石晚年罢相退居江宁之时，吟咏的是春天水边盛开的杏花。政治家王安石借如雪飘落水中的杏花，表达了自己耿介高洁的个性和孤芳自赏的人生追求。

　　诗的前两句咏物，描摹出杏花于春日临水照影的美丽姿态。一个"绕"字形象准确，既写出水势之蜿蜒，又写出水若有情，爱花、惜花、护花、恋花。春日碧绿的池水环绕，映照着粉白的杏花，自是一副生机盎然而又美丽动人的画面。诗人在第二句中正面描写杏花时，即从花与影两方面落笔，用"妖娆"一词形容出在春风、春水呵护下的杏花及其花影，水中花影的摇曳生姿、美艳动人，从实与虚两方面刻画了北陂杏花之美，又平添了澄澈渊静之感。

　　在咏物的基础之上，后两句以议论抒情的方式，深情颂扬了北陂杏花的高洁品性，托物言志。在描摹北陂杏花的妖娆动人之后，荡开一层，以"纵被"领句，并用"绝胜"呼应，假设杏花随风飘落，如漫天飞雪落入水中，随水而逝的凄美，画面震撼人心。诗人又出乎意料地将它与南陌杏花作对比，赞它绝胜南陌杏花。在此"北陂"与"南陌"并举，北陂的清幽、南陌的喧器成为一种隐喻。北陂杏花远离红尘，即便凋零落入池中也保持素洁的天性，不同于南陌杏花争艳于红尘，凋落于路面，任人践踏成尘土。南陌杏花影射朝中得势权臣，而北陂杏花则成为诗人自我耿介、刚毅人格与保持高洁人生追求的象征。

　　一陂[1]春水绕花身，花影[2]妖娆各占春。
　　纵[3]被春风吹作雪，绝胜南陌碾成尘[4]。①

注释

　　[1] 陂（bēi）：池塘。[2] 花：岸上的花。影：花枝在水中的倒影。
"花影"一作"身影"。[3] 纵：即使。[4] 绝胜：远远胜过。南陌：指道路
边上。

思考题

　　北陂杏花寄予了王安石什么样的人格追求？

（李丽）

石灰吟

于　谦

导读

　　于谦（1398—1457），字廷益，浙江钱塘（今属杭州）人，永乐十九年
（1421）进士，官至少保、兵部尚书，死后追谥肃愍、忠肃。于谦为人耿介正
直，为官清正廉洁。他体恤百姓，任山西、河南巡抚期间，赈济灾民，平反
冤狱，修筑河堤。他生活俭朴，家无余财，深得百姓爱戴。于谦是著名的爱
国英雄和军事家，力主抗击蒙古瓦剌部的入侵，组织领导保卫北京的战斗，
打败瓦剌部。明天顺元年（1457），曾被蒙古瓦剌部俘虏的英宗复辟，于谦被
诬陷谋反，蒙冤被杀。明宪宗时于谦冤狱得以平反，弘治二年（1489）追谥
肃愍，神宗时改谥忠肃。

　　《石灰吟》是一首咏物诗，这首诗托物言志，借歌咏石灰的品格，表达自

己对高尚的道德节操的追求，无论经历怎样的折磨，哪怕是献出生命，也要做一个堂堂正正、清清白白的人，绝不会失掉气节。这是一首七言绝句，从字面义看，写的是石头变成石灰的过程，深山里的石灰岩，被人用锤子一块一块地敲击下来，运出深山，再经过火烧成粉，变成洁白的石灰。但是，诗人每一句都用了带有强烈个人情感的词汇，颂扬石灰勇敢坚定、不怕牺牲的优秀品格，礼赞石灰坚守气节、清正廉洁的精神。第一句"千锤万凿"，写石灰经历的打击。第二句"烈火焚烧"的折磨更甚于"千锤万凿"，可是石灰却能"等闲"视之，这需要多么大的勇气和意志！第三句和第四句是对石灰精神的赞美，若能在身后留下清白的声名，何惧粉骨碎身！于谦少年时便极为崇敬民族英雄文天祥，身边一直挂着文天祥的画像以自勉，这首诗一方面是对像文天祥这样的民族英雄表达敬意，另一方面是表达自己的理想价值和精神追求。

　　整首诗采用象征手法，以石灰象征诗人追求的伟大人格精神，句句写石灰，却句句用的都是形容人的词语，从这个意义上来说，又是比喻双关。因此，这首诗不仅思想上表现出强烈的"富贵不能淫，威武不能屈"的高尚品格，在艺术上也是咏物诗中的优秀之作。

　　千锤万凿[1]出深山，烈火焚烧若等闲[2]。
　　粉骨碎身全不惜[3]，要留清白[4]在人间。①

注释

　　[1] 千锤万凿：指无数次的锤击开凿，形容开采石灰非常艰难。[2] 若等闲：好像很平常的事情。[3] 粉骨碎身：也作"粉身碎骨"。浑：也作"全"。惜：也作"怕"。[4] 清白：指石灰洁白的本色，比喻高尚的节操。

思考题

　　（1）《石灰吟》的主要思想是什么？
　　（2）于谦还有一首《咏煤炭》，也是托物言志之作，请比较两首诗的异同。

（高日晖）

---

① 于谦. 于谦集 [M]. 魏得良，点校. 杭州：浙江古籍出版社，2013：651.

二、散文

❖ 论语·阳货（选篇）❖
孔　子

导读

　　《阳货》篇选自《论语》第十七章。孔子（前551—前479），名丘，字仲尼，春秋末期鲁国陬邑（今山东曲阜）人，中国古代思想家、教育家，儒家学派创始人，后世尊其为圣人。《论语》是儒家学派的经典著作之一，由孔子的弟子及其再传弟子编撰而成。它以语录体和对话体为主，记录了孔子及其弟子的言行，集中体现了孔子的政治主张、伦理思想、道德观念及教育原则等。

　　《阳货》篇较为集中地论述了孔子关于"德"的观念。孔子不是一个僵硬的道德主义者，他不把道德观念或准则当成固定不变的教条，而是按照实际情况灵活对待。他不盲目拒绝那些被世人视为不道德的行为，对美德，他也强调不能陷入盲目。不仅如此，根据孔子的说法，儒家所有的道德观念，如果盲目地实行，都会走向其反面，成为真正的美德的蔽障，有害于人们的人格完美，对此他在第八条中进行了机智的论述。子曰："好仁不好学，其蔽也愚；好知不好学，其蔽也荡；好信不好学，其蔽也贼；好直不好学，其蔽也绞；好勇不好学，其蔽也乱；好刚不好学，其蔽也狂。"这里所谓的"不好学"是指不懂得圣人思想的精髓，从而不能根据实际情况实践美德。由上可见，孔子意识到美德有其假象，在第十八条中则是以更具普遍性的比喻来表达他这种认识，"恶紫之夺朱"，就是因为道德的假象表面看是美德，实际上是丑恶的，而且具有很大的迷惑性和欺骗性，它混淆了善恶美丑。孔子对一贯热衷于追求美德的假象的人即所谓"乡愿"，表示出深深的厌恶，并严厉谴责他们，称之为"德之贼"（第十三条）。由此看来，孔子的伦理学虽然提出了许多具体的伦理规范，但是他重视的不是道德的外在标准和固定的具体准则，而是道德观念的精神实质和核心价值，所以他在第十一条中说："礼云礼云，玉帛云乎哉？乐云乐云，钟鼓云乎哉？"在孔子的思想体系中，道德观念的精神实质和核心价值是仁，即纯正无邪，即对他人的关爱、理解、同情、敬重和热爱。第六条孔子从正面列举的五项美德，以及第二十四条从反面列举的四种厌恶和子贡列举的三种厌恶都描写了这种精神实质和核心价值在不同情况下的种种表现。

公山弗扰以费畔[1]，召，子欲往。子路不说[2]，曰："末之也已[3]，何必公山氏之之[4]也？"子曰："夫召我者，而岂徒[5]哉？如有用我者，吾其为东周[6]乎！"（第五）

子张问仁于孔子，孔子曰："能行五者于天下，为仁矣。""请问之。"曰："恭、宽、信、敏、惠。恭则不侮，宽则得众，信则人任焉，敏则有功，惠则足以使人。"（第六）

子曰："由也，女闻六言六蔽[7]矣乎？"对曰："未也。""居[8]！吾语女。好仁不好学，其蔽也愚；好知[9]不好学，其蔽也荡[10]；好信不好学，其蔽也贼[11]；好直不好学，其蔽也绞[12]；好勇不好学，其蔽也乱；好刚不好学，共蔽也狂。"（第八）

子曰："礼云礼云，玉帛[13]云乎哉？乐云乐云，钟鼓云乎哉？"（第十一）

子曰："色厉而内荏[14]，譬诸小人，其犹穿窬[15]之盗也与！"（第十二）

子曰："乡愿[16]，德之贼[17]也。"（第十三）

子曰："道听而途说，德之弃也。"（第十四）

子曰："鄙夫[18]可与事君也与哉？其未得之也，患得之[19]。既得之，患失之。苟患失之，无所不至矣。"（第十五）

子曰："古者民有三疾，今也或是之亡也。古之狂也肆[20]，今之狂也荡；古之矜也廉[21]，今之矜也忿戾[22]；古之愚也直，今之愚也诈而已矣。"（第十六）

子曰："巧言令色，鲜矣仁。"（第十七）

子曰："恶紫之夺朱[23]也，恶郑声之乱雅乐[24]也，恶利口[25]之覆邦家者。"（第十八）

子贡曰："君子亦有恶乎？"子曰："有恶：恶称人之恶者，恶居下流而讪上[26]者，恶勇而无礼者，恶果敢而窒[27]者。"曰："赐也亦有恶乎？""恶徼以为知[28]者，恶不孙[29]以为勇者，恶讦[30]以为直者。"（第二十四）①

————————

① 杨伯峻. 论语译注［M］. 北京：中华书局，1980：193－202.

注释

　　[1] 公山弗扰：又名公山不狃，字子洩，季氏家臣。畔：同"叛"。
[2] 说：同"悦"。[3] 末之也已：道不行无处可去也就算了。末：无，意为
没有地方。之：去。已：止，算了。[4] 之之：前面的"之"是助词，将宾
语倒置于动词之前。后面的"之"是动词，意为去。[5] 徒：徒然，无结
果。[6] 为东周：在东方复兴周朝政治、文化。东：东方。周：周礼、周朝
的清明政治。[7] 女：同"汝"。六言：六个字，指下文所说的仁、知、信、
直、勇、刚。蔽：弊端，蔽障。[8] 居：坐下。[9] 知：同"智"。
[10] 荡：放荡，不受束缚。[11] 贼：害。[12] 绞：话语尖刻。[13] 玉帛：
这里指举行礼仪时所使用的礼器。[14] 色厉：脸色严厉。内荏（rěn）：内心
虚弱。[15] 穿：挖。窬（yú）：洞。[16] 乡愿：也写为"乡原"，指在乡里
有忠厚诚实之名声的好人，实际上是随波逐流、与不正之风同流合污的人。
[17] 贼：败坏。[18] 鄙夫：原指郊外乡下人，后多指鄙陋浅薄之人。
[19] 患得之：担心得不到官职。[20] 狂：志气太高。肆：不拘小节。
[21] 矜：自负。廉：有棱角，不易相处。[22] 忿戾：凶狠霸道。[23] 恶：
厌恶。紫：红、蓝二色混合而成的颜色。朱：大红色，古人认为是正色。紫
近似正色却不是正色。[24] 郑声：郑国民间音乐，儒家以为郑声淫荡。雅
乐：高雅纯正的音乐，多用于礼仪活动。[25] 利口：能言善辩。[26] 居下
流：处于下位。讪：诽谤。[27] 窒：不知变通。[28] 徼（jiāo）：抄袭。
[29] 孙：同"逊"。[30] 讦（jié）：揭人阴私。

思考题

　　此篇中的崇德观念虽然是孔子基于当时的社会环境所提出的，但其影响
深远，对于当今社会道德观念的建设也具有重要意义，谈谈你的看法。

（孙惠欣）

史记·魏公子列传（节选）

司马迁

导读

《魏公子列传》出自司马迁《史记》。信陵君又称魏公子、魏无忌，战国时魏国大梁（今河南省开封市）人，魏安釐王弟，门下养食客三千。魏安釐王二十年（前257），秦兵围赵都邯郸（今属河北省），赵向魏求救。魏遣将军晋鄙救赵，半途停留不进。信陵君设法窃得兵符，带勇士朱亥至军中击杀晋鄙，夺取兵权，解赵之围。后十年，为上将军，联合五国击退秦将蒙骜的进攻。作为"战国四公子"之一，他名冠诸侯，声震天下，其才德远远超过齐之孟尝、赵之平原、楚之春申。

《魏公子列传》详细叙述了信陵君以保存魏国为出发点，屈尊求贤的一系列活动，着重记写了他在"岩穴隐者"的鼎力相助下，不顾个人安危，不谋一己之利，挺身而出完成"窃符救赵"和"却秦存魏"的历史大业，歌颂了信陵君心系魏国、礼贤下士、救人于危难的思想品质。诚如《太史公自序》所言，"能以富贵下贫贱，贤能诎于不肖，唯信陵君为能行之"。

《魏公子列传》通篇洋溢着作者对信陵君的敬慕、赞叹与惋惜，信陵君以其高尚说明了唯有广泛地宣扬美好的德行，帮助他人，才能在更广阔的天地中播撒财富、幸福的种子，信陵君的美好品德值得当代青年学习。

公子闻赵有处士[1]毛公藏于博徒，薛公藏于卖浆[2]家，公子欲见两人，两人自匿[3]，不肯见公子。公子闻所在，乃间步往从此两人游[4]，甚欢。平原君[5]闻之，谓其夫人曰："始[6]吾闻夫人弟公子天下无双，今吾闻之，乃妄[7]从博徒、卖浆者游，公子妄人[8]耳。"夫人以告公子。公子乃谢夫人去，曰："始吾闻平原君贤，故负魏王而救赵，以称[9]平原君。平原君之游，徒豪举[10]耳，不求士也。无忌自在大梁时，常闻此两人贤，至赵，恐不得见。以无忌从之游，尚恐其不我欲也[11]，今平原君乃以为羞，其[12]不足从游。"乃装为去[13]。夫人具以语[14]平原君。平原君乃免冠谢[15]，固[16]留公子。平原君门下闻之，半去平原君归公子，天下士复往归公子，公子倾[17]平原君客。

公子留赵十年^[18]不归。秦闻公子在赵，日夜出兵东伐魏。魏王患之，使使^[19]往请公子。公子恐其^[20]怒之，乃诫^[21]门下："有敢为魏王使通^[22]者，死。"宾客皆背魏之^[23]赵，莫敢劝公子归。毛公、薛公两人往见公子曰："公子所以重^[24]于赵，名闻诸侯者，徒^[25]以有魏也。今秦攻魏，魏急而公子不恤^[26]，使秦破大梁而夷^[27]先王之宗庙，公子当^[28]何面目立天下乎？"语未及卒，公子立变色，告车趣驾^[29]归救魏。

魏王见公子，相与泣，而以上将军^[30]印授公子，公子遂将。魏安釐王三十年^[31]，公子使使遍告诸侯。诸侯闻公子将，各遣将将兵救魏。公子率五国^[32]之兵破秦军于河外，走蒙骜^[33]。遂乘胜逐秦军至函谷关，抑^[34]秦兵，秦兵不敢出。当是时，公子威振^[35]天下，诸侯之客进兵法，公子皆名^[36]之，故世俗称《魏公子兵法》^[37]。①

注释

[1] 处（chǔ）士：古代称有才德而隐居不做官的人。[2] 浆：酒的一种，略带酸味。[3] 自匿：主动地隐藏起来。[4] 间（jiàn）步：秘密地步行。游：来往，交游。[5] 平原君：名赵胜（？—前251），赵武灵王之子，赵惠文王同母弟，赵惠文王晚年和赵孝成王时为相。[6] 始：当初，从前。[7] 妄：胡乱。[8] 妄人：荒唐的人。[9] 称（chèn）：顺遂，满足。[10] 豪举：气魄很大的举动。[11] 不我欲也：即"不欲我也"，否定句中的宾语前置。[12] 其：大概是，恐怕是。[13] 装：整理行装。为去：准备动身离去。[14] 语（yù）：告诉。[15] 免冠谢：摘去帽子谢罪。古人脱帽露顶表示赔礼认罪。[16] 固：坚决。[17] 倾：超过；胜过。[18] 留赵十年：自赵孝成王九年至十九年（前257—前247）。[19] 使使：前面的"使"是动词，派遣，命令。后面的使是名词，使者。[20] 其：指魏王。[21] 诫：警告，叮嘱。[22] 通：通报，传达。[23] 背：离开。之：到。[24] 重：尊重。[25] 徒：只；但。[26] 恤（xù）：顾惜，体恤。[27] 夷：平毁。[28] 当：将。[29] 告：吩咐。车：管车的人。趣（cù）：赶快，急促。驾：把马套上车。[30] 上将军：官名，统率军队的最高将领。[31] 魏安釐王三十年：前247年。[32] 五国：指赵、韩、齐、楚和燕。[33] 蒙骜（ào）：秦国的上卿，后为将。[34] 抑：压制，控制。[35] 振：通"震"。

① 司马迁. 史记·魏公子列传［M］. 北京：中华书局，1959：2382－2384.

[36] 名：动词，命名；署名，称占田为"名田"。[37] 世俗：指社会上一般人。《魏公子兵法》：《汉书·艺文志》有《魏公子》，称《魏公子兵法》有二十一篇、图十卷，现已失传。

思考题

有人认为"品德是一种智慧"，请根据信陵君的生平事迹说说你对这句话的理解。

（孙惠欣）

❧ 德化（节选） ❧
王 符

导 读

《德化》出自东汉王符《潜夫论·卷八》。王符（约85—约163），字节信，安定临泾（今甘肃省庆阳市镇原县）人，东汉著名文学家、思想家。王符一生隐居著述，因"不欲章显其名"，故将著述命名为《潜夫论》。《潜夫论》共十卷三十六篇，多为讨论治国安邦的政论文章，涉及政治、经济、文化、思想、教育、历史、法律等多个领域，对东汉后期政治提出了尖锐批评，对后世产生了深远影响。

《德化》主要论述了德行感化的重要性。文章开头提出"人君之治，莫大于道，莫盛于德，莫美于教，莫神于化"，王符认为，道德教化是君主统治的关键。如果道德美好的君主能够对民众施加德政，"不务治民事而务治民心"，从心灵层面让民众臣服，接着再以礼义教导，"导之以德，齐之以礼，务厚其情而明则务义"，那么百姓必定相亲相爱，社会公平正义。道德不仅是个人发展所必需的优良品质，更是社会平稳运行的必备条件之一。培养和维持崇尚道德的社会风气，对个人成长乃至社会进步具有重要意义。

文章结尾处，王符引用了诗经"民之秉夷，好是懿德"一句，重申美好品德对教化人民的重要性。虽然王符的论述基本围绕着封建统治，认为"上圣和德气以化民心，正表仪以率群下"，强调统治者的德行对建设国家的重要性。但与此同时，他也提出了"德者修己"的观点，真正有美德的人应当对自身提出要求，而非强求他人。

人君之治，莫大于道，莫盛于德，莫美于教，莫神于化。道者所以持之也，德者所以苞之也[1]，教者所以知之也，化者所以致之也。民有性，有情，有化，有俗。情性者，心也，本也。化俗者，行也，末也。末生于本，行起于心。是以上君抚世，先其本而后其末[2]，顺其心而理其行。心精苟正，则奸匿无所生，邪意无所载矣。①

注释

[1] 德者所以苞之也：《韩诗外传·卷五》云："德也者，苞天地之美。"《淮南子·说山训》云："仁义在道德之包。""苞"与"包"同。[2] 先其本而后其末：所谓"先其本"者，《汉书·董仲舒传》云："天令之谓命，命非圣人不行。质朴之谓性，性非教化不成。人欲之谓情，情非度制不节。是故王者上谨于承天意，以顺命也；下务明教化民，以成性也；正法度之宜，别上下之序，以防欲也。修此三者，而大本举矣。"

思考题

道德是一个人立足于社会的根本，如何看待王符提出的"人君之治，莫大于道，莫盛于德，莫美于教，莫神于化"这一观点？此观点与孔子的德化思想有何异同？

（孙惠欣）

---

① 马世年. 潜夫论·德化 [M]. 北京：中华书局，2018：433.

让开府表

羊 祜

导 读

羊祜（221—278），字叔子，泰山南城（今山东平邑）人。西晋大臣，魏末任相国从事中郎。晋武帝泰始五年（269），以尚书左仆射都督荆州诸军事，出镇襄阳。在镇十年，开屯田，储军粮。咸宁初，为征南大将军，封南城侯。死后追封太傅。博学，善为文章，原有《羊祜集》两卷，已佚。

《让开府表》是羊祜的代表作。当时晋武帝欲给羊祜加封车骑将军、开府仪同三司之职，羊祜便上此表诉说自己的想法，委婉辞封。辞封围绕"德未为众所服而受高爵，则使才臣不进；功未为众所归而荷厚禄，则使劳臣不劝"展开，陈述自己在德行和功绩上都不宜受加封，借此表达自己辞让开府的思想，展现出高尚的品德节操与人格操守。羊祜上书此表最直接的目的是婉辞晋武帝的加封，此表向晋武帝言明自己不宜再受封的理据，说理的逻辑性很强，主要从德行、功勋两方面论证，中心突出。另外，此表带有抒情成分，委婉含蓄。入情入理的论述一方面想要达到说服晋武帝不再加封的目的，另一方面向世人展现了羊祜的高洁品性。面对权贵、荣誉他能"誓心守节"，认知清醒，这是为人难能可贵的品质。

《让开府表》夹叙夹议、用典适切、举例丰富，晓之以理、动之以情，写作方法多样，思想内涵高雅，不仅具有文学审美功能，还具有教化引导作用。面对加封厚禄，羊祜谦逊有度，委婉辞谢，列举了当朝贤德之人的优秀品质：秉节高亮、洁身寡欲、和而不同、莅政弘简、在公正色等，这些是作者推崇认可的品质。功成而不受封、修身养德、举荐贤才，这些共同勾勒出一位贤德君子的画像。这位忠臣贤士正是那些名留史册的贤士代表，他们的品德在如今依然熠熠生辉。

臣祜言：臣昨出[1]，伏闻恩诏，拔臣使同台司[2]。臣自出身以来，适十数年，受任外内，每极显重之地[3]。常以智力不可强进，恩宠不可久谬，夙夜战栗[4]，以荣为忧。臣闻古人之言，德未为众所服而受高爵，则使才臣不进；功未为众所归而荷厚禄，则使劳臣不劝[5]。今臣身托外戚[6]，事遭运会[7]，诚在宠过，不患见遗。而猥超然降发中之诏[8]，加非次[9]之荣。臣有何功可以堪之，何心可以安之？以身误陛下，辱高位，倾覆[10]亦寻而至，愿复守先人弊庐，岂可得哉！违命诚忤天威，曲从即复若此[11]。盖闻古人申于见知[12]，大臣之节，不可则止。臣虽小人，敢缘所蒙[13]，念存斯义[14]。

今天下自服化[15]以来，方渐八年，虽侧席求贤[16]，不遗幽贱，然臣等不能推有德，进有功，使圣听知胜臣者多，而未达者不少。假令有遗德于板筑[17]之下，有隐才于屠钓[18]之间，而令朝议用臣不以为非，臣处之不以为愧，所失岂不大哉[19]！且臣忝窃[20]虽久，未若今日兼文武之极宠，等宰辅之高位也[21]。臣所见虽狭，据今光禄大夫李喜，秉节高亮，正身在朝[22]；光禄大夫鲁芝[23]，洁身寡欲，和而不同[24]；光禄大夫李胤[25]，莅政弘简，在公正色[26]。皆服事[27]华发，以礼终始。虽历内外之宠[28]，不异寒贱之家[29]，而犹未蒙此选[30]，臣更越之，何以塞天下之望，少益日月[31]！是以誓心守节，无苟进之志。今道路未通[32]，方隅[33]多事，乞留前恩，使臣得速还屯[34]。不尔留连[35]，必于外虞有阙[36]。臣不胜忧惧，谨触冒拜表，惟陛下察匹夫之志不可以夺。①

注释

[1] 昨出：李善注："昨出，为沐浴而出在外。"[2] 台司：即三公，辅助国君掌管军政大权的最高官员。[3] 臣自出身以来，适十数年，受任外内，每极显重之地：《晋书·羊祜传》："陈留王立……（祜）拜相国从事中郎，与荀勖共掌机密。迁中领军，悉统宿卫，入直殿中，执兵之要，事兼内外。"出身，古代认为当官是委身事君，故以出身指做官。[4] 战栗：惶恐的样子。[5] 臣闻古人之言，德未为众所服而受高爵，则使才臣不进；功未为众所归而荷厚禄，则使劳臣不劝：李善注引《管子》："国有德义未明于朝，而处尊位者，则良臣不进；有功未见于国，而有重禄者，则劳臣不劝。"归：向往。荷：承受。劝：勉励。[6] 今臣身托外戚：《晋书·羊祜传》："祜，蔡邕外孙，景献皇后同产弟。"[7] 运会：时运际会。[8] 猥：突然。中诏：指加车骑将军、开府仪同三司的诏书。[9] 非次：不按等次。[10] 倾覆：指祸败。[11] 违命诚忤天威，曲从即复若此：不接受开府之封，便触犯天威；曲

从受封，就会像上面所说的"倾覆亦寻而至"。[12] 申于见知：《晏子春秋·内篇杂上》："越石父对曰：'臣闻之，士者诎（qū）乎不知己，而申乎知己。'"[13] 所蒙：指开府之职。[14] 斯义：指"大臣之节，不可则止"。[15] 服化：服于晋朝的教化。[16] 侧席求贤：吕延济注："侧席，谓虚其正位以待贤也。"[17] 板筑：筑墙的劳动。此指商代傅说之事。[18] 屠钓：屠宰牲畜与钓鱼。此指周朝吕望（即姜太公）之事。相传其未显时曾屠牛于朝歌，钓鱼于渭滨。[19] 而令朝议用臣不以为非，臣处之不以为愧，所失岂不大哉：李善注："遗贤不荐，而谬处崇班，非直身殃，抑为朝累。今乃朝议用臣不以为非，已累朝矣；处之又不以为愧，已殃身矣，此失岂不大哉！"[20] 忝窃：愧居官位。自谦之辞。[21] 未若今日兼文武之极宠，等宰辅之高位也：李善注："文武，谓车骑及开府。等宰辅，谓仪同三司。"[22] 据今光禄大夫李喜，秉节高亮，正身在朝：李善注："《晋诸公赞》曰：喜字季和，上党人，少有高行，为仆射，年老逊位，拜光禄大夫。"[23] 鲁芝：字世英，扶风（今属陕西）人。深研典籍，为镇东将军，征光禄大夫，见《晋书》。[24] 和而不同：吕延济注："言代事与和而贞节不同。"[25] 李胤：字宣伯，辽东襄平（今辽宁辽阳）人，官至尚书仆射，转光禄大夫，见《晋书》。[26] 弘简：大。正色：表情端庄严肃。[27] 服事：从事公职。[28] 虽历内外之宠：李周翰注："内谓相，外谓将。"[29] 不异寒贱之家：李周翰注："不异寒贱，言不奢侈。"[30] 此选：张铣注："此选，谓仪同三司也。"[31] 日月：喻君王。[32] 道路未通：此指盗贼猖獗，社会不安定。[33] 方隅：边境四陬。[34] 乞留前恩，使臣得速还屯：《晋书·羊祜传》："帝将有灭吴之志，以祜为都督荆州诸军事、假节，散骑常侍、卫将军如故。"前恩、还屯，均指此。屯：勒兵而聚，驻守。[35] 不尔：不然，不这样。留连：指留恋于开府仪同三司之封位。[36] 外：指外寇入侵。虞：忧患。

思考题

表中"德未为众所服而受高爵，则使才臣不进；功未为众所归而荷厚禄，则使劳臣不劝"，以及"誓心守节，无苟进之志"体现了羊祜什么样的价值观？

（姚海斌）

谏太宗十思疏

魏　徵

导读

　　魏徵（580—643），字玄成。钜鹿郡（一说在今河北省巨鹿县，一说在今河北省馆陶县，一说在今河北省晋州市）人，唐朝政治家、思想家、文学家、史学家。曾任谏议大夫、左光禄大夫，封郑国公，谥文贞，为"凌烟阁二十四功臣"之一。以直谏敢言著称，是中国史上最负盛名的谏臣。辅佐唐太宗共同创建"贞观之治"的大业，被后人称为"一代名相"。著有《隋书》序论，《梁书》《陈书》《齐书》的总论等。《谏太宗十思疏》是其流传下来最著名的谏文。他的重要言论大都收录在《魏郑公谏录》和《贞观政要》两本书里。

　　《谏太宗十思疏》是魏徵写给唐太宗的一篇奏疏。唐太宗李世民跟随其父亲李渊反隋时作战勇敢，生活俭朴，颇有作为。627年李世民即位，改元贞观。在贞观初年，他吸取隋炀帝覆亡的教训，进一步保持了节俭、谨慎的作风，实行了不少有利于国计民生的政策。经过十几年的治理，经济得到发展，百姓生活也富裕起来，加上边防巩固，内外无事，唐太宗逐渐骄奢忘本，大修庙宇官殿，广求珍宝，四处巡游，劳民伤财，"喜闻顺旨之说""不悦逆耳之言"。魏徵对此极为忧虑，他清醒地看到了繁荣昌盛的后面隐藏着危机，在贞观十一年（637）的三月到七月，"频上四疏，以陈得失"，《谏太宗十思疏》就是其中第二疏，因此也称"论时政第二疏"。唐太宗看了猛然警醒，写了《答魏徵手诏》，表示从谏改过。这篇文章被唐太宗置于案头，奉为座右铭。贞观十三年，魏徵又上《十渐不克终疏》，直指太宗十个方面的行为不如初期谨慎，被唐太宗书于屏风之上。

　　文章先以比喻开篇，通过树木生长离不开根本，河水长流离不开源头，进行比较推论，国家长治久安离不开积聚民心，指出了争取人心的重要性。魏徵紧扣"思国之安者，必积其德义"，规劝唐太宗在政治上要慎始敬终，虚心纳下，赏罚公正；用人时要知人善任，简能择善；生活上要崇尚节俭，不轻用民力。文章对在当时历史条件下安邦治国的重要思想作了非常精辟的论述，其主题在于提醒唐太宗：要想使国家长治久安，君王必须努力积聚德义，具体提出了居安思危、戒奢以俭等十个建议。写得语重心长，剀切深厚。

第一段直接点明积德戒奢是治国理政的重要基础。树木得以生长，离不开根本，河水得以长流，离不开源头，帝王治理国家，最重要、最根本的是什么呢？那就是一定要积聚民心。作者开篇并没有直接提出"十思"的内容，而是以生动形象的比喻打开话题。先从正面说，用比喻推理（"求木之长者，必固其根本；欲流之远者，必浚其泉源"）由树木的生长和河水的长流引出治国理政的正题："思国之安者，必积其德义。"三个排比句，两个作比喻，一个明事理，浅显易懂，不容置疑。所谓隔行不隔理，树木的生长、河水的长流与国家长治久安是一个道理，都离不开根本，只不过树木的生长需要"固其根本"，河水的长流需要"浚其泉源"，国家的治理需要"积其德义"。然后，作者又从反面论证："源不深而望流之远，根不固而求木之长，德不厚而思国之安：臣虽下愚，知其不可，而况于明哲乎？"这样就进一步加重了强调意味。指出源头不深却希望河水流得长远，根不稳固却要求树木长得高大，道德不深厚却想国家安定，即便是像我这样愚笨的人，都知道这是不可能的事，更何况陛下您这样明智的人呢？通过正反两方面的对比论证，作者充分证明了"积德"对治国理政的重要性。接着，作者进一步提出"戒奢"关乎国家的长治久安，明确指出"人君"地位高、责任重大，如果"不念居安思危，戒奢以俭"，就会产生骄奢淫逸、追求享乐的思想，要想国家长治久安就如同"伐根以求木茂，塞源而欲流长"一样荒诞和不可能。结尾呼应开头，又充分利用了"木"与"水"的比喻，将积德戒奢提升到治国理政最重要、最根本的地位。

第二段指出善始克终是治国理政的关键因素。打江山容易，守江山难，在历史的长河中，历朝历代的开国皇帝都能励精图治、牢守初心，将国家治理得井井有条、兴旺发达。作者开篇即总结历史经验，并从创业守成、人心向背等方面论述"善始克终"的道理，指出能够做到始终如一的帝王在历史上少之又少。"凡昔元首，承天景命，有善始者实繁，克终者盖寡"。寥寥数语，就概括了历代君主能创业不能守成的普遍规律，即无法做到善始善终。这虽说是人之常情，但作为帝王，要"思国之安"，就必须以理性去克服它，始终保持初心不变。接下来，作者以"岂其取之易，守之难乎"设问，引出更为具体的分析论证，指出"殷忧"与"得志"的不同心态：殷忧，则竭诚待人；得志，则纵情傲物。而"竭诚，则吴越为一体；傲物，则骨肉为行路"，对人的态度不同，其结果反差强烈，如果得志时还能像殷忧时那样待人，而不是居高临下、傲视万物，始终保持谦和的态度，就能够得到人们的拥护。这说明能否谦恭待人是事业成败的关键。如果失去了民心，即使动用严刑也无济于事。"怨不在大，可畏惟人；载舟覆舟，所宜深慎"。竭诚待人是每一个君主应该始终保持的态度，也是历代帝王的初心以及成功的关键所在。这里借鉴古人的论述，将君和民的关系比作水与舟的关系，发人深省。习近平总书记提出"不忘初心、牢记使命"，也是要求我们不忘来时路，坚持以人民为中心，一切为了人民，做好人民的公仆，做到一以贯之，久久为功。这与魏徵的"竭诚待人"既有异曲同工之妙，也要高于"竭诚待人"的境界。

第三段提出防患于未然是治国理政应有的常态。治理国家最大的风险在于危机四伏、隐忧不断，只有及时发现隐患，才能在第一时间解决，让国家转危为安。如何才能发现潜在的危险？作者认为最好的办法就是"居安思危"，而"居安思危"的具体做法就是"十思"。一思知足以自戒，二思知止以安人，三思谦冲而自牧，四思江海下百川，五思三驱以为度，六思慎始而敬终，七思虚心以纳下，八思正身以黜恶，九思无因喜以谬赏，十思无以怒而滥刑。"十思"的核心内容是正己安人，多找主观原因。劝皇帝要恪守职分，不骄不躁，虚怀若谷，从谏如流；不要放任自己的欲望，要持之有度；要勤勉政事，处置谨慎，不要怠惰；要"兼听则明"，始终放低身段，多听取臣下的意见；要借鉴"亲贤臣，远小人，此先汉所以兴隆也；亲小人，远贤臣，此后汉所以倾颓也"（诸葛亮《前出师表》）的历史经验教训，倾向直臣，罢黜小人；要按国家制度施行赏罚，不因喜怒而有所偏颇。"十思"就是十条劝诫，语句坦诚，字字惊心，劝诫为政者要时刻居安思危，保持清醒的头脑，把可能存在的风险想得周全一些，真正做到防患于未然。文章最后从正面论述做到"十思"的好处，就是从善如流，知人善任，"智者尽其谋，勇者竭其力，仁者播其惠，信者效其忠"。君臣之间相互信任，勠力同心，人尽其才，从而真正实现"垂拱而治""无为而无不为"的政治理想。作者从用人、纳谏、赏罚等多方面来讲，站在不同角度指出了君臣之道。其中提到的"简能而任之，择善而从之"，即"用人""纳谏"策略，在治国理政方面发挥了十分突出的作用，实际上成为初唐的治国方略，为营造开明的政治氛围提供了强有力的支撑，在中国历史上创造了有名的"贞观之治"，为后代政治家和史学家所称道。

魏徵这篇谏疏规劝唐太宗要"居安思危，戒奢以俭"，"十思"是居安思危的载体和表现形式，居安思危又是"十思"的原动力，全文具有很强的逻辑性和说服力。以"固本思源"为喻，说明"居安思危，戒奢以俭"的重要性。《古文观止》评价："通篇只重一'思'字，却要从德义上看出，世主何尝不劳神苦思，但所思不在德义，则反不如不用思者之为得也。魏公十思之论，剀切深厚，可与三代谟、诰并传。"

臣闻求木之长[1]者，必固其根本[2]；欲流之远者，必浚[3]其泉源；思国之安者，必积其德义。源不深而望流之远，根不固而求木之长，德不厚而思国之安：臣虽下愚[4]，知其不可，而况于明哲[5]乎！人君当神器之重[6]，居域中[7]之大。不念居安思危，戒奢以俭，德不处其厚，情不胜其欲，斯亦伐根以求木茂，塞源而欲流长也。

凡昔元首[8]，承天景命[9]，善始者实[10]繁，克终者盖寡[11]，岂其取之易，守之难乎？昔取之而有余，今守之而不足，何也？夫在殷忧，必竭诚以待下，既得志，则纵情以傲物[12]。竭诚，则吴越为一体[13]；傲物，则骨肉为行路[14]。虽董[15]之以严刑，振[16]之以威怒，终苟免而不怀仁[17]，貌恭而不心服。怨不在大[18]，可畏惟人[19]；载舟覆舟[20]，所宜深慎。

诚能见可欲[21]，则思知足以自戒；将有作[22]，则思知止以安人[23]；念高危[24]，则思谦冲而自牧[25]；惧满溢，则思江海下百川[26]；乐盘游[27]，则思三驱[28]以为度；忧懈怠，则思慎始而敬终[29]；虑壅蔽[30]，则思虚心以纳下；惧谗邪[31]，则思正身以黜恶[32]；恩所加，则思无因喜以谬赏；罚所及，则思无以怒而滥刑。总此十思，宏兹九德[33]，简[34]能而任之，择善而从之，则智者尽其谋，勇者竭其力，仁者播其惠，信者效其忠。文武并用，垂拱[35]而治。何必劳神苦思，代百司之职役哉？①

注释

[1] 长（zhǎng）：生长。[2] 固其根本：使它的树根牢固地扎入土壤。[3] 浚：疏通。[4] 下愚：见识浅的人。[5] 明哲：聪明睿智。[6] 当神器之重：处于皇帝的重要位置。神器：指帝王之位。[7] 域中：天地之间。[8] 凡昔元首：指历代帝王。[9] 承天景命：承受了上天赋予的重大使命。景：大。[10] 实：的确。[11] 克终者盖寡：能够坚持到底的大概不多。

---

① 张㧑之. 唐代散文选注［M］. 上海：上海古籍出版社，2010：3－6.

克：能。盖：表推测语气。[12] 傲物：傲视别人。物：这里指人。[13] 吴越为一体：南北为一家。吴：指北方；越：指南方[14] 骨肉为行路：亲骨肉之间也会变得像陌生人一样。骨肉：有血缘关系的人。行路：路人，比喻毫无关系的人。[15] 董：督责。[16] 振：通"震"，震慑。[17] 苟免而不怀仁：人们只求苟且免于刑罚而不怀念感激国君的仁德。[18] 怨不在大：对国君的怨恨不在大小。[19] 可畏惟人：可怕的只是百姓。人，本应写作"民"，因避李世民之讳而写作"人"。[20] 载舟覆舟：水能承载船，也能把船掀翻。比喻百姓能拥戴皇帝，也能推翻他的统治。[21] 见可欲：统治者展示能引起民众欲望的（功名利禄）。一说民众见到能引起自己欲望的东西。出自《道德经》："不见可欲，使民心不乱。"[22] 将有作：将要建造建筑物。作：建造。[23] 安人：使百姓安宁。[24] 念高危：想到帝位高高在上。危：高。[25] 则思谦冲而自牧：就想到要谦虚并加强自我修养。冲：谦虚。牧：约束。[26] 江海下百川：江海处于众多河流的下游。下：居……之下。[27] 盘游：打猎取乐。[28] 三驱：古代君王狩猎时拦住三个方向，留一个方向供野兽逃离，体现君王的"好生之仁"。一说君王一年最多只能狩猎三次。[29] 敬终：谨慎地把事情做完。[30] 虑壅（yōng）蔽：担心民意不通，君王受到蒙蔽。壅：堵塞。[31] 谗邪：谗佞奸邪。谗：说人坏话，造谣中伤。邪：不正派。[32] 正身以黜恶：使自身端正从而罢黜奸邪。黜：排斥，罢免。[33] 宏兹九德：弘扬这九种美德。九德：指忠、信、敬、刚、柔、和、固、贞、顺。[34] 简：选拔。[35] 垂拱：垂衣拱手。比喻天下可轻易得到。

思考题

魏徵的"十思"给我们哪些启示？

（李丽）

报刘一丈书

宗 臣

导读

宗臣（1525—1560），字子相，兴化（今属江苏）人。明嘉靖二十九年（1550）进士，曾任刑部主事、吏部员外郎。宗臣性格耿介，不慕权贵，因得罪权相严嵩，被贬福州布政使司左参议。在参议任上抗倭有功，擢福建提学副使，卒于官。宗臣是当时著名的文学家，与王世贞、李攀龙等七人被称为"嘉靖七子"，或"后七子"，主张文学复古，有文集《宗子相集》。

《报刘一丈书》是一篇书信体散文。刘一丈，名介，宗臣的同乡，宗臣父亲多年好友。一是指在家中的排行，丈是对长者的尊称。这是作者回复刘介的一封信，在信中，宗臣对京城里那些奔走权贵之家、钻营攀附、毫无廉耻、奴颜婢膝的官员，进行了淋漓尽致、无情的揭露和讽刺。作者用形象的笔法，叙事和描写相结合，细致地刻画了钻营者的丑恶嘴脸，在批判了官场黑暗的同时，更是一针见血地指出所谓"上下相孚"（即刘介信中对宗臣的赞誉之词），实际是上级下级沆瀣一气、行贿受贿、腐败黑暗的代名词。在这封信的结尾处，作者告诉刘介，即使自己不被长官青目，宁肯官场失意，也绝对做不出趋炎附势、行贿买宠的行为，表现了宗臣正直耿介、蔑视权贵、人格独立的优秀品质。

这篇散文在艺术上有两个方面很有特色，其一是叙事，作者描述钻营者行贿权门的过程，细致入微，活画出钻营者的丑陋和卑微。其二是对比的手法，将钻营者的丑态与自己的凛然正气进行比较，既批判了钻营者的无耻和虚伪，又突出自己的正义与气节。

数千里外，得长者时赐一书，以慰长想，即亦甚幸矣；何至更辱馈遗[1]，则不才益将何以报焉？

书中情意甚殷，即长者之不忘老父，知老父之念长者深也。至以"上下相孚[2]，才德称位"语不才，则不才有深感焉。夫才德不称，固自知之矣；至于不孚之病，则尤不才为甚。

且今之所谓孚者，何哉？日夕策马，候权者之门。门者故不入，则甘言媚词[3]作妇人状，袖金以私之[4]。即门者持刺[5]入，而主人又不即出见；立厩中仆马之间，恶气袭衣袖，即饥寒毒热不可忍，不去也。抵暮，则前所受赠金者出，报客曰："相公倦，谢客矣！客请明日来！"即明日，又不敢不来。夜披衣坐，闻鸡鸣，即起盥栉[6]，走马抵门。门者怒曰："为谁？"则曰："昨日之客来。"则又怒曰："何客之勤也！岂有相公此时出见客乎？"客心耻之，强忍而与言曰："亡奈何矣，姑容我入！"门者又得所赠金，则起而入之；又立向[7]所立厩中。幸主者出，南面[8]召见，则惊走匍匐[9]阶下。主者曰："进！"则再拜，故迟不起；起则上所上寿金。主者故不受，则固请。主者故固不受，则又固请。然后命吏纳之，则又再拜，又故迟不起；起则五六揖，始出。出，揖门者曰："官人幸[10]顾我，他日来，幸无阻我也！"门者答揖。大喜奔出，马上遇所交识[11]，即扬鞭语曰："适自相公家来，相公厚我，厚我！"且虚言状[12]。即所交识，亦心畏相公厚之矣。相公又稍稍语人曰："某也贤！某也贤！"闻者亦心计交赞之[13]。此世所谓上下相孚也，长者谓仆能之乎？

前所谓权门者，自岁时伏腊[14]，一刺之外，即经年不往也。间道经其门，则亦掩耳闭目，跃马疾走过之，若有所追逐者，斯则仆之褊衷[15]，以此长不见悦于长吏[16]，仆则愈益不顾也。每大言曰："人生有命，吾惟守分[17]而已。"长者闻之，得无[18]厌其为迂乎？

乡园多故[19]，不能不动客子之愁。至于长者之抱才而困，则又令我怆然[20]有感。天之与先生者甚厚，亡论[21]长者不欲轻弃之，即天意亦不欲长者之轻弃之也。幸宁心哉[22]！①

注释

[1]辱：谦辞。馈遗：赠送礼物。[2]孚：信任，融洽。[3]甘言媚词：指说好话。[4]袖金以私之：将金钱藏在袖中偷偷送给看门人。[5]刺：名帖、名片。[6]盥（guàn）栉：洗脸梳头。[7]向：从前，上次。[8]南面：面向南，古代以坐北向南为尊位。[9]匍匐：伏在地面。[10]幸：希望。[11]交识：熟识。[12]虚言状：虚假地描述当日情状。[13]心计交赞之：心里盘算着，交口称赞。[14]岁时：一年四季。伏腊：夏伏、冬腊，古代两个重要祭日。[15]褊（biǎn）衷：心胸狭隘。[16]不

① 田南池. 明代散文选译［M］. 南京：凤凰出版社，2011：155－157.

见悦于长吏：不被上司喜欢。[17] 守分：守本分。[18] 得无：该不会。[19] 多故：多变故。[20] 怆然：悲伤的样子。[21] 亡论：且不说。[22] 幸宁心哉：希望能心静。

思考题

（1）宗臣在这篇散文中描写了钻营者和权者两类形象，他们各有什么特点？

（2）从这封回信中能够看出作者身上哪些可贵的道德品格？

（高日晖）

三、小说

华歆、王朗俱乘船避难

刘义庆

导读

　　刘义庆（403—444），字季伯，彭城郡彭城县（今江苏省徐州市）人，文学家，南朝刘宋宗室，宋武帝刘裕的侄子。袭封南郡公，永初元年（420）封临川王，征为侍中。文帝元嘉时，历仕秘书监、丹阳尹、尚书左仆射、中书令、荆州刺史等。著有《后汉书》《徐州先贤传》《江左名士传》，小说集《幽明录》《世说新语》等，其中《世说新语》为魏晋南北朝时期"志人小说"的代表作，依内容共分三十六类，每类有若干则，每则长短不一，表现出笔记小说"随手而记"的特性。主要记述汉末至东晋年间文人名士的言行风貌，从中可以看出当时人们的精神面貌、价值观念等。

　　《华歆、王朗俱乘船避难》出自《世说新语·德行》。记述了华歆、王朗在乘船避难过程中偶遇陌生人依附时，二人的不同选择及原因。王朗在面对陌生人求救时，开始表现慷慨、仗义相助，而后敌人追至则欲舍弃。而华歆在起初有所犹疑，后敌人追至却展现出不离不弃的侠义精神。两相对比，世人因此判定华歆与王朗的品行优劣。《世说新语》收录此篇是为了让人们在具体的事件选择中领悟德行的高低，更重要的目的是给人们提供借鉴，用于品评人物及修行自身德行。小说用简短的笔触记述了整个复杂事件的过程，语言极为简练，思想德行主要通过人物对话体现。事件起初王朗所说"幸尚宽，何为不可"凸显出他具有乐于助人的精神，当敌人追至，王朗想要抛下所助之人，这让读者看到他面对危难时明哲保身的态度。华歆在起初觉得为难，后续解释是因为预想到可能的后果，但敌人追至，他却展现出了担当与侠义的一面，没有在危急情况下弃人不顾。面对相同情况两人的不同选择彰显了他们的不同价值观。

　　《华歆、王朗俱乘船避难》通过对比的手法凸显并赞扬了华歆乐于助人的行为，以及危难之时依然施以援手、不离不弃的高尚品德。《左传·襄公二十四年》提出有三不朽："大上有立德，其次有立功，其次有立言，虽久不废，此之谓不朽。"品德从来不是通过自我夸耀彰显，而是依托实际行动。时代在变迁，但美好品行、高尚品德的内核却是高度统一的，当下社会主义道德建设涉及社会公德、职业道德和家庭美德方方面面，修行品德是每个人的必修课、终生课。

华歆、王朗俱乘船避难[1]，有一人欲依附，歆辄难之。朗曰："幸尚宽，何为不可？"后贼追至，王欲舍所携人。歆曰："本所以疑[2]，正为此耳。既已纳其自托[3]，宁[4]可以急相弃邪？"遂[5]携拯如初。世以此定华、王之优劣。①

注释

[1] 俱：一起。避难：这里指躲避汉魏之交的动乱。[2] 疑：迟疑，犹豫不决。[3] 纳其自托：接受了他托身的请求，指同意他登船。[4] 宁：难道。[5] 遂：于是，就。

思考题

华歆与王朗的不同做法对你有何启发？

（姚海斌）

施润泽滩阙遇友

冯梦龙

导读

冯梦龙（1574—1646），字犹龙，又字耳犹、子犹，号龙子犹，苏州府长洲县（今江苏苏州）人，崇祯年间曾做过福建寿宁知县，晚年参加抗清活动。冯梦龙是晚明著名的文学家，他推崇小说、戏曲、民歌等通俗文学，编辑整

---

① 刘义庆. 世说新语［M］. 刘孝标，注；徐传武，校点. 上海：上海古籍出版社，2013：7.

理《古今小说》（又称《喻世明言》）、《警世通言》、《醒世恒言》三部白话短篇小说集，编辑明代民歌集《山歌》《挂枝儿》。冯梦龙是一位思想比较进步的作家，他反对礼教，在文学上主张用通俗文学导引人情、教化思想。"三言"是古代白话短篇小说的代表作，很多作品反映了当时新兴的市民思想，具有一定的进步意义，同时对传统的道德观念也有很好的继承。在艺术上"三言"达到了很高的水平，叙事新奇曲折，引人入胜；人物形象丰满，个性突出；语言平实，娓娓道来。

《施润泽滩阙遇友》是《醒世恒言》中的一篇，描写的是靠养蚕织绸为生的小手工业者施复（即施润泽）拾金不昧的故事。小说在思想上最突出的特点是颂扬了底层人民的美好品德，作者有意把施润泽夫妻与见利忘义的"衣冠君子"相比，在肯定和歌颂普通劳动者拾金不昧、诚实善良的同时，间接批判了那些读圣贤书而不遵循圣贤之教的上层统治者，具有很强的民主色彩和进步意义。同时，这篇小说把传统的仁义价值观与商业文化结合起来，提出了"万贯钱财如粪土，一分仁义值千金"的道德观。虽然小说也表达了积德行善必有好报的因果报应思想，但并没有采用生硬地搬来神佛显灵相助的模式，而是写出了偶然中的必然。施润泽夫妻无论贫富都保持着劳动人民的本色，即使家业富足了，他们依旧省吃俭用，昼夜劳动，还把自己的钱拿出来尽力做好事。小说中塑造的施润泽形象是一个文学新人，"三言"中商人形象比较多，但小手工业者的形象很少。施润泽勤劳善良、诚实仁义、俭朴厚道，在他身上我们看到了中华民族传统美德在商品社会的传承，对于今天我们建设诚信社会和商业文明有很好的借鉴意义。

这篇小说在艺术上有很多值得称道的地方。首先，作者善于从日常生活中发现"故事"，把一件看似平淡的事件写得颇具传奇色彩，娓娓道来又引人入胜。其次，小说对人物的心理描写很成功，尤其是施润泽捡到银子时的心理描写，写出了"人同此心"的一般人性，又刻画了施润泽善良仁义的性格。最后，这篇小说对江南蚕桑产业和习俗的描写，带有浓郁的地方特色，仿佛一幅江南风俗画，对我们了解明代中期以后的江南社会有一定的史料价值。

说这苏州府吴江县离城七十里，有个乡镇，地名盛泽[1]。镇上居民稠广[2]，土俗淳朴，俱以蚕桑为业。男女勤谨，络纬[3]机杼之声，通宵彻夜。那市上两岸绸丝牙行[4]，约有千百余家，远近村坊织成绸匹，俱到此上市。四方商贾来收买的，蜂攒蚁集[5]，挨挤不开，路途无伫足之隙；乃出产绵绣之乡，积聚绫罗之地。江南养蚕所在甚多，惟此镇处最盛。有几句口号为证：

东风二月暖洋洋，江南处处蚕桑忙。蚕欲温和桑欲干，明如良玉发奇光。缲[6]成万缕千丝长，大筐小筐随络床。美人抽绎[7]沾唾香，一经一纬机杼张。咿咿轧轧谐宫商，花开锦簇成匹量。莫忧入口无餐粮，朝来镇上添远商。

且说嘉靖年间，这盛泽镇上有一人，姓施，名复，浑家喻氏，夫妻两口，别无男女。家中开张绸机，每年养几筐蚕儿，妻络夫织，甚好过活。这镇上都是温饱之家，织下绸匹，必积至十来匹，最少也有五六匹，方才上市。那大户人家积得多的便不上市，都是牙行引客商上门来买。施复是个小户儿，本钱少，织得三四匹，便去上市出脱。一日，已积了四匹，逐匹把来方方折好，将个布袱儿包裹，一径来到市中。只见人烟辏集[8]，语话喧阗[9]，甚是热闹。施复到个相熟行家来卖，见门首拥着许多卖绸的，屋里坐下三四个客商。主人家跕[10]在柜身里，展看绸匹，估喝价钱。施复分开众人，把绸递与主人家。主人家接来，解开包袱，逐匹翻看一过，将秤准了一准，喝定价钱，递与一个客人道："这施一官是忠厚人，不耐烦的，把些好银子与他。"那客人真个只拣细丝称准，付与施复。施复自己也摸出等子来准一准，还觉轻些，又争添上一二分，也就罢了。讨张纸包好银子，放在兜肚里，收了等子包袱，向主人家拱一拱手，叫声"有劳！"转身就走。

行不上半箭之地[11]，一眼觑[12]见一家街沿之下，一个小小青布包儿。施复趱步[13]向前，拾起袖过，走到一个空处，打开看时，却是两锭银子，又有三四件小块，兼着一文太平钱儿。把手撇一撇，约有六两多重。心中欢喜道："今日好造化！拾得这些银子，正好将去凑做本钱。"连忙包好，也揣在兜肚里，望家中而回。一头走，一头想："如今家中见开这张机，尽勾日用了。有了这银子，再添上一张机，一月出得多少绸，有许多利息。这项银子，譬如没得，再不要动他。积上一年，共该若干，到来年再添上一张，一年又有多少利息。算到十年之外，便有千金之富。那时造什么房子，买多少田产？"正算得熟滑[14]，看看将近家中，忽地转过念头，想道："这银两若是富人掉的，譬如牯牛身上拔根毫毛，打什么紧，落得将来受用。若是客商的，他抛妻弃子，宿水餐风，辛勤挣来之物，今失落了，好不烦恼。如若有本钱的，他拚[15]这账生意扯直，也还不在心上；倘然是个小经纪，只有这些本钱，或是与我一般样苦挣过日，或卖了绸，或脱了丝，这两锭银乃是养命之根，不争失了，就如绝了咽喉之气，一家良善，没甚过活，互相埋怨，必致鬻身卖子[16]。倘是个执性的，气恼不过，肮脏送了性命，也未可知。我虽是拾得的，不十分罪过。但日常动念，使得也不安稳。就是有了这银子，未必真个营运发积起来。一向没这东西，依原将就过了日子。不如原往那所在，等失主来寻，还了他去，到得安乐。"随复转身而去。正是：

多少恶念转善，多少善念转恶。劝君诸善奉行，但是诸恶莫作。

当下施复来到拾银之处，靠在行家柜边，等了半日，不见失主来寻。他本空心出门的，腹中渐渐饥饿。欲待回家吃了饭再来，犹恐失主一时间来，又不相遇，只得忍着等候。少顷，只见一个村庄后生，汗流满面，闯进行家，高声叫道："主人家，适来银子忘记在柜上，你可曾检得么？"主人家道："你这人好混帐！早上交银子与了你，这时节却来问我。你若忘在柜上时，莫说一包，再有几包也有人拿去了。"那后生连把脚跌道："这是我的种田工本，如今没了，却怎么好？"施复问道："约莫有多少？"那后生道："起初在这里卖的丝银六两二钱。"施复道："把什么包的？有多少件数？"那后生道："两大锭，又是三四块小的，一个青布银包包的。"施复道："恁样[17]，不消着急，我拾得在此，相候久矣！"便去兜肚里摸出来，递与那人。那人连声称谢，接过手，打开看时，分毫不动。

那时往来的人，当做奇事，拥上一堆，都问道："在那里拾的？"施复指道："在这阶沿头拾的。"那后生道："难得老哥这样好心，在此等候还人。若落在他人手里，安肯如此！如今到是我拾得的了，情愿与老哥各分一半。"施复道："我若要，何不全取了，却分你这一半？"那后生道："既这般，送一两谢仪与老哥买果儿吃。"施复笑道："你这人是个呆子！六两三两都不要，要你一两银子何用！"那后生道："老哥，银子又不要，何以相报？"众人道："看这位老兄，是个厚德君子，料必不要你报。不若请到酒肆中吃三杯，见你的意罢了。"那后生道："说得是。"便来邀施复同去。施复道："不消得！不消得！我家中有事，莫要担阁我工夫。"转身就走，那后生留之不住。众人道："你这人好造化！掉了银子，一文钱不费，便捞到手。"那后生道："便是！不想世间原有这等好人。"把银包藏了，向主人叫声"打搅！"下阶而去。众人亦赞叹而散。也有说："施复是个呆子，拾了银子不会将去受用，却呆站着等人来还。"也有说："这人积此阴德，后来必有好处。"

不题众人。且说施复回到家里，浑家问道："为甚么去了这大半日？"施复道："不要说起，将到家了，因着一件事，覆身转去，担阁了这一回。"浑家道："有甚事担阁？"施复将还银之事，说向浑家。浑家道："这件事也做得好。自古道：横财不富命穷人。倘然命里没时，得了他反生灾作难，到未可知。"施复道："我正为这个缘故，所以还了他去。"当下夫妇二人，不以拾银为喜，反以还银为安。衣冠君子中，多有见利忘义的，不意愚夫愚妇到有这等见识。

从来作事要同心，夫唱妻和种德深。万贯钱财如粪土，一分仁义值千金。

自此之后，施复每年养蚕，大有利息，渐渐活动。那育蚕有十体、二光、八宜等法，三稀、五广之忌。第一要择蚕种。蚕种好，做成茧小而明厚坚细，可以缲丝[18]。如蚕种不好，但堪为绵纩[19]，不能缲丝，其利便差数倍。第二要时运。有造化的，就蚕种不好，依般做成丝茧；若造化低的，好蚕种，也要变做绵茧。北蚕三眠，南蚕俱是四眠。眠起饲叶，各要及时。又蚕性畏寒怕热，惟温和为得候。昼夜之间，分为四时，朝暮类春秋，正昼如夏，深夜如冬，故调护最难。江南有谣云：

做天莫做四月天，蚕要温和麦要寒。秧要日时麻要雨，采桑娘子要晴干。

那施复一来蚕种拣得好，二来有些时运。凡养的蚕，并无一个绵茧，缲下丝来，细员匀紧，洁净光莹，再没一根粗节不匀的。每筐蚕，又比别家分外多缲出许多丝来。照常织下的绸拿上市去，人看时光彩润泽，都增价竞买，比往常每匹平添钱多银子。因有这些顺溜，几年间，就增上三四张绸机，家中颇颇饶裕。里中遂庆个号儿叫做"施润泽"。却又生下一个儿子，寄名观音大士，叫做观保。年才二岁，生得眉目清秀，到好个孩子。

话休烦絮。那年又值养蚕之时，才过了三眠，合镇阙[20]了桑叶。施复家也只勾两日之用，心下慌张，无处去买。大率蚕市时，天色不时阴雨，蚕受了寒湿之气，又食了冷露之叶，便要僵死，十分之中，只好存其半，这桑叶就有余了。那年天气温暖，家家无恙，叶遂短阙。且说施复正没处买桑叶，十分焦躁，忽见邻家传说洞庭山余下桑叶甚多，合了十来家过湖去买。施复听见，带了些银两，把被窝打个包儿，也来趁船。这时已是未牌时候，开船摇橹，离了本镇。过了平望，来到一个乡村，地名滩阙。这去处在太湖之傍，离盛泽有四十里之远。天已傍晚，过湖不及，遂移舟进一小港泊住，稳缆停桡[21]，打点收拾晚食，却忘带了打火刀石。

众人道："那个上涯去取讨个火种便好？"施复却如神差鬼使一般，便答应道："待我去。"取了一把麻骨，跳上岸来，见家家都闭着门儿。你道为何，天色未晚，人家就闭了门？那养蚕人家，最忌生人来冲。从蚕出至成茧之时，约有四十来日，家家紧闭门户，无人往来。任你天大事情，也不敢上门。当下施复走过几家，初时甚以为怪，道："这些人家，想是怕鬼拖了人去，日色还在天上，便都闭了门。"忽地想起道："呸！自己是老看蚕，到忘记了这取火乃养蚕家最忌的。却兜揽这帐！如今那里去讨？"欲待转来，又想道："方才不应承来，到也罢了。若空身回转，教别个来取得时，反是老大没趣。或者有家儿不养蚕的，也未可知。"依旧又走向前去。只见一家门儿半开半掩，他也不管三七廿一，做两步跨到檐下，却又不敢进去。站在门外，舒颈望着里边，叫声："有人么？"里边一个女人走出来，问道："什么人？"施复满面陪着笑道："大娘子，要相求个火儿。"妇人道："这时节，别人家是不肯的。只我家没忌讳，便点个与你也不妨得。"施复道："如此，多谢了！"即将麻骨递与。妇人接过手，进去点出火来。施复接了，谢声"打搅"，回身便走。

走不上两家门面，背后有人叫道："那取火的转来，掉落东西了。"施复听得，想道："却不知掉了甚的？"又覆走转去。妇人说道："你一个兜肚落在此了。"递还施复。施复谢道："难得大娘子这等善心。"妇人道："何足为谢！向年我丈夫在盛泽卖丝，落掉六两多银子，遇着个好人拾得，住在那里等候。我丈夫寻去，原封不动，把来还了，连酒也不要吃一滴儿。这样人方是真正善心人！"

施复见说，却与他昔年还银之事相合，甚是骇异，问道："这事有几年了？"妇人把指头抢算道："已有六年了。"施复道："不瞒大娘子说，我也是盛泽人，六年前也曾拾过一个卖丝官人六两多银子，等候失主来寻，还了去。他要请我，也不要吃他的。但不知可就是大娘子的丈夫？"妇人道："有这等事！待我教丈夫出来，认一认可是？"施复恐众人性急，意欲不要，不想手中麻骨火将及点完。乃道："大娘子，相认的事甚缓，求得个黄同纸去引火时，一发感谢不尽。"妇人也不回言，径往里边去了。顷刻间，同一个后生跑出来。彼此睁眼一认，虽然隔了六年，面貌依然，正是昔年还银义士！正是：

一叶浮萍归大海，人生何处不相逢。

当下那后生躬身作揖道："常想老哥，无从叩拜，不想今日天赐下顾。"施复还礼不迭。二人作过揖，那妇人也来见个礼。后生道："向年承老哥厚情，只因一时仓忙，忘记问得尊姓大号住处。后来几遍到贵镇卖丝，问主人家，却又不相认。四面寻访数次，再不能遇见。不期到在敝乡相会，请里面坐。"施复道："多承盛情垂念。但有几个朋友，在舟中等候火去作晚食，不消坐罢。"后生道："何不一发请来？"施复道："岂有此理！"后生道："既如此，送了火去来坐罢！"便教浑家取个火来。妇人即忙进去。后生问道："老哥尊姓大号？今到那里去？"施复道："小子姓施，名复，号润泽。今因缺了桑叶，要往洞庭山去买。"后生道："若要桑叶，我家尽有，老哥今晚住在寒舍，让众人自去，明日把船送到宅上，可好么？"施复见说他家有叶，好不欢喜，乃道："若宅上有时，便省了小子过湖，待我回覆众人自去。"妇人将出火来，后生接了，说："我与老哥同去。"又分付浑家，快收拾夜饭。

当下二人拿了火来至船边，把火递上船去。众人一个个眼都望穿，将施复埋怨道："讨个火什么难事！却去这许多时？"施复道："不要说起，这里也都看蚕，没处去讨。落后相遇着这位相熟朋友，说了几句话，故此迟了，莫要见怪！"又道："这朋友偶有余叶在家中，我已买下，不得相陪列位过湖了。包袱在舱中，相烦拿来与我。"众人检出付与。那后生便来接道："待我拿罢！"施复叫道："列位，暂时抛撇，归家相会。"

别了众人，随那后生转来。乃问道："适来忙促，不曾问得老哥贵姓大号。"答道："小子姓朱，名恩，表字子义。"施复道："今年贵庚多少？"答道："二十八岁。"施复道："怎样，小子叨长老哥八年。"又问："令尊、令堂同居么？"朱恩道："先父弃世多年，止有老母在堂，今年六十八岁了，吃一口长素。"

二人一头说，不觉已至门首。朱恩推开门，请施复屋里坐下，那桌上已点得灯烛。朱恩放下包裹道："大嫂快把茶来。"声犹未了，浑家已把出两杯茶，就门帘内递与朱恩。朱恩接过来，递一杯与施复，自己拿一杯相陪。又问道："大嫂，鸡可曾宰么？"浑家道："专等你来相帮。"朱恩听了，连忙把茶放下，跳起身要去捉鸡。原来这鸡就罩在堂屋中左边，施复即上前扯住道："既承相爱，即小菜饭儿也是老哥的盛情，何必杀生！况且此时鸡已上宿，不争我来又害他性命，于心何忍！"

朱恩晓得他是个质直[22]之人，遂依他说，仍复坐下道："既如此说，明日宰来相请。"叫浑家道："不要宰鸡了，随分有现成东西，快将来吃罢，莫饿坏了客人，酒烫热些。"施复道："正是忙日子，却来薅恼[23]。幸喜老哥家没忌讳还好。"朱恩道："不瞒你说，旧时敝乡这一带，第一忌讳是我家。如今只有我家无忌讳。"施复道："这却为何？"朱恩道："自从那年老哥还银之后，我就悟了这道理。凡事是有个定数，断不由人，故此绝不忌讳，依原年年十分利息。乃知人家都是自己见神见鬼，全不在忌讳上来。妖由人兴，信有之也。"施复道："老哥是明理之人，说得极是。"朱恩又道："又有一节奇事。常年我家养十筐蚕，自己园上叶吃不来，还要买些。今年看了十五筐，这园上桑又不曾增一棵两棵，如今够了自家，尚余许多，却好又济了老哥之用。这桑叶却像为老哥而生，可不是个定数？"施复道："老哥高见，甚是有理。就如你我相会，也是个定数。向日你因失银与我识面；今日我亦因失物，尊嫂见还，方才言及前情，又得相会。"朱恩道："看起来，我与老哥乃前生结下缘分，才得如此。意欲结为兄弟，不知尊意若何？"施复道："小子别无兄弟，若不相弃，可知好哩！"当下二人就堂中八拜为交[24]，认为兄弟。施复又请朱恩母亲出来拜见了。朱恩重复唤浑家出来，见了结义伯伯。一家都欢欢喜喜。

不一时，将出酒肴，无非鱼肉之类，二人对酌。朱恩问道："大哥有几位令郎？"施复答道："只有一个，刚才二岁。不知贤弟有几个？"朱恩道："止有一个女儿，也才两岁。"便教浑家抱出来，与施恩观看。朱恩又道："大哥，我与你兄弟之间，再结个儿女亲家何如？"施复道："如此最好。但恐家寒攀陪不起。"朱恩道："大哥何出此言！"两下联了姻事，愈加亲热，杯来盏去，直饮至更余方止。

朱恩寻扇板门，把凳子两头阁着，支个铺儿在堂中右边，将荐席铺上。施复打开包裹，取出被来抖好。朱恩叫声"安置！"将中门闭上，向里面去了。施复吹息灯火，上铺卧下，翻来覆去，再睡不着。只听得鸡在笼中不住吱吱喳喳，想道："这鸡为甚么只管咭咶[25]？"约莫一个更次，众鸡忽然乱叫起来，却像被什么咬住一般。施复只道是黄鼠狼来偷鸡，霍地立起身，将衣服披着急来看这鸡。说时迟，那时快，才下铺，走不上三四步，只听得一时响亮，如山崩地裂，不知甚东西打在铺上，把施复吓得半步也走不动。

且说朱恩同母亲、浑家正在那里饲蚕，听得鸡叫，也认做黄鼠狼来偷，急点火出来看。才动步，忽听见这一响，惊得跌足叫苦道："不好了！是我害了哥哥性命也，怎么处？"飞奔出来。母妻也惊骇道："坏了！坏了！"接脚追随。

朱恩开了中门，才跨出脚，就见施复站在中间，又惊又喜道："哥哥，险些儿吓杀我也！亏你如何走得起身，脱了这祸？"施复道："若不是鸡叫得慌，起身来看，此时已为齑粉[26]矣！不知是甚东西打将下来？"朱恩道："乃是一根车轴阁在上边，不知怎地却掉下来？"将火照时，那扇门打得粉碎，凳子都跌到了。车轴滚在壁边，有巴斗粗大。施复看了，伸出舌头缩不上去。

此时朱恩母妻见施复无恙，已自进去了。那鸡也寂然无声。朱恩道："哥哥起初不要杀鸡，谁想就亏他救了性命！"二人遂立誓戒了杀生。有诗为证：

昔闻杨宝酬恩雀[27]，今见施君报德鸡。物性有知皆似此，人情好杀复何为？

当下朱恩点上灯烛，卷起铺盖，取出稻草，就地上打个铺儿与施复睡了。到次早起身，外边却已下雨。吃过早饭，施复便要回家。朱恩道："难得大哥到此，须住一日，明早送回。"施复道："你我正都在忙时，总然留这一日，各不安稳。不如早得我回去，等空闲时，大家宽心相叙几日。"朱恩道："不妨得！譬如今日到洞庭山去了，住在这里话一日儿。"朱恩母亲也出来苦留，施复只得住下。

到巳牌时分，忽然作起大风，扬沙拔木，非常利害。接着风，就是一阵大雨。朱恩道："大哥，天遣你遇着了我，不去得还好。他们过湖的，有些担险哩！"

施复道："便是。不想起这等大风，真个好怕人子！"那风直吹至晚方息，雨也止了。施复又住了一宿。次日起身时，朱恩桑叶已采得完备。他家自有船只，都装好了。吃了饭，打点起身。施复意欲还他叶钱，料道不肯要的，乃道："贤弟，想你必不受我叶钱，我到不虚文了。但你家中脱不得身，送我去便担阁两日工夫。若有人顾一个摇去，却不两便？"朱恩道："正要认着大哥家中，下次好来往，如何不要我去？家中也不消得我。"施复见他执意要去，不好阻挡。遂作别朱恩母妻，下了船。朱恩把船摇动，刚过午，就到了盛泽。

施复把船泊住，两人搬桑叶上岸。那些邻家也因昨日这风，却担着愁担子，俱在门首等候消息。见施复到时，齐道："好了，回来也！"急走来问道："他们那里去了不见？共买得几多叶？"施复答道："我在滩阙遇着亲戚家，有些余叶送我，不曾同众人过湖。"众人俱道："好造化！不知过湖的怎样光景哩？"施复道："料然没事。"众人道："只愿如此便好。"施复就央几个相熟的，将叶相帮搬到家里，谢声"有劳！"众人自去。浑家接着，道："我正在这里忧你，昨日恁样大风，不知如何过了湖？"施复道："且过来见了朱叔叔，慢慢与你细说。"朱恩上前深深作揖，喻氏还了礼。施复道："贤弟请坐。大娘快取茶来，引孩子来见丈人。"喻氏从不曾见过朱恩，听见叫他是贤弟，又称他是孩子丈人，心中惑突[28]，正不知是兀谁。忙忙点出两杯茶，引出小厮来。施复接过茶，递与朱恩。自己且不吃茶，便抱小厮过来，与朱恩看。朱恩见生得清秀，甚是欢喜，放下茶，接过来抱在手中。这小厮却如相熟的一般，笑嘻嘻全不怕生。施复向浑家说道："这朱叔叔便是向年失银子的，他家住在滩阙。"喻氏道："原来就是向年失银的，如何却得相遇？"施复乃将前晚讨火落了兜肚，因而言及，方才相会，留住在家，结为兄弟，又与儿女联姻，并不要宰鸡，亏鸡警报，得免车轴之难。所以不曾过湖，今日将叶送回。前后事细细说了一遍。喻氏又惊又喜，感激不尽，即忙收拾酒肴款待。

正吃酒间，忽闻得邻家一片哭声。施复心中怪异，走出来问时，却是昨日过湖买叶的翻了船，十来个人都淹死了。只有一个人得了一块船板，浮起不死，亏渔船上救了，回来报信。施复闻得，吃这惊不小。进来学向朱恩与浑家听了，合掌向天称谢。又道："若非贤弟相留，我此时亦在劫中矣！"朱恩道："此皆大哥平昔好善之报，与我何干！"施复留朱恩住了一宿。到次早，朝膳已毕，施复道："本该留贤弟闲玩几日，便是晓得你家中事忙，不敢担误在此。过了蚕事，然后来相请。"朱恩道："这里原是不时往来的，何必要请。"施复又买两盒礼物相送，朱恩却也不辞。别了喻氏，解缆开船。施复送出镇上，方才分手。正是：

只为还金恩义重，今朝难舍弟兄情。

且说施复是年蚕丝利息比别年更多几倍。欲要又添张机儿，怎奈家中窄隘，摆不下机床。大凡人时运到来，自然诸事遇巧。施复刚愁无处安机床，恰好间壁邻家住着两间小房，连年因蚕桑失利，嫌道住居风水不好，急切要把来出脱，正凑了施复之便。那邻家起初没售主时，情愿减价与人。及至施复肯与成交，却又道方员无真假，比原价反要增厚，故意作难刁蹬[29]，直征个心满意足，方才移去。那房子还拆得如马坊一般，施复一面唤匠人修理，一面择吉铺设机床。自己将把锄头去垦机坑，约摸锄了一尺多深，忽锄出一块大方砖来。揭起砖时，下面圆圆一个坛口，满满都是烂米。施复说道："可惜这一坛米，如何却埋在地下？"又想道："上边虽然烂了，中间或者还好。"丢了锄头，把手去捧那烂米，还不上一寸，便露出一搭雪白的东西来。举目看时，不是别件，却是腰间细、两头趫，凑心的细丝锭儿。施复欲待运动，恐怕被匠人们撞见，沸扬开去，急忙原把土泥掩好，报知浑家。直至晚上，匠人去后，方才搬运起来，约有千金之数。夫妻们好不欢喜！施复因免了两次大难，又得了这注财乡，愈加好善。凡力量做得的好事，便竭力为之；做不得的，他也不敢勉强，因此里中随有长者之名。夫妻依旧省吃俭用，昼夜营运。不上十年，就长有数千金家事。又买了左近一所大房居住，开起三四十张绸机，又讨几房家人小厮，把个家业收拾得十分完美。儿子观保，请个先生在家，教他读书，取名德胤。行聘礼定了朱恩女儿为媳。俗语说得好：六亲合一运。那朱恩家事也颇颇长起。二人不时往来，情分胜如嫡亲。①

① 冯梦龙. 三言·醒世恒言 ［M］. 张明高，校注. 北京：中华书局，2014：333－347.

注释

[1] 盛泽：地名，位于江苏省的最南端，地处长江三角洲和太湖地区的中心地带，南接浙江湖州、嘉兴，北依苏州，东临上海，西濒太湖。[2] 稠广：地域广大，人烟稠密。[3] 络纬：即莎鸡，俗称络丝娘、纺织娘。夏秋夜间振羽作声，声如纺线。[4] 牙行：协助买卖双方成交，从中抽取佣金的个人或商号。[5] 蜂攒蚁集：形容人群像蜂蚁般杂乱地聚集在一起。[6] 缲（qiāo）：缝纫方法，做衣服边儿或带子时把布边儿往里头卷进去，然后藏着针脚缝。[7] 抽绎：从中理出头绪。[8] 人烟辏（còu）集：指居民密集。[9] 喧阗（tián）：喧哗拥挤。[10] 跕（diǎn）：提起脚跟，用脚尖着地。[11] 半箭之地：距离不远。[12] 覰：把眼睛合成一条细缝（注意地看）。[13] 趱（zǎn）步：快走。[14] 熟滑：熟练。[15] 挤（pàn）：舍弃，豁出去。[16] 鬻（yù）身卖子：形容极其贫困无助的景况。也作"卖妻鬻子"。[17] 恁（nèn）样：如此，这般。[18] 缫（sāo）丝：把蚕茧浸在热水里抽丝。[19] 绵纩（kuàng）：指絮丝绵材质的衣服。[20] 阙：同"缺"。[21] 桡（ráo）：桨，楫。[22] 质直：朴实正直。[23] 蒿恼：打扰，麻烦。[24] 八拜为交：指结拜为异姓兄弟姐妹关系。比喻关系极为密切，出自北宋邵伯温《邵氏闻见前录》。八拜之交指管鲍之交、知音之交、刎颈之交、舍命之交、胶漆之交、鸡黍之交、忘年之交和生死之交。[25] 咭（jī）咶（huài）：絮叨，唠叨。[26] 斋粉：粉末，碎屑。[27] 杨宝酬恩雀：出自南朝梁吴均《续齐谐记》，汉人杨宝救下一只黄雀，后黄雀化人报恩助杨宝成了高官。后人用"黄雀衔环"的典故表示知恩图报。[28] 惑突：糊涂，疑惑。[29] 刁蹬：故意为难，捉弄。

思考题

（1）小手工业者施润泽在做了一次拾金不昧的行为后，好运不断，终成富户，你如何理解这篇小说的主旨？

（2）除拾金不昧外，施润泽身上还有哪些优秀的品德值得我们学习和继承？

（高日晖）

友善篇

一、诗

❧ 诗经·伐木 ❧

导读

《伐木》是《诗经·小雅》中的一首诗。周厉王时期，王室内部人心离散，亲友不睦，政治和社会状况极度混乱和动荡。周宣王即位初，力图复兴大业，而欲举大事，必先顺人心。《伐木》一诗，正是周宣王初立之时王族辅政大臣为安定人心、消除隔阂从而增进亲友情谊所作。

《毛诗序》云："《鹿鸣》废，则和乐缺矣。《四牡》废，则君臣缺矣。《皇皇者华》废，则忠信缺矣。《常棣》废，则兄弟缺矣。《伐木》废，则朋友缺矣。"这五首诗为一组，构成一个阐述君臣之礼、兄弟之情、朋友之义的人伦价值系统。

本诗为古体四言诗，是一首贵族大宴亲朋的乐歌。全诗三章，每章六句，以伐木起兴，论述友情可贵。如首章即以伐木之丁丁，兴鸟鸣之嘤嘤，而言鸟之求友，遂以鸟之求友，喻人之不可无友也。后世也以"伐木"作为表达朋友间深情厚谊的典故，"嘤嘤"一词常用于比喻朋友间意气相投。

《伐木》一诗采用"理想—现实—理想"的结构，开篇令读者仿佛置于一个远离尘世的仙境，中间批评当时社会中不顾情谊、互相猜忌的不良现象，最后又以一个超越于现实世界的境界结束全诗。三重境界的转换，既生动地表达了作者顺人心、笃友情的愿望，也营造出诗歌虚实相生的意境美。

友谊虽居五伦之末，却是极重要的一伦。友善指人与人之间的亲近和睦的关系，也包含友情。本诗从友情出发阐释友善对于执政者之意义。古代圣贤对于友情甚为注重，今天的我们亦是如此。友善成为社会主义核心价值观的一个重要方面，是处理当代人际关系的基本准则，是公民的基本道德规范。

伐木丁丁[1]，鸟鸣嘤嘤[2]。出自幽谷，迁于乔木。嘤其鸣矣，求其友声。相[3]彼鸟矣，犹求友声。矧伊人矣，不求友生？神之听之，终和且平。

伐木许许[4]，酾酒有藇[5]！既有肥羜[6]，以速诸父。宁适[7]不来，微我弗顾[8]。於粲[9]洒扫，陈馈八簋[10]。既有肥牡[11]，以速诸舅[12]。宁适不来，微我有咎[13]。

伐木于阪，酾酒有衍[14]。笾豆有践[15]，兄弟无远。民之失德，干糇以愆[16]。有酒湑[17]我，无酒酤[18]我。坎坎[19]鼓我，蹲蹲[20]舞我。迨[21]我暇矣，饮此湑矣。①

💬 注释

[1] 丁丁：砍树的声音。[2] 嘤嘤：鸟叫的声音。[3] 相（xiàng）：审视，端详。[4] 许（hǔ）许：砍伐树木的声音。[5] 酾（shī）酒：筛酒。酾，过滤。藇（xù）：形容酒甘美。[6] 羜（zhù）：小羊羔。[7] 宁：宁可。适：恰巧。[8] 微：非。弗顾：不顾念。[9] 於（wū）：叹词。粲：光明、鲜明的样子。[10] 簋（guǐ）：古时盛放食物用的圆形器皿。[11] 牡：雄畜，这里指公羊。[12] 诸舅：异姓亲友。[13] 咎：过失。[14] 衍：形容酒满溢。[15] 笾（biān）豆：盛放食物用的两种器皿。践：陈列。[16] 干糇（hóu）：干粮。愆（qiān）：过错，过失。[17] 湑（xǔ）：滤酒。[18] 酤：买。[19] 坎坎：击鼓声。[20] 蹲（cún）蹲：跳舞貌。[21] 迨（dài）：趁着。

🤔 思考题

《伐木》共三章，除首章外，都集中笔墨写宴饮，显然是把宴饮当作建立和联系友情的重要手段，对此我们应该如何看待？

（孙惠欣）

---

① 程俊英. 诗经译注［M］. 上海：上海古籍出版社，2016：286－288.

赠徐幹

刘　桢

　　刘桢（？—217），字公幹，东平宁阳（今山东宁阳）人，"建安七子"之一。其人博学有才，警悟辩捷，以文学见贵。刘桢的文学成就主要表现在诗歌，特别是五言诗创作方面，在当时负有盛名，后人将其与曹植并举，称为"曹刘"。今存诗十五首，风格遒劲，语言质朴，《赠从弟》三首为代表作，言简意明，平易通俗，长于比喻。今传《刘公幹集》一卷。

　　《赠徐幹》是刘桢的代表作，抒发了诗人对好友的思念之情。刘桢写此诗时正在禁省，五味杂陈的心绪无法排遣，只得借诗言志抒情。徐幹生性淡泊却与刘桢极为亲近，二人是可以互诉衷肠的朋友，徐幹收到这首赠诗后写《答刘桢》应和，两首诗异曲同工，都表达了不能与好友相聚的忧伤。《赠徐幹》前八句直接铺陈对好友的思念之情，"谁谓相去远"，实际的距离与意念的距离形成强烈反差。诗人如何描述思念友人的程度？"思子沉心曲，长叹不能言。起坐失次第，一日三四迁"，一系列的动作描写为我们刻画了诗人因思念友人而坐立不安、举止失常的情态，与《答刘桢》"我思一何笃，其愁如三春。虽路在咫尺，难涉如九关"互文对举显示出二人的情思实同。

　　友人之所以亲密不仅在于相互思念，而且在于可以说些"不足为外人道也"的心里话。诗歌中间部分借景抒情，自然景物之勃勃生机与诗人内心的苦闷哀愁形成鲜明对比，叶子可以随风飘转，鸟儿可以自由飞翔，唯独自己受到限制不能去到友人身边，其中哀情可见一斑。结尾部分更是对友人直抒胸臆，"我独抱深感，不得与比焉"，充满了感叹、委屈、愤激，但用语委婉含蓄。友情是"君子之交淡如水"，是"伯牙善鼓琴，钟子期善听"，是"海内存知己，天涯若比邻"，也是刘桢与徐幹之间的一赠一答。正是朋友之间的互相挂怀才使得人类没有那么孤独，才使得诗人的情感得以抒发，才使得我们明白友情可以穿越岁月成为触人情肠的乐章。

　　谁谓相去远，隔此西掖垣[1]。拘限清切禁，中情无由宣[2]。思子沉心曲^[3]，长叹不能言。起坐失次第，一日三四迁^[4]。步出北寺门^[5]，遥望西苑园^[6]。细柳夹道生，方塘含清源^[7]。轻叶随风转，飞鸟何翻翻^[8]。乖人^[9]易感动，涕下与衿^[10]连。仰视白日光，皦皦高且悬^[11]。兼烛八纮内，物类无颇偏^[12]。我独抱深感，不得与比焉^[13]。①

注释

[1] 西掖垣（yuán）：指西掖门的宫墙。西掖，中书的别称，徐幹当时在此供职。李善注引《洛阳故宫铭》曰："洛阳宫有东掖门、西掖门。"邺城建筑仿洛阳，亦有"掖门"。《水经注·清漳水》记铜雀台，说是曹操望见王修处："昔严才与其属攻掖门，修闻变，车马未至，便将官属步至宫门。太祖在铜雀台望见之，曰：'彼来者必王叔治也。'"[2] 拘限：拘束，限止。清切：严切。禁：天子居住的地方，非侍御之臣不得入。宣：表白、抒发。[3] 子：指徐幹。沉心曲：内心深处感到非常沉重。[4] 起坐失次第，一日三四迁：因想念对方而坐立不安。迁：移动。[5] 北寺门：官府的北门。《后汉书·元帝纪》李贤注："凡府庭所在皆谓之寺。"[6] 西苑园：指邺城的西园，即曹植《公宴诗》"清夜游西园"的西园。[7] 方塘：犹谓大塘。《广雅·释诂》："方，大也。"清源：清流，即清澈的流水。[8] 翻翻：犹翩翩，鸟飞翔的样子。[9] 乖人：失意之人，这里是诗人自指。[10] 衿：衣襟。[11] 皦（jiǎo）皦：明亮的样子。[12] 烛：照。八纮（hóng）：天地之间，这里指天下。《淮南子·地形训》"九州之外乃有八殥"，"八殥之外乃有八纮"，"八纮之外乃有八极"。物类：万物诸类。无颇偏：没有遗漏之处。

思考题

此诗所述友情观与"海内存知己，天涯若比邻"有何差异？

（姚海斌）

① 张启成，等. 文选［M］. 北京：中华书局，2019：1557－1558.

答庞参军

陶渊明

导读

陶渊明（365—427），字元亮，一说名潜，字渊明，别号五柳先生，私谥靖节，世称"靖节先生"或"陶靖节"，浔阳柴桑（今江西九江）人。东晋末到刘宋初杰出的诗人、辞赋家、散文家。曾任江州祭酒、镇军参军、建威参军、彭泽县令等职，晋安帝义熙元年（405）出仕为彭泽县令，因不愿为五斗米折腰，八十余天便弃职而去，从此归隐田园。诗歌多描写田园风光及农村日常生活，诗风平淡自然，感情纯真深厚，开田园隐逸一派，被誉为"隐逸诗人之宗""田园诗派之鼻祖"。梁萧统曾为其编集，已佚。今存《陶渊明集》为宋人重编，有绍熙刻本。注释本最早为南宋汤汉《陶靖节先生诗注》，有拜经楼刻本。其诗"造语平淡而寓意深远，外若枯槁，中实敷腴，真诗人之冠冕也"（宋李公焕《笺注陶渊明集》引曾纮语）。

《陶渊明集》中有五言、四言《答庞参军》各一首，庞参军从江陵出使上都，途径浔阳，与陶渊明成为"邻曲"，后告别友人，陶渊明以此诗作答，表达自己与庞参军之间的真挚情谊。诗分序文和正诗两部分，序文较长，主要交代了两方面内容：一是因有"来觌"故作诗以"答"；二是追叙两人友情，自己在"不复为文"的情况下勉力作答，为全诗感情做铺垫。全诗共十六句，前八句追忆与庞参军相处的情景，二人并非旧友却能志趣相投，饮酒、谈资皆高雅、自然之事。后八句既有分别的伤感也有对朋友的殷殷叮嘱，以及期待能有将来相会的时日。此诗是送别诗，却不见送别的愁肠百结、涕泪满裳，诗人用简明的语言朴实无华地表达了自己对庞参军的深情厚谊。

"相知何必旧"，陶渊明与庞参军虽为新知，却有"数面成亲旧"的情谊与缘分。二人是因为彼此独立的人格、高雅的生活情趣、不汲汲于富贵名利的淡雅情操而结识并友谊日渐深厚的，因为欣赏与吸引而建立的友情往往更长久、更牢固。陶渊明认可他与庞参军之间的相知情谊，"物新人惟旧"表明二人在短暂的相处后已成知己旧友，因此不免叮嘱常通信、爱惜身体，期待再次相聚。诗人的交友观与孟子"一乡之善士，斯友一乡之善士；一国之善士，斯友一国之善士"具有相似之处，基于人的性情、品质而结交。陶渊明与庞参军的友情是君子之交，是彼此欣赏、关切的知音之交。友爱不因国度、民族、性别、年龄等差异而阻滞，不因相识时间长短而量深浅，只要相互理解，彼此志趣相投，就能收获珍贵的情谊。

三复来贶[1]，欲罢不能。自尔邻曲[2]，冬春再交[3]，款然良对[4]，忽成旧游[5]。俗谚云：数面成亲旧[6]，况情过此者乎？人事好乖[7]，便当语离[8]，杨公所叹[9]，岂惟常悲[10]。吾抱疾多年，不复为文[11]，本既不丰[12]，复老病继之，辄依[13]周礼往复之义，且为别后相思之资[14]。

相知何必旧[15]，倾盖定前言[16]。有客[17]赏我趣，每每顾林园[18]。谈谐[19]无俗调，所说圣人篇[20]。或[21]有数斗酒，闲[22]饮自欢然。我实幽居士[23]，无复东西缘[24]。物新人惟旧[25]，弱毫多所宣[26]。情通万里外，形迹滞江山[27]。君其爱体素[28]，来会[29]在何年！①

🌊注释

[1] 三复来贶（kuàng）：再三展读所赠之诗。来贶，送来的赠品，这里指庞参军所赠之诗。贶，赠送之物。[2] 自尔邻曲：自从那次我们为邻。尔，那，如此。邻曲，邻居。[3] 冬春再交：冬天和春天两次相交。横跨两个年头，实际只有一年多。再，第二次。[4] 款然：诚恳的样子。良对：愉快地交谈。对：对话、交谈。[5] 忽：形容很快。旧游：犹言"故友"。[6] 数面：几次见面。成亲旧：成为至亲好友。[7] 好（hào）乖：容易分离。这里有事与愿违之意。乖，违背。[8] 便当：即将要。语离：话别。[9] 杨公所叹：杨公指战国初哲学家杨朱。所叹：指所感叹离别之意，亦寓意各奔前程。[10] 岂惟常悲：哪里只是一般的悲哀。[11] 为文：指作诗。六朝以有韵为文，无韵为笔。[12] 本：指体质。丰：强壮。[13] 辄依：就按照。[14] 资：凭借，寄托。[15] 相知：相互友好，互为知音。旧：旧交，旧友。[16] 倾盖：古时双方停车交谈，热切至车盖倾斜。形容一见如故。盖指车盖，状如伞。定前言：证明前面所说的"数面成亲旧""相知何必旧"是对的。[17] 客：指庞参军。[18] 顾：光顾。林园：指作者所居住的地方。[19] 谈谐：彼此谈话投机。[20] 圣人篇：圣贤经典。[21] 或：有时，间或。[22] 闲：悠闲。[23] 幽居士：隐居之人。[24] 东西：指为求仕而东

① 张溥. 汉魏六朝百三家集［M］. 上海：上海古籍出版社，1994：99－100.

西奔走。缘：缘分。[25] 物新：事物更新，诗中寓有晋宋易代之意。人惟旧：人以旧识为可贵，谓继续保持二人的友谊。[26] 弱毫：指毛笔。多所宣：多多写信。宣：表达，指写信。[27] 形迹：形体，指人身。滞江山：为江山所滞。滞：不流通，谓阻隔。[28] 体素：即素体，犹言"玉体"，对别人身体的美称。[29] 来会：将来相会。

思考题

"相知何必旧"体现的是何种交友观？你是如何看待这种交友观的？

（姚海斌）

赠张徐州谡

范 云

导 读

范云（451—503），字彦龙，南乡舞阴（今河南泌阳）人。刘宋时曾任郢州法曹行参军。南齐时入竟陵王萧子良幕，为"竟陵八友"之一，历官尚书殿中郎、零陵内史、始兴内史、广州刺史。入梁，任吏部尚书，封霄城县侯，官至尚书右仆射。范云才思敏捷，为齐梁文坛领袖之一，原有集三十卷，至唐宋间尚存十一卷，今佚。其诗风"清便婉转，如流风回雪"（钟嵘《诗品》），今存诗四十余首。

《赠张徐州谡》是范云写给旧友张谡的酬赠诗。当时范云被免官，闲居家中，而他的旧友张谡在出任北徐州刺史前，登门拜望范云，虽未见面，但旧友的拜访依然令范云十分感激，故写此诗酬赠。诗歌内容共分三个层次：前八句描写故友来访，作者樵采归来，通过孩童之口描述张谡来访的实景状况。客人的车骑盛况符合孩童观感，表明此访非同寻常。中间八句书写诗人听闻消息时的心情。听说便猜测是张谡，继而觉得好像不是，最终才确定是张谡。这样"是也非也"的心情曲线，用笔高妙。诗人自知世态如何，故友的到访更显珍贵。"恨不具鸡黍，得与故人挥"，巧妙地将东汉范式、张劭的典故与自己和张谡的交谊相比，既赞美了朋友，也是对二人友谊表示珍重、感动。

最后四句直抒对朋友的思念，落在"赠"上。"草草""霏霏"描绘对友人想念却不得见的哀愁，因此诗人只得托雁传书，嘱咐雁飞西北（即朋友所处方向），可见情谊深切。

此诗写法上不同于一般的直接表达情谊并祝福对方的赠诗，而是通过写友人到访、访而不得见凸显情谊深厚，继而写诗回馈这份深情厚谊。叙事写得具体、生动，言辞平易似书信，新鲜别致。另外，对比手法和恰当的用典给本诗增色不少。身处荣光时朋友满天下不足为奇，遭遇低谷时依然保有真挚的情谊才弥足珍贵。诗人赞扬张谡不弃友于微时的真诚，真正的友情或许不是你荣光时的锦上添花，而是你身处低谷时精神层面的雪中送炭。

田家樵采去[1]，薄暮方来归。还闻[2]稚子说：有客款柴扉[3]。傧从皆珠玑[4]，裘马悉轻肥[5]。轩盖照墟落[6]，传瑞生光辉[7]。疑是徐方牧[8]，既是复疑非。思旧[9]昔言有，此道今已微[10]。物情弃疵贱[11]，何独顾衡闱[12]？恨不具鸡黍[13]，得与故人挥[14]。怀情徒草草[15]，泪下空霏霏[16]。寄书云间雁，为我西北飞[17]。①

注释

[1] 田家：作者自称。樵采：打柴。此时作者落职，故云。[2] 还闻：回来听说。[3] 款：叩。柴扉：柴门。[4] 傧从：随从。珠玑：珠玉和玑瑶。玑：指用玑瑶制成的簪子。[5] 裘马悉轻肥：此句典出《论语》："（公西）赤之适齐也，乘肥马，衣轻裘。"悉：尽。轻肥：指裘轻马肥。[6] 轩盖：车上的伞盖。墟落：村落。[7] 瑞：符信，官员身份的凭证。[8] 徐方牧：北徐州刺史，即张谡。[9] 思旧：顾念旧情。[10] 微：稀少。[11] 物情：世情。疵（cī）：小病，引申为缺点。[12] 衡闱（wéi）：衡门，即上文之柴扉。[13] 具鸡黍（shǔ）：以鸡作菜，以黍作饭，指殷勤款待。据《后汉书·独行列传》：山阳范式与汝南张劭为友，春别京师时，范式约定九月十五日到张劭家看望，到了这一天张劭在家杀鸡作黍，范式果然不远千里来到，范张鸡黍遂传为美谈。这里巧用此典，姓氏相同，恰到好处。[14] 挥：饮酒。[15] 草草：忧愁的样子。一作"慅慅"。[16] 霏（fēi）霏：雨大而急之状，这里指泪流的样子。[17] 西北飞：北徐州在京城西北方，故言。

① 张启成，等. 文选［M］. 北京：中华书局，2019：1721－1722.

思考题

如何理解"思旧昔言有，此道今已微"？当今社会人们交往是否重贵贱贫？

（姚海斌）

送杜少府之任蜀川

王 勃

导 读

王勃（约650—约676），字子安，唐代诗人，绛州龙门（今山西河津）人。他是儒学世家出身，直接继承了祖父王通的儒家思想，主张仁政，渴望功名，希望济世，在宦海中几沉几浮，最终难以割舍的依然是何时济世和如何济世。从人格精神来看，王勃首先是儒家之狂者，他志向高远，勇于进取，才华横溢，文采斐然，但同时处事疏阔，缺少谋略。其次他还恃才傲物，蔑视尘俗。王勃崇信佛教，认为佛教思想蕴含着深刻的哲理，在社会中发挥着巨大的作用。他与杨炯、卢照邻、骆宾王并称为"初唐四杰"，王勃为四杰之首。

王勃自幼聪敏好学，据《旧唐书》记载，他六岁能写文章，行笔流畅，和兄长才情相似，父亲的好友杜易简常赞他及其两个哥哥为"王氏三株树"，他被称为"神童"。九岁时，读颜师古注《汉书》，作《指瑕》十卷以纠正其错。十六岁时，应幽素科试及第，授职朝散郎，因作《斗鸡檄》被赶出沛王府。之后，王勃历时三年游览巴蜀山川景物，创作了大量诗文。返回长安后，补职为虢州参军。在参军任上，因私杀官奴二次被贬。上元三年（676）八月，自交趾探望父亲返回时，渡海不幸溺水，惊悸而死。王勃在诗歌体裁上擅长五律和五绝，代表作品有《送杜少府之任蜀川》，主要文学成就是骈文，无论从数量还是质量上来说，都是上乘之作，代表作品有《滕王阁序》等。《旧唐书》有传。

王勃的诗歌直接继承了贞观时期崇儒重儒的精神风尚，又注入新的时代气息，既壮阔明朗又不失慷慨激越。具体来讲，其送别诗或气势磅礴、雄浑壮阔，如《送杜少府之任蜀川》写离别之情，以"海内存知己，天涯若比邻"相慰勉，意境开阔，一扫惜别伤离的低沉气息；或优美静谧、隐约迷蒙，如《江亭夜月送别·其二》"乱烟笼碧砌，飞月向南端。寂寂离亭掩，江山此夜寒"，描绘的是一幅美丽的江边月夜图，画面优美迷蒙，让人心醉；或重在抒发自我身世的悲切之感，如《别薛华》，整首诗并不着意抒写惜别之情，而是时时处处抒发对自己身世的悲切之感。"烟雾"意象在王勃送别诗中出现频率极高，是王勃对前途命运迷惘和困惑的外在表现，如《秋日别王长史》中"野色笼寒雾，山光敛暮烟"，田野笼罩在浓浓的秋雾中，凄寒而朦胧，远处的山峰在沉沉暮霭中聚敛而凝重，山光野色在寒雾暮烟中显得隐约迷蒙、如梦似幻。相思诗则抒发了千里之外羁客的情感：思念家乡，怀念亲友，伤春感怀，如《羁春》通过写景抒发深沉的思乡之情。园林山水诗既写景生动、锤炼精工，又诗境美好、充满生机，如《郊兴》。同时，其在描写手法、诗境开拓等方面又进行了新的尝试，并取得显著的艺术效果。远游山水诗不仅充分展现了入蜀途中奇险壮丽的风光，而且因倾注了郁积之气而尤显深沉悲凉，底蕴深厚。

王勃除诗歌之外，还创作了大量的辞赋，其辞赋是初唐赋的重要组成部分，在某种意义上标志着初唐赋体的繁荣。他的骈文继承了徐陵、庾信的骈文艺术风格，又注以清新之风、振以疏荡之气，使骈文变繁缛为清丽，变滞涩为流畅，形成气象高华、神韵灵动的时代风格，让骈文跃上一个新台阶。与同时代的其他文人相比，王勃极善于在赋中抒发情感，表白心志，表现人品，如《春思赋》和《采莲赋》。其游宴序寓性情于游宴，具有绘画美，充满豪放壮阔的气势，如《游山庙序》；赠序则视野开阔、立足高远、情景交融，充满真情实感，如《秋日饯别序》。王勃在辞赋写作上很少使用比喻手法，但他善于议论，哲理深刻，如《滕王阁序》中"天高地迥，觉宇宙之无穷；兴尽悲来，识盈虚之有数"。他善于抒情，气盛情深，如《夏日诸公见寻访诗序》中"天地不仁，造化无力。授仆以幽忧孤愤之性，禀仆以耿介不平之气"。他还善于描写，形象逼真，如《感兴奉送王少府序》中"仆一代丈夫，四海男子，衫襟缓带，拟贮鸣琴，衣袖阔裁，用安书卷"。其"落霞与孤鹜齐飞，秋水共长天一色"（《滕王阁序》）成为千古名句。

《送杜少府之任蜀川》是作者在长安时写的。杜少府将到四川去做官，王勃虽有不舍，但看到朋友要到蜀州赴任，还是很高兴的，并无多少悲戚之意。这首送别诗一改传统送别诗儿女情长、忧伤悲戚、难舍难分的写作风格，化分别时的伤感为送行时的宽慰。与"同是天涯沦落人，相逢何必曾相识"（白居易《琵琶行》）的同病相怜，以及"孤帆远影碧空尽，唯见长江天际流"（李白《黄鹤楼送孟浩然之广陵》）的怅然若失完全是两种境界，毫无离别时的伤感，让人读来耳目一新。

首联点明了送别的地点，也指出了杜少府要去的处所。不说离别，只描绘这两个地方的形势和风貌，将雄浑壮阔的自然空间作为送别时的背景底色，为"好男儿志在四方"式的离别烘托氛围，奠定豪壮的感情基调，彻底颠覆了羌笛、燕羽、杨枝、泪痕、酒盏等传统送别场景，心境开阔、意境高远。

颔联指出两人非常人普通离别，既不是男女之间的悲欢离合，也不是慷慨赴死的生离死别，而是宦游途中的一次分别。两人同为宦游人，为求官漂流在外，离乡背井，自有一重别绪，彼此在客居中话别，又多了一重别绪。虽然别后不知何时能够再见，但也没必要悲悲戚戚。诗人用两人处境相同、感情一致来宽慰朋友，减轻朋友的悲凉和孤独之感，以"同"字将两人的别意上升到惺惺相惜、感同身受的境界，不但减轻了离别时的痛苦，也拉近了彼此之间的距离，既安慰了对方，又宽慰了自己，为后面跨越时空的惦念做了恰到好处的铺垫。两句一问一答，点明离别的必然性，以实转虚，文情跌宕，巧妙地化解了离别时的悲伤。

颈联从构思方面看，与曹植的《赠白马王彪》"丈夫志四海，万里犹比邻。恩爱苟不亏，在远分日亲"颇有异曲同工之妙。设想别后的情景是：只要我们声息相通，即使远隔天涯，也犹如近在咫尺。时空的阻隔对两个知心朋友而言并不是问题，只要心意相通，再远的距离都能像在身边一样同频共振，感受到对方的喜怒哀乐。这与一般的送别诗情调不同，含义极为深刻，既表现了诗人乐观宽广的胸襟和对友人的真挚情谊，也道出了诚挚的友谊可以超越时空界限的哲理，给人以莫大的安慰和鼓舞，充分表现出友谊不受时间的限制和空间的阻隔，是永恒的、无所不在的，所抒发的情感是乐观豁达的，因而颈联成为脍炙人口的千古名句。

尾联点出"送"的主题，歧路分别时，一般人都会难舍难分、悲伤流泪，但作者胸怀大志，不沉湎于儿女情长，呼应颔联"同是宦游人"，表明彼此都是有远大志向的人，不能像普通青年男女那样，因离别泪湿衣巾，黯然伤心，而应该心胸豁达，坦然面对。

全诗结构严谨，起承转合章法井然，用朴素的语言直抒胸臆，具有很高的艺术造诣，堪称送别诗中的不世经典。

城阙[1]辅[2]三秦[3]，风烟[4]望五津[5]。

与君离别意，同是宦游[6]人。

海内[7]存知己，天涯[8]若比邻[9]。

无为[10]在歧路[11]，儿女共沾巾[12]。①

注释

[1] 城阙（què）：即城楼，指唐代京师长安城。[2] 辅：护卫。[3] 三秦：指长安城附近的关中之地，即今陕西省潼关以西一带。秦朝末年，项羽破秦，把关中分为雍、塞、翟三地，分别封给三个秦国的降将，所以称三秦。[4] 风烟：名词作状语，在风烟中。[5] 五津：指岷江的五个渡口白华津、万里津、江首津、涉头津、江南津。这里泛指蜀川。[6] 宦游：出外做官。[7] 海内：四海之内，即全国各地。古代人认为我国疆土四周环海，所以称天下为四海之内。[8] 天涯：天边，这里比喻极远的地方。[9] 比邻：并邻，近邻。[10] 无为（wèi）：无须，不必。[11] 歧路：岔路，指分别的地方。古人送行常在大路分岔处告别。[12] 沾巾：泪沾手巾，形容落泪之多。

思考题

（1）王勃的送别诗最大的特点是什么？

（2）《送杜少府之任蜀川》与《黄鹤楼送孟浩然之广陵》有何异同？

（李丽）

送柴侍御

王昌龄

导读

王昌龄一生交游很广，和许多文人、官吏、隐士和僧道都有来往，朋友众多，特别是在他两次遭贬、长年谪居的情况下，他广泛结交朋友，与李白、

---

① 陈贻焮. 增订注释全唐诗：第一册 [M]. 北京：文化艺术出版社，2001：389 - 390.

高适、王维、王之涣、岑参、辛渐等人都交往深厚。在与朋友分别时，他都以诗作别，把自己忠贞深沉的友情献给那些正直的知心朋友。他一生写了四十多首送别诗，不落窠臼，不同凡响。他的送别诗在表现手法上可分为以下四种类型：①用不同的艺术构思，表现诚挚而深厚的友情。②打破送别诗常规，不重在写当前的离别，却着意于别后的情景。③不写伤离，而以慰别为"主意"。④无恭维、无应酬，以抒情、写人见长。

从诗的内容来看，这首诗大约是诗人贬龙标（今湖南省洪江市）尉时的作品。柴侍御可能是从龙标前往武冈（今湖南省武冈市）时，王昌龄为他送行而写下这首诗。王昌龄心情本就不舒畅，好不容易在龙标有了好朋友，不再形单影只了，没想到朋友又要离他而去，其中的苦闷与悲伤可想而知。但王昌龄为了不影响朋友的心情，强压住心中的悲伤，反过来劝慰朋友，此种话别非一般人所能做到。

第一句"流水通波接武冈"，点出了友人要去的地方是武冈，作者送别地龙标与武冈通过沅水相连，不过这段水路距离较长，而且是逆流而上，有雪峰山余脉，落差较大，料想得走上三四天，不会速达。但作者通过一个"接"字，便拉近了龙标与武冈的距离，给人一种两地比邻相近之感，暗含着空间距离并不会阻隔两人，正如王勃所言"海内存知己，天涯若比邻"，更何况在古代交通不便的情况下，相距三四天的路程并不算远，如果是朋友顺流而下来看自己，也用不了多长时间，所以两人相见并不难，这就极大地冲淡了因相距遥远难以再见而产生的离情别绪，为下一句的乐观情绪做铺垫。

第二句"送君不觉有离伤"，因第一句在空间上做了铺垫，暗含两人之间的距离并不遥远，所以才说"不觉有离伤"。事实上，再近的距离也是分别，如果说没有离愁别绪，那肯定是不真实、不符合人之常情的。从最后一句"明月何曾是两乡"就不难看出，尽管诗人告诉对方抬头可以看到同一轮明月，可毕竟还是有山水阻隔的。为了宽慰友人，也只有将涌上心头的"离伤"强压心底，不让它去触动、感染对方。也可能是对方已经表现出"离伤"之情，才使得工于用意、善于言情的诗人，不得不用那些离而不远、别而未分、既乐观开朗又深情婉转的语言，来减轻对方的离愁，这不是更体贴、更感人的友情吗？正是如此，"送君不觉有离伤"，它既不会被柴侍御，也不会被读者误认为诗人寡情，恰恰相反，人们于此感到的倒是无比的亲切和难得的深情。这种"道是无情却有情"的抒情手法，比起那一览无余的直说，不是更生动、更耐人寻味吗？

第三句"青山一道同云雨"，既是现实的可能，更是心灵相通的写照。龙标与武冈从自然气候而言，有可能同一天同一时间下雨，这种情况不会经常发生，但是在两个人的心里，却经常会有"同云雨"的感受。就好比"圆魄上寒空，皆言四海同。安知千里外，不有雨兼风"（李峤《中秋夜》），两地的云雨会"物因情变"，更多的时候是出现在两个人的心里。"同云雨"不过是两人友情的外化和载体，不管距离多远，都会感受到对方的感受。这既是对对方的劝慰，更是对自己的安慰，离别不过是形式而已，心心相印才是两个人的常态和永恒。

第四句"明月何曾是两乡"，如果云雨一道是相伴的体现，那身居两地则是客观的现实。为了让对方减轻分别后的痛苦，也为了让自己摆脱形单影只的孤独，诗人让"明月"架桥，化"远"为"近"，使"两乡"变为"一乡"。这种迁想妙得的诗句，既富有浓郁的抒情韵味，又具有鲜明的个性。这固然不同于"今日送君须尽醉，明朝相忆路漫漫"那种面临山川阻隔的离别之愁，但也不像"莫愁前路无知己，天下谁人不识君"那么豪爽、洒脱。它用丰富的想象，去创造"海上生明月，天涯共此时""但愿人长久，千里共婵娟"的意境，充分表现了虽然分隔两地，但明月共睹、心在一处的深情厚谊，将别后的相思刻画得淋漓尽致。

流水通波[1]接武冈[2]，送君不觉有离伤。
青山一道同云雨，明月何曾是两乡[3]。①

注释

[1]通波：水路相通。[2]武冈：县名，在湖南省西南部。[3]两乡：作者与柴侍御分处的两地。

思考题

王昌龄的送别诗为何不写离愁别绪？

（李丽）

---

① 陈贻焮. 增订注释全唐诗：第一册［M］. 北京：文化艺术出版社，2001：1080.

别董大[1]二首

高　适

导读

　　高适（约704—约765），字达夫，一字仲武，渤海郡（今河北景县）人。唐玄宗开元十一年（723）前后到长安，后客游梁宋，遂定居宋城（今河南商丘），躬耕取给。开元二十三年，应征赶赴长安，落第。开元二十六年至天宝七年（748），曾游魏郡、楚地等，又曾旅居东平等地。唐玄宗天宝八年，为睢阳太守张九皋所荐举，应有道科，中第，授封丘尉。天宝十一年，辞封丘尉，客游长安。天宝十四年十二月，拜左拾遗，转监察御史，佐哥舒翰守潼关。天宝十五年六月，安禄山叛军攻陷潼关，高适随唐玄宗至成都；八月，擢谏议大夫；十一月，永王璘谋反；十二月，任淮南节度使，讨伐永王璘。唐肃宗至德二年（757），讨平永王璘后，又受命参与讨伐安史叛军，曾救睢阳之围。广德元年（763）二月，迁任剑南节度使。广德二年春，高适为严武所代，迁刑部侍郎，转散骑常侍，进封渤海县侯。唐朝永泰元年（765）正月去世，赠礼部尚书。

　　高适与岑参并称"高岑"，是唐代著名的边塞诗人，有《高常侍集》等传世，其诗笔力雄健，气势奔放，洋溢着盛唐时期所特有的奋发进取、蓬勃向上的时代精神。开封禹王台五贤祠专为高适、李白、杜甫、何景明、李梦阳而立；后人又把高适、岑参、王昌龄、王之涣合称"边塞四诗人"。

　　这两首诗是高适与董庭兰久别重逢，经过短暂的聚会以后，又各奔他方的赠别之作。747年春天，吏部尚书房琯被贬出朝，门客董庭兰也离开长安。是年冬，与高适会于睢阳（故址在今河南省商丘市南），高适写了《别董大二首》。作品勾勒了相逢时的落魄和送别时晦暗寒冷的愁人景色，诗人当时虽然处在困顿不达的境遇之中，但没有因此沮丧、沉沦，既表露出对友人远行的依依惜别之情，也展现出豪迈豁达的胸襟。

　　第一首为送别而作，宽慰董大不必心灰意冷，前路定会碰到知音。因为盛唐时盛行胡乐，能欣赏七弦琴这类古乐的人不多。崔珏《席上赠琴客》道："七条弦上五音寒，此艺知音自古难。惟有河南房次律，始终怜得董庭兰。"董大名满天下，路上肯定会遇到不少崇拜者，所以不要有孤单悲伤之感。

第一句"千里黄云白日曛"，取景宏大，视野开阔，"千里黄云"一望无际，天上的太阳黯淡无光。诗人通过夸张的手法，为分别的背景着上昏暗的底色，衬托出告别时与天空一样灰暗的心情。所谓"感时花溅泪，恨别鸟惊心"，在诗人的眼里，如此千里连绵不绝的黄云与云中朦胧的太阳，让类似于"云中月，雾中花"的美景，非但不能激发出丝毫的美感和愉悦之情，反而让离别变得更加沉重。这种寓情于景的移情手法恰到好处地体现出诗人对董大深沉的友情，用昏暗的天空反衬出两人离别时的心境。

第二句"北风吹雁雪纷纷"，点明分别时正值北风呼啸，大雪纷纷，北雁南飞，此情此景，怎能不让人肝肠寸断？如果说黄云和白日还有一些暖色的话，那么狂风暴雪中艰难飞行的大雁则令人不寒而栗。分别本已令人悲伤，没想到天公如此不作美，刮起了狂风，下起了暴雪，使话别的氛围更加昏暗。特别是诗人通过"风""雪""雁"的动态互动，将分别置于天昏地暗的状态中，彻底颠覆了阳光明媚、风和日丽、杨柳依依的传统话别场景，为后文的前路寄语做铺垫，即不管现在多么艰难，将来肯定会时来运转、遇到知己的。

第三句"莫愁前路无知己"，设身处地地从对方的角度出发，劝慰董庭兰不要担心没有知己。因为董庭兰毕竟是当时天下尽知的"明星"，离开长安前算得上是门庭若市、高朋满座，离开长安后可以说是颠沛流离、居无定所，日后何去何从心中也是没有定数。诗人准确地看透了对方"落难的凤凰不如鸡"的心理状态和不便明说的难处，在话别的一刻说出自己的观点，打消了对方萦绕心间的顾虑，在至暗时刻给予对方极大鼓舞，为其重拾信心、重新振作起来提供了强大的精神力量，使其在本已蒙上阴影的旅途中瞬间看到了光明的前途。

第四句"天下谁人不识君"，用一个反问句给董大以最大的宽慰。诗人并没有以陈述的语气来肯定对方，而是以"谁人不识"这种看似疑问的方式来体现董庭兰的知名度。如果诗人直接说人人都认识您，会让人对其真实性产生怀疑，因为在那个通信手段不发达的年代，除了皇帝以外，恐怕没有任何人能够做到人尽皆知。所以诗人用了一个反问句，既给对方以最高的赞美，又避免了节外生枝，特别是可以让对方摆脱离别带来的痛苦，将天涯处处有朋友的意思融注其中，恰到好处地为分别画上一个圆满的句号。

第二首为别后重逢而作，既表达了久别重逢和不期而遇的感慨，更抒发了生活困顿和落魄孤寂的无奈。诗人没有回忆十多年前在京洛时密切交往的情景，而是如实描写了重新见面时因没钱买酒而尴尬，这既是一种自嘲，也表现了与朋友同病相怜的悲伤。

第一句"六翮飘飖私自怜",诗人自喻为高飞的鸟,始终飘摇于空中,并无落脚之地,更无良木可栖,只能顾影自怜。诗人赴长安应试落第后,常居无定所,四处游历。平时无处倾诉、无人理解,今天与友人相逢于此,终于可以一吐为快。这句诗虽然说是"私自怜",但也暗含着对董庭兰被迫离开长安的同情。

第二句"一离京洛十余年",与"六翮飘飖"相呼应,点明自己已离开京洛十九年了,虽然是客观陈述,但不乏感慨与无奈,字里行间透露出仕途的不顺与光阴的虚度。诗人从开元二十三年(735)赶赴长安应征,落第后离开京洛,自开元二十六年(738)至天宝七年(748)十年间,先后游历了魏郡、楚地等,还曾旅居东平等地。在十余年的时间里,举目无亲,漂泊不定,孤独无依,其中的忧愁何人能知晓。今天能够在远离京洛的地方与好友久别重逢,从天而降的惊喜怎不让人感慨万千!

第三句"丈夫贫贱应未足",表现出对现状心有不甘,暗含着大丈夫应该干一番事业,岂能久处穷困。这种既不甘平庸,又身处困境无力改变的现实,让诗人处在矛盾的痛苦之中。朋友的到来,既唤醒了隐藏诗人心底多年的郁闷,又激发了诗人不安于现状,力图摆脱困境、有所作为的雄心。

第四句"今日相逢无酒钱",他乡遇故知本是人生中的一件喜事,更何况是十多年未见的好友。按理说为朋友接风洗尘,张罗一顿酒宴是再正常不过的事,但诗人囊中羞涩,根本没有多余的钱来请朋友喝酒。如果说前三句是诗人在漂泊中日益困顿的写照,那么这一句则是诗人穷困潦倒、狼狈不堪的自画像。面对不远千里而来、风尘仆仆的好朋友,自己竟然连请他喝一顿酒的能力都没有,真是无地自容。诗人通过写实的手法,将自己的生活状态毫无保留地告诉朋友,其中既有自责的意思,也表明与朋友毫不见外的关系,充分体现出诗人的诚实和直爽。

在唐人赠别诗篇中,那些凄清缠绵、低回流连的作品,固然感人至深,但另外一种慷慨悲歌、出自肺腑的诗作,又以其真诚情谊、坚强信念,为灞桥柳色与渭城风雨涂上了豪放健美的色彩。高适的《别董大二首》便是后一种风格的佳篇。

其一

千里黄云[2]白日曛[3]，北风吹雁雪纷纷。

莫愁前路无知己，天下谁人[4]不识君[5]？

其二

六翮飘飖[6]私自怜，一离京洛[7]十余年。

丈夫贫贱应未足，今日相逢无酒钱。①

注释

[1] 董大：指董庭兰，是当时有名的音乐家。在其兄弟中排行老大，故称"董大"。[2] 黄云：天上的乌云，在阳光下，乌云呈现暗黄色，所以叫黄云。[3] 白日曛：即太阳黯淡无光。曛：昏暗。[4] 谁人：哪个人。[5] 君：你，这里指董大。[6] 六翮（hé）飘飖（yáo）：比喻四处奔波而无结果。六翮：谓鸟类双翅中的正羽，用以指鸟的两翼。翮：禽鸟羽毛中间的硬管，代指鸟翼。飘飖：飘动。[7] 京洛：长安和洛阳。

思考题

高适的送别诗蕴藏着什么样的人生态度？

（李丽）

金陵[1]酒肆[2]留别[3]

李 白

导读

这首诗是作者即将离开金陵东游扬州时留赠友人的一首话别诗，没有离别时的伤感，只有依依不舍的缠绵，篇幅虽短，但情深意长。本诗由写暮春景色引出逸香之酒店，铺就其乐融融的赠别场景；随即写吴姬以酒酬客，表现吴地人民的豪爽好客；最后在觥筹交错中，主客相辞的动人场景跃然纸上，别意长于流水，水到渠成。全诗热情洋溢，反映了李白与金陵友人的深厚友谊及其豪放性格；流畅明快，自然天成，清新俊逸，情韵悠长；尤其结尾两句，兼用拟人、比喻、对比、反问等手法，构思新颖奇特，有强烈的感染力。

第一句"风吹柳花满店香"。在唐诗里，送别场景一般都比较压抑和伤感，无论是"渭城朝雨浥轻尘，客舍青青柳色新"（王维《送元二使安西》），还是"千里黄云白日曛，北风吹雁雪纷纷"（高适《别董大二首·其一》），要么是伤心流泪，痛彻心扉，要么是下雨飘雪，黄云蔽日，送别总是在心情不快时进行。而本诗开篇即营造出一种春光明媚、风吹柳絮、花香四溢的送别场景，字里行间都洋溢着开心欢快，全然没有王维、高适与友人离别时营造的阴郁气氛。

第二句"吴姬压酒劝客尝"。看着兴高采烈、满面春风的客人，"吴姬"也大大方方地招待他们，她捧着刚刚压好的酒，殷勤地招呼客人，劝客人品尝一下新酿的美酒。这与"呼儿将出换美酒，与尔同销万古愁"（李白《将进酒》）完全不同，"呼儿将出"是反客为主，表现出作者与朋友相聚时开怀畅饮，主动要酒的场景；"吴姬压酒"则是主动劝酒，表现出诗人与朋友离别时久久不愿端杯的场面，恰如其分地反映出分别时的精神状态，为后面依依不舍做了铺垫。

第三句"金陵子弟来相送"。诗人生性豪爽，喜交朋友。在南京期间，他既年轻富有，又仗义疏财，朋友自是不少。这次是从南京去扬州，朋友听闻后都争相送别，络绎不绝。他后来在《上安州裴长史书》中说："曩昔东游维扬，不逾一年，散金三十余万，有落魄公子，悉皆济之。此则白之轻财好施也。""来相送"足以说明南京这些朋友对诗人感情深厚，充分体现了诗人在朋友心目中的地位。在绝大多数情况下，送别都是两个人之间的事，而诗人则是有一大帮朋友来送，这也在很大程度上冲淡了离别时的悲伤，为全篇轻松愉快的告别氛围做了注脚。

第四句"欲行不行各尽觞"。古今中外离别方式多种多样，有临别折杨柳枝相送的，也有送了一程又一程的，但诗人与朋友的分别是推杯换盏，尽兴饮酒，没有丝毫离别时的悲伤。

第五句"请君试问东流水"。天下没有不散的筵席，分别就在眼前，看着彼此因饮酒而绯红的面庞，想着马上就要说再见，诗人和朋友的离别酒真是越喝越伤感，那么别意到底有多少呢？那就只能问东流水了。与"问君能有几多愁？恰似一江春水向东流"（李煜《虞美人·春花秋月何时了》）不同的是，诗人不是自问，而是问水。拟人的手法更加形象生动地把绵延不断的别意通过流动的水准确诠释。而"君"既可以是自己，也可以是朋友，诗人巧妙地虚化了发问的主体，将双方的别意由"君"来代问，用移情的手法，使难以表达的别意，由奔腾不息的流水来回答，只可意会，不可言传。

第六句"别意与之谁短长"。别意到底有多长，是东流水长，还是别意长？诗人通过比较别意与东流水，看似没有回答，实际上答案就在送别双方的心里。其实送别现场的每一个人，心里都有别意，只不过是因和诗人关系亲疏远近的不同，别意的多少不同罢了。如果像"白发三千丈，缘愁似个长"（李白《秋浦歌》）和"这次第，怎一个愁字了得"（李清照《声声慢·寻寻觅觅》）那样有明确的答案，反而并不能准确反映当时在场的每一个人心中别意的轻重，而诗人让每个人将别意与东流水进行比较，由东流水来回答每个人心中的别意长短，既照顾了大家的情绪，也回避了这个十分敏感的问题。

很多人写离别，总是少不了言愁，所谓"离愁别绪"，好像不写哀愁就不能体现双方的感情。然而，李白这首诗中连一点愁的影子都不见，诗人正值青春华茂，他留别的不是一两个知己，而是一群青年朋友，这种惜别之情并没有多少悲伤。在他的诗里，别情饱满酣畅，悠扬跌宕，唱叹而不哀伤，富于青春豪迈、风流潇洒，别意更是轻重不同、长短不一，不同人的感受通过东流水形象生动地反映出来，让人读来耳目一新，开创了送别诗无离愁别绪的新风。

风吹[1]柳花满店香，吴姬[2]压酒[3]劝[4]客尝。
金陵子弟[5]来相送，欲行[6]不行[7]各尽觞[8]。
请君试问[9]东流水，别意与之谁短长？①

注释

[1] 风吹：一作"白门"。[2] 吴姬：吴地的青年女子，这里指酒店中的侍女。[3] 压酒：压糟取酒。古时新酒酿熟，临饮时方压糟取用。[4] 劝：一作"唤"。[5] 子弟：指李白的朋友。[6] 欲行：将要走的人，指诗人自己。[7] 不行：不走的人，即送行的人，指金陵子弟。[8] 尽觞：喝尽杯中的酒。觞，酒杯。[9] 试问：一作"问取"。

---

① 陈贻焮. 增订注释全唐诗：第一册［M］. 北京：文化艺术出版社，2001：1387.

思考题

这首送别诗为何没有"离愁别绪"？

（李丽）

月夜忆舍弟[1]

杜 甫

导 读

这首诗是唐肃宗乾元二年（759）秋杜甫在秦州所作。唐玄宗天宝十四年（755）安史之乱爆发，乾元二年九月，安禄山、史思明从范阳引兵南下，攻陷汴州，西进洛阳，山东、河南都处于战乱之中。当时，杜甫的几个弟弟正分散在这一带，战事阻隔、音信不通引起他强烈的忧虑和思念。这首诗就是他当时思想感情的真实记录。

首联"戍鼓断人行，边秋一雁声"，描绘了初秋军队驻防地一派肃杀凄凉的景象，为全诗担心弟弟、牵挂弟弟的主基调做了环境上的铺垫。"戍鼓断人行"，通过戍楼上不断响起的更鼓，点明军营常态化的警卫行动，戍鼓时刻提醒当地居民战事紧急，战争随时都有可能发生。戍楼内外因地处前线，行人断绝，整个戍楼周边一片死寂，令人窒息。"边秋一雁声"，通过描写一只孤雁掉队离群，在空中盘旋哀鸣，进一步加重了该地悲凉的气氛。沉重单调的更鼓和天边孤雁的叫声不仅没有带来一丝生气，反而使本来就荒凉不堪的边塞显得更加冷落沉寂。两句相互呼应，前一句"断人行"写的是不见人迹，后一句"一雁声"写的是掉队孤雁的悲鸣，以动衬静，动静结合，将战争氛围淋漓尽致地烘托出来。

颔联"露从今夜白，月是故乡明"，既是写景，也点明是白露时节。本句描绘的是秦州白露的夜晚，万里无云，明月高挂，清露盈盈，令人顿生寒意。明明是普天之下共享一轮明月，本无差别，但因弟弟不在身边，所以作者就融入了自己的主观情感，偏要说故乡的月亮最明。既写出了自己和弟弟在不同地区共同举头望月的情景，也将自己和弟弟彼此思念的情感通过一轮明月联系起来，使明月成为双方真挚感情的纽带以及遥寄祝福的信使。这两句在炼句上也很见功力，它要说的不过是"今夜露白""故乡月明"，只是将词序一换，语气便分外矫健有力。

颈联"有弟皆分散，无家问死生"，由望月转入抒情，过渡十分自然。仰望天上的月亮，想到兄弟分散在不同的地方，已经无法打听到他们的消息，此情此景如何不让人肝肠寸断。皎洁的月光辉映千里，常常会引人无限遐想，更容易勾起游子的思乡之念。诗人今遭逢离乱，四处漂泊，众弟兄无一人在身边相伴，又碰上这清冷的月夜，寒气袭人，更是别有一番滋味在心头。上句说弟兄离散，天各一方；下句说家已不存，消息全无。诗人通过叙述客观实际，在绵绵愁思中夹杂着生离死别的焦虑不安，语气也分外沉痛。这两句诗既是以写真写实的手法描写了局部地区战乱给黎民百姓带来的痛苦，也由点及面，以秦州的现状高度概括了安史之乱中人民饱经忧患丧乱的遭遇，收到了窥一斑而知全豹的效果。

尾联"寄书长不达，况乃未休兵"，进一步描写了自己与故乡音信全无的现状，抒发了内心的忧虑。在战乱频仍的情况下，弟兄们四处流散，居无定所，踪迹难觅，和平时期的邮路和驿站也受到了极大的影响，写好的书信总是不能送到故乡，战乱何时停止，谁也不知道。越是联系不到，思念和担忧越是迫切，焦虑之情越是无法抑制，在战乱年代能够收到一封家书，那简直是比金子还珍贵，正如诗人《春望》中的"烽火连三月，家书抵万金"。在看不到战乱停息的悲观绝望中，越是收不到家书，诗人越是渴望和平，祈愿兄弟平安，盼望有朝一日能够和家人劫后重逢。

全诗层次井然，首尾照应，承转圆熟，结构严谨。"未休兵"则"断人行"，望月则"忆舍弟"，"无家"则"寄书不达"，人"分散"则"死生"不明，一句一转，一气呵成。诗人因颠沛流离，备尝艰辛，既怀家愁，又忧国难，所以把常见的怀乡思亲的题材写得如此凄楚哀伤、沉郁顿挫。

戍鼓[2]断人行[3]，边秋[4]一雁[5]声。露从今夜白[6]，月是故乡明。
有弟皆分散[7]，无家[8]问死生。寄书长[9]不达[10]，况乃[11]未休兵[12]。①

注释

[1] 舍弟：谦称自己的弟弟。[2] 戍鼓：戍楼上的更鼓。戍，驻防。

① 陈贻焮. 增订注释全唐诗：第二册［M］. 北京：文化艺术出版社，2001：195.

[3] 断人行：指鼓声响起后就开始宵禁。[4] 边秋：一作"秋边"，边远之地的秋天。边：边远的地方，此指秦州。[5] 一雁：孤雁。古人以雁行比喻兄弟。一雁比喻兄弟分散，孤身一人。[6] 露从今夜白：指在节气"白露"的一个夜晚。[7] 分散：一作"羁旅"。[8] 无家：杜甫在洛阳附近的老宅已毁于安史之乱。[9] 长：一直，总是。[10] 不达：收不到。达：一作"避"。[11] 况乃：何况是。[12] 未休兵：战争还没有结束。此时叛将史思明正与唐将李光弼激战。

思考题

杜甫在诗中表达了什么样的感情？

（李丽）

二、散文

兼爱·上篇
墨 子

导 读

　　《兼爱·上篇》选自《墨子》。墨子（生卒年不详），名翟，战国初期思想家、军事家、社会活动家和教育家，墨家学派的创始人。《墨子》一书大部分是墨家弟子对墨子言行的记录，也有部分墨家后学的著作，可视为墨家学说的汇编。《汉书·艺文志》说《墨子》全书71篇，现存53篇，其学说的核心是"兼爱""非攻"。墨家与儒家在战国时同称"显学"，是对立的两大学派。

　　《兼爱·上篇》是一篇墨子用逻辑推理方法讲述兼爱观点的文章，条理清晰，脉络分明，共分为三个层次：第一层用比喻的方法，提出治病首先要找病因，治国也要先找乱因，都要"对症下药"。以形象、易懂的比喻来说明治理天下"必知乱之所自起"的重要性。第二层论述了社会混乱的原因是"不相爱"。正是人们"不相爱"导致了损人利己、无恶不作的社会风气，小至强盗小偷抢劫偷盗，大至诸侯大夫互相攻战。第三层提出补救的办法——"兼相爱"，这样就"君臣父子皆能孝慈"，而天下能得到治理，因此墨子主张治理天下之人一定要提倡"爱人"。

　　兼爱学说是墨学的核心，反映了当时小生产者加强团结互助以消弭社会矛盾的良好愿望，虽然在当时社会历史背景下是不可能实现的幻想，但仍不失其一定的历史意义，对我们当下社会也有借鉴意义。

　　圣人以治天下为事者也，必知乱之所自起，焉[1]能治之；不知乱之所自起，则不能治。譬之如医之攻[2]人之疾者然，必知疾之所自起，焉能攻之；不知疾之所自起，则弗能攻。治乱者[3]何独不然？必知乱之所自起，焉能治之；不知乱之所自起，则弗能治。圣人以治天下为事者也，不可不察乱之所自起。

　　当[4]察乱何自起？起不相爱。臣子之不孝君父，所谓乱也。子自爱不爱父，故亏父而自利；弟自爱不爱兄，故亏兄而自利；臣自爱不爱君，故亏君而自利，此所谓乱也。虽父之不慈子，兄之不慈弟，君之不慈臣，此亦天下之所谓乱也。父自爱也不爱子，故亏子而自利；兄自爱也不爱弟，故亏弟而自利；君自爱也不爱臣，故亏臣而自利。是何也？皆起不相爱。

虽至天下之为盗贼者亦然，盗爱其室，不爱异室，故窃异室以利其室；贼爱其身，不爱人[5]，故贼人以利其身。此何也？皆起不相爱。

虽至大夫之相乱家，诸侯之相攻国者亦然。大夫各爱其家，不爱异家，故乱异家以利其家；诸侯各爱其国，不爱异国，故攻异国以利其国。天下之乱物[6]，具[7]此而已矣。察此何自起？皆起不相爱。

若使天下兼相爱，爱人若爱其身，犹有不孝者乎？视父兄与君若其身，恶[8]施不孝？犹有不慈者乎？视弟子与臣若其身，恶施不慈？故不孝不慈亡[9]有，犹有盗贼乎？视人之室若其室，谁窃？视人身若其身，谁贼[10]？故盗贼亡有。犹有大夫之相乱家、诸侯之相攻国者乎？视人家若其家，谁乱？视人国若其国，谁攻？故大夫之相乱家、诸侯之相攻国者亡有。若使天下兼相爱，国与国不相攻，家与家不相乱，盗贼无有，君臣父子皆能孝慈，若此，则天下治。故圣人以治天下为事者，恶得不禁恶[11]而劝爱？故天下兼相爱则治，交相恶则乱。故子墨子[12]曰："不可以不劝爱人者，此也。"①

注释

[1] 焉：作"乃"解，下同。[2] 攻：治。[3] 治乱者：治理社会纷乱的人。[4] 当：读作"尝"，试。[5] 人：他人。[6] 乱物：犹乱事。[7] 具：同"俱"。[8] 恶：何。[9] 亡：通"无"。[10] 贼：残害。[11] 恶：仇恨。[12] 子墨子：前一子字是弟子尊其师的称谓，犹言夫子。

思考题

当前我们处于一个既崭新、充满希望，又充满各种挑战的时代。我们在充分享受着全球化、现代化给我们的生活带来的诸多便捷的同时，也不得不面对单边主义、恐怖主义、强权政治等因素的困扰。在此背景下，墨子倡导的"兼爱"思想对当下国际形势有何作用？谈谈你的看法。

(孙惠欣)

---

① 方勇. 墨子·兼爱 [M]. 北京：中华书局，2015：119 - 122.

史记·廉颇蔺相如列传（节选）

司马迁

导读

《廉颇蔺相如列传》选自司马迁《史记》。蔺相如是司马迁所景仰的历史人物之一，因而司马迁在这篇传记中对这位杰出人物大力表彰、热情歌颂。一方面表彰他的大智大勇，通过"完璧归赵""渑池之会"两个故事，有声有色地描绘了他面对强权而无所畏惧的精神，也表现了他战胜强秦的威逼凌辱、维护赵国尊严的机智与果敢。另一方面又表彰了他"先国家之急而后私仇"的高尚品格。在"廉蔺交好"一段中，生动地记述了蔺相如对蓄意羞辱他的廉颇保持了极大的克制与忍让，终于感动了廉颇，实现了将相和好，团结对敌。此后的十几年中，秦国没敢大规模对赵用兵，这与蔺相如主动维护赵国内部的安定有密切的关系。与此形成鲜明对照的是，赵惠文王之后的孝成王，中了秦国的反间计，罢免廉颇，任用赵括，造成长平之役的惨败，赵国元气大伤。最后，赵王迁（赵幽缪王）宠信谗臣郭开，捕杀名将李牧，加速了赵国的灭亡。其中的历史教训是值得深思的。

廉颇是本篇的另一主要人物。廉颇作为战国后期的名将之一，司马迁虽然也记述了一些有关他善于用兵的事迹，但着墨不多，而对他的"负荆请罪"作了细致的描写，因为这正是这位战功赫赫的名将身上难能可贵的美德。居功自傲，不服蔺相如，固然表现了他的狭隘，而一旦认识到错误，他立即"肉袒负荆"前去谢罪，这比战场杀敌需要更大的勇气，因而为司马迁所敬佩。

无论在什么时代，友善都是至关重要的。我们既要学习蔺相如懂得退让、顾全大局，也要学习廉颇勇于自省、知错就改。倘若人人如此，社会将更加文明、和谐、美丽。

既罢，归国，以相如功大，拜为上卿，位在廉颇之右[1]。廉颇曰："我为赵将，有攻城野战之大功，而蔺相如徒以口舌为劳，而位居我上，且相如素贱[2]人，吾羞，不忍为之下。"宣言[3]曰："我见相如，必辱之。"相如闻，不肯与会。相如每朝时，常称病，不欲与廉颇争列[4]。已而相如出，望见廉颇，相如引车[5]避匿。于是舍人相与谏曰："臣所以去亲戚而事君者，徒慕君之高义也。今君与廉颇同列，廉君宣恶言而君畏匿之，恐惧殊甚，且庸人尚羞之，况于将相乎！臣等不肖[6]，请辞去。"蔺相如固止之，曰："公之视廉将军孰与秦王[7]？"曰："不若也。"相如曰："夫以秦王之威，而相如廷叱之，辱其群臣，相如虽驽[8]，独畏廉将军哉？顾[9]吾念之，强秦之所以不敢加兵于赵者，徒以吾两人在也。今两虎共斗，其势不俱生。吾所以为此者，以先国家之急而后私仇也。"廉颇闻之，肉袒负荆[10]，因[11]宾客至蔺相如门谢罪。曰："鄙贱之人，不知将军宽之至此也。"卒相与欢，为刎颈之交[12]。

是岁，廉颇东攻齐，破其一军。居二年，廉颇复伐齐几[13]，拔之。后三年，廉颇攻魏之防陵、安阳，拔之。后四年，蔺相如将而攻齐，至平邑而罢。其明年，赵奢破秦军阏与下。①

注释

[1] 右：秦汉以前以右为上。[2] 贱：指出身低贱。[3] 宣言：扬言。[4] 争列：争位次的排列。[5] 引车：把车掉转方向。引：退。[6] 不肖：不贤，没出息。[7] 公之视廉将军孰与秦王：你们看廉将军比秦王怎么样。孰与：怎么样。[8] 驽：劣马。常喻人之蠢笨。[9] 顾：但。[10] 负荆：身背荆条，表示愿受责罚。[11] 因：依靠，通过。[12] 刎颈之交：誓同生死的好朋友。[13] 齐几：齐国王城周围的地域。

思考题

友善是社会主义核心价值观之一，是对公民社会交往行为提出的要求。请结合廉颇与蔺相如的行为，说说我们应当如何践行友善。

（孙惠欣）

---

① 司马迁. 史记·廉颇蔺相如列传 [M]. 北京：中华书局，1959：2443－2444.

论盛孝章书

孔 融

导读

孔融（153—208），字文举，鲁国（今山东曲阜）人。东汉末年官员、名士、文学家，孔子第二十世孙。献帝即位后任北军中侯、虎贲中郎将、北海相，时称孔北海。在郡六年，修城邑，立学校，举贤才，表儒术。建安元年（196），征为将作大匠，后迁少府，又任太中大夫。孔融能诗善文，为"建安七子"之一。魏文帝曹丕称其文"扬（扬雄）、班（班固）俦也"。其散文锋利简洁，文句整饬，辞采典雅富赡，比喻精妙，气势充沛，文笔犀利诙谐。原有文集，已散佚。明人张溥辑有《孔北海集》。

《论盛孝章书》是孔融任少府时向曹操推荐盛孝章的一封书信，当时盛孝章处境孤危，孔融感念二人友情，忧其不能免祸，特向曹操推荐盛孝章，请予援助。正所谓"患难见真情"，虽然盛孝章最后还是被迫害，但孔融竭力帮助朋友脱困的举动流芳后世。本文情辞婉转，恳切流畅，表现出孔融爱贤才、重友情的可贵品质。开篇以生命的忧患起始，拉近情感距离，继而点明盛孝章所处困境，引用史上重贤才的典故，以交友之道和得贤的利好打动曹操。文章起始迅速抓取曹操物伤其类的恻隐之心以及拯救贤才的英雄之气。接着，孔融引经据典，力阐应救之义和当救之利。这篇文章从交友之道入手，并推之以贤才的重要性，我们看到朋友之间相知相怜的正向反馈，孔融为友人积极奔走，待盛孝章一片赤诚，其急切之情跃然纸上。可贵的是，文中不仅有患难之时弥足珍贵的友爱相助，还包括广纳天下贤才的治国策论，救友、安邦一举两得。

全文立意高远、用典适切、类比排偶丰富，是一篇言辞有度、情感恳切、说理透彻的文章。孔融为友人积极奔走、寻求希望的行为令人动容，这正像看见朋友身处困境，愿意想方设法伸出援手的每一个普通人。惺惺相惜、守望相助正是人类的美好品德。

岁月不居[1]，时节如流。五十之年，忽焉已至。公为始满，融又过二[2]。

海内知识[3]，零落殆尽[4]，惟有会稽盛孝章尚存。其人困于孙氏[5]，妻孥湮没[6]，单子独立[7]，孤危愁苦。若使忧能伤人，此子不得永年[8]矣！

《春秋传》[9]曰："诸侯有相灭亡者，桓公不能救，则桓公耻之。"今孝章实丈夫之雄[10]也，天下谈士[11]，依以扬声[12]，而身不免于幽絷[13]，命不期于旦夕[14]。是吾祖不当复论损益之友，而朱穆所以绝交也[15]。公诚能驰一介[16]之使，加咫尺之书[17]，则孝章可致，友道可弘[18]矣。

今之少年，喜谤前辈，或[19]能讥评孝章。孝章要为有天下大名，九牧[20]之人所共称叹。燕君市骏马之骨[21]，非欲以骋道里[22]，乃当以招绝足[23]也。惟公匡复[24]汉室，宗社[25]将绝，又能正之。正之之术，实须得贤。珠玉无胫[26]而自至者，以人好之也，况贤者之有足乎！昭王筑台以尊郭隗[27]，隗虽小才而逢大遇，竟能发明主之至心[28]，故乐毅[29]自魏往，剧辛[30]自赵往，邹衍[31]自齐往。向使郭隗倒悬[32]而王不解，临溺而王不拯[33]，则士亦将高翔远引[34]，莫有北首[35]燕路者矣。

凡所称引，自公所知，而复有云者，欲公崇笃斯义[36]。因表不悉[37]。①

注释

[1] 居：停留。[2] 公为始满，融又过二：曹操刚满五十岁，孔融五十二岁。[3] 知识：知道、认识的友人。[4] 零落：指死亡。殆：近，几乎。[5] 孙氏：指孙策。孙策据江东后诛杀英豪，盛孝章一向有才名，深为孙策所忌。[6] 妻孥（nú）：妻子和儿女。湮没：指死亡。[7] 单子（jié）独立：孤独无援地生活。[8] 永年：指较长的年寿。[9]《春秋传》：指《春秋公羊传》，原文出自此书"僖公元年"。此处以曹操比齐桓公，激励曹操勇于援救盛孝章。[10] 丈夫之雄：男子汉中的杰出之士。[11] 谈士：清谈之士。[12] 依以扬声：依靠盛孝章来宣扬提高他们的声名。[13] 幽絷（zhí）：囚禁。[14] 命不期于旦夕：生命危在旦夕。[15] 是吾祖不当复论损益之友，而朱穆所以绝交也：像盛孝章这样的人，处境如此危困，不加以援救，就无须再谈损益之友，而要像朱穆那样写《绝交论》了。吾祖：指孔子，孔融是孔子第二十世孙。朱穆：东汉时人，字公叔，曾作《绝交论》以讥交友之道。[16] 一介：一个。[17] 咫尺之书：长八寸曰咫。这里指简短的书信。[18] 弘：发扬光大。[19] 或：有人。[20] 九牧：九州。古代九州的长官叫

---

①　张启成，等. 文选［M］. 北京：中华书局，2019：2881－2886.

牧伯，故称九州为九牧。[21] 燕君市骏马之骨：据《战国策·燕策一》：燕昭王欲招贤，郭隗（wěi）对他说：古代君王用千金买千里马，三年不能得。涓人找到了千里马，但马已死，于是涓人代君主以五百金买来了千里马的头，以示买马的诚意。不到一年，君主就得到了三匹千里马。现在大王想招士，请从我开始。连我都被任用，何况比我贤能的人呢？[22] 骋道里：跑远路。[23] 绝足：指千里马。[24] 匡复：匡救恢复。[25] 宗社：宗庙社稷，指国家政权。[26] 胫：小腿，借指足。[27] 昭王筑台以尊郭隗：相传燕昭王在易水东南筑黄金台，置千金于台，延聘天下贤士。[28] 发：启发、阐明。至心：至诚之心。[29] 乐（yuè）毅：魏国人，来到燕国后，燕昭王拜为上将军，为燕伐齐，攻下七十余城。[30] 剧辛：赵国人，和乐毅等仕燕，并合力破齐。[31] 邹衍：齐国著名的阴阳家。[32] 倒悬：人被倒吊起来，比喻处境危急。[33] 拯：拯救。[34] 高翔远引：高飞远走。[35] 首：向。[36] 崇笃：推崇、重视。斯义：招纳贤士、弘扬友道的道理。[37] 不悉：不尽。

思考题

如何看待孔融在朋友危难之时替他向曹操求救的行为？如何理解"则孝章可致，友道可弘矣"的精神内涵？

（姚海斌）

与吴质[1]书

曹　丕

导读

曹丕（187—226），字子桓，沛国谯县（今安徽亳州）人。三国时期著名政治家、文学家，曹魏的开国皇帝，在位期间，平边患，退鲜卑，和匈奴等修好，复通西域。曹丕文学成就颇高，在诗、赋、文学方面皆有成就，尤其擅长五言诗，与其父曹操和其弟曹植并称"三曹"，今存《魏文帝集》二卷。另外，曹丕著有《典论》（政治、社会、道德、文化论集），其中《论文》一篇是中国文学批评史上第一部文学专论，曹丕谥为文皇帝。

　　《与吴质书》是曹丕写给吴质的书信，讲述了自己失去友人的悲痛，抒发了对故友的思念之情以及对过去友人相聚生活的怀念。这些颇为悲凉的思念只得通过书信诉说给挚友吴质，对吴质的思念与关切也寄诸笔端。建安二十二年（217），瘟疫流行，建安七子中徐幹、阮瑀、应场、陈琳、刘桢病死，同年王粲也逝去。曹丕将失去好友的悲痛都挥洒在《与吴质书》中，名为书信，实则是一篇笔力深厚、情谊浓烈的怀友之作。开篇便借用《诗经·豳风·东山》中的诗句表达思友之情，既婉转又贴切。文中主要内容包括回忆往昔情景、追忆故友才华、表达知音难寻的苦涩以及对吴质的真诚关怀。往昔曹丕与故友相聚、流连诗酒的欢快，与当下"零落略尽，言之伤心"形成的鲜明对比最是触人心肠、令人神伤。诸子已故，他们的才华也随着生命凋零，曹丕为故友整理文集，让思想得以重生，这或许是对他们之间情谊最好的纪念，故人已逝、知音难再得，正如伯牙与子期。值得欣慰的是，曹丕还能将自己内心的苦闷、伤逝说与吴质，信中对吴质的关切也是情真意切、字字贴心。

　　文章运用了对比、用典、直陈等写作手法，表达了曹丕对已故友人的深切怀念以及对吴质的真诚牵挂。曹丕此刻抛下了自己的身份，唯有对知音、挚友的一片真心。正是这片对待友人的赤诚使得本文风格清丽婉约、语言优美、平易晓畅、韵律和谐又饱含深情。实际上，友爱可以跨越身份、地位、年龄等差异，存在于灵魂契合的友人之间；友爱可以突破时间、空间的限制，温暖彼此的心灵。

　　二月三日，丕白[2]：岁月易得[3]，别来行复[4]四年。三年不见，《东山》犹叹其远[5]，况乃过之，思何可支[6]？虽书疏[7]往返，未足解其劳结[8]。

　　昔年疾疫[9]，亲故多离[10]其灾，徐、陈、应、刘[11]，一时俱逝，痛可言邪！昔日游处，行则连舆[12]，止则接席[13]，何曾须臾相失[14]！每至觞酌流行[15]，丝竹[16]并奏，酒酣耳热，仰而赋诗。当此之时，忽然不自知乐也[17]。谓百年己分[18]，可长共相保[19]，何图[20]数年之间，零落略尽[21]，言之伤心！顷撰其遗文，都为一集[22]，观其姓名，已为鬼录[23]。追思昔游，犹在心目，而此诸子，化为粪壤[24]，可复道哉！

　　观古今文人，类不护细行[25]，鲜能以名节自立[26]，而伟长独怀文抱质[27]，恬淡寡欲，有箕山之志[28]，可谓彬彬君子[29]者矣。著《中论》[30]二十余篇，成一家之言，辞义典雅，足传于后，此子为不朽矣。德琏常斐然有述作之意[31]，其才学足以著书，美志不遂，良[32]可痛惜！间者[33]历览诸子之文，对之抆[34]泪，既痛逝者，行自念也[35]。孔璋章表殊健[36]，微为繁富[37]。公幹有逸气[38]，但未遒[39]耳；其五言诗之善者，妙绝[40]时人。元瑜书记翩翩[41]，致足乐也[42]。仲宣续自善于辞赋[43]，惜其体弱[44]，不足起其文[45]，至于所善，古人无以远过。昔伯牙绝弦于钟期[46]，仲尼覆醢于子路[47]，痛知音之难遇，伤门人之莫逮[48]。诸子但为[49]未及古人，自一时之隽也。今之存者，已不逮矣！后生可畏[50]，来者难诬[51]，然恐吾与足下[52]不及见也。

年行[53]已长大，所怀万端，时有所虑，至通夜不瞑[54]，志意何时复类昔日？已成老翁，但未白头耳！光武[55]言："年三十余，在兵中十岁，所更非一[56]。"吾德不及之，年与之齐矣。以犬羊之质，服虎豹之文；无众星之明，假日月之光[57]。动见[58]瞻观，何时易[59]乎？恐永不复得为昔日游也！少壮真当努力，年一过往，何可攀援[60]？古人思炳烛夜游[61]，良有以也[62]。

顷何以自娱？颇复有所述造不[63]？东望於邑[64]，裁书[65]叙心。丕白。①

注释

[1] 吴质：字季重，博学多智，官至振威将军，封列侯，与曹丕友善。[2] 白：说。[3] 岁月易得：指时间过得很快。[4] 行：将。复：又。[5]《东山》犹叹其远：《诗经·豳风·东山》："自我不见，于今三年。"写士兵的思乡之情。远：指时间久远。[6] 支：承受。[7] 书疏：书信。[8] 劳结：因忧思而生的郁结。[9] 昔年疾疫：指建安二十二年发生的疾疫。[10] 离：通"罹"，遭遇。[11] 徐、陈、应、刘：指建安七子中的徐幹、陈琳、应场、刘桢。[12] 连舆：车与车相连。舆：车。[13] 接席：座位相挨。[14] 须臾：一会儿。相失：相离。[15] 觞酌流行：传杯接盏，饮酒不停。觞：酒杯。酌：斟酒，代指酒。[16] 丝：指琴类弦乐器。竹：指箫笙类管乐器。[17] 忽然：一会儿，形容时间过得很快。不自知乐：不觉得自己处在欢乐之中。[18] 谓百年己分（fèn）：以为长命百岁是自己的当然之事。分：本应有的。[19] 相保：相互保有同处的欢娱。[20] 图：料想。[21] 零落略尽：大多已经死去。零落：本指草木凋落，此喻人死亡。略：差

---

① 张启成，等. 文选［M］. 北京：中华书局，2019：2922 – 2928.

不多。[22] 顷撰其遗文，都为一集：我最近撰集他们的遗作，汇成了一部集子。顷：近来。都：汇集。[23] 鬼录：死人的名录。[24] 化为粪壤：指死亡。人死归葬，久而朽为泥土。[25] 类：大多。护：注意。细行：小节，细小行为。[26] 鲜：少。名节：名誉节操。[27] 伟长：徐幹的字。怀文抱质：文质兼备。文：文采。质：质朴。[28] 箕（jī）山之志：鄙弃利禄的高尚之志。箕山：相传为尧时许由、巢父隐居之地，后常用以代指隐逸的人或地方。[29] 彬彬君子：《论语·雍也》：“文质彬彬，然后君子。”彬彬：文质兼备貌。[30]《中论》：徐幹著作，是一部政论性著作，系属子书，其意旨：“大都阐发义理，原本经训，而归之于圣贤之道。”[31] 德琏：应场的字。斐然：有文采貌。述：阐发前人著作。作：自己创作。[32] 良：确实。[33] 间（jiàn）者：近来。[34] 抆（wěn）：擦拭。[35] 既痛逝者，行自念也：既悲痛死者，又想到自己。行：又。[36] 孔璋：陈琳的字。章表：奏章、奏表，均为臣下上给皇帝的奏书。殊健：言其文气十分刚健。[37] 微：稍微。繁富：指辞采繁多，不够简洁。[38] 公幹：刘桢的字。逸气：超迈流俗的气质。[39] 道：刚劲有力。[40] 绝：超过。[41] 元瑜：阮瑀的字。书记：指军国书檄等官方文字。翩翩：形容词采飞扬。[42] 致足乐也：十分令人快乐。致：至，极。[43] 仲宣：王粲的字。续：一作“独”。[44] 体弱：《三国志·魏志·王粲传》说王粲“容状短小”“体弱通脱”。此处指文气弱。[45] 文：文气。[46] 昔伯牙绝弦于钟期：春秋时伯牙善弹琴，唯钟子期为知音。子期死，伯牙毁琴，不再弹。事见《吕氏春秋·本味》。钟期：即钟子期。[47] 仲尼覆醢（hǎi）于子路：孔子的学生子路在卫国被杀并被剁成肉酱后，孔子便不再吃肉酱一类的食物。见《礼记·檀弓上》。醢：肉酱。[48] 门人：门生。莫逮：没有人能赶上。[49] 但为：只是。[50] 后生可畏：年轻人值得敬畏。《论语·子罕》：“后生可畏，焉知来者之不如今也！”[51] 诬：妄言，乱说。[52] 足下：对吴质的敬称。[53] 年行：行年，已度过的年龄。[54] 瞑：合眼入睡。[55] 光武：东汉开国皇帝刘秀的谥号。[56] 年三十余，在兵中十岁，所更非一：李善注以为语出《东观汉记》载刘秀《赐隗嚣书》。所更非一：所经历的事不只一件。[57] 以犬羊之质，服虎豹之文；无众星之明，假日月之光：谦称自己并无特殊德能，登上太子之位，全凭父亲指定。扬雄《法言·吾子》：“羊质虎皮，见草而悦，见豺而战，忘其皮之虎也。”《文子》：“百星之明，不如一月之光。”服：披，穿。假：借。日月：喻帝后、天地，此喻指曹操。[58] 见：被。[59] 易：

简易，自在。[60] 攀援：挽留。[61] 炳烛夜游：点着烛火，夜以继日地游乐。炳：点燃。[62] 良有以也：确有原因。[63] 述造：即"述作"。不：同"否"。[64] 於（wū）邑：低声哭泣。[65] 裁书：写信。古人写字用的帛、纸往往卷成轴，写字时要先剪裁下来。

思考题

你如何看待曹丕对吴质的感情？

（姚海斌）

思旧赋

向 秀

导读

向秀（约227—272），字子期，河内怀县（今河南武陟）人。魏晋时期的文学家、哲学家，"竹林七贤"之一。向秀雅好读书，与嵇康、吕安等人相善。景元四年（263）嵇康、吕安被司马昭害死后，向秀到洛阳，受到司马昭接见，后官至黄门侍郎、散骑常侍。他擅长诗赋，《隋书·经籍志》载有《向秀集》二卷，已佚，仅有《思旧赋》《难嵇叔夜养生论》两篇留传至今。

《思旧赋》作于向秀经过旧友嵇康、吕安旧日居所之时，追忆他们往昔相处时光，怀念嵇康、吕安不受拘束的才情写就的千古名篇。这篇赋分"序言"和"正文"两个部分，通篇几乎是直陈直叙。"序言"交代写作背景，经过旧友居所，平日的思念此刻猛然触动作者心弦。开篇直接赞誉嵇康、吕安的"不羁之才"，慨叹二人"以事见法"的遭遇，经逢寓所、物是而人非，邻人笛声"寥亮"，往昔的时光、今日的悲凉形成鲜明对比，怎能不触景生情。"正文"以"旷野之萧条""旧居""空庐"等景，寄寓着物在人亡的哀思与悲凉。运用《黍离》《麦秀》诗歌典故以及李斯受刑之典寄寓时代变更中时人的悲剧，目的是表现对旧友不幸遭遇的痛惜之情。

向秀作此文是为了表达自己对亡友的沉痛悼念，同时夹杂着对现实难以明言的悲愤，情真而语切、寓情于景、寄思遥深。限于当时的现实环境，不敢明言的内容有很多，但痛失好友的悲痛、踟蹰使得向秀不吐不快，"援翰而写心"。向秀的苦闷、徘徊、惆怅与迷茫与对旧友的深切怀念共生相伴，喜好老庄之学的向秀面对挚友的离开依然不能做到"物我两忘""超然物外"。《思旧赋》是一篇内容含蓄、余情未尽、意在言外的千古名篇，读者能够真切地感受到作者的情感脉络，思旧之情撼人心腑。知己好友之间的铭记与思念是对友情的真实注解。

　　余与嵇康、吕安居止接近[1]，其人并有不羁[2]之才。然嵇志远而疏[3]，吕心旷而放[4]，其后各以事见法[5]。嵇博综技艺[6]，于丝竹[7]特妙。临当就命[8]，顾[9]视日影，索琴而弹之。余逝将西迈[10]，经其旧庐。于时日薄虞渊[11]，寒冰凄然。邻人有吹笛者，发声寥亮[12]。追思曩昔游宴之好[13]，感音而叹，故作赋云：

　　将命适于远京兮[14]，遂旋反而北徂[15]。济[16]黄河以泛舟兮，经山阳[17]之旧居。瞻旷野之萧条兮，息余驾乎城隅[18]。践二子[19]之遗迹兮，历穷巷之空庐[20]。叹《黍离》之愍周兮[21]，悲《麦秀》于殷墟[22]。惟古昔以怀今兮[23]，心徘徊以踌躇。栋宇存而弗毁兮，形神逝其焉如[24]？昔李斯之受罪[25]兮，叹黄犬而长吟[26]。悼嵇生之永辞[27]兮，顾日影而弹琴。托运遇[28]于领会兮，寄余命于寸阴[29]。

　　听鸣笛[30]之慷慨兮，妙声绝而复寻[31]。停驾言其将迈兮[32]，遂援翰而写心[33]。①

注释

　　[1] 吕安：字仲悌，东平（今山东东平）人。生年不详，卒于魏景元三年（262）。其妻徐氏貌美，吕安之兄吕巽强迫徐氏与之有染，徐氏自缢，事发，其兄反诬吕安不孝，嵇康辩其无辜。钟会与嵇康有隙，趁机进谗于司马昭。司马昭后斩首嵇康、吕安二人。居止：居住的地方。[2] 不羁：不受拘束，才情奔放。羁：马络头，此指羁绊、约束。[3] 志远而疏：志向高远，但疏于人事。[4] 心旷：心性旷达。放：疏放，放达。[5] 以事见法：因事被处死。指嵇康、吕安被诬陷事。[6] 博综技艺：指掌握很多技能。博：广。综：聚集，综合。[7] 丝竹：丝指弦乐，竹指管乐，此处引申为音乐、乐器。

［8］就命：就死、赴死。［9］顾：看。［10］逝：往。将：句中助词，无义。西迈：向西远行。指向秀往日去洛阳应举事。［11］薄：迫近。虞渊：传说中的日落之处。［12］寥亮：即嘹亮。［13］曩（nǎng）昔：从前。游宴：出游、聚会。［14］将命：奉命。适：去。［15］旋反：回来，指从洛阳回去。旋：回。反：同"返"。徂：往。［16］济：渡。［17］山阳：河内郡山阳县。［18］驾：车驾。城隅：城的一角。［19］二子：指嵇康和吕安。［20］历：经。穷巷：隐僻的里巷。［21］《黍离》：《诗经·王风》篇名，感叹周朝覆亡的诗歌。愍（mǐn）：通"悯"，同情。［22］《麦秀》：殷亡后，殷宗室箕子去朝周天子，过殷墟，见那里原有的宫室已毁坏，地基长满了庄稼，于是感慨作了《麦秀歌》："麦秀渐渐兮，禾黍油油。彼狡童兮，不与我好兮。"（引自《古诗源》）殷墟：殷商故都的废墟。［23］惟：思念。古昔：字面承上文，指《黍离》和箕子事，实指昔日与嵇康、吕安的交游。［24］焉：哪里。如：往。［25］受罪：受刑。［26］吟：长叹声。［27］辞：诀别。［28］运遇：命运遭遇。［29］余命：剩下的生命。寸阴：极短的时间，指嵇康临刑前的片刻。［30］鸣笛：指序中所说的邻人之笛。［31］寻：继续。［32］驾：马车。言：语气助词。将迈：将要出发。［33］援：提。翰：毛笔。

思考题

体会《思旧赋》蕴含的思想情感。

（姚海斌）

三、小说

荀巨伯远看友人疾

刘义庆

导读

　　《荀巨伯远看友人疾》出自《世说新语》，讲述荀巨伯在危难之时不惜己身也要保护朋友的故事。荀巨伯看望生病的朋友之时，正赶上"胡贼"入侵，友人劝说他离开，他却不肯"败义求生"，甚至要"以我身代友人命"，荀巨伯的大义之举触动了"胡贼"，最终一郡皆得以保全。文章主要以几组对话形式展开，夹杂少量叙述。友人劝说荀巨伯离开，想要保全荀巨伯性命。荀巨伯的回答以反问形式作结，否定了友人的建议。这样的选择已经凸显出主人公为了友谊、道义不惜己身的可贵精神。第二段对话在荀巨伯与"胡贼"之间展开，一问一答将荀巨伯舍生取义、替友赴死的精神刻画得极为简明、深刻。

　　荀巨伯冒着生命危险保护友人的行为凸显了二人友谊的至真至纯，称得上君子之交。危难之时挺身而出，困顿之时雪中送炭才是友情的深刻体现。荀巨伯为了友人安危愿意主动承担风险，甚至舍弃自我，这样真诚、炽热的义举具有强大的道德感化力量，讲情谊、舍生取义的荀巨伯不仅挽救了友人的生命，也挽救了一座城。坚守信义、待友真诚、情重于生的荀巨伯是值得我们尊敬和学习的。

　　荀巨伯远看友人疾[1]，值胡贼攻郡[2]，友人语[3]巨伯曰："吾今死矣，子可去[4]。"巨伯曰："远来相视，子令吾去[5]，败义以求生[6]，岂荀巨伯所行邪[7]？"

　　贼既至，谓巨伯曰："大军至，一郡尽空，汝何男子，而敢独止？"巨伯曰："友人有疾，不忍委之，宁以我身代友人命。"贼相谓曰："我辈无义之人[8]，而入有义之国。"遂班军而还，一郡并获全[9]。①

---

　　① 刘义庆. 世说新语［M］. 刘孝标，注；徐传武，校点. 上海：上海古籍出版社，2013：5.

注释

[1] 荀巨伯：东汉颍州（今属河南）人，生平不详，汉桓帝的义士。远：从远方。[2] 值：恰逢，赶上。郡：古代的行政区划，这里指城。[3] 语（yù）：动词，对……说，告诉。[4] 子：第二人称代词"你"的尊称。去：离开。[5] 令：使，让。[6] 败义以求生：败坏道义而苟且偷生。[7] 邪：句末语气词，表疑问，相当于"吗、呢"。[8] 无义之人：不懂道义的人。[9] 获全：得到保全。

思考题

你是如何理解"宁以我身代友人命"这种价值取向的？

（姚海斌）

勤
政
篇

一、诗

诗经·民劳

导读

《民劳》选自《诗经·大雅》，其创作时间、作者和主旨历来有较多争议。历代学者对《民劳》一诗的解释多偏重于它的经学意义，而往往忽略对其文学意义的阐释。其实，《民劳》是一首具有深意和丰富内涵的劝谏诗。《诗经》中有大量的劝谏诗或怨刺诗，主要保存在"国风"和"二雅"之中。关于此诗，《毛诗序》以为"召穆公刺厉王也"，即周朝厉王时期的召穆公为了劝诫周厉王体恤民情、勤政爱民，不要被小人蒙蔽而作的一首劝谏诗。

《民劳》全诗共分五章，各章十句。第一章写以安民为先，旨在通过安抚远近来使国家安定；第二章劝君王不要放弃之前的功劳，成就光辉的政绩；第三章劝君王要端正自己的言行，亲近有德之人；第四章告诫天下君王责任重大；第五章点出"是用大谏"的主旨。这首诗均为标准的四言句，句式整齐，具有明显的重章叠句趋势，整齐划一，读起来朗朗上口。

《民劳》是一首具有深意的讽谏诗，其对人民和民主的阐释，以及对后世治世的政教价值，与传统儒家文化共同铸就为治国理政的中国智慧。诗中"民亦劳止，汔可小康"的民主劝谏具有政教意义和社会功用价值。从政治、道德、个人等层面着眼，这首诗的民主意识在当代都具有鲜明的政治意义，因此，在建设民主社会的进程中，我们更要承袭优秀传统文化的智慧因子，有机融合现代文明，并坚持以人民民主为理念，将中国的民主建设道路推向深广。

民亦劳止[1]，汔[2]可小康。惠此中国[3]，以绥四方[4]。无纵诡随[5]，以谨[6]无良。式[7]遏寇虐，憯不畏明[8]。柔远能迩[9]，以定[10]我王。

民亦劳止，汔可小休。惠此中国，以为民逑[11]。无纵诡随，以谨惛怓[12]。式遏[13]寇虐，无俾[14]民忧。无弃尔劳[15]，以为王休[16]。

民亦劳止，汔可小息。惠此京师，以绥四国。无纵诡随，以谨罔极[17]。

式遏寇虐，无俾作慝^[18]。敬慎威仪，以近有德^[19]。

民亦劳止，汔可小愒^[20]。惠此中国，俾民忧泄^[21]。无纵诡随，以谨丑厉^[22]。式遏寇虐，无俾正败^[23]。戎^[24]虽小子，而式弘大。

民亦劳止，汔可小安。惠此中国，国无有残。无纵诡随，以谨缱绻^[25]。式遏寇虐，无俾正反^[26]。王欲玉^[27]女，是用大谏^[28]。①

注释

[1] 止：语气词。[2] 汔（qì）：差不多。[3] 中国：京师。[4] 四方：诸夏。[5] 诡随：不顾是非，而妄随人也。[6] 谨：谨慎。[7] 式：发语词。[8] 憯（cǎn）：乃。明：天之明命也。[9] 柔：安也。能：顺习也。[10] 定：稳定。[11] 逑：聚也。[12] 惛（hūn）㤉（náo）：喧闹。[13] 遏：遏止。[14] 俾（bǐ）：使。[15] 劳：犹功也。[16] 休：美也。[17] 罔极：穷凶极恶的人。[18] 慝（tè）：邪恶。[19] 有德：有德之人。[20] 愒（qì）：息。[21] 泄：去。[22] 厉：恶。[23] 正败：正道败坏。[24] 戎：你。[25] 缱绻：小人之固结其君者也。[26] 正反：反于正也。[27] 玉：珍爱之意。[28] 大谏：郑重劝诫。

思考题

《诗经·民劳》中以人民为主体的民主意识，在当代仍具有鲜明的政治意义，对此请谈谈你的看法。

（孙惠欣）

❀ 短歌行·其一 ❀

曹 操

导读

《短歌行》是曹操的代表作之一，表明了自己欲得贤才、早日成就王业的

---

① 程俊英. 诗经译注 ［M］. 上海：上海古籍出版社，2016：530－533.

志向，展现了一位政治家的胸襟和抱负。曹操平定北方后，率百万雄师，饮马长江，与孙权决战。他在大江之上饮酒设宴，横槊赋诗，慷慨而歌，歌辞即是《短歌行》。关于此诗的写作目的有不同说法："言当及时为乐"（唐吴兢《乐府古题要解》）；"叹流光易逝，欲得贤才以早建王业之诗"（清张玉毅《古诗赏析》）。在我们看来，曹操作此诗首先是让天下之士知晓其广招贤才的意图和决心，正如诗中所言"山不厌高，海不厌深"。其次全诗显示出他渴望建立王业的进取之心。"周公吐哺"借周公自比，展现他招纳贤士的真诚之态。全诗运用设问、对比、比喻等手法表达的是：人生短暂，想要实现王图霸业、个人价值就要抓紧时间、抓住时机。曹操懂得成就霸业离不开经天纬地的能人志士，因此求贤心切，而自己具备强大的实力以及为君沉吟的诚心，必然是天下贤才的理想归所。

"青青子衿，悠悠我心"直取《诗经·子衿》原句，"但为君故、沉吟至今"将女子对情人之思转为自己对人才之思。"周公吐哺，天下归心"引周公之典塑造自己的形象，有事半功倍之效。《诗经》原句和周公之典与整首诗浑然一体，显示出曹操宽广的政治胸怀、一统天下的雄心壮志、礼贤下士的诚心诚意以及为成就霸业兢兢业业的精神。"沉吟至今""不可断绝""不厌""吐哺"这些词语表明曹操作为一位政治家、军事家，时刻牢记自己的王业。"治世之能臣，乱世之枭雄"是后人对曹操的评价，这样一位复杂的历史人物将"天下归心"作为自己的理想抱负，并且在实践中提高自己的政治、军事技能，时时刻刻为实现理想而努力。这种坚持不懈的进取精神帮助曹操在群雄纷起的时代成就一番事业。"在其位，谋其政"，居平凡之位则尽职尽责、踏实上进。古往而今，事殊而理近。

对酒当歌[1]，人生几何[2]？譬如朝露，去日苦多[3]。慨当以慷[4]，忧思难忘。何以解忧？唯有杜康[5]。青青子衿，悠悠我心[6]。但为君故，沉吟[7]至今。呦呦鹿鸣，食野之苹。我有嘉宾，鼓瑟吹笙[8]。明明如月，何时可掇[9]？忧从中来，不可断绝。越陌度阡[10]，枉用相存[11]。契阔谈宴，心念旧恩。月明星稀，乌鹊南飞。绕树三匝[12]，何枝可依？山不厌高，海不厌深[13]。周公吐哺[14]，天下归心[15]。①

---

① 张启成，等. 文选［M］. 北京：中华书局，2019：1839.

注释

[1] 对酒当歌：面对着酒筵和歌舞。当：对着。[2] 几何：多少。[3] 去日：过去的日子。苦：患。[4] 慨当以慷：是"慷慨"的间隔用法，形容歌声激昂，心情不平静。[5] 唯：一作"惟"。杜康：相传是最早造酒的人，这里代指酒。[6] 青青子衿（jīn），悠悠我心：这两句是《诗经·郑风·子衿》中的成句，原用来抒发男女恋情，这里借以表达对贤才的思慕之情。子：对对方的尊称。衿：衣领。青衿是周代读书人的服装，这里指代有学识的人。悠悠：长久的样子，形容思念连绵不断。[7] 沉吟：沉思低吟。[8] 呦（yōu）呦鹿鸣，食野之苹。我有嘉宾，鼓瑟吹笙：出自《诗经·小雅·鹿鸣》。呦呦：鹿叫的声音。苹：艾蒿。鼓：弹。瑟：古代一种弹拨乐器。笙：一种管乐器。[9] 何时可掇（duō）：什么时候可以摘取呢？掇：拾取，摘取。另解：掇（chuò）为通假字，通"辍"，即停止的意思。[10] 越陌度阡：穿过纵横交错的小路。陌、阡指田间小道，东西叫陌，南北叫阡。[11] 枉用相存：屈驾来访。枉：这里是"枉驾"的意思。[12] 三匝（zā）：几周。匝：一周为一匝。[13] 海不厌深：一作"水不厌深"。表示希望尽可能多地接纳人才。[14] 吐哺：吐出口中正在咀嚼的食物。相传周公礼贤下士，有贤者至，他立刻接待，尝言："我一沐三握发，一饭三吐哺，起以待士，犹恐失天下之贤人。"见《史记·鲁周公世家》。这里借周公自比，说明求贤建业的热切心情。[15] 归心：即民心归附，天下一统之意。

思考题

"周公吐哺，天下归心"体现了曹操对待王业何种态度？

（姚海斌）

庚戌岁九月中于西田获早稻

陶渊明

导读

《庚戌岁九月中于西田获早稻》是体现陶渊明躬耕思想的代表性作品。

"不为五斗米折腰"的陶渊明辞去彭泽县令退隐后，便一直从事农事，"采菊东篱下""草盛豆苗稀"等诗歌为我们描绘了诗人的田园生活。这首诗从获早稻这一事件出发，带有对人生真谛的思考与总结。诗歌开篇明确人生当以衣食为本，参加劳动才能安心生存。如若为获衣食俸禄而失去独立人格，就宁肯躬耕自足，在强调农业生产重要性的同时将衣食之道与人生之道相联结。接下来诗人描绘了四季的辛勤劳作与辛苦，终于收获了稻子，寥寥数笔写尽了春种秋收的一年辛劳耕作。这是陶渊明的劳作，也是无数从事农业生产活动的农民年复一年的劳作写照。田家的辛苦与身体的疲惫都没有消解诗人坚持躬耕的意志，屋檐下喝酒的惬意可以消除劳苦一天的疲惫，这幅画面极为生动地展示了诗人为劳动成果开心、为田园生活愉快的心情，此时诗人的思绪转到长沮、桀溺这样的隐士之上，达到思想的升华。"但愿长如此，躬耕非所叹"表达了诗人愿意坚守、持续这样的生活，无怨无悔。

诗人在本诗中表达了农业生产的重要性，以及乐享躬耕的思想。夹叙夹议、由具体的"获早稻"到抽象的人生之道，让我们看到了一位勤于耕作的田家、乐于田园生活的诗人、参悟人生哲理的智者。诗人认识到农业生产的重要性，以及劳动的巨大价值，这些都是难能可贵的。陶渊明既是诗人，也是亲身从事农业生产的劳动者，他的诗作体现出他对农民这一职业的尽职尽责与坚守热爱，可视为长久在土地上耕作的人民大众心声的代表，他们勤于躬耕、喜于收获，他们默默坚守、辛勤付出，他们在用切切实实的行动践行着敬业奉献的精神。

人生归有道[1]，衣食固其端[2]。孰是都不营[3]，而以求自安[4]？开春理常业[5]，岁功聊可观[6]。晨出肆[7]微勤，日入负耒还[8]。山中饶霜露[9]，风气亦先寒[10]。田家岂不苦？弗获辞此难[11]。四体诚乃疲，庶无异患干[12]。盥濯息檐下，斗酒散襟颜[13]。遥遥沮溺[14]心，千载乃相关[15]。但愿长如此，躬耕非所叹。①

注释

[1] 有道：《庄子·在宥》："无为而尊者，天道也；有为而累者，人道也。"人道有为有累，而衣食为人道之首。道：常道、规律。[2] 固：本、原。

---

① 张溥. 汉魏六朝百三家集 [M]. 上海：上海古籍出版社，1994：118-119.

端：开始。[3] 孰：何。是：此，指衣食。营：经营。[4] 以：凭。自安：自得安乐。[5] 开春：春天开始，进入春天。常业：日常事务，这里指农务。[6] 岁功：一年农事的收获。聊可观：勉强可观。聊：勉强。[7] 肆 (yì)：通"肄"，习、操持。[8] 日入：日落。耒 (lěi)：耒耜，即农具。[9] 饶：多。霜露：霜和露水，两词连用常不实指，而比喻艰难困苦的条件。[10] 风气：气候。先寒：早寒，冷得早。[11] 弗：不。此难：这种艰难，指耕作。[12] 庶：庶几、大体上。异患：想不到的祸患。干：犯。[13] 盥濯：洗盥。襟颜：胸襟和面颜。[14] 沮溺：即长沮、桀溺，孔子遇到的"耦而耕"的隐者。借指避世隐士。[15] 乃：竟然。关：关联，契合。

思考题

你是如何理解"人生归有道，衣食固其端"的？

（姚海斌）

郡内登望

谢　朓

导读

谢朓（464—499），字玄晖，陈郡阳夏（今河南太康）人，南齐文学家。曾任宣城太守、尚书吏部郎等职。少有美名，文章清丽。他和谢灵运并称"大小谢"。其诗风清新流丽，颇多秀句，较少繁芜词句和玄言成分，对山水诗的发展有重大贡献。其诗善写山水景物，风格清俊，声律和谐，是当时永明新体诗的代表作家。《南齐书·谢朓传》称："朓善草隶，长五言诗，沈约常云：'二百年来无此诗也。'"宋人辑有《谢宣城集》五卷传世，近人郝立权有《谢宣城诗注》，今人洪顺隆、曹融南均有《谢宣城集校注》）。

《郡内登望》诗题一作《宣城郡内登望》。建武二年（495）夏，谢朓出任宣城太守，此为谢朓在任期间作品。诗作前部分写景，后部分抒情。前部分登望远眺之景物稍显寥落，正合"苍然"之意，"陵阳""巘岩""阴风""寒烟"等登望之景略显苍凉，折射出诗人落寞的心境。"结发倦为旅"转入抒情，作为郡内太守，谢朓在任期间尽职尽责，这并非为了仕途腾达，"倦为旅"表明他并不想驰骋疆场、叱咤风云，现实却是"平生早事边"，身不由己的仕途让诗人难以自由自在。结尾四句一句一典，子路游楚列鼎而食、齐景公披狐白之裘坐于堂侧、东汉宗资为汝南太守、管宁在辽东牵牛饮食四个典故，在意义上有转折之妙用，列举这些典故表明自己既已为一郡太守，就要恪尽职守，施行良政、为一方造福，而不能混沌度日、无所事事。由此可见，出任宣城太守虽非谢朓本心本意，但他具有责任心，既然做了太守，就要有相应的职业操守。

《郡内登望》用典丰富，情景交融，意趣上与诗人的《落日怅望》相近，都是登高远眺之作，都带有怅望之意，同时又都有施行良政的思想。出任宣城太守虽非本意，但诗人能从历史人物身上汲取智慧，恪尽职守，这是值得我们学习的。我们歌颂自由，但是也要记住：在其位，谋其政，行其权，尽其责。

借问下车日，匪直望舒圆[1]。寒城一以眺，平楚正苍然[2]。山积陵阳[3]阻，溪流春谷[4]泉。威纡距遥甸[5]，巉岩带远天[6]。切切[7]阴风暮，桑柘[8]起寒烟。怅望心已极[9]，惝恍[10]魂屡迁。结发[11]倦为旅，平生早事边[12]。谁规鼎食盛[13]，宁要狐白鲜[14]。方弃汝南诺[15]，言税辽东田[16]。①

注释

[1] 借问下车日，匪直望舒圆：张协《杂诗十首·其八》："下车如昨日，望舒四五圆。"下车：到任。匪直：非只，不只。望舒：神话传说中为月驾车的人，后代指月亮。[2] 平楚：登高望远，见树梢齐平，故称平楚，犹言"平林"。楚：丛木。苍然：谓一片深青色。[3] 陵阳：山名。相传为古仙人陵阳子明得道成仙之地，在安徽石埭（dài）北，一说在宣城城内，此据后说。[4] 春谷：县名。故治在今安徽繁昌西北。[5] 威纡：迂回曲折。距：到。甸：郊野。[6] 巉岩：险峻的山岩。带：连接。[7] 切切：风声。[8] 柘（zhè）：木名。桑属，叶可饲蚕。[9] 极：到极点。谓心中惆怅到极点。[10] 惝恍：失意貌。[11] 结发：古代男子二十束发加冠，谓之成年，称结发。谢朓建元四年（482）初入仕为豫章王萧嶷太尉行参军，时年十九，

接近二十，故云。[12] 平生：一生，此生。事边：到边郡任职。[13] 规：谋求。鼎食：列鼎而食。指达官贵人的豪奢生活。[14] 宁：岂。狐白：狐腋下的白毛。指精美的狐裘，为贵者所穿。[15] 方弃汝南诺：谓将弃官。方：将。诺：即画诺，指主管长官在文书上签字表示同意照办。[16] 言：语助词。税（tuō）：解，脱。谓卸职归隐。辽东：郡名。秦置，汉因之，治襄平县（今辽宁辽阳）。东汉末年，北海人管宁避乱辽东，庐于山谷，召众讲习《诗》《书》，历三十余年方归故里。魏文帝、魏明帝征召，皆不就。

思考题

面对"结发倦为旅，平生早事边"的类似矛盾，应该如何做出选择？

（姚海斌）

二、散文

寡人[1]之于国也

孟 子

导读

　　孟子（约前372—前289），名轲，字子舆，战国时期邹国（今山东省邹城市）人，是战国中期著名的思想家、教育家、散文家。他继承发展了孔子的"仁学"，最早提出"民贵君轻"的思想，是继孔子之后影响最大的儒学大师，地位仅次于孔子，后世尊号"亚圣"。《孟子》七篇共计260章，主要记录了孟子的言行和学说，是孟子及其弟子所著，是《论语》之后儒家的重要著作。

　　《寡人之于国也》选自《孟子·梁惠王上》。战国时期，列国争雄，频繁的战争导致人口大批迁徙、伤亡。而当时既无国籍制度，也无移民限制，百姓可以随意寻找自己心目中的乐土。哪一个国家比较安定、富强、和乐，就迁到那个国家为臣民，而一个国家人民的多少也是一个国家是否稳定、繁荣、昌盛的判断标准之一。因此，诸侯为称雄，都希望自己的国家人口增多。梁惠王也不例外。

　　据《史记·魏世家》记载，梁惠王三十五年（前335），"卑礼厚币，以招贤者"，于是贤者数人不远千里来到魏都大梁，其中就有孟子。两人一见面，梁惠王就想得到"以利吾国"的良策，孟子则以"何必曰利？亦有仁义而已矣"为对，指出专言求利的严重危害性和躬行仁义的重要意义。两人另一次会面是在禽兽嬉游的池沼边上。梁惠王得意地问孟子："贤者亦乐此乎？"孟子以"贤者而后乐此，不贤者虽有此，不乐也"为对，并通过历史事实的对比，证明了贤者"偕乐"与不贤者"独乐"的不同结果。正是在接触、交谈的过程中，孟子与梁惠王彼此有了进一步了解，于是有了《寡人之于国也》这篇传诵千古的政事问答。

　　《寡人之于国也》是表现孟子"仁政"思想的文章之一，论述了如何实行"仁政"，以"王道"统一天下的问题。"养生丧死无憾，王道之始也"

"七十者衣帛食肉，黎民不饥不寒，然而不王者，未之有也"为文章点睛之笔，突出了本文主旨：只有实行仁政，真正让民众有休养生息的机会，使黎民"衣帛食肉""不饥不寒"，并且重视对百姓的教化，才能得民心。得民心，才能得天下。

孟子的"民本"思想蕴含着传统的人文精华，历久而弥新，不断给现代人以有益启示，为当代中国政治文明建设提供借鉴，随着时代的进步、社会的发展，孟子"民本"思想的现代价值和现实意义将更加显现。

梁惠王[2]曰："寡人之于国也，尽心焉耳矣[3]。河内[4]凶[5]，则移其民于河东[6]，移其粟[7]于河内；河东凶亦然[8]。察邻国之政，无如[9]寡人之用心者。邻国之民不加少，寡人之民不加多[10]，何也？"

孟子对曰："王好战[11]，请以战喻[12]。填[13]然鼓之[14]，兵刃既接[15]，弃甲曳兵[16]而走[17]。或[18]百步而后止，或五十步而后止。以[19]五十步笑[20]百步，则何如？"

曰："不可，直[21]不百步耳，是[22]亦走也。"

曰："王如知此，则无[23]望民之多于邻国也。不违农时[24]，谷[25]不可胜食[26]也；数罟不入洿池[27]，鱼鳖[28]不可胜食也；斧斤[29]以时[30]入山林，材木不可胜用也。谷与鱼鳖不可胜食，材木不可胜用，是使民养生[31]丧死[32]无憾[33]也。养生丧死无憾，王道[34]之始也。五亩[35]之宅，树[36]之以桑，五十者可以衣帛[37]矣。鸡豚[38]狗彘[39]之畜[40]，无[41]失其时，七十者可以食肉矣。百亩之田[42]，勿夺[43]其时，数口之家可以无饥矣。谨[44]庠序[45]之教[46]，申[47]之以孝悌[48]之义[49]，颁白[50]者不负戴[51]于道路矣。七十者衣帛食肉，黎民[52]不饥不寒，然而不王[53]者，未之有[54]也。狗彘食人食[55]而不知检[56]，涂[57]有饿莩[58]而不知发[59]，人死，则曰：'非我也，岁[60]也。'是何异于刺人而杀之，曰：'非我也，兵也'？王无罪[61]岁，斯[62]天下之民至焉。"①

![注释]

[1] 寡人：寡德之人，是古代国君对自己的谦称。[2] 梁惠王：战国时期魏国的国君，姓魏，名罃。魏国都城在大梁（今河南省开封市西北），所以

① 万丽华，蓝旭. 孟子·梁惠王上 [M]. 北京：中华书局，2007：5-6.

魏惠王又称梁惠王。[3] 焉耳矣：焉、耳、矣都是句末助词，重叠使用，加重语气。[4] 河内：今河南境内黄河以北的地方。古人以中原地区为中心，所以黄河以北称河内，黄河以南称河外。[5] 凶：谷物收成不好，荒年。[6] 河东：黄河以东的地方。在今山西西南部。黄河流经山西省境，自北而南，故称山西境内黄河以东的地区为河东。[7] 粟：谷子，脱壳后称为小米，也泛指谷类。[8] 亦然：也是这样。[9] 无如：没有像……[10] 加少：更少。加多：更多。加：副词，更、再。[11] 好战：喜欢打仗。战国时期各国诸侯热衷于互相攻打和兼并。[12] 请以战喻：请让我用打仗来比喻。请：有"请允许我"的意思。[13] 填：拟声词，模拟鼓声。[14] 鼓之：敲起鼓来，发动进攻。古人击鼓进攻，鸣锣退兵。鼓：动词。之：没有实在意义的衬字。[15] 兵刃既接：两军的兵器已经接触，指战斗已开始。兵：兵器、武器。既：已经。接：接触，交锋。[16] 弃甲曳兵：抛弃铠甲，拖着兵器。曳（yè）：拖着。[17] 走：跑，这里指逃跑。[18] 或：有的人。[19] 以：凭着，借口。[20] 笑：耻笑，讥笑。[21] 直：只是，不过。[22] 是：代词，这里指代上文"五十步而后止"。[23] 无：通"毋"，不要。[24] 不违农时：指农忙时不要征调百姓服役。违：违背、违反，这里指耽误。[25] 谷：粮食的统称。[26] 不可胜食：吃不完。胜：尽。[27] 数罟不入洿池：这是为了防止破坏鱼的生长和繁殖。数（cù）：密。罟（gǔ）：网。洿（wū）：深。[28] 鳖：甲鱼或团鱼。[29] 斤：与斧相似，比斧小而刃横。[30] 时：时令季节。砍伐树木宜在草木凋落、生长季节过后的秋冬时节进行。[31] 养生：供养活着的人。[32] 丧死：为死了的人办丧事。[33] 憾：遗憾。[34] 王道：以仁义治天下，这是儒家的政治主张。与当时诸侯奉行的以武力统一天下的"霸道"相对。[35] 五亩：先秦时五亩约合如今的一亩二分多。[36] 树：种植。[37] 衣（yì）帛：穿上丝织品的衣服。衣：用作动词，穿。[38] 豚：小猪。[39] 彘（zhì）：猪。[40] 畜：畜养，饲养。[41] 无：通"毋"，不要。[42] 百亩之田：古代实行井田制，一个男劳动力可分得耕田一百亩。[43] 夺：失，违背。[44] 谨：谨慎，这里指认真从事。[45] 庠序：古代的乡学。《礼记·学记》："古之教者，家有塾，党有庠，术有序，国有学。"[46] 教：教化。[47] 申：反复陈述。[48] 孝悌（tì）：敬爱父母和兄长。[49] 义：道理。[50] 颁白：头发花白。颁：通"斑"。[51] 负：背负着东西。戴：头顶着东西。[52] 黎民：百姓。[53] 王（wàng）：这里用作动词，为王，称王，也就是使天下百姓归顺的意思。[54] 未之有：未有之。之：指代"七十者衣帛食肉，黎民不饥不寒，然而不王者"。[55] 食人食：前一个"食"为动词，吃；后一个"食"为名词，指食物。[56] 检：检点，制止、约束。[57] 涂：通"途"，道路。[58] 饿莩（piǎo）：饿死的人。莩：同"殍"，饿死的人。[59] 发：指打开粮仓，赈济百姓。[60] 岁：年岁、年成。[61] 罪：归咎，归罪。[62] 斯：则、那么。

思考题

孟子所主张的"仁政"与孔子主张的"仁"有何异同？

（孙惠欣）

论积贮[1]疏

贾 谊

导 读

贾谊（前200—前168），洛阳（今属河南）人，少年成名，是西汉初年汉文帝时期著名政论家、文学家。贾谊从小就博览群书，尤其是《诗》《书》《礼》等儒家经典著作，对道家也颇有研究。其知识渊博，才华横溢，忧国忧民，不仅精通政治，更精通文学和教育，在诗歌、散文等方面均取得了巨大的成就，而他的思想、主张自然贯穿其中，尤其体现在《劝学》等篇中。

《论积贮疏》是贾谊所写的一篇奏疏。"疏"是臣下向皇帝陈述意见的奏章，作为一种实用性公文，奏疏应"以明允笃诚为本，辨析疏通为首"（《文心雕龙·奏启》）。

西汉建国之初，秦国的暴政和长达四年的楚汉战争，给国民经济造成严重破坏，汉高祖刘邦为恢复国力，采取"与民休息"的政策，减轻百姓赋税，同时允许地方诸侯"各为私奉养"，收取赋税自供，以减轻朝廷负担。即便如此，国家财力依然不容乐观。汉文帝即位后，躬修节俭，进一步缩减用度。但其时国家统一未久，民间依然留存了战国以来奔走趋利的风气，重工商业而轻农业生产。针对这一现状，贾谊上疏汉文帝，指出国家应鼓励百姓从事农业生产，同时采取措施有计划地贮存粮食，以应对灾荒、保障民生。贾谊认为人民是国家的根本，提出："夫民者，万世之本也，不可欺。"《新书·大政上》汉初推行了许多表面上有利于农民的措施，导致奸商肆意拉大贫富差距，贾谊的《论积贮疏》就是针对这一问题提出的。

在《论积贮疏》中，贾谊首先以管子名言开篇作为导语，引出自己的看法："民不足而可治者，自古及今，未之尝闻"。继而通过古今对比，说明古人治理天下的成功经验："至纤至悉"。又举出当前社会中出现的问题，如"岁恶不入""请卖爵、子"等，警醒汉文帝。第二段则是说明积贮粮食对应付自然灾害和战争的重要性。在第三段中直接提出"夫积贮者，天下之大命也"的主张，认为"殴民而归之农，皆著于本，使天下各食其力，末技游食之民转而缘南亩"，就可以达到"畜积足"而人民安居乐业的目的。文末则提出统治者应该鼓励人民从事农业，积贮粮食，以防意外。

《论积贮疏》因事而发、切中时弊，受到汉文帝重视。随后汉文帝首开籍田躬耕，鼓励百姓从事农业生产，逐步提升了朝廷的经济实力，为后来汉景帝平定"七国之乱"奠定了经济基础。本篇以古人深知"民足而可治"的观点引入，指出当时"背本而趋末"、岌岌可危的社会现状，而后以设问展开，用各种反面假设强调国无贮藏的危害，最后提出"夫积贮者，天下之大命也"这一中心论点。词句整饬，具有说服力。

贾谊提出的主张，对维护汉朝的封建统治，促进当时的社会生产，发展经济，巩固国防，安定人民的生活，都有一定的贡献，在客观上是符合人民的利益的，在历史上有其进步的意义。同时，他重视发展农业、提倡积贮的思想，对今天的我们而言也仍有借鉴的价值。

管子[2]曰："仓廪[3]实而知礼节。"民不足而可治者，自古及今，未之尝闻。古之人曰："一夫不耕，或受之饥；一女不织，或受之寒。"生之有时，而用之亡度，则物力必屈[4]。古之治天下，至纤至悉[5]也，故其畜积足恃[6]。今背本而趋末[7]，食者甚众，是天下之大残[8]也；淫侈[9]之俗，日日以长，是天下之大贼[10]也。残贼公行，莫之或止；大命将泛[11]，莫之振[12]救。生[13]之者甚少，而靡[14]之者甚多，天下财产何得不蹶[15]！汉之为汉几[16]四十年矣，公私之积犹可哀痛[17]。失时不雨[18]，民且狼顾[19]；岁恶[20]不入，请卖爵、子[21]。既闻耳矣，安有为天下阽危[22]者若是而上不惊者！

世之有饥穰[23]，天之行也[24]，禹、汤被之[25]矣。即不幸有方二三千里之旱，国胡以相恤[26]？卒[27]然边境有急，数十百万之众，国胡以馈[28]之？兵旱相乘，天下大屈[29]，有勇力者聚徒而衡[30]击，罢夫赢老易子而咬其骨[31]。政治未毕通也，远方之能疑[32]者并举而争起矣，乃骇而图之[33]，岂将有及[34]乎？

夫积贮者，天下之大命也。苟[35]粟多而财有余，何为而不成？以攻则取，以守则固，以战则胜。怀敌附远[36]，何招而不至？今殴民而归之农[37]，皆著于本，使天下各食其力，末技游食之民转而缘南亩[38]，则畜积足而人乐其所矣。可以为富安天下，而直为此廪廪也[39]。窃为陛下惜之！①

注释

[1] 积贮：储备财货。[2] 管子：春秋时期齐国丞相管仲，撰有《管子》。[3] 仓廪：储藏米谷粮食的地方。[4] 屈：尽，用完。[5] 至纤至悉：意为古时治理天下关注的是每个人的吃穿用度等细节。纤：细小。悉：全，完备。[6] 恃：依赖。[7] 本：指农业生产。末：指工商业。[8] 残：伤害，危害。[9] 淫侈：享乐而不加节制。[10] 贼：伤害，残害。[11] 泛：覆，指天下被颠覆。[12] 振：举。[13] 生：生产。[14] 靡：散，指财货的消耗。[15] 蹷：枯竭。[16] 几（jī）：接近，大约。[17] 公私之积犹可哀痛：指公私财货储备不足。[18] 失时不雨：雨水未按时令到来。[19] 狼顾：相传狼走路时常因恐惧而左顾右盼，形容百姓恐慌的样子。[20] 岁恶：农业收成不好。[21] 请卖爵、子：卖爵位又卖子女。[22] 阽（diàn）危：即将坠落，非常危险的情况。阽：靠近边缘。[23] 饥：歉收的荒年。穰（ráng）：丰年。[24] 天之行也：指粮食收成有好有坏是符合天道运行规律的。行：道。[25] 禹、汤被之：禹时也曾遭受洪水，汤时也曾遭受旱灾。被：遭受。[26] 胡：何。恤：救济。[27] 卒：通“猝”，突然。[28] 馈：赠送。[29] 天下大屈：指天下大乱。屈：通“曲”，不直。[30] 衡：通“横”，指起兵造反。[31] 罢夫赢老：指老弱病残。罢：通“疲”。易子而咬其骨：即易子相食，饥荒严重时百姓为了活命，交换孩子作为食物。[32] 疑：通“拟”，指可以和天子相比拟的人。[33] 骇：惊惧。图：图谋。[34] 岂将有及：怎么来得及呢？[35] 苟：倘若。[36] 怀：来。附：指让敌人归附。[37] 今殴民而归之农：意为鼓励百姓进行农业生产。殴：通

① 班固．汉书·食货志［M］．颜师古，注．北京：中华书局，1962：1128－1130.

"驱"。[38] 缘南亩：指从事农业生产。[39] 而：表转折，却。廪廪：危急的样子。

思考题

《论积贮疏》一文虽历时两千余年，但其"积贮者，天下之大命"的思想今天仍然适用。试谈这篇奏疏的现实意义。

（孙惠欣）

论贵粟疏（节选）
晁　错

导读

《论贵粟疏》是晁错上给汉文帝的奏疏，出自《汉书·食货志上》，标题为后人所加。晁错（前200—前154），颍川（今河南禹州）人，西汉政治家、文学家。晁错提出并大力推动"重农抑商"政策，主张纳粟受爵，发展农业生产，振兴经济；在抵御匈奴侵边问题上，提出"移民实边"的战略思想，建议募民充实边塞，积极备御匈奴攻掠；政治上，进言削藩，剥夺诸侯王的政治特权以巩固中央集权，这损害了诸侯利益，以吴王刘濞为首的七国诸侯以"请诛晁错，以清君侧"为名，举兵反叛。汉景帝听从袁盎之计，腰斩晁错于东市。

在《论贵粟疏》中，晁错首先运用古今对比，引出主题。说明不重视农业将会导致一系列的社会问题，如社会混乱、流民四散，使统治者意识到问题的严重性。其次，通过珠玉金银与粟米布帛价值、作用的比较分析，强调君主应该重农抑商并"贵五谷而贱金玉"。再次，通过农民与富贾之间的对比、法令制定与实际实施情况的对比，论述当前农民现实生活中的贫困穷苦和富商大贾优渥无虑的生活，说明政策法令实施不到位导致"今法律贱商人，商人已富贵矣；尊农夫，农夫已贫贱矣"。最后，提出改变现状的方法——"使民务农"。而针对"使民务农"，晁错进一步提出了切实可行的方法和建议。首先是把粮食作为赏罚依据，即缴纳粮食可以授予爵位、免除罪状，并说明此措施"主用足""民赋少""劝农功"的三大作用，从而与开篇提出的重农抑商、以"开其资财之道"的宗旨一脉相承。

《论贵粟疏》全篇采用古今对比、农商对比等方法论证，使得观点更加鲜明、论证更具有说服力。在论证过程中颇有一种"咄咄逼人"的气势，如"贫生于不足，不足生于不农，不农则不地著，不地著则离乡轻家，民如鸟兽……"由此及彼，环环相扣，层层推进，让人难以招架反驳。

方今之务[1]，莫若[2]使民务农而已矣。欲民务农，在于贵粟。贵粟之道，在于使民以粟为赏罚[3]。今募天下入粟县官[4]，得以拜爵[5]，得以除罪[6]。如此，富人有爵，农民有钱，粟有所渫[7]。夫能入粟以受爵，皆有余者也。取于有余，以供上用，则贫民之赋可损[8]，所谓损有余，补不足，令出而民利者也。顺于民心，所补者三[9]：一曰主用足[10]，二曰民赋少，三曰劝农功[11]。今令[12]民有车骑马[13]一匹者，复卒三人[14]。车骑者，天下武备也，故为复卒。神农[15]之教曰："有石城十仞[16]，汤池百步[17]，带甲百万，而亡粟，弗能守也。"以是观之，粟者，王者大用[18]，政之本务[19]。令民入粟受爵至五大夫以上，乃复一人[20]耳，此其与骑马之功[21]相去远矣。爵者，上之所擅[22]，出于口而亡穷[23]；粟者，民之所种，生于地而不乏。夫得高爵与免罪，人之所甚欲也。使天下人入粟于边，以受爵免罪，不过三岁，塞下之粟[24]必多矣。①

注释

[1]务：致力、从事的根本。[2]莫若：莫如，不如。[3]以粟为赏罚：用粮食作为赏罚的手段。[4]募：征集，招募。入粟：纳粮。县官：即朝廷，也是古时天子的别称。[5]拜爵：授官爵。[6]除罪：免罪，实际是纳粟赎罪。[7]渫（xiè）：分散，疏散。[8]损：减少。[9]所补者三：可带来三个好处。补：裨益。[10]主用足：皇上的用度充足。[11]劝农功：鼓励人们从事农业生产。[12]今令：现在的法令。[13]车骑马：似指既能驾战车又能作战马的两用马。车骑：指战车战马。[14]复卒三人：免服兵役或免纳赋税。颜师古注："当为卒者，免其三人；不为卒者，免其钱耳。"即本来应当去服兵役的人，如果家里有这样一匹马，那就可以免除他家三个人

---

① 班固. 汉书·食货志 [M]. 颜师古，注. 北京：中华书局，1962：1133－1134.

服兵役；要是这家人不用去服兵役，那就可以免除他们需要缴纳的相应钱款。复：免，除。[15]神农：上古传说中的帝王，始教民为耒耜，兴农业，故称神农氏。[16]石城：用石筑起的城墙。喻城之坚固，犹"金城"。仞：长度单位，一仞为周制八尺、汉制七尺。[17]汤池：以沸汤为池，不能接近，喻其严固。百步：指汤池之宽。[18]王者大用：对统治天下的帝王用处最大。[19]政之本务：治政的根本急务。[20]复一人：即复卒一人。见注"复卒三人"。[21]骑马之功：指上文所言出"车骑马一匹者"的功劳。[22]擅：专有。[23]出于口而亡穷：言皇帝一开口便可封官且不受名额限制。[24]塞下之粟：指供边塞用的军粮。

思考题

《论贵粟疏》和《论积贮疏》都是说明粮食以及发展农业的重要性，二者的观点有何异同？对当下有何启示？

（孙惠欣）

陈政事疏（节选）

贾 谊

导读

《陈政事疏》又名《沿安策》，是西汉时期著名的政论家、文学家贾谊的一篇政论散文。贾谊的散文创作，大多与汉初面临的社会政治问题紧密联系，代表着汉初政论散文的最高成就。与先秦文章"以立意为宗，不以能文为本"不同的是，贾谊的政论散文文质兼具，不仅充分论述了他的政治思想和主张，其文本本身也文采斐然，气势磅礴，情辞恳切，说理严谨。

《陈政事疏》论述了汉文帝时期面临的社会危机，尖锐地指出了其表面平静而蒸蒸日上背后的"厝火积薪"之势。针对汉初社会现实存在的危机和隐患，贾谊系统阐述了自己的政治思想和主张，在藩国、汉匈关系、以民为本、推行礼治及太子教育等问题上向汉文帝慷慨陈词、直言不讳。就其文本本身而言，《陈政事疏》具有丰富的思想内涵，颇具文学价值，且文笔璀璨，语言华美。贾谊对文本的结构、语言、情感、修辞和说理形式的把握，体现了其作为文学家善于为文的一面。

贾谊舍生取义，勤政为民，他力主削弱诸侯国以巩固中央集权，吴楚七国之乱证明了他在政治上的远见卓识。他所作"疏者必危，亲者必乱"的论断，发常人所不能发或不敢发，这使其文章具有毫无顾忌、一泻千里的磅礴气势，亦为常人所难以企及。他在政治上所秉持的正直坦诚，是值得我们称颂和学习的。

夫树国固[1]，必相疑[2]之势，下数被其殃，上数爽其忧[3]，甚非所以安上而全下也。今或亲弟[4]谋为东帝，亲兄之子[5]西乡[6]而击，今吴[7]又见告矣。天子春秋鼎盛[8]，行义未过，德泽有加焉，犹尚如是，况莫大[9]诸侯，权力且十此者乎！

然而天下少安[10]，何也？大国之王幼弱未壮，汉之所置傅相[11]方握其事。数年之后，诸侯之王大抵皆冠，血气方刚，汉之傅相称病而赐罢，彼自丞尉[12]以上，偏置私人，如此，有异淮南、济北之为邪？此时而欲为治安，虽尧舜不治。

黄帝曰："日中必熭[13]，操刀必割。"今[14]令此道顺而全安甚易，不肯早为，已乃堕骨肉之属而抗刭[15]之，岂有异秦之季世[16]乎？夫以天子之位，乘今之时，因天之助，尚惮以危为安，以乱为治。假设陛下居齐桓[17]之处，将不合诸侯而匡[18]天下乎？臣又知陛下有所必不能矣。假设天下如曩[19]时，淮阴侯尚王楚，黥布王淮南，彭越王梁，韩信王韩，张敖王赵，贯高为相，卢绾王燕，陈豨在代[20]，令此六七公者皆亡恙[21]，当是时而陛下即天子位，能自安乎？臣有以知陛下之不能也。天下淆[22]乱，高皇帝[23]与诸公并起，非有仄室之势以豫席之也[24]。诸公幸者乃为中涓[25]，其次仅得舍人[26]，材之不逮至远也。高皇帝以明圣威武即天子位，割膏腴之地以王诸公，多者百余城，少者乃三四十县，德至渥[27]也。然其后十年之间，反者九起。陛下之与诸公，非亲角材而臣之也[28]，又非身封王之也。自高皇帝不能以是一岁为安，故臣知陛下之不能也。①

[1]树国：建立诸侯国。固：强大。[2]相疑：指朝廷与所封诸侯国相

① 班固. 汉书·食货志［M］. 颜师古，注. 北京：中华书局，1962：2232-2234.

互疑忌。[3]下数（shuò）被其殃，上数爽其忧：下、上，分别指诸侯国与汉室。数：屡次。爽：太，过甚。[4]亲弟：指淮南厉王刘长，汉文帝之弟。《汉书·五行志》载，刘长"谋逆乱，自称东帝"。[5]亲兄之子：指济北王刘兴居，汉文帝兄刘肥（齐悼惠王）之子，汉文帝前元三年（前177）谋反，袭荥阳，兵败被杀。[6]乡：通"向"。[7]吴：指吴王刘濞，当时他不循汉法而被人告发。[8]春秋鼎盛：年龄正轻。鼎：方，正值。[9]莫大：最大。[10]少安：稍安。[11]傅相：朝廷派往诸侯国的辅佐官员。[12]丞尉：各级文武官员的副职。此泛指诸侯国官吏。[13]餧（wèi）：晒干。[14]今：如果。[15]抗刭：斩首。[16]季世：末世。[17]齐桓：春秋齐桓公小白，曾九合诸侯，一匡天下，为春秋五霸之首。[18]匡：正。[19]曩（nǎng）：从前。[20]淮阴侯尚王楚，黥布王淮南，彭越王梁，韩信王韩，张敖王赵，贯高为相，卢绾王燕，陈豨（xī）在代：淮阴侯，即韩信，曾封楚王。王（wàng）：作动词用，后四句同此。黥布：即英布，封淮南王。彭越：封梁王。韩信：即韩王信，战国韩国国君的后代，汉初封韩王，与淮阴侯韩信非一人。张敖：赵王张耳之子，袭封赵王。贯高：赵国之相。卢绾（wǎn）：封燕王。陈豨：曾任代国之相。[21]六七公：上文述八人，此约略举之。亡：同"无"。[22]渍：杂。[23]高皇帝：汉高祖刘邦。[24]仄室：侧室，此指庶子，非正妻所生之子。文帝是高祖薄姬（后为文帝太后）所生。席：凭借。[25]中涓：身边亲近之臣。[26]舍人：此指门客。[27]渥：厚。[28]角材：比较、衡量才能。臣之：给他们封官。

思考题

如何评价贾谊这种直言不讳表达政治思想和主张的方式？

（孙惠欣）

前出师表

诸葛亮

导读

诸葛亮（181—234），字孔明，琅玡阳都（今山东沂南）人。三国时期著名的政治家、军事家。早年避乱荆州，隐居陇亩，后辅佐刘备建立蜀汉，因联吴抗曹，西取益州，封为丞相。刘备死后，诸葛亮受遗诏辅佐刘禅，他前后五次出师北伐曹魏，卒于军中，谥忠武。代表作有《诫子书》及前、后《出师表》，后人辑其作品为《诸葛亮集》四卷。

本文是诸葛亮准备北上伐魏、克复中原，在行军前给后主刘禅上书的表文。文章以议论为主，兼叙述和抒情，不假雕饰，情真语挚，文采内蕴，用委婉且恳切的言辞劝勉后主励精图治、广开言路、亲贤远佞，通篇读来让人感受到诸葛亮对蜀汉的兢兢业业、忠贞不渝。本文属于奏章，诸葛亮作此文是为了帮助后主刘禅完成先帝未竟的复兴汉室大业，有晓之以理也有动之以情，有宏图绘制也有具体建议，有殷切希望也有现实讲述，既符合臣子之身份又贴合长辈口吻，足见这位蜀汉丞相的敬业奉献精神。

本文通篇由势入理，讲述北伐之理，劝勉后主广开言路，这些都关系国家存亡及能否兴旺发展；讲述自己由布衣身份到位极人臣，由躬耕隐士成为三军主帅，正是先帝的知遇之情使得诸葛亮呕心沥血，日夜为蜀汉谋求生存、发展之路。诸葛亮自辅佐先帝始，直到命丧五丈原，都在为蜀汉兢兢业业、不求回报地奉献，赤壁之战败曹操、取荆州、取益州、建蜀汉、联孙吴、擒孟获、数次北伐，频年出征，拜为丞相、被封武乡侯，辅佐先帝帮扶后主……蜀汉政权的建立与发展过程他都付出了极大的心血和智慧。他的军事才能、政治才能都极高，在政局纷乱时期他依然尽忠职守，具有敢于担当的职业精神和操守。"报先帝，而忠陛下之职分也"解释了行为原因，三顾茅庐换来的是二十一年如一日的竭忠尽智，刘备临终托孤后，他一如既往忠心不改、驱驰奔赴。论世、进言、抒情为出师铺垫，"奖率三军，北定中原"为本文点题，诸葛亮不仅要守江山还要谋发展，兴复汉室的大业与他个人的事业结合在一起，真正做到了"鞠躬尽瘁，死而后已"。实际上诸葛亮正是千千万万在自己岗位上甘于奉献、爱岗敬业、恪尽职守的人民的代表。

臣亮言：先帝创业未半而中道崩殂[1]。今天下三分[2]，益州疲弊[3]，此诚危急存亡之秋也[4]。然侍卫之臣不懈于内[5]，忠志之士忘身于外者[6]，盖追先帝之殊遇，欲报之于陛下也[7]。诚宜开张圣听[8]，以光先帝遗德[9]，恢宏[10]志士之气，不宜妄自菲薄[11]，引喻失义[12]，以塞忠谏之路也[13]。

宫中府中[14]，俱为一体，陟罚臧否，不宜异同[15]。若有作奸犯科[16]及为忠善者，宜付有司[17]论其刑赏，以昭陛下平明之理[18]，不宜偏私，使内外异法也。侍中、侍郎郭攸之、费祎、董允等[19]，此皆良实[20]，志虑忠纯，是以先帝简拔以遗陛下[21]。愚以为宫中之事，事无大小，悉以咨之[22]，然后施行，必能裨补阙漏[23]，有所广益。

将军向宠[24]，性行淑均[25]，晓畅军事，试用于昔日，先帝称之曰能，是以众议举宠为督。愚以为营中之事，事无大小，悉以咨之，必能使行阵和睦，优劣得所[26]。

亲贤臣，远小人，此先汉[27]所以兴隆也；亲小人，远贤臣，此后汉所以倾颓也[28]。先帝在时，每与臣论此事，未尝不叹息痛恨于桓、灵也[29]。侍中、尚书、长史、参军[30]，此悉贞良死节之臣[31]，愿陛下亲之信之，则汉室之隆，可计日而待也。

臣本布衣[32]，躬耕于南阳[33]，苟全性命于乱世，不求闻达[34]于诸侯。先帝不以臣卑鄙[35]，猥自枉屈[36]，三顾臣于草庐之中，咨臣以当世之事。由是感激，遂许先帝以驱驰[37]。后值倾覆[38]，受任于败军之际，奉命于危难之间，尔来二十有一年[39]矣！

先帝知臣谨慎，故临崩寄臣以大事[40]也。受命以来，夙夜[41]忧叹，恐托付不效，以伤先帝之明。故五月渡泸[42]，深入不毛[43]。今南方已定，兵甲[44]已足，当奖率[45]三军，北定中原，庶竭驽钝[46]，攘除奸凶[47]，兴复汉室，还于旧都[48]。此臣所以报先帝，而忠陛下之职分也[49]。至于斟酌损益[50]，进尽忠言，则攸之、祎、允之任也。

愿陛下托臣以讨贼兴复之效[51]，不效[52]则治臣之罪，以告先帝之灵。若无兴德之言，则责攸之、祎、允等之慢[53]，以彰其咎。陛下亦宜自谋，以咨诹善道[54]，察纳雅言[55]，深追先帝遗诏，臣不胜[56]受恩感激。

今当远离，临表涕零，不知所言[57]。①

注释

[1] 先帝：指刘备。崩殂（cú）：指天子死。[2] 三分：指魏、蜀、吴三国鼎立。[3] 益州疲弊：指蜀汉国力薄弱，处境艰难。益州：这里指蜀汉。[4] 存亡：偏义复词，偏重"亡"。秋：指时候。[5] 内：朝廷上。[6] 士：将士。忘身：奋不顾身。外：朝廷外，指战场上。[7] 之：代词。于：向，对。[8] 诚：实在，确实。宜：应该。开张圣听：扩大圣明的听闻，意思是广泛听取别人的意见。[9] 以：来。光：发扬。[10] 恢宏：形容词作动词，

① 张启成，等. 文选［M］. 北京：中华书局，2019：2560 - 2567.

发扬扩大。[11] 菲薄：同义连用。这里用作动词，指看轻。[12] 引喻失义：说话不恰当。引喻：引用、比喻，这里是说话的意思。义：适宜，恰当。[13] 以：因而。塞：阻塞。忠：忠诚。谏：直言规劝，使改正错误，这里指进谏。[14] 宫中：指皇宫中。府中：指朝廷中。[15] 陟：指升迁官职。罚：指降职。臧否（pǐ）：善恶，这里形容词用作动词，意思是评论人物的好坏。异同：偏义复词，偏重"异"。[16] 科：科条，法令。[17] 有司：职有专司，就是专门管理某种事情的官员。[18] 昭：彰显，显扬。平明：公平清明。理：治理。[19] 侍中、侍郎郭攸之、费祎、董允：郭攸之、费祎是侍中，董允是侍郎。侍中、侍郎都是官名。[20] 良实：善良诚实，形容词作名词，指善良诚实的人。[21] 简拔：选拔。遗（wèi）：给予。[22] 悉：副词，都，全。咨：询问，征求意见。之：指郭攸之等人。[23] 必能裨补阙漏：一定能够弥补缺点和疏漏之处。裨：弥补，补救。阙：通"缺"，缺点。[24] 向宠：字巨违，襄阳人。刘备时为牙门将，刘禅即位，封都亭侯，后任中部督，掌管宿卫兵。[25] 性行淑均：性情品德善良平正。淑：善。均：公平，平均。[26] 行阵：指部队。和睦：团结和谐。优劣得所：将领和士兵按才能的高低安置得当。[27] 先汉：西汉。[28] 后汉：东汉。倾颓：倒塌，比喻灭亡。[29] 痛恨：感到痛心遗憾。桓、灵：东汉末年的桓帝和灵帝，他们都因信任宦官，加深了政治的腐败。[30] 尚书、长史、参军：都是官名。尚书指陈震，长史指张裔，参军指蒋琬。[31] 贞良：坚贞忠直。死节：以死报国。死：为……而死。[32] 布衣：指平民。[33] 躬耕：亲自耕种，实指隐居农村。南阳：东汉郡名，即今河南省南阳市。[34] 闻达：闻名显达。[35] 以：因为。卑鄙：身份低微，见识短浅。[36] 猥：辱，这里有降低身份的意思。枉屈：委屈。[37] 驱驰：这里指奔走效劳。[38] 倾覆：指兵败。汉献帝建安十三年（208），刘备为曹操所败。[39] 二十有一年：从刘备访诸葛亮于隆中到此次出师北伐已经二十一年。有：通"又"，跟在数词后面表示约数。[40] 大事：辅佐刘禅复兴汉室之事。[41] 夙夜：指日日夜夜。夙：早晨。[42] 泸：水名，即金沙江。[43] 不毛：不长草。这里指人烟稀少的地方。[44] 兵：武器。甲：装备。[45] 奖率：鼓励，率领。[46] 庶：希望。竭：竭尽。驽钝：比喻才能平庸，这是诸葛亮自谦的话。驽：走不快的马，指才能低劣。钝：刀刃不锋利，指头脑不灵活，做事迟钝。[47] 攘除：排除，铲除。奸凶：奸邪凶恶之人，此指曹魏政权。[48] 旧都：指东汉都城洛阳或西汉都城长安。[49] 此臣所以报先帝，而忠陛下之职分也：这是我用来报答先帝，效忠陛下的职责本分。[50] 斟酌损益：斟情酌理、有所兴办。比喻做事要掌握分寸。斟酌：考虑，权衡。[51] 效：效命的任务。[52] 效：取得成效。[53] 慢：怠慢，疏忽，指不尽职。[54] 诹：询问。善道：好的主张和办法。[55] 雅言：正确的言论。[56] 胜：尽。[57] 不知所言：不知道该说些什么话。谦辞，这是表示自己可能失言。

思考题

诸葛亮为何要上表出师？为何陆游盛赞"出师一表真名世，千载谁堪伯仲间"？

（姚海斌）

藉田赋（节选）

潘　岳

导读

潘岳（247—300），字安仁，荥阳中牟（今河南中牟）人，晋代文学家。年二十，入仕为司空掾，后任河阳令、怀县令等，晋惠帝时，累迁至给事黄门侍郎，故世称潘黄门。潘岳工诗善文，辞藻华丽、才思妍巧，与陆机合称"潘陆"。有《悼亡诗》三首，情真意笃，是其代表作。赋多名篇：状物写情的有《射雉赋》《笙赋》；写志抒情的有《闲居赋》《秋兴赋》；记述见闻的有《西征赋》。明人张溥辑有《潘黄门集》一卷。

《藉田赋》是潘岳为当时统治者藉田这一行为而作的赋，其中不乏溢美之词，但也有一些思想内核值得肯定。藉田是指古代天子躬秉耒耜，耕作王田。藉田自汉文帝开始，目的是以己之力奉宗庙粢盛，并劝率天下，使务农耕。晋武帝遵古礼，亲率命臣，举行隆重的耕藉典礼。作者对"天子藉田"予以极大的肯定："固尧汤之用心，而存救之要术也""劝稼以足百姓""展三时之弘务，致仓廪于盈溢"等。在农业社会时期，藉田是天子重农的表现，躬耕农田反映出统治者具有一定的爱国爱民的敬业精神，无疑对农业发展具有一定的促进作用。潘岳作为人臣，为此次藉田活动作文以纪，用笔适切，避免了通篇夸赞的阿谀之词，文中提出的"高以下为基，民以食为天"等治国之道蕴含了以民为本的思想。同时，本文引经据典，辞藻华美，工于巧思，无疑是一篇具有文学审美价值的公文。

《藉田赋》赞扬和肯定了晋武帝藉田的行为，同时告诫统治者要重农、重民，蕴含着鲜明的民本思想。农事关系政事、宗庙祭祀、孝道、国之根本，因此不可不重。潘岳既肯定了统治者藉田的行为，也相对客观地完成了自己的写作记录，并且履行了臣子劝谏的职责。

夫孝，天地之性，人之所由灵也。昔者明王以孝治天下，其或继之者，鲜[1]哉希矣。逮我皇晋[2]，实光斯道[3]，仪刑[4]乎于万国，爱敬尽于祖考[5]。故躬稼以供粢盛[6]，所以致孝[7]也；劝穑[8]以足百姓，所以固本[9]也。能本而孝，盛德大业至矣哉[10]！此一役[11]也，而二美[12]具焉，不亦远乎？不亦重乎？敢作颂曰[13]：

思乐甸畿[14]，薄采[15]其茅。大君戾止[16]，言藉其农[17]。其农三推，万方以祗[18]。耨我公田[19]，实及我私。我簋斯盛[20]，我簠斯齐[21]。我仓如陵，我庾如坻[22]。念兹在兹[23]，永言孝思[24]。人力普存[25]，祝史正辞[26]。神祇攸歆[27]，逸豫无期[28]。一人有庆[29]，兆民赖之。①

注释

[1] 鲜：少。[2] 逮：至。皇晋：大晋。[3] 光：显明。斯道：谓孝道。[4] 仪刑：此指善用其法，为方国所信。[5] 爱敬尽于祖考：《孝经·天子章》："子曰：爱敬尽于事亲，而德教加于百姓。"祖考：指先祖与先父。[6] 躬稼：指亲自参与农事。粢（zī）盛：祭品。粢：谷类总称，指盛在祭器内的黍稷。[7] 致孝：表达孝心。[8] 穑：与"稼"互文，种谷曰稼，收谷曰穑，泛指耕作。[9] 固本：使国家的根基得到巩固。本：指国家的根基与主体。[10] 盛德大业至矣哉：见《周易·系辞》。[11] 役：此指藉田。[12] 二美：本和孝。[13] 敢：冒昧。颂：赞美之文。[14] 思乐：欢乐。思：语气助词。甸畿：古九畿之一。畿：边界。[15] 薄采：采取。[16] 大君：天子。戾止：来到。戾：来。止：至。[17] 言：语助词。藉其农：藉田

---

① 张启成，等. 文选［M］. 北京：中华书局，2019：440－443.

劝农。[18] 万方：即"万国"。祗（zhī）：敬。[19] 耨（nòu）：除草农具。公田：由庶民代耕之田。[20] 簠（fǔ）：古代盛食物的竹制方形器具。斯：语助词。盛：装入祭器中。[21] 齐（zī）：泛指黍稷等六谷。[22] 庾（yǔ）：指露天谷仓。坻（chí）：水中小块陆地。[23] 念兹在兹：语出《尚书·大禹谟》。兹指上文穑盛之事。[24] 永言孝思：永远尽其孝道。言与思都是语气助词。[25] 人力：指民力。祝告民间的人力、物力与财力普遍得到保全。[26] 祝：巫祝。史：史官。[27] 神祇（qí）：天神地祇。攸：助词，是。歆：享。[28] 逸豫无期：《诗经·小雅·白驹》："尔公尔侯，逸豫无期。"[29] 一人：指天子。庆：指致孝、固本，人和年登。

思考题

如何理解"劝穑以足百姓，所以固本也"的思想内涵？

（姚海斌）

劝进表（节选）

刘　琨

导读

　　《劝进表》是刘琨劝进司马睿的文章。建兴四年（316），刘曜率兵攻破长安。西晋虽亡，但晋宗室司马睿为安东将军，在长江流域还颇有势力。刘琨等180人联名上表，向司马睿劝进，表为刘琨起草。《劝进表》最主要的目的就是劝说司马睿能够复兴晋室。主要围绕三个方面向司马睿陈说利好：第一，继绝之道，古之自然，从历史的角度证实晋室可兴。第二，当"以社稷为务，不以小行为先"，观照现实，从大局出发劝进。第三，"尊位不可久虚，万机不可久旷"，激起司马睿的责任与担当。劝进的理由充分、说理层次清楚、透彻，其中还包含了朴素的辩证思想，能够给当时之人以及后世之人以启发。透过《劝进表》我们可以看到刘琨以及联名上表的士大夫们的敬业奉献精神，他们在晋室已亡的背景下，依然勇于坚守、敢于担当、不言放弃、积极寻找可行之策，为国之未来出谋划策。这样的精神值得歌颂、值得铭记。

《劝进表》引古证今，层层递进，说理透彻。刘琨作为一个地方官员，却能尽职尽守，立足宏观，从国家的全局整体命运出发，力劝司马睿。这种恪尽职责、为国为民的行为就是敬业精神的体现。他尊崇以天下为己任的担当精神，他提倡为百姓谋福祉的责任精神，他赞扬大公无私的至公精神。面对危难，他劝谏尊主不能克让，要勇于担当，用饱含热情的浓烈笔触，极力劝进司马睿。他们贯彻"天下兴亡、匹夫有责"的理念，用劝进的方式拯救患难中的国家。《劝进表》着眼于领导者对国家发展的重要性，当然国家的平和、兴旺需要各个阶层、每位国民勠力同心、共同守护。人人尽职尽责、敬业奉献则国可兴矣。

且宣皇之胤[1]，惟有陛下，亿兆攸归[2]，曾无与二。天祚[3]大晋，必将有主，主晋祀者，非陛下而谁？是以迩无异言，远无异望，讴歌者无不吟咏徽猷[4]，狱讼[5]者无不思于圣德。天地之际既交，华裔之情允洽[6]。一角之兽，连理之木，以为休征者[7]，盖有百数。冠带[8]之伦，要荒之众[9]，不谋而同辞[10]者，动以万计。是以臣等敢考[11]天地之心，因函夏之趣[12]，昧死[13]以上尊号。愿陛下存舜禹至公之情，狭巢由抗矫之节[14]，以社稷为务，不以小行为先[15]；以黔首为忧，不以克让为事。上以慰宗庙乃顾之怀，下以释普天倾首之望[16]。则所谓生繁华于枯荑[17]，育丰肌于朽骨，神人获安，无不幸甚。臣琨、臣磾，顿首顿首，死罪死罪。

臣闻尊位不可久虚，万机不可久旷[18]。虚之一日，则尊位以殆；旷之浃辰[19]，则万机以乱。方今钟百王之季[20]，当阳九之会[21]，狡寇窥窬[22]，伺国瑕隙[23]，齐人[24]波荡，无所系心，安可以废而不恤哉？陛下虽欲逡巡[25]，其若宗庙何？其若百姓何？昔惠公虏秦[26]，晋国震骇，吕郤[27]之谋，欲立子圉。外以绝敌人之志，内以固阛[28]境之情，故曰："丧君有君，群臣辑穆[29]。好我者劝，恶我者惧。"前事之不忘，后代之元龟也[30]。陛下明并日月[31]，无幽不烛，深谋远虑[32]，出自胸怀。不胜犬马忧国之情，迟[33]睹人神开泰之路，是以陈其乃诚，布之执事。臣等各忝守方任[34]，职在遐外，不得陪列阙庭[35]，共观盛礼[36]，踊跃[37]之怀，南望罔极[38]。谨上。

臣琨谨遣兼左长史、右司马臣温峤，主簿臣辟间训；臣磾遣散骑常侍、征虏将军、清河太守领右长史、高平亭侯臣荣劭，轻车将军、关内侯臣郭穆奉表。臣琨、臣磾等，顿首顿首，死罪死罪。①

注释

[1] 宣皇之胤：元帝是宣帝曾孙，故云。胤：后代。[2] 亿兆：言其多。攸：所。[3] 天祚：天赐福祐。[4] 徽猷：高明的谋略。《诗经·小雅·角弓》："君子有徽猷，小人与属。"[5] 狱讼：诉讼案件。[6] 华裔：华夏与边远之地。允洽：和美，信实。[7] 一角之兽，连理之木，以为休征者：古人把奇兽异木的出现视为王者的祥瑞。一角之兽：指麒麟。连理之木：指不同根而枝相连的树木。休征：美的征兆，犹言吉兆。[8] 冠带：李善注："冠带，谓中国也。"[9] 要荒：要服、荒服，此处指边远之地的众多士人。古代王畿处围，每五百里为一区划，依次为甸服、侯服、绥服（宾服）、要服、荒服，称作五服。[10] 同辞：同为劝进之辞。[11] 考：考察。[12] 函夏：指中国。趣：向，此指人心归向。[13] 昧死：冒昧而犯死罪。[14] 存舜禹至公之情，狭巢由抗矫之节：传说唐尧时，隐士巢父、许由不受尧所让天下，而舜、禹皆先后受禅居君位。[15] 以社稷为务，不以小行为先：贾谊《请封建子弟疏》："人主之行异布衣。布衣者，饰小行，竞小廉，以自托于乡党，人主唯天下安、社稷固不耳。"[16] 倾首之望：此指企盼元帝即位之心很迫切。[17] 蕛（tí）：吕向注："蕛者，杨之秀。"[18] 万机：指帝王日常纷繁的政务。旷：荒废。[19] 浃（jiā）辰：自子至亥的十二日。[20] 钟：当。百王：历代帝王。[21] 阳九之会：指灾荒年景与厄运相会。[22] 狡寇：指刘聪、刘曜。窥窬（yú）：窥伺可乘之隙。[23] 伺：等候。瑕：过失。[24] 齐人：平民。[25] 逡巡：此处有推让之意。[26] 惠公：晋惠公，名夷吾，前651—前637年在位。虏秦：为秦所俘。[27] 吕郤（xì）：指晋大夫吕甥、郤芮。[28] 阖：全。[29] 辑穆：和睦。[30] 前事之不忘，后代之元龟也：《战国策·赵策一》"前事之不忘，后事之师。"元龟：大龟，古代用于占卜以知吉凶，引申为可作借鉴的前事。[31] 明并日月：李善注引《孔子家语》："孔子曰：'所谓圣者，明并日月。'"[32] 深谋远虑：贾谊《过秦论》："深谋远虑，行军用兵之道，非及曩时之士也。"[33] 迟（zhì）：等待，希望。[34] 忝：自谦之辞。方任：一方的重任，指

① 张启成，等. 文选［M］. 北京：中华书局，2019：2619-2623.

地方官的职位。［35］阙庭：指朝廷。阙：皇宫门前两边的楼。［36］盛礼：指皇帝册立尊号的盛礼。［37］踊跃：欢喜状。［38］南望：当时元帝在江南，故云。罔：无。

思考题

如何理解"以社稷为务，不以小行为先；以黔首为忧，不以克让为事"？

（姚海斌）

三、小说

三国演义（节选）

罗贯中

导 读

　　《三国演义》，全名为《三国志通俗演义》（又称《三国志演义》），成书于元末明初，早期版本题署作者为罗贯中，但其生平事迹不详。《三国演义》是一部历史小说，它从汉末黄巾起义开始，到晋统一止，跨一百多年的历史，清康熙年间毛纶、毛宗岗父子对这部小说进行了润饰修改，并加上了详细的评点，成为最流行的版本。

　　《三国演义》以西晋陈寿的史书《三国志》为主要参考，吸收了大量的野史、传说、说话和戏曲中的三国故事，经过重新构思，成为一部"七实三虚"的历史演义小说。《三国演义》按时间顺序，主要围绕着以刘备为首的蜀汉集团展开历史叙事，从东汉政治腐败、社会动荡，宦官、董卓专权，诸侯纷争，写到曹操挟天子以令诸侯，统一北方，再到魏蜀吴三国鼎立，最后三分归晋，天下统一。"拥刘反曹"或"尊刘贬曹"是这部小说的基本思想倾向，同时，小说主张"仁政"，追求国家统一，推崇忠义道德和智勇精神，也充满了天命观念和历史循环论等唯心主义思想。小说因其内容丰富、思想复杂和人物形象生动饱满，受到历代读者的喜爱，加之被大量改编为戏曲、曲艺、绘画等艺术形式，清代以来家喻户晓，对大众文化影响深远。

　　小说虽然不是人物传记，没有一个中心人物，但是有一个最重要的人物形象，就是诸葛亮。作者在史书的基础上，使诸葛亮形象趋于完美。他集忠、智于一身，为"上报国家，下安黎庶"，报答刘备三顾茅庐的知遇之恩，更为了统一国家，恢复汉室，倾尽了一生的心血。尤其在刘备去世前，将后主刘禅托付给诸葛亮，托孤之重，使他更加事必躬亲，不敢有一丝一毫懈怠。亲自率军平定西南，回成都马上就上表北伐，先后六出祁山，最终病死在收复中原的征途上。第六次出祁山，诸葛亮到昭烈庙祭拜刘备时发誓："臣亮五出祁山，未得寸土，负罪非轻。今臣复统全师，再出祁山，誓竭力尽心，剿灭汉贼，恢复中原，鞠躬尽瘁，死而后已。"此时，诸葛亮的身体已经大不如前，但他为了国家统一的事业，完全不顾个人安危。他"夙兴夜寐，罚二十以上皆亲览焉"。主簿杨颙劝说诸葛亮，作为丞相，不必"亲理细事，汗流终日"，诸葛亮回答："吾非不知。但受先帝托孤之重，惟恐他人不似我尽心也！"南宋诗人陆游在《书愤》一诗中盛赞诸葛亮"出师一表真名世，千载谁堪伯仲间"，诸葛亮的爱国精神、勤政为民的品格，在宋代被极力推崇，至于有"读《出师表》而不动心者，其人必不忠"的说法。书中的诸葛亮不仅是运筹帷幄、料事如神的军事家，而且是忠诚、爱国、勤政的完美人物。

第一百零三回　上方谷司马受困　五丈原诸葛禳星[1]

却说孔明在祁山，欲为久驻之计，乃令蜀兵与魏民相杂种田，军一分，民二分，并不侵犯，魏民皆安心乐业。司马师入告其父曰："蜀兵劫去我许多粮米，今又令蜀兵与我民相杂屯田于渭滨，以为久计，似此真为国家大患。父亲何不与孔明约期大战一场，以决雌雄？"懿曰："吾奉旨坚守，不可轻动。"正议间，忽报魏延将着元帅前日所失金盔，前来骂战。众将忿怒，俱欲出战。懿笑曰："圣人云：小不忍则乱大谋。但坚守为上。"诸将依令不出。魏延辱骂良久方回。孔明见司马懿不肯出战，乃密令马岱造成木栅，营中掘下深堑[2]，多积干柴引火之物；周围山上，多用柴草虚搭窝铺，内外皆伏地雷。置备停当，孔明附耳嘱之曰："可将葫芦谷后路塞断，暗伏兵于谷中。若司马懿追到，任他入谷，便将地雷干柴一齐放起火来。"又令军士昼举七星号带于谷口，夜设七盏明灯于山上，以为暗号。马岱受计，引兵而去。孔明又唤魏延分付[3]曰："汝可引五百兵去魏寨讨战，务要诱司马懿出战。不可取胜，只可诈败。懿必追赶，汝却望七星旗处而入；若是夜间，则望七盏灯处而走。只要引得司马懿入葫芦谷内，吾自有擒之之计。"魏延受计，引兵而去。孔明又唤高翔分付曰："汝将木牛流马[4]或二三十为一群，或四五十为一群，各装米粮，于山路往来行走。如魏兵抢去，便是汝之功。"高翔领计，驱驾木牛流马了。孔明将祁山兵一一调去，只推屯田，分付："如别兵来战，只许诈败；若司马懿自来，方并力只攻渭南，断其归路。"孔明分拨已毕，自引一军，近上方谷下营。

且说夏侯惠、夏侯和二人入寨告司马懿曰："今蜀兵四散结营，各处屯田，以为久计。若不趁此时除之，纵令安居日久，深根固蒂，难以摇动。"懿曰："此必又是孔明之计。"二人曰："都督若如此疑虑，寇敌何时得灭？我兄弟二人当奋力决一死战，以报国恩。"懿曰："既如此，汝二人可分头出战。"遂令夏侯惠、夏侯和各引五千兵去讫。懿坐待回音。

却说夏侯惠、夏侯和二人分兵两路，正行之间，忽见蜀兵驱木牛流马而来。二人一齐杀将过去，蜀兵大败奔走，木牛流马尽被魏兵抢获，解送司马懿营中。次日又劫掳得人马百余，亦解赴大寨。懿将解到蜀兵，诘[5]审虚实。蜀兵告曰："孔明只料都督坚守不出，尽命我等四散屯田，以为久计，不想却被擒获。"懿即将蜀兵尽皆放回。夏侯和曰："何不杀之？"懿曰："量此小卒，杀之无益。放归本寨，令说魏将宽厚仁慈，释彼战心，此吕蒙取荆州之计也。"遂传令："今后凡有擒到蜀兵，俱当善遣之，仍重赏有功将吏。"诸将皆听令而去。

却说孔明令高翔佯作运粮，驱驾木牛流马，往来于上方谷内。夏侯惠等不时截杀，半月之间，连胜数阵。司马懿见蜀兵屡败，心中欢喜。一日，又擒到蜀兵数十人。懿唤至帐下问曰："孔明今在何处？"众告曰："诸葛丞相不在祁山，在上方谷西十里下营安住。今每日运粮屯于上方谷。"懿备细问了，即将众人放去，乃唤诸将分付曰："孔明今不在祁山，在上方谷安营。汝等于明日可一齐并力攻取祁山大寨，吾自引兵来接应。"众将领命，各各准备出战。司马师曰："父亲何故反欲攻其后？"懿曰："祁山乃蜀人之根本，若见我兵攻之，各营必尽来救。我却取上方谷，烧其粮草，使彼首尾不接，必大败也。"司马师拜服。懿即发兵起行，令张虎、乐𬘘各引五千兵，在后救应。

且说孔明正在山上，望见魏兵或三五千一行，或一二千一行，队伍纷纷，前后顾盼，料必来取祁山大寨，乃密传令众将："若司马懿自来，汝等便往劫魏寨，夺了渭南。"众将各各听令。

却说魏兵皆奔祁山寨来，蜀兵四下一齐呐喊奔走，虚作救应之势。司马懿见蜀兵都去救祁山寨，便引二子并中军护卫人马，杀奔上方谷来。魏延在谷口，只盼司马懿到来，忽见一枝魏兵杀到，延纵马向前视之，正是司马懿。延大喝曰："司马懿休走！"舞刀相迎。懿挺枪接战。不上三合，延拨回马便走，懿随后赶来。延只望七星旗处而走。懿见魏延只一人，军马又少，放心追之，令司马师在左，司马昭在右，懿自居中，一齐攻杀将来。魏延引五百兵，皆退入谷中去。

懿追到谷口，先令人入谷中哨探。回报谷内并无伏兵，山上皆是草房。懿曰："此必是积粮之所也。"遂大驱士马，尽入谷中。懿忽见草房上尽是干柴，前面魏延已不见了。懿心疑，谓二子曰："倘有兵截断谷口，如之奈何？"

言未已，只听得喊声大震，山上一齐丢下火把来，烧断谷口。魏兵奔逃无路。山上火箭射下，地雷一齐突出，草房内干柴都着，刮刮杂杂，火势冲天。司马懿惊得手足无措，乃下马抱二子大哭曰："我父子三人皆死于此处矣！"正哭之间，忽然狂风大作，黑气漫空，一声霹雳响处，骤雨倾盆，满谷之火尽皆浇灭，地雷不震，火器无功。司马懿大喜曰："不就此时杀出，更待何时！"即引兵奋力冲杀。张虎、乐綝亦各引兵杀来接应。马岱军少，不敢追赶。司马懿父子与张虎、乐綝合兵一处，同归渭南大寨，不想寨栅已被蜀兵夺了。郭淮、孙礼正在浮桥上与蜀兵接战。司马懿等引兵杀到，蜀兵退去。懿烧断浮桥，据住北岸。

且说魏兵在祁山攻打蜀寨，听知司马懿大败，失了渭南营寨，军心慌乱。急退时，四面蜀兵冲杀将来，魏兵大败，十伤八九，死者无数，余众奔过渭北逃生。孔明在山上见魏延诱司马懿入谷，一霎时火光大起，心中甚喜，以为司马懿此番必死。不期天降大雨，火不能着，哨马报说司马懿父子俱逃去了。孔明叹曰："'谋事在人，成事在天。'不可强也！"后人有诗叹曰：

谷口风狂烈焰飘，何期骤雨降青霄。武侯妙计如能就，安得山河属晋朝。

却说司马懿在渭北寨内传令曰："渭南寨栅，今已失了。诸将如再言出战者斩！"众将听令，据守不出。郭淮入告曰："近日孔明引兵巡哨，必将择地安营。"懿曰："孔明若出武功，依山而东，我等皆危矣；若出渭南，西止五丈原，方无事也。"令人探之，回报果屯五丈原。司马懿以手加额曰："大魏皇帝之洪福也！"遂令诸将："坚守勿出，彼久必自变。"

且说孔明自引一军屯于五丈原，累[6]令人搦战[7]，魏兵只不出。孔明乃取巾帼并妇人缟素[8]之服，盛于大盒之内，修书一封，遣人送至魏寨。诸将不敢隐蔽，引来使入见司马懿。懿对众启盒视之，内有巾帼、妇人之衣，并书一封。懿拆视其书，略曰："仲达既为大将，统领中原之众，不思披坚执锐，以决雌雄，乃甘窟守土巢，谨避刀箭，与妇人又何异哉？今遣人送巾帼素衣至，如不出战，可再拜而受之。倘耻心未泯，犹有男子胸襟，早与批回，依期赴敌。"司马懿看毕，心中大怒，乃佯笑曰："孔明视我为妇人耶！"即受之，令重待来使。懿问曰："孔明寝食及事之烦简若何？"使者曰："丞相夙兴夜寐，罚二十以上皆亲览焉。所啖之食，日不过数升。"懿顾谓诸将曰："孔明食少事烦，其能久乎？"

使者辞去，回到五丈原，见了孔明，具说："司马懿受了巾帼女衣，看了书札，并不嗔怒，只问丞相寝食及事之烦简，绝不提起军旅之事。某如此应对，彼言：食少事烦，岂能长久？”孔明叹曰："彼深知我也！"主簿杨颙谏曰："某见丞相常自校簿书，窃以为不必。夫为治有体，上下不可相侵。譬之治家之道，必使仆执耕，婢典爨[9]，私业无旷，所求皆足，其家主从容自在，高枕饮食而已。若皆身亲其事，将形疲神困，终无一成。岂其智之不如婢仆哉？失为家主之道也。是故古人称：坐而论道，谓之三公；作而行之，谓之士大夫。昔丙吉忧牛喘[10]，而不问横道死人；陈平不知钱谷之数，曰：自有主者。今丞相亲理细事，汗流终日，岂不劳乎？司马懿之言，真至言也。"孔明泣曰："吾非不知。但受先帝托孤之重，惟恐他人不似我尽心也！"众皆垂泪。自此孔明自觉神思不宁。诸将因此未敢进兵。

却说魏将皆知孔明以巾帼女衣辱司马懿，懿受之不战。众将不忿，入帐告曰："我等皆大国名将，安忍受蜀人如此之辱！即请出战，以决雌雄。"懿曰："吾非不敢出战而甘心受辱也。奈天子明诏，令坚守勿动。今若轻出，有违君命矣。"众将俱忿怒不平。懿曰："汝等既要出战，待我奏准天子，同力赴敌，何如？"众皆允诺。

懿乃写表遣使，直至合淝军前，奏闻魏主曹叡。叡拆表览之。表略曰："臣才薄任重，伏蒙明旨，令臣坚守不战，以待蜀人之自敝。奈今诸葛亮遗臣以巾帼，待臣如妇人，耻辱至甚。臣谨先达圣聪：旦夕将效死一战，以报朝廷之恩，以雪三军之耻。臣不胜激切之至。"叡览讫，乃谓多官曰："司马懿坚守不出，今何故又上表求战？"卫尉辛毗曰："司马懿本无战心，必因诸葛亮耻辱，众将忿怒之故，特上此表，欲更乞明旨，以遏诸将之心耳。"叡然其言，即令辛毗持节至渭北寨传谕，令勿出战。司马懿接诏入帐，辛毗宣谕曰："如再有敢言出战者，即以违旨论。"众将只得奉诏。懿暗谓辛毗曰："公真知我心也！"于是令军中传说：魏主命辛毗持节，传谕司马懿勿得出战。

蜀将闻知此事，报与孔明。孔明笑曰："此乃司马懿安三军之法也。"姜维曰："丞相何以知之？"孔明曰："彼本无战心，所以请战者，以示武于众耳。岂不闻：将在外，君命有所不受。安有千里而请战者乎？此乃司马懿因将士忿怒，故借曹叡之意，以制众人。今又播传此言，欲懈我军心也。"

正论间，忽报费祎到。孔明请入问之，祎曰："魏主曹叡闻东吴三路进兵，乃自引大军至合淝，令满宠、田豫、刘劭分兵三路迎敌。满宠设计尽烧东吴粮草、战具，吴兵多病。陆逊上表于吴王，约会前后夹攻，不意赍表[11]人中途被魏兵所获，因此机关泄漏，吴兵无功而退。"孔明听知此信，长叹一声，不觉昏倒于地。众将急救，半晌方苏。孔明叹曰："吾心昏乱，旧病复发，恐不能生矣！"①

注释

[1] 禳（ráng）星：禳星之法，道教法术，指犯了煞星，需进行禳解。诸葛亮用禳星之法让主祀自己命理的将星重获光明，从而达到延寿的目的。[2] 堑：深沟，壕沟。[3] 分付：通"吩咐"。[4] 木牛流马：传为三国时期诸葛亮所创的运输工具，具体形制不明。[5] 诘：审问，责问。[6] 累：多次。[7] 搦（nuò）战：挑战，挑衅。[8] 缟素：白色的衣服。[9] 典爨（cuàn）：管烧火做饭的事情。[10] 丙吉忧牛喘：出自《汉书·丙吉传》。丞相丙吉重畜轻人，后用"丙吉问牛"赞扬官员关心百姓疾苦。[11] 赍（jī）表：持捧奏表。

思考题

（1）诸葛亮明知自己事无巨细、亲力亲为不符合治理之道，他为什么还要这样做？你如何评价？

（2）作为新时代的青年，如何学习和继承诸葛亮爱国勤政、鞠躬尽瘁、死而后已的精神？

（高日晖）

---

① 罗贯中. 三国演义 ［M］. 北京：人民文学出版社，2005：853－860.

诚信篇

一、诗

诗经·扬之水[1]

导 读

学界一般认为《诗经·扬之水》是一首描写妻子对丈夫真情告白的诗歌，表现了主人公纯洁的内心和真诚的情感。在男尊女卑的封建社会，在家从父、出嫁从夫、夫死从子的女性是没有多少人身自由的，在一个家庭里，丈夫与妻子的权利与义务也是不平等的。男子往往握有行使权利的权杖，而妻子只有服从的义务，在这种不平等的关系基础上的婚姻，无疑给男子失信于婚约提供了契机。而且古代又有所谓的群婚制、媵婚制等，所以古时男子可以纳妾，又因做官、经商等常离家在外，即便拈花惹草妻子也多无管束的权利，但如果丈夫听到关于妻子的闲言碎语，则会加以约束。这首诗就是在这种背景下妻子对误听流言蜚语的丈夫所作的诚挚表白。

此诗共分为两章，每章六句，皆运用了叠咏手法，并且句式上三言、五言的变化，与整体的四言相搭配，产生了良好的节奏感和韵律感。各章首句都以"扬之水"起兴，紧接着用"束楚"和"束薪"兴词之类暗示夫妻关系，因为娘家缺少兄弟，丈夫便是她一生唯一的依靠。信任在维持男女恋爱和婚姻中起着重要作用，但如今有人造出流言蜚语，使他们夫妻之间出现信任危机，正是如此，女子以平实的语言、真挚的情感表达对丈夫的忠诚。夫妻之间的诚信关系，不像父子、兄弟之间有血缘作为基础，它的维持依靠的是夫妻双方始终如一以及对爱情信念的坚守，因此显得格外重要。

扬之水，不流束楚[2]。终鲜[3]兄弟，维予与女[4]。无信人之言[5]，人实诳[6]女。

扬之水，不流束薪。终鲜兄弟，维予二人。无信人之言，人实不信[7]。①

---

① 程俊英. 诗经译注［M］. 上海：上海古籍出版社，2016：154－155.

注释

[1] 扬之水：平缓流动的水。扬：悠扬，缓慢无力的样子。[2] 楚：荆条。[3] 鲜（xiǎn）：缺少。[4] 女（rǔ）：通"汝"，你。[5] 言：流言。[6] 诳：欺骗。[7] 信：诚信，可靠。

思考题

诗中女主人公希望丈夫不要听信流言，言语透露她纯洁的内心和真诚的情感，这亦是夫妻间的诚信。请结合历史上的爱情佳话，论述诚信在维持男女恋爱和婚姻中起的重要作用。

（孙惠欣）

述 怀

魏 徵

导读

魏徵的这首《述怀》又名《出关》，是他的代表作，也是初唐时期的名篇。生活于隋末唐初，少小孤贫的魏徵发愤苦读，有经天纬地之才，但在动荡的时局之中，早年的他实现自身抱负的道路却非一帆风顺，此诗正能反映出他早年的处境和抱负。此诗作于唐高祖武德二年（619），在前一年魏徵向故主李密献计，李密没有采用，最后被隋将王世充击败。魏徵随李密投降了唐高祖，并受到唐高祖以礼相待，内心非常感激。当时李密的余部还占据着广袤的地盘，魏徵主动请缨去劝降李密的旧部李勣等人，在劝降的路上作了本诗。本诗不仅抒发了魏徵的雄心壮志，而且表达了对唐高祖的知遇之恩的感激。

开篇四句主要表现的是诗人此前的胸襟怀抱，诗人曾先后投元宝、李密帐下，频繁献策，均未被采用，颇有怀才不遇之感。天下动荡，沧海横流，魏徵虽为书生，但不免有投笔从戎、建功立业的豪情，诗中借用班超的典故抒此豪情。也表达了虽献策李密不被采纳，但依旧怀有雄心壮志。

"杖策谒天子……"四句，则写出诗人投奔李渊后受到礼待，于是主动献策请缨，不畏艰险去安抚山东李密旧部，引用了汉终军安抚南越，以及汉高祖时郦食其请命说降齐王田广的典故。

"郁纡陟高岫……"四句想象出关之后一路上的艰险境况。山路迂回，平原时隐时现，暗示内心的起伏；密林寒鸟悲鸣，夜猿哀啼，凄清景物暗寓孤寂心情。情景交融，显示完成使命的艰难和内心的沉重。

"既伤千里目……"四句，将所写内容又拉回眼前的离别，此行重任在肩，危险重重，诗人虽有所忌惮，却义无反顾，设问强调了诗人欲报知遇之恩的情感。

最后四句用季布和侯赢自比，表达了主动请缨后不辱使命的坚定决心和不计功名报答知己的豪迈气概。

全诗意境阔大，气势磅礴。写景抒怀极具力度，一扫六朝绮靡诗风，在书写历史风云的同时展现了诗人渴望建功立业的壮志豪情。

中原[1]初逐鹿[2]，投笔事戎轩[3]。纵横计不就[4]，慷慨志[5]犹存。
杖策谒天子[6]，驱马出关[7]门。请缨[8]系南越，凭轼下东藩[9]。
郁纡陟高岫[10]，出没[11]望平原。古木鸣寒鸟，空山啼夜猿。
既伤千里目，还惊九逝魂。岂不惮艰险？深怀国士恩[12]。
季布无二诺[13]，侯赢[14]重一言。人生感意气[15]，功名谁复论。①

注释

[1] 中原：原指今河南一带，这里代指中国。 [2] 逐鹿：比喻争夺政权，典出《史记·淮阴侯列传》："秦失其鹿，天下共逐之，于是高材疾足者先得焉。"[3] 投笔：出自《后汉书·班超传》："大丈夫无他志略，犹当效傅介子，张骞立功异域，以取封侯，安能久事笔砚间乎？"事戎轩：即从军。戎轩：指兵车，亦借指军队、军事。《后汉书·朱景王杜马刘傅坚马列传第十二》："有来群后，捷我戎轩。"[4] 纵横计：进献谋取天下的策略。不就：不被采纳。[5] 慷慨志：奋发有为的雄心壮志。[6] 杖：拿。策：谋略。谒：面见。[7] 关：潼关。[8] 请缨：出自《汉书·终军传》："南越与汉和亲，乃遣终军使南越，说其王，欲令入朝，比内诸侯。军自请，愿受长缨，必羁南越而致之阙下。"[9] 凭轼：乘车。轼：古代车厢前面用作扶手的横

① 陈贻焮. 增订注释全唐诗：第一册［M］. 北京：文化艺术出版社，2001：160.

木。下：使敌人降服。东藩：东边的属国。[10] 郁纡（yū）：山路盘曲迂回，崎岖难行。陟（zhì）：登。岫（xiù）：山。[11] 出没：时隐时现。[12] 怀：感。国士：一国之中的杰出人才。《左传·成公十六年》：“皆曰：国士在，且厚，不可当也。”恩：待遇。[13] 季布：楚汉时人，以重诺言而著名当世，楚国人中广泛流传着“得黄金百斤，不如得季布一诺”。诺：答应，诺言。[14] 侯嬴：年老时始为大梁监门小吏。信陵君慕名往访，亲自执辔御车，迎为上客。魏王命将军晋鄙领兵十万救赵，中途停兵不进。侯嬴献计窃得兵符，夺权代将，救赵却秦。[15] 感：念。意气：指志趣投合，君臣际遇，必须实践诺言，感恩图报。

思考题

如何评价魏徵在诗中表达的“深怀国士恩”的人生意气？

（李丽）

✤ 商 鞅① ✤

王安石

导 读

北宋诗人王安石作为和商鞅类似的政治改革家，在这首咏史七言绝句中，对商鞅变法成功的原因进行了深刻思考和充分肯定，指出其成功的关键在于取信于民。

全诗以议论说理为主，起笔即点出诚信对统御民众的重要作用，进而用《史记·商君列传》中商鞅在即将变法时于城门立木取信的典故，高度赞扬了他令出必行的做法，表明这也是他变法成功的关键。当然，商鞅的变法必然会因为触动既得利益者权益而遭到奴隶主贵族的反对，他却能够做到“法不阿贵”“刑无等级”，坚决镇压复辟势力，从而使变法得以成功进行，对此王

---

① 商鞅（？—前338）：本卫国公孙。后入秦辅佐孝公变法，国以富强。因功封于商，号为商君，故又称商鞅。孝公死，商鞅被诬谋反，遭车裂。

安石也进一步予以肯定。而今人非难商鞅则恰巧点出了这首诗的创作背景。据宋人陈了斋《四明尊尧集》载，王安石曾问宋神宗：秦孝公能采用商鞅建议，皇上与他相比怎么样？可见王安石曾自比商鞅。而在王安石变法期间，保守派纷纷攻击商鞅，实际是在攻击王安石。王安石写作此诗，高度赞扬了商鞅这位历史上的改革家，抒发了自己对历史的思考和现实的观照，表明了自己推行新法的决心。

自古驱民在信诚[1]，一言为重百金轻[2]。
今人未可非商鞅[3]，商鞅能令政必行[4]。①

注释

[1] 驱民：驱使、役使百姓。信诚：诚实守信。[2] 百金：泛言其多。金：古代计算货币的单位。秦以一镒（二十四两）为一金。《史记·商君列传》载，商鞅即将颁布新法，恐人不信，乃先立三丈之木于国都集市南门，募民有能移置北门者给予重金，以示不欺。[3] 今人：指宋朝的大地主顽固派和道学家。非：诋毁，诽谤。[4] 令：使得，做到。政：指政策、法令。必：必定。

思考题

请谈谈诚信在治国理政中的重要价值。

（李丽）

---

① 北京大学古文献研究所. 全宋诗 [M]. 北京：北京大学出版社，1989：6693.

二、散文

曾子杀彘

韩非子

导读

《曾子杀彘》选自《韩非子·外储说左上》。韩非（约前280—前233）是战国末期韩国公子，学识渊博，思想敏锐，是法家学派的集大成者。他总结了春秋以来的历史经验，又吸收了荀子、慎到、商鞅、申不害等人的思想，形成自己的思想体系。其学说的核心是法（刑赏）、术（权术）、势（威权）相结合的法治思想，强调国君必须行法、执术、恃势。《韩非子》共55篇文章，大部分由韩非自撰，少数篇章为后人所窜入。

《曾子杀彘》讲述了曾子妻哄儿子时随口答应要杀猪给他吃，事后，曾子为了实现这个承诺真把猪杀了。这个故事用通俗易懂的语言和对比手法，深刻地阐明了父母一旦许下承诺就一定要守信兑现的道理。曾子用自己的行动教育孩子要言而有信、诚实待人。

韩非意欲通过这个故事告诫明君治理国家要有章法、讲诚信，进而确立重法守信的法治思想，有法可依，有法必依，执法必严。这不仅在当时具有很重要的意义，也值得后人借鉴和学习。不论教育子女还是做人，我们都需要做到言传身教，言必信，行必果，这样才能获得他人的信任。

曾子[1]之妻之市[2]，其子随之而泣，其母曰："女还[3]，顾反为女杀彘[4]。"妻适市来[5]，曾子欲捕彘杀之。妻止之曰："特与婴儿戏耳[6]。"曾子曰："婴儿非与戏[7]也。婴儿非有知也，待[8]父母而学者也，听父母之教。今子欺之，是教子欺也。母欺子，子而不信其母，非所以成教也[9]。"遂烹彘也。①

---

① 陈秉才. 韩非子［M］. 北京：中华书局，2007：174.

注释

[1] 曾子（前505—前436）：曾参，春秋末年鲁国人，孔子的弟子，字子舆，被尊称为曾子。曾提出"慎终追远，民德归厚"的主张和"吾日三省吾身"的修养方法。据传以修身为主要内容的《大学》是他的著作。[2] 之市：到集市去。之：到。[3] 女还：你回去吧。女：通"汝"，你。[4] 顾反为女杀彘：等我回来给你杀猪（吃）。顾反：我从街上回来。反：通"返"，返回。彘（zhì）：猪。[5] 适市来：去集市上回来。适：到，去。[6] 特与婴儿戏耳：只不过同小孩子开个玩笑罢了。特……耳：只不过……罢了。戏：开个玩笑。耳：罢了。[7] 非与戏：不可同他开玩笑。[8] 待：依赖。[9] 非所以成教也：这样做就不能把孩子教育好。

思考题

如何理解韩非子将言而有信与重法守信联系到一起？请结合实际谈谈你的看法。

（孙惠欣）

❖ 商鞅立木建信 ❖

司马迁

导读

《商鞅立木建信》选自《史记·商君列传》。

《商君列传》主要记述了商鞅事秦变法革新、功过得失以及卒受恶名于秦的史实，倾注了太史公对其刻薄少恩所持的批评态度。《商鞅立木建信》讲述的是商鞅任秦孝公之相时欲实施新法，他立三丈之木于市场南门，招募百姓将之搬到北门，终有敢搬木头之人，商鞅马上给他五十金，以此取信于民，从而使新法顺利推行实施。

"人无信不立，国无信不兴"，"立木建信"虽是一种政治手段，诚信却是每个人都应具备的品质，我们只有树立真诚守信的道德品质，才能适应社会的要求，实现自己的人生价值。

令民为什伍[1]，而相牧司连坐[2]。不告奸[3]者腰斩，告奸者与斩敌首同赏[4]，匿奸者与降敌同罚[5]。民有二男以上不分异者，倍其赋。有军功者，各以率[6]受上爵；为私斗者，各以轻重被刑大小。僇力[7]本业，耕织致粟帛多者，复其身[8]。事末利[9]及怠而贫者，举以为收孥[10]。宗室[11]非有军功论，不得为属籍[12]。明尊卑爵秩等级，各以差次名田宅[13]，臣妾[14]衣服以家次。有功者显荣，无功者虽富无所芬华[15]。

令既具[16]，未布，恐民之不信已，乃立三丈之木于国都市南门[17]，募民有能徙置北门者予十金。民怪之[18]，莫敢徙。复曰"能徙者予五十金"。有一人徙之，辄予五十金[19]，以明不欺。卒下令。①

注释

[1] 什伍：编制户籍，五家为"伍"，十家为"什"。[2] 牧司：检举。牧：察看。连坐：连带受罚。[3] 奸：邪恶诈伪的坏人。[4] 告奸者与斩敌者同赏：当时新令，告奸一人，赐爵一级；斩敌首一颗，也赐爵一级。[5] 匿奸者与降敌同罚：当时新令，隐藏奸人的人本身处刑，家口没入官中，收为奴婢，跟降敌的处罚一样。[6] 率（lù）：标准。[7] 僇力：通"勠力"，努力。[8] 复其身：免除本人的徭役或赋税。[9] 事末利：从事工商业。[10] 收孥（nú）：拘捕他们的妻子儿女作为官府的奴婢。[11] 宗室：国君的亲属。[12] 属籍：宗室的谱牒。[13] 差（cī）次：次第。差：等。名：占有。[14] 臣妾：男女奴婢。[15] 芬华：尊荣。[16] 具：准备就绪。[17] 国都市南门：古代的国都，前面是朝廷，后面是市场，左面是祖庙，右面是社稷坛。市场也有范围界限。[18] 怪之：以之为怪。[19] 辄：就。金：古代计算货币的单位。

思考题

说说商鞅"立木建信"与当今社会所提倡的"诚信"的异同。

（孙惠欣）

---

① 司马迁. 史记·商君列传［M］. 北京：中华书局，1959：2230－2231.

淮南子·说林训（节选）

刘 安

导 读

　　《说林训》是西汉刘安及其门客所著《淮南子》的第十七篇。刘安（前
179—前122），淮南厉王刘长之子，汉武帝之叔父，于汉文帝前元十六年
（前164）袭封淮南王，汉武帝元狩元年（前122）因谋反被发觉而自杀。他
为人好书鼓琴，招致宾客方术之士数千人，作《内书》二十一篇。《内书》
即《淮南子》，亦名《淮南鸿烈》。《淮南子》的思想虽杂有儒墨名法阴阳，
而以道家为主。其文风"诡异瑰奇"，具有先秦诸子，特别是《庄子》文章
的风格，其瑰丽铺陈又具有散体大赋的特点。

　　《说林训》中"说"指论说，解说；"林"指林木，喻众多。《说林训》
以箴言体的形式，讲述了非常广泛的问题，其要旨是以道家思想体系为核心
的，从方法论角度对所要阐发的问题进行归纳性的论定，从而帮助人们了解
道在人类社会中的作用。另外，《淮南子》还提倡另一种修养方法，就是学
习。《淮南子》对道家反对学习的思想是批判的，认为学习对个人、对社会都
非常重要，并且认为学习是一个坚持不懈的过程。不仅要学习，还要学以致
用，《说林训》曰："人莫欲学御龙，而皆欲学御马；莫欲学治鬼，而皆欲学
治人；急所用也。"强调学习是因为《淮南子》认为人性后天是能够改变的，
通过学习可以使人性向善，马都可以被教化，人当然也可以通过学习而改变。

　　《说林训》全篇渗透着淳朴的辩证唯物主义思想，意义深刻，值得认真发
掘。选段中部分语句以箴言体论述了诚信的重要性。

　　以诈应诈，以谲[1]应谲，若披蓑而救火，毁渎[2]而止水，乃愈益多。
　　西施、毛嫱[3]，状貌不可同，世称其好，美钧也。尧、舜、禹、汤，法
籍殊类，得民心一也。
　　圣人者，随时而举事，因资而立功，涔[4]则具擢对[5]，旱则修土龙[6]。
　　临淄之女，织纨[7]而思行者，为之悖戾[8]；室有美容，缯为之篡绎[9]。
　　徵羽之操，不入鄙人之耳；抮和切适[10]，举坐而善。

过府而负手者，希不有盗心。故侮人之鬼者，过社[11]而摇其枝。

晋阳处父[12]伐楚以救江，故解捽[13]者不在于捌格[14]，在于批伉[15]。

木大者根㩍，山高者基扶，蹢[16]巨者志远，体大者节疏。

狂者伤人，莫之怨也；婴儿詈[17]老，莫之疾也；贼心亡也。

尾生之信[18]，不如随牛之诞[19]，而又况一不信者乎！

忧父之疾者子，治之者医；进献者祝[20]，治祭者庖[21]。①

注释

[1] 谲：欺骗。[2] 渎：河渠。[3] 毛嫱（qiáng）：古代美女名。越王嬖妾。[4] 涔（cén）：连续下雨，积水多。[5] 㩍（zhuó）对：贮水器。[6] 土龙：泥土抟成的龙，古人祈雨时所用。[7] 纨（wán）：洁白光亮的丝织品。[8] 悖戾：低劣。[9] 缯（zēng）为之纂绎：织布的丝线便会紊乱打结。缯：古代丝织品的总称。[10] 抮（zhěn）和切适：把中和的曲调变成激切的曲调。[11] 社：祀社神之所。[12] 阳处父：（？—前621），春秋时晋国大夫，因封邑于阳地（今山西省太谷区阳邑村），遂以阳为氏。晋文公九年（前628），楚国派斗章出使晋国，晋国派阳处父到楚国回访，晋楚两国恢复了正常外交关系。[13] 解捽：平息战争。捽：通"卒"。[14] 捌（bā）格：从中劝说。[15] 批伉（dǎn）：打击要害。伉：通"扰"，重击。[16] 蹢（zhí）：指脚掌。[17] 詈（lì）：责骂。[18] 尾生之信：春秋时期有一位叫尾生的男子与女子约定在桥梁相会，久候女子不到，水涨，尾生乃抱桥柱而死。后用"尾生抱柱"比喻坚守信约。[19] 随牛之诞：鲁僖公三十三年（前627）弦高去周王室辖地经商，途中遇到秦国军队，当他得知秦军要去袭击他的祖国郑国时，便一面派人急速回国报告敌情，一面装成郑国国君的特使，以十二头牛作为礼物，犒劳秦军。秦军以为郑国已经知道偷袭之事，只好班师返回。郑国因此避免了一次灭亡的命运。[20] 祝：祭祀时司告鬼神的人。[21] 庖（páo）：厨师。

思考题

《说林训》秉持辩证唯物主义思想，选段中既说"以诈应诈，以谲应谲，若披蓑而救火，毁渎而止水，乃愈益多"，又以"尾生之信，不如随牛之诞"

① 陈广中．淮南子·说林训［M］．北京：中华书局，2012：1030－1033．

说明偶尔的不诚实也会大有所益，请辩证地谈谈你对诚信的理解。

（孙惠欣）

论衡·感虚篇（节选）
王　充

导读

《感虚篇》选自东汉王充《论衡》第五卷。王充（27—约97），字仲任，会稽上虞（今属浙江绍兴）人，东汉著名思想家、文学批评家。王充是汉代道家思想的重要传承者与发扬者，其思想以道家的自然无为为立论宗旨，丰富并发展了唯物主义气一元论，开创元气自然论，倡导批评思想，批判天人感应神学目的论、唯心主义先验论及各种世俗迷信思想。王充自幼聪敏好学，博览群书，擅长辩论。其代表作《论衡》共八十五篇，二十多万字，是一部具有唯物主义思想的哲学著作。

在《感虚篇》中王充提出了"精诚"能感动天地鬼神是虚妄的观点，这也正是篇名"感虚"的由来。汉代解释儒家经典的文人，在作品里讲述了尧举箭射九日、周武王挥白旄以求风雨停息、鲁阳公举戈令"日为之反三舍"等例子，以佐证"精诚"能够感动天地鬼神的"天人合一"观念。王充对此表示怀疑，并列举了十五个典型事例，逐一驳斥上述虚言。在王充看来，天地万物变化是无意识的，但又具备自身发展的法则："寒温自有时，不合变复之家""地之有万物，犹天之有列星也""如风天所为，祸气自然，是亦无知"。而天地发展法则非人力所能更改，不会因人的主观情感而变换："微小之感不能动大巨也""天地之有水旱，犹人之有疾病也，疾病不可以自责除，水旱不可以祷谢去"。王充在篇末借论述南阳卓公为政、蝗虫不入其县界的例子明确指出：即使传书记载为真，也不过是人类行为和自然法则偶然相合罢了，与人类的"贤明至诚"毫不相干。这是明显的唯物主义思想观念。文章用了大量传统儒家传书事例以及相关论述，逐一驳斥了"精诚所加，金石为亏，盖诚无坚则亦无远矣"的唯心观念，条理清晰，逻辑明确，并表达了一个振聋发聩的观点，即我们不能"尽信书"，而是要诚实看待事物发展的本质，追求事物发展背后的"道"。东汉受前朝"罢黜百家，独尊儒术"政策的影响，儒家文化深入人心，在这样的政治文化环境中，王充坚持提出自己的观点，这何尝不是诚信做人的体现呢？

选段用严密的辩证和深刻的语言，表现出王充以满腔赤诚做学问、不为时势所束缚的精神。他所提出的天道不为人力所变的观点，是中国古代唯物主义气一元论的重要组成部分，他诚信做学问的优良品质，是我们当代应该继承发扬的。

儒者传书言[1]："尧之时，十日并出，万物燋[2]枯。尧上射十日，九日去，一日常出。"此言虚也。

夫人之射也，不过百步，矢力尽矣；日之行也，行天星度[3]。天之去[4]人以万里数，尧上射之，安能得日？使尧之时，天地相近不过百步，则尧射日，矢能及之；过百步，不能得也。

假使尧时天地相近，尧射得之，犹不能伤日。日[5]何肯去？何则？日，火也。使在地之火，附一把炬[6]，人从旁射之，虽中，安能灭之？地火不为见[7]射而灭，天火何为见射而去？

此欲言尧以精诚[8]射之，精诚所加，金石为亏[9]，盖诚无坚则亦无远矣[10]。

夫水与火，各一性也[11]。能射火而灭之，则当射水而除之。洪水之时，泛[12]滥中国，为民大害，尧何不推精诚[13]射而除之？尧能射日，使火不为害，不能射河，使水不为害。夫射水不能却水，则知射日之语虚非实也。

或曰："日，气也。射虽不及，精诚灭之。"夫天亦远，使其为气，则与日月同；使其为体，则与金石等。以尧之精诚灭日亏金石，上射天[14]，则能穿天乎？世称桀、纣之恶[15]，射天而殴[16]地；誉高宗[17]之德，政消桑穀[18]。今尧不能以德灭十日，而必射之，是德不若高宗，恶与桀、纣同也，安能以精诚获天之应也？①

注释

[1] 儒者：泛指读书人，非仅指儒家之徒。传书：泛指书籍文献。[2] 燋（jiāo）：通"焦"。[3] 行天星度：在天上二十八宿间按照一定的度数运行。星，指二十八宿。[4] 去：距离。[5] "日"前原有"伤"字，据

黄晖说删。[6] 附一把炬：附着在一个火把上，意谓点着一个火把。[7] 见：被。[8] 精诚：真心诚意。[9] 亏：毁坏。[10] 盖诚无坚则亦无远矣：意谓精诚所至，既然无坚不摧，也就无远弗届。[11] 夫水与火，各一性也：水和火具有同一特性（都是物质实体）。[12]"泛"：原作"流"，据黄晖说改。[13] 推精诚：拿出精诚之心。[14]"天"：原作"日"，据齐燕铭说改。[15] 桀：夏朝的亡国之君。纣：商朝的亡国之君。[16] 殴：击打。[17] 高宗：殷高宗，即商朝的君王武丁。[18] 桑：桑树。榖（gòu）：构树，也叫楮（chǔ）树。传说殷高宗武丁时，有桑树、榖树在朝廷里长出来，这被认为是天降的灾异，殷高宗马上改良政治，桑榖不久就消失了。

思考题

王充在文中秉承唯物主义观点，驳斥了"精诚所加，金石为亏，盖诚无坚则亦无远矣"的观点。"精诚"是优良品质，唯物主义更是我们应坚守的基本阵营，请结合实际谈谈你对"精诚"和唯物主义关系的理解。

（孙惠欣）

中山狼传（节选）

马中锡

导读

马中锡（1446—1512），字天禄，号东田，直隶故城（今河北省故城镇）人，成化十一年（1475）中进士，授刑科给事中。马中锡为人正直，多次上疏弹劾不法权贵，遭到权贵的抵制和诬陷，曾因得罪宦官刘瑾被罢官入狱。正德五年（1510），马中锡再次出山，因招抚刘六、刘七农民起义军，给权贵留下口实，被诬陷入狱，正德七年病死狱中。正德十一年马中锡得以平反。有诗文集《东田集》传世。

《中山狼传》是一篇寓言体散文，崇尚"兼爱"的墨家学者东郭先生，明明知道狼的本性，还是出于对狼的怜悯，将它装入书囊中，助狼躲过了赵简子的围猎追杀。可是，当危险过后，狼又恢复了吃人的本性，把原来许下的"先生之恩，生死而肉骨也"的诺言完全抛在脑后，幸而一老丈机智勇敢地帮东郭先生把狼消灭了。这篇寓言体散文一方面揭露和批判了狡猾、残暴、忘恩负义、毫无诚信的狼，另一方面讽刺了笃实善良但迂腐甚至愚蠢的东郭先生。既然是寓言，其所讽刺批判的对象自然是指向现实的，马中锡为官公正，屡遭迫害，他所批判的中山狼，首先是官场上那些为个人私利而毫无诚信的忘恩负义之流。而他讽刺的东郭先生，可能有自嘲的成分在，善良的人如果走向迂腐，固执于所谓"兼爱"之道，明知狼的本性，还要救助它，何异于姑息养奸！换一个角度看这篇寓言，认清狼的本质非常重要，善良的人要明辨是非，不能相信没有诚信的人。

　　这篇寓言叙事曲折，人物性格鲜明，栩栩如生，完全可以当小说看。开头极力渲染赵简子打猎的浩大声势，强调赵简子对逃脱的狼的"怒"，为狼的命运设下悬念。东郭先生出现，狼向东郭先生求救，狼的生死便取决于东郭先生。糊涂的东郭先生居然相信了狼的花言巧语，冒着得罪权贵的风险救下了狼，狼的悬念解除了，东郭先生的悬念设下了。狼终究还是狼，总是要吃人的，危急时刻，老丈出现了，最后狼得到了应有的下场。文中狼与东郭先生的对话非常精彩，狼为活命时狡猾的哀祈，吃人时无耻的嘴脸，东郭先生救狼时的迂腐，被狼追咬时"狼负我"的无奈，均如闻其声，如见其人。

　　赵简子[1]大猎于中山[2]，虞人导前[3]，鹰犬罗后[4]，捷禽鸷兽[5]应弦而倒者，不可胜数。有狼当道，人立[6]而啼。简子唾手[7]登车，援乌号[8]之弓，挟肃慎[9]之矢，一发饮羽[10]，狼失声而逋[11]。简子怒，驱车逐之，惊尘蔽天，足音鸣雷，十步之外，不辨人马。

　　时墨者[12]东郭先生[13]将北适中山以干仕[14]，策蹇驴[15]，囊[16]图书，夙行失道[17]，望尘惊悸。狼奄[18]至，引首顾曰："先生岂有志于济物[19]哉？昔毛宝放龟而得渡，隋侯救蛇而获珠[20]。龟蛇固弗灵于狼也[21]。今日之事，何不使我得早处囊中以苟延残喘乎？异时倘得脱颖而出[22]，先生之恩，生死而肉骨也，敢不努力效龟蛇之诚！"

　　先生曰："嘻！私汝狼以犯世卿[23]，忤权贵，祸且不测，敢望报乎？然墨之道，兼爱为本，吾终当有以活汝。脱[24]有祸，固所不辞也。"乃出图书，空囊橐[25]，徐徐焉实[26]狼其中；前虞跋胡，后恐疐尾[27]，三纳之而未克，徘徊容与[28]，追者益近。狼请曰："事急矣！先生果将揖逊救焚溺，而鸣銮避寇盗耶？惟先生速图！"乃跼蹐[29]四足，引绳而束缚之，下首至尾，曲脊掩胡，猬缩蠖[30]屈，蛇盘龟息，以听命先生。先生如其指[31]，内[32]狼于囊，遂括[33]囊口，肩举驴上，引避道左，以待赵人之过。

已而简子至，求狼弗得，盛怒，拔剑斩辕端示先生，骂曰："敢讳[34]狼方向者，有如此辕[35]！"先生伏踬[36]就地，匍匐以进，跽而言曰："鄙人不慧，将有志于世。奔走遐[37]方，自迷正途，又安能发狼踪以指示夫子之鹰犬也？然尝闻之，大道以多歧亡羊[38]。夫羊，一童子可制之，如是其驯也[39]，尚以多歧而亡；狼非羊比，而中山之歧可以亡羊者何限？乃区区循大道以求之，不几于守株缘木乎[40]？且鄙人虽愚，独不知夫狼乎？性贪而狠，党豺为虐[41]，君能除之，固当窥左足[42]以效微劳，又肯讳之而不言哉？"简子默然，回车就道。先生亦驱驴兼程而进。

良久，羽旄[43]之影渐没，车马之音不闻。狼度简子之去已远，而作声囊中曰："先生可留意矣。出我囊，解我缚，拔矢我臂，我将逝矣。"先生举手出狼。狼咆哮谓先生曰："适为虞人逐，其来甚速，幸先生生我。我馁甚，馁不得食，亦终必亡而已。与其饥死道路，为群兽食，毋宁[44]毙于虞人，以俎豆[45]于贵家。先生既墨者，摩顶放踵，思一利天下[46]，又何吝一躯啖[47]我而全微命乎？"遂鼓吻奋爪以向先生。先生仓卒以手搏之，且搏且却，引蔽驴后，便旋[48]而走。狼终不得有加于先生，先生亦极力拒。彼此俱倦，隔驴喘息。先生曰："狼负我！狼负我！"狼曰："吾非固欲负汝，天生汝辈，固需吾辈食也。"

相持既久，日晷[49]渐移……遥望老子杖藜[50]而来，须眉皓然，衣冠闲雅，盖有道者也。先生且喜且愕，舍狼而前，拜跪啼泣，致辞曰："乞丈人一言而生。"丈人问故。先生曰："是狼为虞人所窘，求救于我，我实生之。今反欲咥[51]我，力求不免，我又当死之……今逢丈人，岂天之未丧斯文也[52]？敢乞一言而生。"因顿首杖下，俯伏听命。

丈人闻之，欷歔再三，以杖叩狼曰："汝误矣。夫人有恩而背之，不祥莫大焉。儒谓受人恩而不忍背者，其为子必孝，又谓虎狼知父子。今汝背恩如是，则并父子亦无矣。"乃厉声曰："狼速去！不然，将杖杀汝。"

狼曰："丈人知其一，未知其二。请诉之，愿丈人垂听。初，先生救我时，束缚我足，闭我囊中，压以诗书，我鞠躬不敢息。又蔓辞[53]以说简子，其意盖将死我于囊而独窃其利也。是安可不咥？"丈人顾先生曰："果如是，是羿亦有罪焉[54]？"先生不平，具状[55]其囊狼怜惜之意。狼亦巧辩不已以求胜。丈人曰："是皆不足以执信[56]也。试再囊之，我观其状，果困苦否。"狼欣然从之，信足先生[57]。先生复缚置囊中，肩举驴上，而狼未之知也。丈人附耳谓先生曰："有匕首否？"先生曰："有。"于是出匕，丈人目[58]先生，使引匕刺狼。先生曰："不害狼乎？"丈人笑曰："禽兽负恩如是，而犹不忍杀，子固仁者，然愚亦甚矣！从井以救人，解衣以活友，于彼计则得，其如就死地何！先生其此类乎？仁陷于愚，固君子之所不与[59]也。"言已大笑，先生亦笑。遂举手助先生操刃，共殪[60]狼，弃道上而去。①

注释

[1] 赵简子：春秋后期晋国大夫，名鞅。[2] 中山：今河北省定州市一带。[3] 虞人：管理山泽的官吏。导前：在前面作向导。[4] 罗后：成队地跟在后面。[5] 捷禽鸷兽：敏捷的飞禽，凶猛的野兽。[6] 人立：像人一样直立。[7] 唾手：向手心吐唾沫，表示将要做什么事。[8] 乌号：古代有名的好弓。[9] 肃慎：古代国名（现在吉林省境内），出产名箭。[10] 饮：没。羽：箭的尾部，装有羽毛。[11] 逋（bū）：逃。[12] 墨者：信仰墨子学说的人。墨子学说主张"兼爱"。[13] 东郭先生：古代寓言中常用的人名。东郭：复姓。[14] 干仕：求官。[15] 策：马鞭，这里用作动词。蹇驴：行为迟缓的驴。蹇：跛足，指行动迟缓。[16] 囊：（用口袋）装着。[17] 夙：早晨。失道：迷路。[18] 奄：忽然。[19] 济物：周济万物。[20] 毛宝放龟：《晋书·毛宝传》载，毛宝军中一兵士买一白龟，养大后放龟江中。后毛宝兵败，养龟兵士投水，龟载之而生。隋侯救蛇而获珠：《淮南子·览冥训》注，隋侯看见一条大蛇受伤，给它敷药治好了，后来那条大蛇从江里衔出一颗大宝珠来报答他。[21] 固：本来。弗：没有。灵：聪明。[22] 脱颖而出：典出《史记·平原君虞卿列传》，指才能一旦被人发现，就像口袋里的锥子会穿透口袋露出来一样。颖：锥子的尖。[23] 犯世卿：冒犯了当大官的。世卿：世代为卿的人，这里指赵简子。[24] 脱：即使。[25] 囊橐：口袋的总称。[26] 实：装。[27] 虞：担忧。跋：践踏。胡：颔下的垂肉。疐（zhì）：阻碍。[28] 容与：动作缓慢。[29] 踘（jú）踖（jí）：蜷曲。[30] 蠖（huò）：尺蠖，尺蠖蛾的幼虫，行动时身体向上弯成弧状。[31] 如其指：依照它的意思。指：旨。[32] 内：同"纳"。[33] 括：结，扎上。[34] 讳：隐瞒。[35] 辕：车前驾牲口的部分。

① 祝鼎民，于翠玲. 明代散文选注 ［M］. 长沙：岳麓书社，1998：90-95.

［36］伏踬（zhì）：趴下。踬：绊倒。［37］逖：远。［38］歧：岔道。亡：逃，丢失。"歧路亡羊"语见《列子·说符》。［39］如是其驯也：像这样温驯。［40］守株：守株待兔，语见《韩非子·五蠹》。缘木：缘木求鱼，语见《孟子·梁惠王上》。［41］党豺为虐：跟豺结伙来害人。［42］窥左足：意思是举一足之劳。窥：同"跬"，半步。［43］羽旄：旗帜上的装饰。［44］毋宁：不如。［45］俎豆：都是古代盛食品的器具。［46］摩顶放踵，思一利天下：自我刻苦，造福天下。这是孟子评论墨者的话（"墨子兼爱，摩顶放踵利天下"），语见《孟子·尽心上》。摩顶放踵：从头到脚受尽劳苦。放：至。踵：脚跟。［47］啖（dàn）：吃。［48］便（pián）旋：回旋。［49］日晷：日影。［50］杖藜：拄着藜做的拐杖。藜：一种野生植物，茎老可以做杖。［51］咥（dié）：吃。［52］岂天之未丧斯文也：意思是莫非天不绝我这书生的命。斯文：指读书的人，语出《论语·子罕》。［53］蔓辞：无谓的话。［54］是羿亦有罪焉：这是孟子批评羿传授技艺不知道择人的话，语见《孟子·离娄下》。羿是古代善射的人，他教会了逢蒙射箭，后来逢蒙把他射死了。［55］具状：原原本本说明。［56］执信：取信。［57］信足先生：把腿伸给东郭先生。［58］目：以目示意。［59］不与：不赞成。［60］殪（yì）：杀死。

思考题

（1）你如何理解中山狼的本性？

（2）结合这篇寓言谈谈为什么现代社会要建立失信惩戒制度。

（高日晖）

三、小说

陈太丘与友期行

刘义庆

导 读

  《陈太丘与友期行》出自《世说新语·方正篇》，共出现三个人物：陈太丘、太丘友人（来客）、陈元方。故事背景是陈太丘与朋友约定时间出门，朋友未能按时赴约，陈太丘等至约定的时间后便独自离去。故事内容围绕陈元方与来客之间的对话展开，告诫人们要言而有信，同时赞扬了陈元方坚守诚信的品格以及维护父亲的勇敢与担当。首先，陈太丘与友人约定时间，陈太丘遵守约定等至中午，未能等到友人便离去。陈太丘践行了他的承诺，做法合情合理。其次，来客未在约定时间到达，失信在先。得知陈太丘已经离去便陡然愤怒，口出恶言责备，失礼在后。最后，陈元方据理力争"日中不至，则是无信"，直接指出来客不遵守承诺在先。继而以"对子骂父，则是无礼"指出来客不践行礼仪。无信无礼切中要害，有理有据。

  本文主要通过简明的对话记述事件的前因后果，寥寥数语蕴含了一个人生哲理——做了错事要勇于承认和承担，并想办法弥补。本文具有真实性和生活化的特点，指导我们在交友、营商、为政等方面都应以礼待人、信守承诺。

  陈太丘与友期行[1]，期日中[2]。过中不至，太丘舍去，去后乃至。元方时年七岁，门外戏。客问元方："尊君在不？"答曰："待君久不至，已去。"友人便怒曰："非人哉！与人期行，相委[3]而去。"元方曰："君与家君期日中。日中不至，则是无信；对子骂父，则是无礼。"友人惭，下车引[4]之。元方入门不顾。①

---

① 刘义庆. 世说新语［M］. 刘孝标，注；徐传武，校点. 上海：上海古籍出版社，2013：196.

注释

[1] 陈太丘：陈寔。期：约定时间。[2] 日中：日到中天，中午。[3] 委：抛弃。[4] 引：招引，拉。

思考题

"日中不至，则是无信；对子骂父，则是无礼"，你如何理解"信"与"礼"？生活中该如何践行？

（姚海斌）

何充不贪拥立之功

刘义庆

导读

《何充不贪拥立之功》出自《世说新语·方正篇》，讲述的是何充在晋成帝死后，主张立嗣子为帝，最终晋康帝登基。康帝在众人面前想要何充难堪，便当面询问他自己能荣登大业是谁之功劳。何充据实以答，毫不掩饰和辩驳，最终康帝面露惭色。本文记叙中夹杂对话，记叙提供背景并推进故事，对话揭示文本关键内容和思想内涵。面对康帝的当众询问，何充以诚示人，坦荡无欺，不自我标榜功过，只讲事实，将是非曲直任他人评说。何充直陈康帝即位的功劳在于庾冰，自己没有出力。这种不掩饰自己、不欺瞒他人，不巧言令色，坦荡诚实、勇于承担责任的精神值得提倡。言辞立其诚，人的言辞应该以诚信为基础，不讲诚信可能会暂时掩盖真相，却很难做到永不被人知晓，一旦被识破，便再难立足。

诚实、诚恳是个人应该具备的内在道德品质，只有做到"诚"方能得到他人的"信"，诚与信互为表里。"人而无信，不知其可""民无信不立""信，国之宝也""一言为重百金轻"，诚信是社会主义道德建设的重点内容，一直以来被中华民族视为道德修养规范，经过代代传承中华民族已经逐渐形成独具特色的诚信观。

何次道、庾季坚二人并为元辅[1]。成帝初崩，于时嗣君未定。何欲立嗣子，庾及朝议以外寇方强，嗣子冲幼，乃立康帝[2]。康帝登阼，会群臣，谓何曰："朕今所以承大业，为谁之议？"何答曰："陛下龙飞[3]，此是庾冰之功，非臣之力。于时用微臣之议，今不睹盛明之世。"帝有惭色。①

注释

[1] 何次道：即何充。庾季坚：即庾冰，字季坚，太尉庾亮的弟弟，官历车骑将军、江州刺史。元辅：首辅，即宰相。[2] 康帝：晋康帝司马岳，字世同，晋成帝司马衍同母弟，成帝死后即位。[3] 龙飞：比喻帝王登基。

思考题

如何理解古代诚信观与当下诚信观之间的关系？

（姚海斌）

❁ 杜十娘怒沉百宝箱（节选） ❁

冯梦龙

导 读

《杜十娘怒沉百宝箱》出自《警世通言》，是"三言"中的代表作，对后世戏曲、曲艺以及现代影视的影响都很大，可以说是家喻户晓。这篇小说从题材上看，是一个流行的妓女从良故事，但是，它与一般的妓女从良大团圆结局不同，是一部震撼人心的悲剧。杜十娘不幸沦为风尘女子，但她早就有从良之志，只是没有遇到她能够托付终身的人。李甲是浙江布政使之子、北京国子监监生，原是一个花花公子，但自从结识杜十娘后，他钟情杜十娘，为她花光了银子，得罪了父亲。杜十娘以为自己找到了可以托付终身的那个人，自出一百五十两银子，加上李甲的朋友柳遇春借给他的一百五十两银子，杜十娘获得自由，随李甲回江南。岂料李甲听信孙富的"劝说"，为了父子和

---

① 刘义庆. 世说新语［M］. 刘孝标，注；徐传武，校点. 上海：上海古籍出版社，2013：223.

好如初,以一千两银子的价格将杜十娘卖给了孙富。一旦立下"山盟海誓、白首不渝"的誓言,杜十娘绝没想到李甲会背信弃义,她选择了"宁为玉碎,不为瓦全",以死捍卫自己的尊严,坚守自己对爱情的誓言。小说塑造的杜十娘形象十分动人,她美丽善良,聪慧勇敢,信守承诺,知恩必报,可惜明珠暗投,错认李甲,只能成为那个时代的悲剧。

小说在艺术上取得了很大的成就。"百宝箱"作为叙事的线索,若隐若现,使故事情节充满了悬念,故事结束时作者才"打开百宝箱",出乎所有读者的意料,起到了震撼人心的审美效果。小说还善于通过细节刻画人物,通过杜十娘的语言、动作描写,既细致描摹了她善解人意、温柔的一面,又突出了她果敢坚强的一面。小说对人物心理的描写也比较成功,有直接描写,同时善于用语言、动作反映人物的内心世界。李甲将杜十娘卖给孙富后,回到船上,自感羞愧难以说出实情,又不得不说,这种复杂的心理就通过李甲的叹气、流泪等动作表现得淋漓尽致。

再说李公子同杜十娘行至潞河[1],舍陆从舟。却好有瓜洲差使船转回之便,讲定船钱,包了舱口。比及下船时,李公子囊中并无分文余剩。你道杜十娘把二十两银子与公子,如何就没了?公子在院中嫖得衣衫蓝缕[2],银子到手,未免在解库中取赎几件穿着,又制办了铺盖,剩来只勾轿马之费。公子正当愁闷,十娘道:"郎君勿忧,众姊妹合赠,必有所济[3]。"乃取钥开箱。公子在旁自觉惭愧,也不敢窥觑箱中虚实。只见十娘在箱里取出一个红绢袋来,掷于桌上道:"郎君可开看之。"公子提在手中,觉得沉重,启而观之,皆是白银,计数整五十两。十娘仍将箱子下锁,亦不言箱中更有何物。但对公子道:"承众姊妹高情,不惟途路不乏[4],即他日浮[5]寓[6]吴、越间,亦可稍佐[7]吾夫妻山水之费矣。"公子且惊且喜道:"若不遇恩卿,我李甲流落他乡,死无葬身之地矣。此情此德,白头不敢忘也!"自此每谈及往事,公子必感激流涕,十娘亦曲意[8]抚慰。一路无话。

不一日[9],行至瓜洲,大船停泊岸口。公子别[10]雇了民船,安放行李。约明日侵晨[11],剪[12]江而渡。其时仲冬中旬,月明如水,公子和十娘坐于舟首。公子道:"自出都门,困守一舱之中,四顾有人,未得畅语[13]。今日独据一舟,更无避忌。且已离塞北,初近江南,宜开怀畅饮,以舒[14]向来抑郁之气,恩卿以为何如?"十娘道:"妾久疏[15]谈笑,亦有此心,郎君言及,足见同志[16]耳。"公子乃携酒具于船首,与十娘铺毡并坐,传杯交盏。饮至半酣，公子执卮[17]对十娘道："恩卿妙音，六院[18]推首。某相遇之初，每闻绝调，辄[19]不禁神魂之飞动。心事多违，彼此郁郁，鸾鸣凤奏，久矣不闻。今清江明月，深夜无人，肯为我一歌否？"十娘兴亦勃发，遂开喉顿嗓，取扇按拍，呜呜咽咽，歌出元人施君美《拜月亭》杂剧上"状元执盏与婵娟"一曲，名《小桃红》。真个：

> 声飞霄汉云皆驻，响入深泉鱼出游。

却说他舟有一少年，姓孙名富，字善赍，徽州新安人氏。家资巨万，积祖[20]扬州种盐[21]。年方二十，也是南雍[22]中朋友[23]。生性风流，惯向青楼买笑，红粉追欢，若嘲风弄月，到是个轻薄的头儿。事有偶然[24]，其夜亦泊舟瓜洲渡口，独酌无聊，忽听得歌声嘹亮，凤吟鸾吹，不足喻[25]其美。起立船头，伫听半晌，方知声出邻舟。正欲相访，音响倏已寂然，乃遣仆者潜窥踪迹，访于舟人。但晓得是李相公雇的船，并不知歌者来历。孙富想道："此歌者必非良家，怎生得他一见？"展转寻思，通宵不寐。挨至五更，忽闻江风大作。及晓，彤云[26]密布，狂雪飞舞。怎见得，有诗为证：

> 千山云树灭，万径人踪绝。
>
> 扁舟蓑笠翁，独钓寒江雪。

因这风雪阻渡，舟不得开。孙富命艄公移船，泊于李家舟之旁。孙富貂帽狐裘，推窗假作看雪。值[27]十娘梳洗方毕，纤纤玉手揭起舟旁短帘，自泼盂中残水，粉容微露，却被孙富窥见了，果是国色天香。魂摇心荡，迎眸注目，等候再见一面，杳不可得。沉思久之，乃倚窗高吟高学士《梅花诗》二句，道："雪满山中高士卧，月明林下美人来。"

李甲听得邻舟吟诗，舒头出舱，看是何人。只因这一看，正中了孙富之计。孙富吟诗，正要引李公子出头，他好乘机攀话。当下慌忙举手，就问："老兄尊姓何讳？"李公子叙了姓名乡贯，少不得也问那孙富，孙富也叙过了。又叙了些太学中的闲话，渐渐亲熟。孙富便道："风雪阻舟，乃天遣与尊兄相会，实小弟之幸也。舟次无聊，欲同尊兄上岸，就酒肆中一酌，少[28]领清诲，万望不拒。"公子道："萍水相逢，何当厚扰？"孙富道："说那里话！'四海之内，皆兄弟也'。"喝教艄公打跳，童儿张伞，迎接公子过船，就于船头作揖。然后让公子先行，自己随后，各各登跳上涯。

行不数步，就有个酒楼。二人上楼，拣一副洁净座头，靠窗而坐。酒保列上酒肴。孙富举杯相劝，二人赏雪饮酒。先说些斯文中套话，渐渐引入花柳之事。二人都是过来之人，志同道合，说得入港[29]，一发成相知了。

孙富屏去左右，低低问道："昨夜尊舟清歌者，何人也？"李甲正要卖弄在行，遂实说道："此乃北京名姬杜十娘也。"孙富道："既系曲中姊妹，何以归兄？"公子遂将初遇杜十娘，如何相好，后来如何要嫁，如何借银讨他，始末根由，备细述了一遍。孙富道："兄携丽人而归，固是快事，但不知尊府中能相容否？"公子道："贱室不足虑，所虑者，老父性严，尚费踌躇[30]耳！"孙富将机就机[31]，便问道："既是尊大人未必相容，兄所携丽人，何处安顿？亦曾通知丽人，共作计较否？"公子攒眉而答道："此事曾与小妾议之。"孙富欣然问道："尊宠必有妙策。"公子道："他意欲侨居苏杭，流连山水。使小弟先回，求亲友宛转于家君之前。俟[32]家君回嗔作喜，然后图归。高明以为何如？"孙富沉吟半晌，故作愀然[33]之色，道："小弟乍会之间，交浅言深，诚恐见怪。"公子道："正赖高明指教，何必谦逊？"孙富道："尊大人位居方面[34]，必严帷薄之嫌，平时既怪兄游非礼之地，今日岂容兄娶不节之人？况且贤亲贵友，谁不迎合尊大人之意者？兄枉去求他，必然相拒。就有个不识时务的进言于尊大人之前，见尊大人意思不允，他就转口了。兄进不能和睦家庭，退无词以回复尊宠。即使留连山水，亦非长久之计。万一资斧困竭，岂不进退两难！"

公子自知手中只有五十金，此时费去大半，说到资斧困竭，进退两难，不觉点头道是。孙富又道："小弟还有句心腹之谈，兄肯俯听否？"公子道："承兄过爱，更求尽言。"孙富道："疏不间亲，还是莫说罢。"公子道："但说何妨！"孙富道："自古道：'妇人水性无常。'况烟花之辈，少真多假。他既系六院名姝，相识定满天下。或者南边原有旧约，借兄之力，挈[35]带而来，以为他适之地。"公子道："这个恐未必然[36]。"孙富道："既不然，江南子弟，最工轻薄。兄留丽人独居，难保无逾墙钻穴[37]之事。若挈之同归，愈增尊大人之怒。为兄之计，未有善策。况父子天伦，必不可绝。若为妾而触父，因妓而弃家，海内必以兄为浮浪不经之人。异日妻不以为夫，弟不以为兄，同袍不以为友，兄何以立于天地之间？兄今日不可不熟思也！"

公子闻言，茫然自失，移席问计："据高明之见，何以教我？"孙富道："仆有一计，于兄甚便。只恐兄溺枕席之爱，未必能行，使仆空费词说耳！"公子道："兄诚有良策，使弟再睹家园之乐，乃弟之恩人也。又何惮[38]而不言耶？"孙富道："兄飘零岁余，严亲怀怒，闺阁离心。设身以处兄之地，诚寝食不安之时也。然尊大人所以怒兄者，不过为迷花恋柳，挥金如土，异日必为弃家荡产之人，不堪承继家业耳！兄今日空手而归，正触其怒。兄倘能割衽席之爱，见机而作，仆愿以千金相赠。兄得千金以报尊大人，只说在京授馆[39]，并不曾浪费分毫，尊大人必然相信。从此家庭和睦，当无间言。须臾之间，转祸为福。兄请三思，仆非贪丽人之色，实为兄效忠于万一也！"

李甲原是没主意的人，本心惧怕老子，被孙富一席话，说透胸中之疑[40]，起身作揖道："闻兄大教，顿开茅塞。但小妾千里相从，义难顿绝，容归与商之。得妾心肯，当奉复耳。"孙富道："说话之间，宜放婉曲。彼既忠心为兄，必不忍使兄父子分离，定然玉成兄还乡之事矣。"二人饮了一回酒，风停雪止，天色已晚。孙富教家童算还了酒钱，与公子携手下船。正是：

逢人且说三分话，未可全抛一片心。

却说杜十娘在舟中，摆设酒果，欲与公子小酌，竟日[41]未回，挑灯以待。公子下船，十娘起迎。见公子颜色匆匆，似有不乐之意，乃满斟热酒劝之。公子摇首不饮，一言不发，竟自床上睡了。十娘心中不悦，乃收拾杯盘，为公子解衣就枕，问道："今日有何见闻，而怀抱郁郁如此？"公子叹息而已，终不启口。问了三四次，公子已睡去了。十娘委决不下[42]，坐于床头而不能寐。到夜半，公子醒来，又叹一口气。十娘道："郎君有何难言之事，频频叹息？"公子拥被而起，欲言不语者几次，扑簌簌掉下泪来。十娘抱持公子于怀间，软言抚慰道："妾与郎君情好，已及二载，千辛万苦，历尽艰难，得有今日。然相从数千里，未曾哀戚。今将渡江，方图百年欢笑，如何反起悲伤？必有其故。夫妇之间，死生相共，有事尽可商量，万勿讳也。"

公子再四被逼不过，只得含泪而言道："仆天涯穷困，蒙恩卿不弃，委曲相从，诚乃莫大之德也。但反复思之，老父位居方面，拘于礼法，况素性方严，恐添嗔怒，必加黜逐。你我流荡，将何底止？夫妇之欢难保，父子之伦又绝。日间蒙新安孙友邀饮，为我筹及此事，寸心如割！"十娘大惊道："郎君意将如何？"公子道："仆事内之人，当局而迷。孙友为我画一计颇善，但恐恩卿不从耳！"十娘道："孙友者何人？计如果善，何不可从？"公子道："孙友名富，新安盐商，少年风流之士也。夜间闻子清歌，因而问及。仆告以来历，并谈及难归之故，渠[43]意欲以千金聘汝。我得千金，可借口以见吾父母，而恩卿亦得所天。但情不能舍，是以悲泣。"说罢，泪如雨下。

十娘放开两手，冷笑一声道："为郎君画此计者，此人乃大英雄也！郎君千金之资既得恢复，而妾归他姓，又不致为行李之累[44]，发乎情，止乎礼，诚两便之策也。那千金在那里？"公子收泪道："未得恩卿之诺，金尚留彼处，未曾过手。"十娘道："明早快快应承了他，不可挫[45]过机会。但千金重事，须得兑足交付郎君之手，妾始过舟，勿为贾竖子[46]所欺。"时已四鼓，十娘即起身挑灯梳洗道："今日之妆，乃迎新送旧，非比寻常。"于是脂粉香泽，用意修饰，花钿绣袄，极其华艳，香风拂拂，光采照人。装束方完，天色已晓。

孙富差家童到船头候信。十娘微窥公子，欣欣似有喜色，乃催公子快去回话，及早兑足银子。公子亲到孙富船中，回复依允。孙富道："兑银易事，须得丽人妆台为信。"公子又回复了十娘，十娘即指描金文具[47]道："可便抬去。"孙富喜甚，即将白银一千两，送到公子船中。十娘亲自检看，足色足数，分毫无爽，乃手把船舷，以手招孙富。孙富一见，魂不附体。十娘启朱唇，开皓齿道："方才箱子可暂发来，内有李郎路引一纸，可检还之也。"孙富视十娘已为瓮中之鳖，即命家童送那描金文具，安放船头之上。十娘取钥开锁，内皆抽替小箱。十娘叫公子抽第一层来看，只见翠羽明珰[48]，瑶簪宝珥，充牣[49]于中，约值数百金。十娘遽投之江中。李甲与孙富及两船之人，无不惊诧。又命公子再抽一箱，乃玉箫金管；又抽一箱，尽古玉紫金玩器，约值数千金。十娘尽投之于大江中。舟中岸上之人，观者如堵。齐声道："可惜！可惜！"正不知什么缘故。最后又抽一箱，箱中复有一匣。开匣视之，夜明之珠，约有盈把。其他祖母绿、猫儿眼，诸般异宝，目所未睹，莫能定其价之多少。众人齐声喝采，喧声如雷。十娘又欲投之于江。李甲不觉大悔，抱持十娘恸哭，那孙富也来劝解。

十娘推开公子在一边，向孙富骂道："我与李郎备尝艰苦，不是容易到此。汝以奸淫之意，巧为谗说，一旦[50]破人姻缘，断人恩爱，乃我之仇人。我死而有知，必当诉之神明，尚妄想枕席之欢乎！"又对李甲道："妾风尘数年，私有所积，本为终身之计。自遇郎君，山盟海誓，白首不渝。前出都之际，假托众姊妹相赠，箱中韫藏百宝，不下万金。将润色郎君之装，归见父母，或怜妾有心，收佐中馈，得终委托，生死无憾。谁知郎君相信不深，惑于浮议，中道见弃，负妾一片真心。今日当众目之前，开箱出视，使郎君知区区千金，未为难事。妾椟中有玉，恨郎眼内无珠。命之不辰，风尘困瘁，甫[51]得脱离，又遭弃捐[52]。今众人各有耳目，共作证明，妾不负郎君，郎君自负妾耳！"于是众人聚观者，无不流涕，都唾骂李公子负心薄幸。公子又羞又苦，且悔且泣，方欲向十娘谢罪。十娘抱持宝匣，向江心一跳。众人急呼捞救，但见云暗江心，波涛滚滚，杳无踪影。可惜一个如花似玉的名姬，一旦葬于江鱼之腹！

三魂渺渺归水府，七魄悠悠入冥途。

当时旁观之人，皆咬牙切齿，争欲拳殴李甲和那孙富。慌得李、孙二人手足无措，急叫开船，分途遁去。李甲在舟中，看了千金，转忆十娘，终日愧悔，郁成狂疾，终身不瘥[53]。孙富自那日受惊，得病卧床月余，终日见杜十娘在旁诟骂，奄奄而逝。人以为江中之报也。

却说柳遇春在京坐监完满，束装回乡，停舟瓜步[54]。偶临江净脸，失坠铜盆于水，觅渔人打捞。及至捞起，乃是个小匣儿。遇春启匣观看，内皆明珠异宝，无价之珍。遇春厚赏渔人，留于床头把玩。是夜梦见江中一女子，凌波而来，视之，乃杜十娘也。近前万福，诉以李郎薄幸之事，又道："向[55]承君家慷慨，以一百五十金相助。本意息肩之后，徐图报答，不意事无终始。然每怀盛情，悒悒[56]未忘。早间曾以小匣托渔人奉致，聊表寸心，从此不复相见矣。"言讫[57]，猛然惊醒，方知十娘已死，叹息累日。①

注释

[1] 潞河：海河支流、京杭大运河北段，干流位于今北京通州至天津境内，古称白河、沽水和潞河等。[2] 衣衫蓝缕：今作"衣衫褴褛"。[3] 济：帮助，助益。[4] 乏：缺少。[5] 浮：航行。[6] 寓：此指暂居。[7] 佐：辅助。[8] 曲意：刻意。[9] 不一日：不到一天时间。[10] 别：另外。[11] 约明日侵晨：约定第二天早晨。[12] 剪：（像剪刀剪东西一样）直线横渡。[13] 畅语：畅谈。[14] 舒：放松，舒缓。[15] 疏：少。[16] 同志：志趣相同。[17] 卮：一种酒器，又名觚。[18] 六院：行院，歌妓聚集的地方。明初南京妓院最著名的有来宾、重译、轻烟、淡粉、梅妍、翠柳等六院，故将六院作为妓院的代名词。[19] 辄：就。[20] 积祖：累世，世代。[21] 种盐：制盐，做盐商。[22] 南雍：雍，辟雍，古之大学。明代称设在南京的国子监为"南雍"，设在北京的国子监为"北雍"。[23] 朋友：同门为朋，同志为友。这里指李甲和孙富是同学。[24] 偶然：巧合，碰巧。[25] 喻：比喻，比拟。[26] 彤云：下雪前密布的浓云。[27] 值：正当。[28] 少：稍微。[29] 说得入港：指谈得投机。[30] 踌躇：犹豫。[31] 将机就机：今作"将计就计"。[32] 俟：等到。[33] 愀然：愁容满面的样子。[34] 方面：指一定范围的地域，这里指保守落后的小地方，暗指李父保守刻

① 冯梦龙. 三言·警世通言［M］. 吴书荫，校注. 北京：中华书局，2014：516–524.

板。［35］挈（qiè）：带着。［36］然：对，正确。［37］逾墙钻穴：指男女偷情之事。［38］惮：忌惮。［39］授馆：当私塾老师。［40］疑：担心。［41］竟日：整天。［42］委决不下：犹豫不决，不能安定。［43］渠：代词，他，代孙富。［44］行李之累：即拖累。［45］挫：今作"错"。［46］贾（gǔ）竖子：贾，对商人的贬称。［47］描金文具：盛装女性首饰、脂粉的梳妆匣。［48］翠羽：翡翠鸟的羽毛。珰（dāng）：耳饰。比喻珍贵的物品或女子的华丽饰品。［49］充牣（rèn）：充满。［50］一旦：一日之内，指代时间短。［51］甫：刚刚。［52］弃捐：抛弃，废置。特指士人不遇于时或妇女被丈夫遗弃。［53］瘥：瘥愈。［54］瓜步：步，一作埠。山名，在今南京市六合区东南，亦名桃叶山。［55］向：过去。［56］悒悒：忧郁的样子。［57］言讫：说完。

思考题

（1）如何评价李甲背信弃义抛弃杜十娘的行为？

（2）杜十娘百宝箱里的珍宝价值连城，她为什么不告诉李甲？如果李甲知道此事，他是不是就不会转卖杜十娘了？这样，杜十娘与李甲不就能过上幸福的生活了吗？你是如何看待的？

（高日晖）

励志篇

一、诗

诗经·思齐

导读

　　《思齐》选自《诗经·大雅》，共五章二十四句，歌颂了周文王修身、齐家、治国、平天下的人生经历。先以赞颂文王的母亲太任、祖母太姜及妻子太姒的美好品德起兴，接着歌颂文王能忠于祖先遗训、光大祖业、"御于家邦"，且处事和睦庄敬，时常修身自省，进而赞扬其关心百姓疾苦、从谏如流、广纳贤才。正是周文王的励精图治，使得周王朝不断开疆扩土，国力日渐强大，为武王伐纣和周朝八百年的安稳兴盛奠定了基础。

　　周文王姬昌是周朝历史上的明君，一生致力于周国的强盛，他励精图治、礼贤下士，做了许多利国利民之事。他的父亲季历骁勇善战，招致商王的猜忌，便被商王以封赏的名义招去郢都，行软禁之实，自此姬昌再没机会见到父亲。父亲被商王莫名处死后，姬昌便临危受命，继承父亲爵位。他在位期间施行仁政、广招贤才，拜姜尚为师，共商举国大计，不断扩张疆土、收复领地，为武王讨商奠定了坚实的基础。相传在七年的囚禁中，文王勤于治学，深刻思考，写成了被称为中国群经之首的《周易》，对后世影响深远。

　　忧劳可以兴国，逸豫可以亡身。正是因为文王善于将困境转化成机会，不断磨炼自己，踔厉奋发、笃行不怠，才有了周王朝的百年兴盛。

　　思齐[1]大任[2]，文王之母，思媚周姜[3]，京室[4]之妇。大姒嗣徽音[5]，则百斯男[6]。

　　惠于宗公[7]，神罔时怨[8]，神罔时恫[9]。刑于寡妻[10]，至于兄弟，以御[11]于家邦。

　　雝雝在宫[12]，肃肃在庙[13]。不显亦临[14]，无射亦保[15]。

　　肆戎疾不殄[16]，烈假不瑕[17]。不闻亦式[18]，不谏亦入[19]。

肆成人有德，小子有造[20]。古之人无斁[21]，誉髦斯士[22]。①

注释

[1] 思：发语词，无义。齐（zhāi）：通"斋"，端庄貌。[2] 大任：即太任，文王之母，王季之妻。[3] 媚：美好，一说爱，孝敬。周姜：即太姜，文王之祖母，王季之母，古公亶父之妻。[4] 京室：王室，指岐山的周家都城。京：指王都。[5] 大姒（sì）：即太姒，文王之妻，武王之母，莘国之女，姒姓。嗣：继承，继续。徽音：美誉，美好典范。[6] 百斯男：众多男儿。百：虚指，泛言其多。斯：语助词，无义。男：男孩，这里指子孙。[7] 惠：孝敬，一说顺。宗公：宗庙里的先公，即祖先。[8] 神：此处指祖先之神。罔：无。时：所。[9] 恫（tōng）：哀痛，难过。[10] 刑：这里作动词用。寡妻：嫡妻。[11] 御：治理，一说推广、施行。[12] 雝（yōng）雝：和洽貌，一作"雍雍"。宫：宫殿，住室。[13] 肃肃：恭敬貌。庙：宗庙，庙堂。[14] 不显：不明，幽隐之处，一说丕显。临：临视，来临，照临。[15] 无射（yì）：即"无斁"，不厌倦。"射"为古"斁"字。保：保持。[16] 肆：所以。戎疾：西戎之患。殄（tiǎn）：残害，灭绝。[17] 烈假：指害人的疾病，一说罪大恶极。瑕：与"殄"义同，一说通"遐"，远离。[18] 闻：听取好的意见。式：用。[19] 入：接受，采纳。[20] 小子：儿童，未成年人。造：进步，造就，培育。[21] 古之人：指文王。无斁（yì）：无厌，无倦。斁，倦怠。[22] 誉：美名，声誉，一说以；一说通"豫"，悦，乐。髦（máo）斯士：髦士，俊才，英才。髦：俊，优秀，一说勉励，激发。

思考题

唐代孔颖达《毛诗正义》言："作《思齐》诗者，言文王所以得圣，由其贤母所生。文王自天性当圣，圣亦由母大贤，故歌咏其母，言文王之圣有所以而然也。"我们应该如何辩证地看待文王之圣？

（孙惠欣）

---

① 程俊英. 诗经译注 [M]. 上海：上海古籍出版社，2016：487－489.

汉乐府·长歌行

导读

《长歌行》是汉乐府中的一首诗。乐府初设于秦，是当时少府下辖中专门管理乐舞演唱教习的机构。汉乐府成立于公元前112年（汉武帝时期），其职责是采集民间歌谣或文人的诗来配乐，以备朝廷祭祀或宴会演奏之用。它搜集整理的诗歌，后世就叫"乐府诗"，或简称"乐府"。

《长歌行》自"园中葵"起，后用百川归海作比，以揭示光阴如流水，一去不再回的道理。最后规劝人们珍惜青春年华，发奋图强，莫等老了才后悔。从艺术鉴赏方面来看，本诗借物言理，"青青"喻葵生长茂盛，在春天的阳光雨露之下，万物都在争相生长，因为它们都害怕秋天很快到来，深知时光短暂。

大自然的生命节奏如此，人生也是这样。"少壮不努力，老大徒伤悲"，生命只有一次，青春只有一次，青年人应珍惜时光，不负韶华。

青青园中葵，朝露待日晞[1]。
阳春布德泽，万物生光辉。[2]
常恐秋节至，焜黄[3]华叶衰。
百川东到海，何时复西归。
少壮不努力，老大徒伤悲。①

注释

[1] 青青园中葵，朝露待日晞：人生如园中葵上的露水，太阳出来就干了，喻其短促。晞：晒干。[2] 阳春布德泽，万物生光辉：春天的阳光雨露使万物茁壮成长。[3] 焜（kūn）黄：形容草木凋落的样子。

---

① 郭茂倩. 乐府诗集［M］. 北京：中华书局，2019：450.

思考题

子在川上曰："逝者如斯夫，不舍昼夜。"斗转星移、盛衰荣枯，世间万物皆遵循永恒的自然规律运行，时间亦是如此。但时间有价值与否取决于个人，试结合自然规律，谈谈该如何利用时间。

（孙惠欣）

❀ 迪志诗 ❀

傅　毅

导读

《迪志诗》出自唐代欧阳询《艺文类聚》卷二十三人部七，是傅毅年少读书时所作。傅毅（？—90），字武仲，扶风茂陵（今陕西省兴平市）人，东汉辞赋家。傅毅年轻时学问渊博，其著作有诗、赋、诔、颂、祝文、连珠等二十八篇，代表作为《七激》。所谓连珠，指的是假托事物，达到讽喻的目的，贯串情理，如同穿珠。

《后汉书》记载，傅毅"永平中于平陵习章句，因作迪志诗"，由此可知，傅毅作诗意在勉励自己效法古人专修德行，不可懈怠放纵。诗歌感慨光阴似箭，"徂年如流"，年轻人应当珍惜时间，继承前人好学美德，并以此为戒律规范自身行为。田地里的农夫只有日夜劳作，黍稷等谷物才能愈发繁茂。读书也是如此，年轻人只有夙兴夜寐、勤奋不懈，才能拥有广阔的知识面。

本诗逻辑严密，层层推进，令人心悦诚服。傅毅提出的年轻人需勤奋不懈的观点和作诗勉励自己学习的做法，正是值得当代青年学子学习发扬的优秀品质。

咨尔[1]庶士[2]，迨[3]时斯勖[4]。日月逾迈，岂云旋复[5]。哀我经营，臀力靡及。在兹弱冠，靡所树立。于赫[6]我祖，显于殷国。贰迹[7]阿衡[8]，克光其则。武丁兴商，伊宗皇士。爰作股肱，万邦是纪。奕世载德，迄我显考。保膺淑懿，缵修其道。汉之中叶，俊乂式序。秩彼殷宗，光此勋绪。伊余小子，秽陋[9]靡逮。惧我世烈，自兹以坠。谁能革浊，清我濯溉。谁能昭暗，启我童昧。先人有训，我讯我诰。训我嘉务，诲我博学。爰率朋友，寻此旧则。契阔凤夜，庶不懈忒。秩秩大猷，纪纲庶式。匪勤匪昭，匪壹匪测。农夫不怠，越有黍稷。谁能云作，考之居息。二事败叶，多疾我力。如彼遵衢，则罔所极。二志靡成，聿劳我心。如彼兼听，则涸于音。于戏君子，无恒自逸。徂年[10]如流，鲜兹暇日[11]。行迈屡税，胡能有迄。密勿朝夕，聿同始卒。

注释

[1] 咨尔：《论语·尧曰》："尧曰：'咨，尔舜！天之历数在尔躬。'"邢昺疏："咨，咨嗟；尔，女（汝）也……故先咨嗟，叹而命之。"后常将"咨尔"用于句首，表示赞叹或祈使。[2] 庶士：众士。[3] 迨：等到，达到。[4] 勖：勉励。[5] 旋复：回转，回还。[6] 於（wū）赫：叹美之词。[7] 贰迹：犹比迹，谓功劳业绩可与之比肩。[8] 阿衡：职官名，为古代执政的大官。商汤时，由大臣伊尹掌权，商人遂以阿衡代指伊尹。[9] 秽陋：犹猥琐。[10] 徂（cú）年：流年，光阴。[11] 暇日：闲暇的时日。

思考题

傅毅认为，时人应该学习古人修习德行，不可懈怠。请结合现实，谈谈21世纪的我们应该怎样专修德行。

（孙惠欣）

步出夏门行·龟虽寿
曹　操

导读

《步出夏门行》是曹操用乐府旧题创作的组诗，创作于北征乌桓得胜回师途中。最为人所熟知的便是《观沧海》与《龟虽寿》两首，二者蕴含的思想具有一致性。不同在于《观沧海》通篇写景，寄情于景，《龟虽寿》更多的是直接抒怀言志。写作此诗时，曹操已经53岁，接近暮年，因此诗中出现"老骥""暮年""永年"等词语，但是整首诗并非暮气沉沉，整体诗风极为积极、乐观，充满进取精神，可以看到曹操"志在千里""壮心不已"的奋斗者形象。本诗抒发了诗人雄心依旧、奋斗不止的豪情，这种励志精神也能促使更多人投奔到曹操的阵营中，助他实现霸业宏图。身处群雄逐鹿的时代，想要获得一席之地就要不断拼搏向上，励志进取。

诗人巧用比喻开篇，说明万物不能永恒的道理，人生也终将消逝，表现了诗人朴素的唯物辩证思想，这点在当时难能可贵。面对终将逝去的生命，诗人展现出锐意进取、勇争朝夕的精神面貌，吟咏出"老骥伏枥，志在千里。烈士暮年，壮心不已"的奋进诗句。生命不息，对理想的追求就不停息，一直奋发向上，保持青春的力量，这也为本诗附上了爽朗刚健的风格。"养怡之福，可得永年"强调人的主观能动性对身心健康的影响。诗歌通篇带有乐观主义精神，不惧衰老、相信事在人为、奋斗不息、对伟大理想的追求永不停歇。曹操横槊赋诗，展现自己的风骨和精神，激荡着天下万千励志进取之人的心。

神龟虽寿[1]，犹有竟[2]时。腾蛇[3]乘雾，终为土灰。老骥伏枥[4]，志在千里。烈士暮年[5]，壮心不已[6]。盈缩[7]之期，不但[8]在天。养怡[9]之福，可得永年[10]。幸甚至哉，歌以咏志[11]。①

注释

[1] 神龟：传说中的通灵之龟，能活几千岁。寿：长寿。[2] 竟：终，这里指死亡。[3] 腾：一作"螣"。腾蛇：传说中似龙的神蛇，能乘雾飞行。[4] 骥：良马，千里马。伏：卧，卧。枥（lì）：马槽。[5] 烈士：有志于建功立业的人。暮年：晚年。[6] 已：停止。[7] 盈缩：原指岁星的长短变化，这里指人的寿命长短。盈：长。缩：短。[8] 但：仅，只。[9] 养怡：指调养身心，保持身心健康。怡：愉快、和乐。[10] 永年：长寿。永：长久。[11] 幸甚至哉，歌以咏志：此二句每章都有，应为合乐时的套语，与正文内容没有直接关系。幸甚至哉：庆幸得很，好极了。幸：庆幸。至：极点。

思考题

试比较"老骥伏枥，志在千里"与"廉颇老矣，尚能饭否"的异同。

（姚海斌）

① 吴小如，等. 汉魏六朝诗鉴赏辞典［M］. 上海：上海辞书出版社，2016：212.

杂诗六首·其五

曹 植

导读

　　此诗是一首慷慨激昂的述志诗，是曹植后期的代表作。诗歌笔力刚劲雄浑，是建安风骨的杰出代表。诗歌描写自己不愿闲居藩国、碌碌无为，而愿从军远征、为国分忧。曹植作此诗意在让世人，尤其是当权的皇帝看到自己想要为国效力的拳拳之心。建功立业一直以来都是曹植的夙愿，他曾不止一次将自己的志向通过诗文展现，本诗与《责躬》中"甘赴江湘，奋戈吴越"、《求自试表》中"抚剑东顾，而心已驰于吴会矣"等诗文的精神内核具有一定程度上的一致性，彼此互文见义。现实是曹植并未获得建功立业的机会、志不得展，但他越挫越勇、坚持不懈地向当权者寻求机会。本诗运用了设问、记叙、夸张、互文、比喻等手法，全面、立体地展示了他的一腔热血。曹植的志向并不是实现小我的幸福安康，他将自我价值实现与国家安定繁荣紧密联系在一起，并且终其一生都在寻找实现价值的机会。

　　本诗饱含曹植真情，手法技巧纯熟，彰显了诗人立志报国的情怀和自强不息的精神，诗文中意气风发、勇敢向前的励志形象掩盖不了现实中壮志难酬的悲凉，可贵的是理想与现实之间的矛盾并没有让诗人消极颓唐，他直白呼喊"闲居非吾志，甘心赴国忧"。诗人在忧患中不消极、挫折中不逃避、苦难中不放弃的精神品质值得吾辈青年学之、行之。

　　仆夫早严驾[1]，吾将远行游。远游欲何之？吴国为我仇。将骋万里途，东路安足由？[2] 江介[3]多悲风，淮泗[4]驰急流。愿欲一轻济[5]，惜哉无方舟[6]。闲居非吾志，甘心赴国忧。①

注释

　　[1] 严驾：备好车马。[2] 远游欲何之？吴国为我仇。将骋万里途，东

---

①　张溥. 汉魏六朝百三家集［M］. 上海：上海古籍出版社，1994：71 - 72.

路安足由：四句应一气连读，"吴国"与"东路"都是对"何之"的回答，前者是虚笔，后者是实写。到吴国边境是为了杀敌报国，即使行程万里也心甘情愿，表示的是一种愿望；眼前的事实却是回藩国过碌碌无为的生活，所以说"东路安足由"。吴国：指孙权建立的东吴政权。骋：驰。东路：东向回藩国的路。本诗与《赠白马王彪》"怨彼东路长"作于同时。由：经由，经过。[3] 江介：江边。《楚辞·九章·哀郢》："悲江介之遗风。"王逸注："介，一作界。"[4] 淮泗：二水名。靠近当时魏、吴二国边界地区，二水是南征孙吴的必经之地。[5] 轻：易。济：渡。[6] 无方舟：比喻没有凭借、机缘。

思考题

曹植面对理想抱负不能实现的做法和选择对你有何启示？

（姚海斌）

❧ 咏史八首·其一 ❧

左 思

导 读

《咏史八首》是西晋著名文学家左思的代表诗歌，名为咏史，实乃咏怀。八首诗歌错综史实、融汇古今、连类引譬。钟嵘评价左思《咏史》诗风格为"左思风力"。刘勰在《文心雕龙·才略》中说："左思奇才……拔萃于《咏史》。"沈德潜在《古诗源》中评价其"咏古人而己之性情俱见"。作为组诗的第一首，左思在其中描述了自己文武兼备、才华出众，意欲为国效力，待功成名就便退居田庐的理想与情操。由此我们看到了一位意气昂扬、雄心勃勃，积极奋进又不慕名利的励志少年。诗歌开篇便直白描述自己博学能文，少年英才，文准《过秦论》、赋比《子虚赋》，不仅如此，诗人还兼通军事，武略超群。有鉴于此，左思渴望安邦、定邦，功成之后"长揖归田庐"。本诗就是左思渴望为国建功的自荐书，可贵之处在于诗人不贪恋富贵荣华的精神。

刘熙载《艺概·诗概》："左太冲《咏史》似论体。"诗人的议论以具象的形式表现，读来并不乏味。诗歌手法多样，包括直陈、引典、虚写（是诗人对未来的展望，并未实现），一气呵成、对仗工整，情真意切、催人奋进。单从诗歌内容来看，左思"左眄澄江湘，右盼定羌胡"的壮志雄心值得敬佩，不失为时代青年的励志之声。本诗立志之高远、热情之高昂也是鼓舞千千万万奋勇争先的当代青年的精神力量。

弱冠弄柔翰[1]，卓荦[2]观群书。著论准过秦[3]，作赋拟子虚[4]。边城苦鸣镝[5]，羽檄[6]飞京都。虽非甲胄士[7]，畴昔览穰苴[8]。长啸激清风，志若无东吴[9]。铅刀贵一割[10]，梦想骋良图[11]。左眄澄江湘[12]，右盼定羌胡[13]。功成不受爵[14]，长揖归田庐[15]。①

注释

[1] 弱冠弄柔翰：二十岁就擅长写文章。弱冠：《礼记·曲礼》："二十曰弱冠。"柔翰：毛笔。[2] 卓荦（luò）：才能卓越。荦：同"跞"。[3] 著：一作"着"。过秦：即贾谊的《过秦论》。[4] 拟：模拟，效仿。子虚：即司马相如的《子虚赋》。[5] 鸣镝（dí）：响箭，本是匈奴所制造，古时发射它作为战斗的信号。[6] 檄（xí）：檄文，用来征召的文书，写在一尺二寸长的木简上，上插羽毛，以示紧急，所以叫"羽檄"。[7] 胄：头盔。甲胄（zhòu）士：指战士。[8] 畴昔：昔日。畴：助词，无义。穰（ráng）苴（jū）：春秋时齐国人，善治军，齐景公因为他抵抗燕、晋有功，尊为大司马，所以叫"司马穰苴"，曾著兵书《司马法》若干卷。[9] 长啸激清风，志若无东吴：放声长啸，其声激扬着清风，心中没有把东吴放在眼里。[10] 铅刀贵一割：语出《后汉书·班超传》："昔魏绛列国大夫，尚能和辑诸戎，况臣奉大汉之威，而无铅刀一割之用乎？"谓铅刀虽钝，犹不妨尽其力。自谦之辞。[11] 骋：驰骋，实现。良图：远大的志向和抱负，即宏图。[12] 左：古人叙地理以东为左，以西为右。此言左，指东南方。眄（miǎn）：斜视。澄江湘：指平定东吴。江湘：长江和湘水。[13] 羌胡：泛指我国古代西北部少数民族，当时经常与中原发生战争。[14] 爵：爵位。《礼记·王制》："王者之制禄爵，公、侯、伯、子、男凡五等。"[15] 长揖：相见之礼，拱手自上而至极下以为礼。辞谢、告别，亦以为礼。田庐：农村屋舍。

---

① 张启成，等. 文选［M］. 北京：中华书局，2019：1343 – 1345.

思考题

如何理解"功成不受爵，长揖归田庐"这种奋勇上进又不贪图功名的精神的价值？

（姚海斌）

❁ 杂诗十二首·其一 ❁

陶渊明

导读

陶渊明《杂诗十二首》是一组"不拘流例，遇物即言"（李善注《文选》）的杂感诗，慨叹人生无常、感喟生命短暂被认为是这组诗的基调。作为组诗的第一首内容分三个层次。开篇讲述了人生无常，将人的命运比作陌上尘土，随风飘转，不能自主，这种人生观为接下来的认知做了铺垫。接着阐述诗人看待人际关系的观点，"落地为兄弟，何必骨肉亲"是对传统血浓于水的骨肉亲情的挑战，同时它也极具超前意识，讲求人人皆为兄弟，不必受血缘羁绊。"得欢当作乐，斗酒聚比邻"表现出诗人寻求和谐的邻里关系，兴至而饮，明净而淳朴。最后诗人从时间的维度讲述盛年不再来，劝人抓住时机、珍惜光阴。"及时当勉励，岁月不待人"是诗人说给自己、说给朋友兄弟、说给世人、说给后世人的劝勉之语，人生应该奋勉上进。诗歌内容丰富、层层递推，落脚点在"及时勉励"，目的是提醒世人不要浪费大好年华。

这首诗起笔读来风格迷惘，继而振作，终篇激越，引用生活事物作譬，朴实无华、通达晓畅，质如璞玉但内蕴极丰，发人深省。与一般意义上的励志不同，它从另一种视角解读人生志向，于自然之中发现美，寻求质朴的人际关系，在田园中找寻自我价值，这些也属于诗人的勉励。无论是诗人展现的独特志趣，还是我们日常为人处世，甚至是经世治国，都需要"及时勉励"的态度、持之不懈的精神。

人生无根蒂[1]，飘如陌[2]上尘。分散逐风转，此已非常身[3]。落地[4]为兄弟，何必骨肉亲！得欢当作乐，斗酒聚比邻[5]。盛年[6]不重来，一日难再晨。及时[7]当勉励，岁月不待人。①

注释

[1] 无根蒂：指人生不像草木一样有根有蒂，可以枯而复荣。[2] 陌：东西的路，这里泛指路。[3] 此：指此身。非常身：不是经久不变之身，即不再是壮年之身。[4] 落地：指人的出生。[5] 斗：酒器。比邻：近邻。[6] 盛年：壮年。[7] 及时：趁壮年之时。

思考题

"及时当勉励，岁月不待人"对你有何启发？

（姚海斌）

❀ 木兰诗 ❀

导读

《木兰诗》最早著录于智匠所撰的《古今乐录》中，《乐府诗集》把它归入《横吹曲辞·梁鼓角横吹曲》。故事和诗歌大约产生于北朝后期。

《木兰诗》是一首长篇叙事诗，讲述了木兰女扮男装，替父从军，在战场上建立功勋却又辞官回乡与家人团聚的故事。诗歌赞扬了木兰勇敢、无畏、善良的品质与精神。这是一个极为励志的传奇故事，木兰返乡后扮回女郎的描写又富有浪漫主义色彩。本诗主要描绘了木兰决定替父从军、准备奔赴战场、多年征战生活、还朝辞官、回乡团聚、身份揭示等内容，她既是一个为父解忧的好女儿，一名战场上屡建功勋的巾帼英雄，又是一位放弃功名利禄和家人团聚的智慧女性。《木兰诗》塑造了木兰这个熠熠生辉的女性形象，战场上十分艰苦——"黄河流水""燕山胡骑""万里赴戎机，关山度若飞。朔气传金柝，寒光照铁衣"，战场上十分残酷——"将军百战死，壮士十年归"，她不仅征战沙场，还能立功"策勋"，可见她的勇敢、智慧非比寻常，她的经

---

① 张溥. 汉魏六朝百三家集 [M]. 上海：上海古籍出版社，1994：137.

历就是一个励志的传奇，她值得歌颂，她的精神值得传承。

这首叙事诗运用夸张、排比、互文、对偶、顶真等写作手法，热情讴歌了木兰为家、为国的奉献精神，塑造了一位不朽的女英雄形象。木兰既是巾帼英雄也是平民少女，既是战场上的勇士也是生活中的女孩，她早已成为一种符号、一种精神象征，为中华儿女谱写了一曲平凡少女的不凡之歌。

唧唧复唧唧[1]，木兰当户织。不闻机杼声，唯闻女叹息。问女何所思，问女何所忆。女亦无所思，女亦无所忆。昨夜见军帖[2]，可汗大点兵[3]。军书十二卷，卷卷有爷名。阿爷无大儿，木兰无长兄。愿为市[4]鞍马，从此替爷征。

东市买骏马，西市买鞍鞯[5]，南市买辔[6]头，北市买长鞭。旦辞爷娘去，暮宿黄河边，不闻爷娘唤女声，但闻黄河流水鸣溅溅。旦辞黄河去，暮至黑山[7]头，不闻爷娘唤女声，但闻燕山胡骑鸣啾啾[8]。

万里赴戎机[9]，关山度若飞。朔气传金柝[10]，寒光照铁衣。将军百战死，壮士十年归。

归来见天子，天子坐明堂[11]。策勋十二转[12]，赏赐百千强[13]。可汗问所欲，木兰不用尚书郎[14]。愿驰千里足[15]，送儿还故乡。

爷娘闻女来，出郭相扶将[16]；阿姊闻妹来，当户理红妆；小弟闻姊来，磨刀霍霍向猪羊。开我东阁门，坐我西阁床。脱我战时袍，着我旧时裳。当窗理云鬓[17]，对镜贴花黄[18]。出门看火伴[19]，火伴皆惊忙：同行十二年，不知木兰是女郎。

雄兔脚扑朔[20]，雌兔眼迷离[21]；双兔傍地走[22]，安能辨我是雄雌？①

注释

[1] 唧唧：叹息声。这句一作"唧唧何力力"，又作"促织何唧唧"。[2] 军帖：征兵的文书、名册。[3] 可汗：古代西域和北方诸国对君主的称呼。大点兵：大规模征兵。[4] 市：买。[5] 鞯（jiān）：马鞍下的垫子。[6] 辔（pèi）：驾驭牲口用的嚼子和缰绳。[7] 黑山：即杀虎山，在今内蒙古呼和浩特市东南。[8] 燕山：指燕然山。啾啾：马鸣声。[9] 戎机：军机，指战争。[10] 朔气：北方的寒气。金柝（tuò）：即刁斗，铜制，白天用

① 郭茂倩. 乐府诗集［M］. 北京：中华书局，2017：545.

来做饭，晚间用来报更。[11] 明堂：天子祭祀、朝诸侯、教学、选士的地方。[12] 策勋：记功劳。转：将勋位分作若干等，每升一等叫一转。十二转是形容因功勋卓著，屡次升迁，并非确数。[13] 强：多、余。[14] 尚书郎：尚书省的官员。尚书省是古代中央的政府机关。[15] 千里足：指驼、马等代步之物。[16] 郭：外城。相扶将：互相扶持。[17] 云鬓：指女子头发乌黑如云。[18] 贴花黄：当时流行的一种妇女面饰，在额间点以黄色。[19] 火伴：伙伴。[20] 扑朔：乱动的样子。[21] 迷离：双眼半闭的样子。[22] 傍地走：相并而走。傍：临近。

思考题

　　"木兰"这一形象传达出什么样的精神内核，在当代又有哪些具体的表现形式？

（姚海斌）

❖ 从军行 ❖

杨　炯

导读

　　杨炯（650—约693），唐代诗人，弘农华阴（今陕西省华阴市）人。十岁举神童，待制弘文馆。二十七岁应制举及第，补校书郎。高宗永隆二年（681）充崇文馆学士，迁太子詹事司直。恃才傲物，因讥刺朝士的矫饰作风而遭人忌恨，武后时遭谗被贬为梓州司法参军。天授元年（690）任教于洛阳宫中习艺馆。如意元年（692）秋后出为婺州盈川县令，死于任所，故亦称"杨盈川"。与王勃、骆宾王、卢照邻齐名，世称"王杨卢骆"，为"初唐四杰"。工诗，擅长五律。明人辑有《盈川集》。

　　"从军行"为乐府旧题，杨炯用此题目描写了边关烽火突起，读书人从军、赴边、参战的全过程，形式上用的是当时正在逐渐定型的五言律诗，在严格的格律和工整的对仗中抒发了投笔从戎的壮志豪情和内心复杂的情感。

　　首联两句写出边关烽火突起，战报传至长安。"烽火"与"照"都渲染出军情的紧急，而这种情形激发了书生保家卫国的豪情；"自"字则写出书生由衷的爱国情怀。这两句是全诗事件情感的由起，交代了背景。

领联由辞京出发，写到边关出战。第三句"牙璋"即兵符，代指将帅，"凤阙"即皇宫，代指都城，点出了战士们身负的重任和出师的隆重。第四句的"铁骑"写出了大军的气势，"龙城"则指敌方的要塞，"绕"字形象勾勒出唐军对敌方的包围，"铁骑"与"龙城"相对渲染了敌我双方紧张的战斗氛围。领联两句对仗可谓尺幅千里，上句写大军辞京出师的隆重场面，下句却已是唐军围住敌城、大战在即的情形，跳跃性极强，跨度极大，留下了丰富的想象空间，也呼应了首联军情的紧急。

颈联则是对战斗的描写，没有正面写战斗，而是通过对战场上景物的描写来烘托战斗的激烈。上句从视觉角度写大雪满天，军旗失色，下句从听觉角度写狂风怒吼，与战鼓声交织，有声有色地写出了唐军将士顶风冒雪同敌人激战的场面，突出了他们英勇无畏的爱国情怀。

尾联直抒胸臆，收束全篇，抒发了书生投笔从戎、保家卫国的壮志豪情。尽管杨炯一生未曾亲临边塞，但本诗对边塞战斗情形的描写和感情的抒发都十分真切。考虑到四杰"年少而才高，官小而名大"（闻一多《唐诗杂论》）、一生沉沦的个人经历，以及唐王朝崇尚武功的背景，诗中情感或有愤而不平之意，但更多的还是希望投笔从戎、建功立业的壮志。

烽火照西京[1]，心中自不平。牙璋[2]辞凤阙[3]，铁骑绕龙城[4]。
雪暗凋[5]旗画，风多杂鼓声。宁为百夫长[6]，胜作一书生。①

注释

[1] 西京：长安。[2] 牙璋：古代发兵所用之兵符，分为两块，相合处呈牙状，朝廷和主帅各执其半。此代指奉命出征的将帅。[3] 凤阙：宫阙名。汉建章宫的圆阙上有金凤，故以凤阙指皇宫。[4] 龙城：又称龙庭，在今蒙古国鄂尔浑河的东岸，为汉时匈奴的要地。汉武帝派卫青出击匈奴，曾在此获胜。这里指塞外敌方据点。[5] 凋：原意指草木枯败凋零，此指失去了鲜艳的色彩。[6] 百夫长（zhǎng）：一百个士兵的头目，泛指下级军官。

---

① 陈贻焮. 增订注释全唐诗：第一册［M］. 北京：文化艺术出版社，2001：336.

思考题

如何评价唐代诗人抒发的投笔从戎的壮志豪情？

（李丽）

✿ 行路难二首·其一 ✿
李 白

导 读

　　"行路难"为乐府旧题，如题名所示，多歌咏世路艰辛，自身困顿。李白这首《行路难》，依大多数学者所言，当作于天宝三年（744）被赐金放还离开长安时，抒发了诗人与友人饯别，内心跌宕起伏、瞬息万变的复杂情感。开篇四句写出朋友为诗人摆下离别的盛宴，诗人却因内心苦闷难以下咽。前两句以宴席的美酒佳肴起笔，足见友人送别诗人的盛情。后两句则从诗人的动作写出他内心的苦闷茫然。诗人本是嗜酒如命之人，加之朋友相邀本该豪饮，却接连用"停杯、投箸、拔剑、四顾"四个连续的动作，加上"心茫然"的直接交代，显示其内心的迷惘。接下来用了两句比兴意味的诗句，以"冰塞川"和"雪满山"形象展现攀登之路的崎岖难行，非常契合其被赐金放还的实际情况。然而，诗人是一个乐观自信的人，所以在如此境遇下，他内心的失望与希望也交织变化。之后两句就连用姜尚、伊尹得遇君主重用的典故暗示了对自己未来的信心。可当思绪回到现实的离筵时，诗人却难免再次发出"行路难！行路难！多歧路，今安在"的慨叹。四个短句急促跳跃，展现内心的急切不安，传达进退失据却不肯放弃的复杂心理，是其情感徘徊的写照。然而诗人终究是积极乐观的，经历前面的反复后，结尾两句再次摆脱歧路彷徨的苦闷，化用南朝宋宗悫长风破浪的话，表达自己要冲破重重险阻、施展抱负才华、实现政治理想的豪情壮志。全诗情感跌宕起伏，既展现了黑暗现实对诗人理想的阻挠以及诗人由此产生的痛苦、愤懑，又突出了诗人的乐观自信与执着追求。

　　金樽清酒斗十千[1]，玉盘珍羞直万钱[2]。

停杯投箸[3]不能食，拔剑四顾心茫然。

欲渡黄河冰塞川，将登太行雪满山。

闲来垂钓碧溪上，忽复乘舟梦日边[4]。

行路难！行路难！多歧路，今安在[5]？

长风破浪[6]会有时，直挂云帆[7]济沧海。①

注释

[1] 樽：古代盛酒的器具，以金为饰。清酒：清醇的美酒。斗十千：一斗值十千钱（即万钱），形容酒美价高。[2] 珍羞：珍贵的菜肴。羞，同"馐"，美味的食物。直：通"值"，价值。[3] 箸（zhù）：筷子。[4] 闲来垂钓碧溪上，忽复乘舟梦日边：表示诗人自己对从政仍有所期待。这两句暗用两个典故：姜太公吕尚曾在渭水的磻溪上钓鱼，得遇周文王，后助周灭商；伊尹曾梦见自己乘船从日月旁边经过，后被商汤聘请，助商灭夏。碧：一作"坐"。[5] 多歧路，今安在：岔道这么多，如今身在何处？安：哪里。[6] 长风破浪：比喻实现政治理想。据《宋书·宗悫传》载：宗悫少年时，叔父宗炳问他的志向，他说："愿乘长风破万里浪。"[7] 云帆：高高的船帆。船在海里航行，因天水相连，船帆好像出没在云雾之中。

思考题

这首诗表达了李白哪些复杂的情绪？

（李丽）

❀ 南陵别儿童入京 ❀

李　白

导读

李白抱负远大，自视甚高，却一直没有机会，直到天宝元年（742），经

人举荐，42 岁时，终于等来了唐玄宗宣他入京的诏书。出游的他立刻回到家中与家人辞行，提笔写下了这首七言古诗。这首歌行体诗作表达了诗人抱负得以实现的喜悦，书写了他豪迈自得的心境。

　　诗开篇两句描绘出诗人归家之时正值秋日，一派酒熟、鸡肥、黍成的丰收欢乐景象，衬托出诗人内心的喜悦。接下去四句进一步渲染诗人及家人在接到诏书之后的兴高采烈，从自己进门呼童烹鸡酌白酒，到家人深受感染、儿女嬉笑牵人衣，从狂歌痛饮到饮至酣处在落日下舞剑、剑光与落日争辉，几个典型场景的描写进一步展现了诗人的欣喜之情。接下去两句，诗人用跌宕的手法写出内心微妙复杂的感受，42 岁才有这样的机会，"苦不早"之感在所难免。"苦不早"反衬此刻的喜悦，也自然恨不得快马加鞭，早点儿跑完遥远的路程。接下来两句借用汉代朱买臣早年家贫不得志，妻子嫌弃并离开，晚年得志的典故，将那些往日轻视自己的人比作朱买臣之妻，觉得自己也会像朱买臣一样西入长安，会大有作为，颇有自得之意。结句是对自我离家入京形象的正面描写，更将诗情推向高潮，"仰天大笑"是何等豪迈自得，"岂是蓬蒿人"又何等的乐观自信，踌躇满志。

　　全诗描写了李白人生中的一件大事。全篇多用直陈其事的赋体，兼具比兴，又善于在叙事中抒情，情感层层推进，为我们活灵活现地展现了得意之时诗人的自我形象。

　　　白酒[1]新熟山中归，黄鸡啄黍[2]秋正肥。
　　　呼童烹鸡酌白酒，儿女嬉笑[3]牵人衣。
　　　高歌取醉欲自慰，起舞落日争光辉[4]。
　　　游说万乘苦不早[5]，著鞭跨马涉远道。
　　　会稽愚妇轻买臣[6]，余亦辞家西入秦[7]。
　　　仰天大笑出门去，我辈岂是蓬蒿人[8]。①

注释

　　[1] 白酒：古代酒分清酒、白酒两种，见《礼记·内则》。《太平御览》（卷八四四）引三国魏鱼豢《魏略》："太祖时禁酒，而人窃饮之。故难言酒，以白酒为贤人，清酒为圣人。"[2] 黍：黍子。一年生草本植物，其籽实煮熟

---

　　① 陈贻焮. 增订注释全唐诗：第一册［M］. 北京：文化艺术出版社，2001：1389 – 1390.

后有黏性，可以酿酒、做糕等。[3] 嬉笑：欢笑。《魏书·崔光传》："远存瞩眺，周见山河，因其所眺，增发嬉笑。"[4] 起舞落日争光辉：指人逢喜事光彩焕发，与日光相辉映。[5] 游说（shuì）：战国时，有才之人以口辩舌战打动诸侯，获取官位，称为游说。万乘（shèng）：君主。周朝制度，天子地方千里，车万乘，后来称皇帝为万乘。苦不早：意思是恨不能早点见到皇帝。[6] 会稽愚妇轻买臣：引朱买臣典故。买臣：即朱买臣，据《汉书·朱买臣传》载，朱买臣家贫，好读书，常砍柴换钱，妻子因他负担诵书而羞愧，欲离去。买臣劝她说自己很快将富贵，妻子不信，出言讥讽，终离他而去。后来他做了会稽太守，路遇前妻，将她及她丈夫一起接回家供养。一个月后，前妻羞愧自尽。[7] 西入秦：即从南陵动身西行到长安去。秦：指唐时首都长安，春秋战国时为秦地。[8] 蓬蒿人：草野之人，也就是没有当官的人。蓬、蒿都是草本植物，这里借指草野民间。

思考题

这首诗刻画了李白什么样的形象？

（李丽）

望 岳

杜 甫

导 读

杜甫《望岳》诗共有三首，分别作于早年、中年、晚年，分咏东岳泰山、西岳华山、南岳衡山。本诗为早年望泰山而作的五言古诗，作于开元二十四年（736）。前一年，杜甫去洛阳应进士科落第，于是开始漫游生活，或因其父时任兖州刺史，此次漫游为北游齐赵。由本诗可见，这次科举失利并未给诗人带来多大的困扰，青年杜甫和同时代的其他年轻诗人一样，笔下充满了浪漫与激情。作为现存杜甫诗中年代最早的诗篇，本诗热烈讴歌了泰山的巍峨雄壮，抒发了自己勇攀绝顶、俯视一切的雄心壮志，洋溢着蓬勃朝气。诗句中虽未见一个"望"字，却句句在写望岳。从远望山色到近望山势，从全貌到细节，从现实的仰望到向往中的登顶俯视，无不紧扣诗题。

开篇以问句起句，"夫如何"写出诗人对泰山的向往、揣测，遥望之时的惊叹、仰慕之情及对泰山初见之感如何言传的思量。"夫"字虽无实意，但全面传达了上述诸多情绪。后一句写泰山横亘在齐鲁大地，苍翠难以望尽，写出泰山的辽阔并巧妙地以距离之远烘托泰山的高大巍峨。第三四句则写近望泰山的神秀与高大，"钟"字将大自然写活，泰山得天地钟情，如此神奇秀美，"割"字形象写出山势高峻，天色的昏晓被泰山分割于南北两面，炼字瘦硬精准。

第五六句则写细望之下，山中云气叠出，心胸为之荡漾，依旧可见泰山之高耸巍峨，"决眦"则写出因专注于泰山景色，长时间瞪眼张望，似有眼眶裂开之感，"归鸟"则点出鸟儿归巢，不知不觉已是日暮时分，可见诗人望之久、爱之深。结尾两句由望岳而生出登岳之念。"会当"意为"一定要"，畅想登临峰顶、俯视众山的景象，再次突出了泰山的高大。这两句极富象征意义，展现出盛唐时代积极进取、乐观向上的时代精神，这种不畏艰险、勇攀绝顶的壮志豪情，俯视一切、大有可为的乐观自信，深深打动了千百年来的读者。

　　岱宗夫如何[1]？齐鲁青未了[2]。造化钟神秀[3]，阴阳割昏晓[4]。
　　荡胸生层云[5]，决眦入归鸟[6]。会当凌绝顶[7]，一览众山小[8]。①

注释

　　[1] 岱宗：泰山亦名岱山或岱岳，在今山东省泰安市北。古代以泰山为五岳之首，诸山所宗，故又称"岱宗"。历代帝王凡举行封禅大典，皆在此山，这里指对泰山的尊称。夫（fú）：发语词，无实在意义，强调疑问语气。如何：怎么样。[2] 齐鲁：春秋战国时期齐、鲁两国以泰山为界，齐国在泰山北，鲁国在泰山南，后用齐鲁代指山东地区。青未了：指郁郁苍苍的山色无边无际，难以尽言。青：指苍翠、碧绿的美好山色。未了：不尽，不断。[3] 造化：大自然。钟：聚集。神秀：天地之灵气，神奇秀美。[4] 阴阳割昏晓：泰山很高，在同一时间，山南山北判若早晨和晚上。阴阳：阴指山的北面，阳指山的南面，这里指泰山的南北。割：分，夸张的说法。昏晓：黄

　　① 陈贻焮. 增订注释全唐诗：第二册［M］. 北京：文化艺术出版社，2001：3.

昏和早晨，指山南山北明暗迥异。[5] 荡胸：心胸摇荡。[6] 决眦（zì）：眼眶（几乎）要裂开，这是极力张大眼睛远望归鸟入山所致。决：裂开。眦：眼眶。入：收入眼底，即看到。[7] 会当：终当，定要。凌绝顶：即登上最高峰。凌：登上。[8] 小：形容词的意动用法，以……为小，认为……小。

思考题

这首诗在创作风格上与杜甫诗的主体风格有何不同？为什么？

（李丽）

江 汉
杜 甫

导 读

这首五言律诗描写了杜甫晚年漂泊江汉时的所见所感，他虽处境困顿，却依旧壮心不已。大历三年（768）正月，57 岁的杜甫离开夔州，辗转于湖北江陵、公安一带，开始了他人生的最后一段漂泊。

首联两句点出自己及家人滞留江汉的困境，自嘲之中又不乏自负。"思归客"点明了自己思归而不得归、漂泊江汉的无奈与辛酸，虽以"腐儒"自嘲，却在前面冠以"乾坤"，平添一分自负。颔联两句情景交融，紧扣首句，在工整的对仗中描摹所见景色，沉沉夜色中的片云孤月，由"共"与"同"连接，浸入了诗人深沉的思归之情。颈联承第二句而来，抒发了虽暮年而壮心不已的情感，用借对法，以"落日"对"秋风"，因颔联所写为夜景，所以颈联落日是虚写，借喻人生暮年，直抒虽老病却仍心怀壮志，充分体现了儒家积极用世、死而后已的精神。"秋风"为实写，面对萧瑟秋风，诗人并未伤怀，反生出"病欲苏"之感，这正是壮心犹存的缘故，也是对首联"腐儒"的诠释。尾联引用"老马识途"的典故，古人用老马取其智非取其力，诗人自比老马，仍希望能有所作为。

全诗委婉含蓄地表达了诗人暮年漂泊、北归无望，但壮心不已、顽强不息的精神状态，读来感人至深。

江汉^[1]思归客，乾坤一腐儒^[2]。片云天共远，永夜月同孤。^[3]
落日^[4]心犹壮，秋风病欲苏^[5]。古来存老马^[6]，不必取长途。①

注释

[1] 江汉：本诗是诗人在湖北江陵、公安一带时所写，因这里处在长江和汉水之间，所以诗称"江汉"。[2] 腐儒：本指迂腐而不知变通的读书人，这里是诗人的自称，含有自嘲之意。是说自己虽满腹经纶，却仍然没有摆脱贫穷；也有自负的意味，指天地间如同自己一样心忧黎民之人已经不多了。[3] 片云天共远，永夜月同孤：这句为倒装句，应是"共片云在远天，与孤月同永夜"。[4] 落日：比喻自己已是垂暮之年。[5] 病欲苏：病都要好了。苏：康复。[6] 存：留养。老马：诗人自比。典出《韩非子·说林上》中"老马识途"的故事：齐桓公讨伐孤竹后，返回时迷路了，他接受管仲"老马之智可用"的建议，放老马而随之，果然找到了正确的路。

思考题

你如何理解杜甫在诗中抒发的"落日心犹壮"的情感？

（李丽）

❖ 秋词二首·其一 ❖

刘禹锡

导读

这首诗为刘禹锡被贬朗州（今湖南常德）司马任上所作，一反长久以来文人悲秋的传统，盛赞秋日之美好，并借一鹤冲天的描写，表达了仕途虽遭重挫却依旧奋发进取、豁达乐观的豪情。

永贞元年（805），顺宗即位，重用王叔文、王伾，发动永贞革新，刘禹锡参与其中。革新遭遇宦官、藩镇、官僚势力强烈阻挠、反对，仅一百多天

---

① 陈贻焮. 增订注释全唐诗：第二册 [M]. 北京：文化艺术出版社，2001：289.

就以失败告终，顺宗被迫退位，宪宗即位，王叔文、王伾被赐死，刘禹锡、柳宗元等八人被贬，又称"二王八司马事件"。刘禹锡在 34 岁时，从春风得意的朝中重臣，一朝被贬偏远之地朗州司马，虽苦闷却并未消沉。《秋词二首》就作于朗州贬所，其一尤为著称。

　　诗人开篇点出悲秋的传统，文人多悲叹秋之空寂萧索，"自古"强调其由来已久。接下去一句以"我言"引出自己对于秋天与众不同的看法，将它与"春朝"做对比，认为秋更胜于春，这是对传统论调的否定。第三句描摹秋日晴空中一鹤排云直上的景象，这只鹤振翅高飞，冲破了秋的肃杀、寂寥，是诗人及和他一样虽遭命运挫折，但依旧顽强奋斗、不肯屈服的志士的化身。尾句则写出自己目睹此景，产生的蓬勃诗情也如那有形之鹤一样直冲云霄。全诗洋溢着诗人乐观不屈、昂扬向上的人生志趣。

　　自古逢秋悲寂寥[1]，我言秋日胜春朝[2]。
　　晴空一鹤排云[3]上，便引诗情到碧霄[4]。①

注释

　　[1] 悲寂寥：悲叹萧条空寂。宋玉《九辩》有"悲哉，秋之为气也""寂寥兮，收潦而水清"等句。[2] 春朝：春天的早晨，亦泛指春天。朝：有早晨的意思，这里指刚开始。[3] 排云：推开白云。排：推开，有冲破的意思。[4] 诗情：作诗的情绪、兴致。碧霄：青天。

思考题

　　这首诗体现了刘禹锡什么样的精神风貌？给你什么启发？

（李丽）

---

① 陈贻焮. 增订注释全唐诗：第二册［M］. 北京：文化艺术出版社，2001：1686.

南园十三首·其五

李　贺

导读

李贺（790—816），字长吉，河南府福昌县昌谷乡（今河南省宜阳县）人，祖籍陇西郡。唐朝中期浪漫主义诗人，与李白、李商隐合称"唐代三李"，后世称其"李昌谷"。

李贺出身唐朝宗室大郑王（李亮）房，元和五年（810），李贺举进士时，妒才者放出流言称其父李晋肃的"晋"与"进"谐音，犯了"嫌名"，李贺最终无可奈何放弃应试，后门荫入仕，授奉礼郎。仕途不顺，热心于诗歌创作。诗作多描写生不逢时、内心苦闷，抒发对理想抱负的追求，以及反映藩镇割据、宦官专权和社会剥削的历史画面。其诗作想象极为丰富，引用神话传说，托古寓今，其被后人誉为"诗鬼"。27岁英年早逝。

李贺是继屈原、李白之后，中国文学史上又一位颇享盛誉的浪漫主义诗人，有"太白仙才，长吉鬼才"之说。著有《昌谷集》。

《南园十三首》为李贺辞官归故乡昌谷后所作，南园为诗人的家园。这组诗或写景，或抒怀，或写闲逸乡居生活，或抒青春易逝、抱负落空的感慨。而其五即为抒怀之作，抒发了诗人心系家园、渴望建功立业的豪情和报国无门、功业难就的哀怨愤激之情。

李贺生活的中晚唐时期，外有边患，内有强藩割据。故而开篇为第一问，以反诘语气表达了诗人面对国家战乱不断的局势，渴望身佩军刀，奔赴疆场收复失地的豪情，以"何不"反躬自问，增强了气势。联系李贺自身经历，他身为没落的唐王宗室，少有才名，本可凭科举入仕，却因避父讳无缘进士科考试，凭恩荫只得了个从九品奉礼郎的职位，"何不"实有无奈之意。第二句写得极有气势，然而收复五十州谈何容易？况且李贺身为一介书生，从军之念更多的是愤疾之语。诗中后两句依旧采用反问形式，凌烟阁的那些功臣们，又有哪个书生曾被封为食邑万户的列侯？这既是对前两句投笔从戎必要性的强调，更是进一步抒发报国无门、怀才不遇的愤激。诗人用从反面衬托的手法，与前两句的激越昂扬形成反差，形成跌宕起伏的变化，抒发了复杂的情感。

　　男儿何不带吴钩[1]？收取关山五十州。
　　请君暂上凌烟阁[2]，若个书生万户侯？①

注释

　　[1] 吴钩：吴地出产的弯形的刀，此处指宝刀。[2] 凌烟阁：唐太宗为表彰功臣而建的殿阁，上有秦琼等二十四人的像。

思考题

　　结合李贺生平谈谈你对这首诗的理解。

（李丽）

① 陈贻焮. 增订注释全唐诗：第三册 [M]. 北京：文化艺术出版社，2001：10.

二、词

浪淘沙令

王安石

导读

这首咏史词叙述了伊尹和吕尚从困厄到显达，建立不朽功绩的史实，感叹了君臣遇合的偶然和难得。联系王安石此时得神宗赏识，欲推行变法的创作背景，可知此词是以古咏今，抒发自己得遇明主、欲大展宏图的豪情壮志。

词中上阕总括伊、吕二人"历遍穷通"的人生变化，无论是前三句的叙述还是后两句的议论，都偏重于他们的"不遇"。伊尹传为伊水边的弃婴，长大后佣耕于有莘之地，商汤娶有莘氏之女，伊尹以陪嫁的身份归于商，后得汤王重用，才大有作为。吕尚直到七十依旧困顿，垂钓于磻溪，偶遇文王出猎，得赏识，先辅文王，继佐武王，兴周灭商。他们都是先穷后通，都曾困顿不堪、身份卑微。吕尚得遇文王时，已是老翁；伊尹佐汤时，年岁不详，所以连类而及称"两衰翁"。上阕后两句为议论，也是从反面提出假设，如果他们没有遇到汤、武，再有才华也终究是英雄老死民间，默默无闻。天下人才何其多，而其中能成为栋梁的终究是少数，而伊、吕正是这少数幸运的人。

下阕重在写伊、吕得遇明君，建立了永载史册的丰功伟绩，进而展开评论。前三句叙述君臣偶遇，伊吕得以施展才华，建立不朽功勋。偶相遇，点名君臣遇合的偶然性，而一旦偶遇，便云从龙生，风从虎起。不世之才得明君赏识，那么兴王道建国家不过是谈笑间的事，伊、吕也恰恰有这样的际遇。下阕最后两句进一步展开议论，高度赞美了伊、吕建立的功绩，至今无人匹敌。

结合词的创作背景可知，伊、吕适遇明主的经历和建立不朽功勋的成就，都极大地鼓舞了王安石，词中既有对神宗的赞颂与期待，也抒发了自己要推行变法、开创新局面的壮伟情怀。

伊吕[1]两衰翁，历遍穷通[2]。一为钓叟一耕佣[3]。若使当时身不遇，老了英雄。

　　汤武[4]偶相逢，风虎云龙[5]。兴王[6]只在笑谈中。直至如今千载后，谁与争功？①

注释

　　[1]伊：即伊尹，商初大臣。名伊，尹为官名。传说是奴隶出身，曾佣耕于莘（今河南省开封市附近）。商汤娶有莘氏之女，他作为陪嫁而归商，后来受到汤王的重用，帮助商汤攻灭夏桀，成为开国功臣。吕：即吕尚，西周开国大臣。姜姓，吕氏，名望，字尚父，有"太公"之称，俗称姜太公。曾隐居垂钓于磻溪（今陕西省宝鸡市西南），后遇周文王，并协助武王灭商兴周。[2]穷：困窘。通：通达，顺利。[3]耕佣：受人雇佣，从事耕作，指伊尹曾为奴隶。[4]汤：即成汤，商朝的建立者。武：即周武王姬发，周朝的建立者。[5]风虎云龙：《易·乾》："云从龙，风从虎，圣人作而万物睹。"意为云从龙生，风从虎起，比喻明君得到贤臣，贤臣遇到明君。[6]兴王：辅佐帝王，兴邦立业。

思考题

　　请结合这首词谈谈你对"有才"与"成材"两者关系的理解。

（李丽）

❖　念奴娇·过洞庭　❖

张孝祥

导读

　　张孝祥是南宋前期的重要词人，他上接苏轼下启辛弃疾，为人坦荡豪迈，词风清旷豪放。这首《念奴娇》是他的代表作，作于宋孝宗乾道二年（1166），他被政敌谗害而遭免职，从桂林任所北归，途经洞庭湖，恰逢将近

---

　　①　夏承焘，等. 宋词鉴赏辞典［M］. 上海：上海辞书出版社，2001：232－233.

中秋，月夜泛舟即景生情。全词上片写景，下片抒怀，将洞庭秋月澄澈之景与自我磊落坦荡的胸襟融为一体，情景交融，打动人心。

上片开篇点出泛舟洞庭，时值中秋将近，交代时间地点，紧扣词的题目"过洞庭"。进而强调当时天气没有一丝风，为接下去对秋月、秋风的描写做好铺垫。紧承无风写皓月之下洞庭秋水，如玉鉴琼田一碧万顷，以玉、琼喻其清澈透明，以鉴喻其光滑平顺，以万顷言其广阔浩渺。而于此广大的洞庭秋水之上则是泛一叶扁舟而过的词人，再一次紧扣题目。那万顷的湖水与一叶小舟形成巨大的反差，而在下文的抒怀言志之中，读者见识到了那扁舟上看似渺小的个体包罗万象、吞吐天地的胸怀气度。词中对秋月、秋水的描写是融为一体的，秋水因秋月而如玉似琼，秋月、明河明亮皎洁倒映水中，天上明月分辉于湖中之明月，天上银河映于湖中之倒影，天空水面乃至天地之间一片空明澄澈。由此点出全词主旨"表里俱澄澈"，既写出中秋之月和月下洞庭之美，美在澄澈，无一丝一毫浑浊，又道出那湖水之中，扁舟之上的"我"，有如秋水、秋月，磊落坦荡、表里如一。而这中秋美景与自我内在世界的交融、契合，也正是古人常言的天人合一，其中的妙意实在难以言传，从而以此感慨来收束上片之写景，引出下片之抒怀言志。

此前一年即 1165 年，张孝祥知静江府兼广南西路经略安抚使，"岭海"指五岭以南，今广西一带，宋时为荒僻之地，作者从此前平江府（苏州）调任静江府，也有被排挤之嫌，更何况在任仅一年就遭谗落职，由桂林北归。途经岳阳作此词，词人由此刻洞庭秋月，想到自己在广西一年被谗无人理解，只有孤月相伴，也恰如这孤月般皎洁明亮。"肝胆皆冰雪"自明心迹，表明自己虽遭谗被免，却自问磊落光明、无愧于心。此句中夹杂着自豪、自慰、失落、愤慨诸多复杂情绪。进而又迅速拉回到当下，泛舟湖上，自己虽短发萧骚襟袖冷，但稳泛扁舟于空阔洞庭之上，暗指面对官场冷暖，虽不免萧条冷落，但能宠辱不惊、笑对风浪。接下去进一步抒发自己的豪情，将情感推向高潮。词人于此月夜美景之下做主人，请万物为宾客，尽酹西去长江之水，以北斗为酒器，浅斟低酌，极具浪漫主义精神。上片所言之万顷洞庭，素月明河，皆为宾客，皆可入此胸怀。而结句从天地万象回归自我，扣舷独啸，不知何夕之忘情，使全词从洞庭之大收束回一己之上，又于这忘情之中，将一己融入自然。

全词借中秋洞庭澄澈之景，抒发了词人的坦荡胸怀，充满浩然正气，意境阔大，想象奇伟瑰丽。

洞庭青草，近中秋、更无一点风色[1]。玉鉴琼田三万顷，着[2]我扁舟一叶。素月分辉，明河共影[3]，表里[4]俱澄澈。悠然心会，妙处难与君说。

应念岭海[5]经年，孤光自照，肝胆皆冰雪[6]。短发萧骚襟袖冷[7]，稳泛沧浪[8]空阔。尽挹西江[9]，细斟北斗[10]，万象[11]为宾客。扣舷独啸[12]，不知今夕何夕。①

注释

[1] 风色：风势。[2] 着：附着。[3] 素月分辉，明河共影：素月指洁白的月亮。明河指天河，一作"银河"。[4] 表里：里里外外。此处指天上月亮和银河的光辉映入湖中，上下一片澄明。[5] 岭海：岭外，即五岭以南的两广地区，作者此前为官广西。岭海一作"岭表"。[6] 孤光自照，肝胆皆冰雪：孤光指月光。肝胆一作"肝肺"。冰雪比喻心地光明磊落，像冰雪般纯洁。[7] 萧骚：稀疏，一作"萧疏"。襟袖冷：形容衣衫单薄。[8] 沧浪：青绿色的水，一作"沧溟"。[9] 挹：舀，一作"吸"。西江：长江连通洞庭湖，中上游在洞庭以西，故称西江。[10] 北斗：星座名，由七颗星排成像舀酒的斗的形状。[11] 万象：万物。[12] 扣：敲击，一作"叩"。啸：一作"笑"。

思考题

谈谈你对词中"表里俱澄澈"这句的理解。

（李丽）

① 中国社会科学院文学研究所. 唐宋词选［M］. 北京：人民文学出版社，2002：181 - 183.

三、散文

生于忧患，死于安乐
孟 子

导读

《生于忧患，死于安乐》选自《孟子·告子下》。

春秋战国时期，战乱频仍，一个国家要想立于不败之地，不能安于现状、不思进取，本文就诞生于此背景下。这篇短文不但立论高远，见解卓越，而且论证明晰，逻辑严谨，有不容置辩的说服力。孟子在这篇不到二百字的短文中，围绕客观环境与个人和国家命运的关系，阐述了"生于忧患，死于安乐"的深刻道理。一个人要成就大事，一定要经历许多艰难困苦的历练，才能锻炼意志，增长才干，担当大任。安逸享乐，在温室里成长，则无法养成克服困难、摆脱逆境的能力，所以他得出结论——"生于忧患，而死于安乐"。

文章开头，作者一连列举了六位古代圣贤在困苦忧患中崛起的事例，来证明"天将降大任于是人也，必先苦其心志，劳其筋骨，饿其体肤，空乏其身，行拂乱其所为，所以动心忍性，曾益其所不能"这个论断。这个推理过程属于逻辑学上的归纳推理，即由前面六个特殊的事例归纳出后面带普遍意义的结论；又通过这一结论，说明了前面六个人物成功的原因：艰苦的环境一方面使人饥饿、贫困、疲乏、忧虑，但也正是这些困难坚定、振奋人们的意志，使人们在求生存的过程中增长才干。

或多难以固邦国，或殷忧以启圣明，人民从苦难中成长，国家从灾难中砥砺奋进，屹立于世界之林的中国，也正展翅走向兴盛的未来。

孟子曰："舜发于畎亩[1]之中，傅说[2]举于版筑[3]之间，胶鬲[4]举于鱼盐之中，管夷吾举于士[5]，孙叔敖举于海[6]，百里奚举于市[7]。故天将降大任于是人也，必先苦其心志，劳其筋骨，饿其体肤，空乏其身，行拂乱其所为，所以动心忍性，曾[8]益其所不能。人恒过，然后能改；困于心，衡[9]于虑，而后作；征[10]于色，发于声，而后喻。入则无法家拂士[11]，出则无敌国外患者，国恒亡。然后知生于忧患，而死于安乐也。"①

注释

[1] 畎（quǎn）亩：田间，田地。[2] 傅说（yuè）：殷武丁时人，曾为刑徒，在傅岩筑墙，后被武丁发现，举用为相。[3] 版筑：一种筑墙工作，在两块墙版中填入泥土夯实。[4] 胶鬲（gé）：殷纣王时人，曾以贩卖鱼、盐为生，周文王把他举荐给纣，后辅佐周武王。[5] 管夷吾举于士：管夷吾指管仲，士指狱囚管理者。当年齐桓公和公子纠争夺君位，公子纠失败后，管仲随他一起逃到鲁国，齐桓公知道他贤能，所以要求鲁君杀死公子纠，而把管仲押回自己处理。鲁君于是派狱囚管理者押管仲回国，结果齐桓公用管仲为宰相。[6] 孙叔敖举于海：孙叔敖是春秋时楚国的隐士，隐居海边，被楚王发现后任为令尹（宰相）。[7] 百里奚举于市：百里奚是春秋时的贤人，流落在楚国，秦穆公用五张羊皮的价格把他买回，任为宰相，所以说"举于市"。[8] 曾：同"增"。[9] 衡：通"横"，指阻塞。[10] 征：表征，表现。[11] 法家：有法度的大臣。拂士：辅佐的贤士。拂，通"弼"，辅佐。

思考题

孟子在文中列举了六个经过磨炼而终于担当大任的人物事例，证明忧患可以激励人奋发有为，磨难可以促使人取得新成就。如今，在物质生活较为富裕且更为和平稳定的年代，我们该如何避免"逸豫可以亡身"的问题？

(孙惠欣)

晋公子重耳之亡

左丘明

导读

《晋公子重耳之亡》选自《左传·僖公二十三年》《左传·僖公二十四

---

① 万丽华，蓝旭. 孟子·告子下 [M]. 北京：中华书局，2007：284 - 285.

年》。《左传》是我国第一部记事详赡完整的编年体史书，按"春秋十二公"的顺序依次编排。在同一时段内纵横交织，展现不同的空间发生的事情。上起鲁隐公元年（前722），下至鲁哀公二十七年（前468），共255年的历史。关于《左传》的作者，司马迁和班固都认为是左丘明（大约与孔子同时，班固说他是"鲁太史"），后人多认为此说有疑义，有子夏、吴起作说，刘歆伪作说等。今人一般认为此书大约成书于战国早期，最后编定者是一位儒家学者。考虑到它以"左氏"为名，则其必与左氏有某种关系，说它的大部分史料可能源于左丘明，大概可信。

《左传》是历代儒家学子重点研习的史书，与《公羊传》《谷梁传》合称"春秋三传"。后二书重在解释《春秋》的微言大义，《左传》重在补叙《春秋》所记具体历史事件原委，总结历史教训。

《晋公子重耳之亡》的主人公重耳是晋献公的庶子，是《左传》中作者不惜笔墨来重点描绘的人物之一，也是刻画得最为成功的春秋霸主之一。晋献公宠妃骊姬想立自己的儿子奚齐为太子，便逼死太子申生，又谗害申生的异母兄弟重耳、夷吾，怂恿献公派人到重耳的封地蒲城去捉拿重耳，重耳被迫逃亡。"重耳之亡"大概原来就是很有名的故事，所以流传过程中留下不少有趣的内容，19年史事，涉及晋、狄、卫、齐、曹、宋、郑、楚、秦等9国，30多个人物，经过作者的取舍，络绎写来、有条不紊，通篇文章首尾完整、结构严密、脉络贯通、跌宕起伏、引人入胜，表现出作者独特的慧眼和匠心。

《晋公子重耳之亡》不仅刻画了一群形象鲜明的人物，还着眼于刻画重耳从出逃到回国夺取王位的性格变化，见证一代霸主的逐步成熟。在晋军讨伐蒲城时，"蒲城人欲战"，而重耳却说："保君父之命而享其生禄，于是乎得人。有人而校，罪莫大焉。"在生死存亡时刻，重耳还是以君臣、父子礼制为重，可见，重耳是一个知礼守礼的大国公子。在流亡途中，重耳时常忍饥挨饿，过卫时，"乞食于野人，野人与之块"，重耳怒，"欲鞭之"，子犯拦住他，说"天赐也"，于是"稽首，受而载之"。重耳能听从子犯的劝告，行稽首大礼，足以看出他忍辱负重、善听劝告的个性。而重耳在齐国耽溺享受，不愿离开，也表现出他尚有安于享乐的贵公子的习性。对于曹大夫僖负羁置璧于盘的举动，重耳"受飧反璧"，显然是接受了曹大夫的美意，但重耳并没有在穷困受挫时接受玉璧，可见他始终奉行着仁义的原则。在即将回国时，重耳毅然表示"所不与舅氏同心者，有如白水"并"投其璧于河"，充分显示了他与随他从亡者荣辱与共的品质。在流亡过程中，重耳作为政治家的气质是逐渐成熟的，从一个不谙世事、只图享乐的贵公子，最后锻炼成胸怀大志、坚定沉着、深谋远虑的大政治家。坎坷、挫折、不幸、苦难、孤独、绝望、屈辱、失败、恐惧等，构成了重耳出亡的全部过程，生动形象地印证了"生于忧患"的至理名言。

《晋公子重耳之亡》以简洁流畅的语言记述了一段贵公子蜕变成大国国君的历史，作为晋献公的庶子，重耳凭借忠、信、仁、义等自身潜在的优秀品质和发愤图强的精神，加以贤士辅助，成长为一位大政治家，登上君王宝座。重耳身上这种砥砺奋进的精神也一直鼓舞着后世无数的仁人志士。于我们个人而言，时光漫长、道路宽广，我们仍拥有为之奋斗的理想和广阔的未来；于国家而言，如今国际形势严峻且复杂，中华民族的复兴与统一之路不乏艰险，但只要我们秉持着自强不息的民族精神，砥砺奋进，勠力前行，定能披荆斩棘，无往不胜。

晋公子重耳之及于难[1]也，晋人伐诸蒲城[2]。蒲城人欲战，重耳不可，曰："保君父之命而享其生禄[3]，于是乎得人。有人而校[4]，罪莫大焉。吾其奔也。"遂奔狄[5]。从者狐偃、赵衰、颠颉、魏武子、司空季子[6]。

狄人伐廧咎如[7]，获其二女叔隗、季隗，纳诸公子。公子取季隗，生伯鯈[8]、叔刘；以叔隗妻[9]赵衰，生盾。将适齐，谓季隗曰："待我二十五年，不来而后嫁。"对曰："我二十五年矣，又如是而嫁，则就木[10]焉。请待子。"处狄十二年而行。

过卫，卫文公不礼[11]焉。出于五鹿[12]，乞食于野人，野人与之块[13]。公子怒，欲鞭之。子犯曰："天赐[14]也。"稽首[15]，受而载之。

及齐，齐桓公妻之，有马二十乘[16]。公子安之，从者以为不可。将行，谋于桑下。蚕妾[17]在其上，以告姜氏。姜氏杀之，而谓公子曰："子有四方之志，其闻之者，吾杀之矣。"公子曰："无之。"姜曰："行也！怀与安，实败名[18]。"公子不可。姜与子犯谋，醉而遣之。醒，以戈逐子犯。

及曹，曹共公闻其骈胁[19]，欲观其裸。浴，薄[20]而观之。僖负羁[21]之妻曰："吾观晋公子之从者，皆足以相国[22]。若以相，夫子[23]必反其国。反其国，必得志于诸侯。得志于诸侯，而诛无礼，曹其首也。子盍蚤自贰焉[24]！"乃馈盘飧[25]，置璧焉[26]。公子受飧反璧。

及宋，宋襄公赠之以马二十乘。

及郑，郑文公亦不礼焉。叔詹[27]谏曰："臣闻天之所启[28]，人弗及也。

晋公子有三焉，天其或者将建诸[29]，君其礼焉。男女同姓，其生不蕃[30]。晋公子，姬出也[31]，而至于今，一也；离[32]外之患，而天不靖[33]晋国，殆将启之[34]，二也；有三士足以上人[35]而从之，三也。晋、郑同侪[36]，其过子弟[37]，固将礼焉，况天之所启乎？"弗听。

及楚，楚子飨之[38]，曰："公子若反晋国，则何以报不谷[39]？"对曰："子女[40]玉帛，则君有之；羽毛齿革[41]，则君地生焉。其波及[42]晋国者，君之余也。其何以报君？"曰："虽然，何以报我？"对曰："若以君之灵[43]，得反晋国，晋、楚治兵[44]，遇于中原[45]，其辟君三舍[46]。若不获命[47]，其左执鞭弭[48]，右属橐鞬[49]，以与君周旋。"子玉[50]请杀之。楚子曰："晋公子广而俭[51]，文而有礼[52]；其从者肃而宽[53]，忠而能力[54]。晋侯[55]无亲，外内恶之。吾闻姬姓[56]，唐叔之后[57]，其后衰[58]者也，其将由晋公子乎[59]？天将兴之，谁能废之？违天，必有大咎[60]。"乃送诸秦。

秦伯纳女五人，怀嬴与焉[61]。奉匜沃盥[62]，既而挥之[63]。怒曰[64]："秦、晋匹也，何以卑我？"公子惧，降服而囚[65]。他日，公享之。子犯曰："吾不如衰之文[66]也，请使衰从。"公子赋《河水》[67]，公赋《六月》[68]。赵衰曰："重耳拜赐。"公子降[69]，拜，稽首，公降一级而辞焉[70]。衰曰："君称所以佐天子者命重耳，重耳敢不拜！"

二十四年春，王正月[71]，秦伯纳之[72]。不书，不告入也[73]。及河，子犯以璧授公子，曰："臣负羁绁[74]从君巡于天下，臣之罪甚多矣。臣犹知之，而况君乎？请由此亡。"公子曰："所不与舅氏同心者[75]，有如白水！"投其璧于河。

济河，围令狐[76]，入桑泉，取臼衰[77]。二月甲午[78]，晋师军于庐柳[79]。秦伯使公子絷[80]如晋师，师退，军于郇[81]。辛丑[82]，狐偃及秦、晋之大夫盟于郇。壬寅[83]，公子入于晋师。丙午[84]，入于曲沃[85]。丁未，朝于武宫[86]。戊申，使杀怀公于高梁[87]。不书，亦不告也。

吕、郤畏偪[88]，将焚公宫而弑[89]晋侯。寺人披请见[90]。公使让[91]之，且辞焉，曰："蒲城之役，君命一宿，女即至[92]。其后余从狄君以田[93]渭滨，女为惠公来求杀余；命女三宿，女中宿[94]至。虽有君命，何其速也？夫袪[95]犹在，女其行乎！"对曰："臣谓君之入也，其知之[96]矣；若犹未也，又将及难[97]。君命无二[98]，古之制也。除君之恶，唯力是视[99]。蒲人、狄人，余何有焉[100]？今君即位，其无蒲、狄乎[101]？齐桓公置射钩而使管仲相[102]，君若易[103]之，何辱命焉？行者甚众，岂唯刑臣[104]！"公见之，以难告[105]。

三月，晋侯潜会秦伯于王城[106]。己丑晦[107]，公宫火。瑕甥[108]、郤芮不获公，乃如河上，秦伯诱而杀之。晋侯逆夫人嬴氏以归[109]。秦伯送卫[110]于晋三千人，实纪纲之仆[111]。

初，晋侯之竖头须[112]，守藏[113]者也。其出也[114]，窃藏以逃，尽用以求纳之[115]。及入，求见，公辞焉以沐[116]。谓仆人曰："沐则心覆，心覆则图反[117]，宜吾不得见也。居者为社稷之守，行者为羁绁之仆[118]，其亦可也，何必罪居者？国君而仇匹夫，惧者甚众矣。"仆人以告，公遽[119]见之。

狄人归季隗于晋，而请其二子[120]。文公妻赵衰[121]，生原同、屏括、楼婴。赵姬请逆盾与其母[122]，子馀辞。姬曰："得宠而忘旧，何以使人？必逆之！"固请，许之。来[123]，以盾为才，固请于公，以为嫡子，而使其三子下之[124]；以叔隗为内子[125]，而己下之。

晋侯赏从亡者，介之推[126]不言禄，禄亦弗及。推曰："献公之子九人，唯君在矣。惠、怀无亲，外内弃之。天未绝晋，必将有主。主晋祀者[127]，非君而谁？天实置之，而二三子[128]以为己力，不亦诬乎？窃人之财，犹谓之盗，况贪天之功以为己力乎？下义其罪[129]，上赏其奸，上下相蒙，难与处矣。"其母曰："盍亦求之？以死谁怼[130]？"对曰："尤而效之[131]，罪又甚焉。且出怨言，不食其食[132]。"其母曰："亦使知之，若何？"对曰："言，身之文也[133]。身将隐，焉用文之？是求显[134]也。"其母曰："能如是乎？与女偕隐。"遂隐而死。晋侯求之不获，以绵上为之田[135]，曰："以志[136]吾过，且旌[137]善人。"①

注释

[1] 及于难：指遭遇到骊姬谗害晋世子申生之难。据《左传·僖公四年》载，晋献公听信宠妾骊姬谗言，逼迫世子申生自缢而死，庶子重耳、夷吾等皆出奔。[2] 蒲城：在今山西隰县西北，是当时重耳的封地。[3] 保：恃，依靠。享：受。生禄：养生的禄邑，指从所封的采邑中得来的生活资料。[4] 校：较量，对抗。[5] 狄：我国古代北方的少数民族，有白狄、赤狄之分。重耳所奔应为赤狄，地在今山西省长治市潞城区一带。重耳之母火戎狐姬是狄人，所以他先出奔到狄。[6] 狐偃：字子犯，重耳的舅父。赵衰（cuī）：字子馀，晋大夫。颠颉：晋大夫。魏武子：名犨（chōu），晋大

① 刘利，等. 左传·僖公 [M]. 北京：中华书局，2007：63 - 82.

夫。司空季子：名胥臣，字季子。[7] 廧（qiáng）咎（gāo）如：赤狄的支属。[8] 鯈（tiáo）：这里是人名。[9] 妻（qì）：作动词，嫁给。[10] 就木：进棺材。[11] 不礼：不予礼待。[12] 五鹿：卫地名，在今河南省濮阳县南。[13] 野人：田野中人。块：土块。[14] 天赐：土块象征土地，是得到国土的预兆，所以说是天赐。[15] 稽（qǐ）首：一种跪礼，以头叩地。[16] 乘（shèng）：马四匹为一乘。[17] 蚕妾：采桑养蚕的女奴。[18] 怀与安，实败名：贪恋女色和安乐，实足以败坏功名和事业。[19] 曹共公：名襄。骈（pián）胁：腋下肋骨连成一片。[20] 薄：同"迫"，逼近。[21] 僖负羁：曹大夫。[22] 相（xiàng）国：辅佐君主治国理政。[23] 夫（fú）子：那人，指重耳。[24] 盍："何不"两字的合音字。蚤：同"早"。贰：表示不同。[25] 馈：赠送。盘飧（sūn）：一盘晚餐。[26] 焉：于之。春秋时，"大夫无私交"，即不能和别国的人私自交往。僖负羁为了对重耳表示敬意，又怕别人看见，所以把璧放在盘飧中。[27] 叔詹：郑大夫。[28] 天之所启：上天开导、赞助的人。启：开。[29] 建诸：要立重耳为君。诸："之乎"的合音，其中"之"指重耳。[30] 男女同姓，其生不蕃：古人根据经验知道，夫妻血统近，子孙必不繁盛。[31] 晋公子，姬出也：重耳母为火戎狐姬，与晋同是姬姓。[32] 离：同"罹"，遭遇。[33] 靖：安定。[34] 殆：大约。启之：替重耳开创有利条件。[35] 三士：据《国语·晋语》载，三士为狐偃、赵衰及贾佗。上人：德才超过一般人。[36] 同侪（chái）：同等地位。[37] 其过子弟：那些路过郑国的晋国子弟。[38] 楚子：指楚成王。因楚王是子爵，故称楚子。飨之：设宴招待他。[39] 不谷：不善，这是楚子的谦称。[40] 子女：指男女奴隶。[41] 羽毛齿革：指鸟羽、兽毛、象牙、犀牛皮等珍贵之物。[42] 波及：扩展到。[43] 以君之灵：托您的福。[44] 治兵：本为操练军队，这里是外交辞令，实指晋楚两国之间发生战争。[45] 遇于中原：中原指黄河流域，遇于中原意谓楚来攻晋。[46] 辟：同"避"，退避。三舍：一舍三十里，三舍为九十里。[47] 若不获命：如果还得不到您退兵的命令。[48] 鞭弭（mǐ）：马鞭和两端不加装饰的弓。[49] 属（zhǔ）：佩带。櫜（gāo）鞬（jiàn）：箭袋和弓袋。[50] 子玉：楚国令尹（宰相）成得臣的字。[51] 广而俭：志向远大而行为检点。[52] 文而有礼：善于辞令而又符合礼法。[53] 肃而宽：态度严肃而待人宽厚。[54] 忠而能力：效忠于重耳并能为他出力。[55] 晋侯：指晋惠公，重耳的异母兄弟，名夷吾。[56] 姬姓：指姬姓诸侯国。[57] 唐叔之后：唐叔是周成王之弟，封于唐，其子改国号为晋，故称唐叔为晋国始祖。[58] 后衰：指晋国国祚最长，最能持久。[59] 其将由晋公子乎：大概将由重耳使晋国复兴吧。[60] 大咎（jiù）：大祸。[61] 怀嬴：秦穆公之女，曾嫁给晋怀公（晋惠公之子圉）。秦为嬴姓，故称怀嬴。与（yù）焉：在其中。[62] 奉：同捧。匜（yí）：盛水器。沃：浇水。盥（guàn）：洗手。[63] 既：完毕。挥之：指重耳让怀嬴离开。[64] 怒曰：主语是怀嬴。[65] 降服而囚：脱去上衣，像囚犯一样向怀嬴谢罪。[66] 文：指言谈有文采，善于外交辞令。[67]《河水》：据《国语》韦昭注，即《诗经·小雅》的《沔（miǎn）水》。"河"为"沔"之误。首章有"沔彼流水，朝宗于海"二句。[68]《六月》：《诗经·小雅》篇名，歌颂尹吉甫辅佐周宣王北伐获胜之事。[69] 降：下阶至堂下，表示恭敬。[70] 公降一级：秦穆公下阶一级。辞：不敢接受。[71] 王正月：周历的正月。王：指周天子。[72] 秦伯纳之：秦穆公派兵护送重耳回晋国。[73] 不书，不告入也：指《春秋》经文里没有记载这一条，因晋国没有把重耳回国这件事通知鲁国。[74] 羁绁（xiè）：马络头和缰绳。[75] 所：犹"若"，誓词多用之。舅氏：指重耳的舅舅子犯。[76] 令狐：地名，今山西省临猗县西。[77] 桑泉：地名，今临猗县临晋镇东北。臼衰（cuī）：地名，今山西省解州镇东南。[78] 二月甲午：二月初四。[79] 军：驻扎。庐柳：地名，今山西省临猗县北。[80] 公子絷（zhí）：秦公子。秦穆公派他到晋怀公的军队中去劝说他们接纳重耳。[81] 郇（xún）：今山西省临猗县西南。[82] 辛丑：二月十一日。[83] 壬寅：二月十二日。[84] 丙午：二月十六日。[85] 曲沃：今山西省闻喜县东北，为晋国旧都。[86] 丁未：二月十七日。武宫：重耳祖父晋武公的庙。据王引之考证，"丁未"下脱"入于绛"三字，武宫在绛（今山西省翼城县东南），不在曲沃（见《经义述闻》）。[87] 戊申：二月十八日。高梁：今山西省临汾县东。[88] 吕、郤（xì）：吕甥、郤芮（ruì），晋惠公旧臣。偪：同"逼"，迫害。[89] 弑（shì）：古代以下杀上叫弑。[90] 寺人：阉人，专在宫廷内服役。披：此寺人之名，曾奉晋献公命到蒲城捕捉重耳。[91] 让：责备。[92] 女：同"汝"。即至：当日就赶到了。[93] 田：打猎。[94] 中宿：第二夜之后，即第三日。[95] 袪：袖子。[96] 知之：知道做国君的道理。[97] 及难（nàn）：遭到灾难。[98] 君命无二：执行君主的命令，不打折扣。[99] 唯力是视：意为看自己有多大力量就尽多大力量。[100] 蒲人、狄人，余何有焉：意谓我当时只知道把您当作与晋君为敌的蒲人和狄人而捕杀，这与我有什么关系呢？［101］其无蒲、狄乎：难道没有蒲、狄那样的反对者吗？［102］齐桓公置射钩而使管仲相：齐桓公为公子时，与公子纠争君位，管仲奉公子纠之命射齐桓公，射中他衣上的带钩。后管仲为齐桓公所得，齐桓公不念旧恶，用以为相。［103］易：改变。［104］刑臣：寺人披自称，因为他受过宫刑。［105］以难告：把吕、郤的纵火阴谋报告重耳。［106］王城：秦地，在今陕西省大荔县。［107］己丑晦：（三月）二十九日。晦：每月最后一日。［108］瑕甥：即吕甥，因其封邑在瑕，故又称瑕甥。［109］逆：迎。嬴氏：秦穆公之女文嬴，即怀嬴。［110］卫：卫兵。［111］实纪纲之仆：充任仆隶的总管。［112］竖：小臣，指未成年的小吏。头须：小臣名。［113］守藏（zàng）：看守仓库。［114］其出也：重耳出亡时。［115］尽用以求纳之：头须用尽库财以求晋人接纳重耳返国。［116］公辞焉以沐：晋文公只知他窃藏而逃，不知是为自己奔走。故以洗头为借口，拒绝接见。焉：同"之"。［117］沐则心覆，心覆则图反：洗头时头向下，心的地位也向下，这样，心中的考虑图谋就反常了。［118］居者为社稷之守，行者为羁绁之仆：留在国内的人是看守社稷的，随从出亡的人是拉着马络头和缰绳奔走服役的。意即两者都有功劳。［119］遽（jù）：即刻。［120］请其二子：狄人请晋文公指示如何安置季隗生的两个儿子伯儵和叔刘。［121］文公妻赵衰：晋文公把一个女儿嫁给赵衰。即下文赵姬。［122］请逆盾与其母：请赵衰迎回赵盾和他的母亲叔隗。［123］来：主语是叔隗和赵盾。［124］使其三子下之：指赵姬使她的三个儿子居于赵盾之下。［125］内子：正妻称内子。［126］介之推：姓介名推，"之"是助词。"之"又作"子"，故亦称介子推。［127］主晋祀者：主持晋国祭祀的人，即在晋为国君的人。［128］二三子：指从亡者。［129］下义其罪：在下的从亡者把罪恶（指贪天之功）当成正义。［130］以死谁怼（duì）：（你不求封赏，）因而死了，能怨谁呢？怼：怨恨。［131］尤而效之：谴责他们的错误，却又去学习他们。尤：过，这里用作动词，意谓"谴责"。［132］不食其食：不能再吃他（指晋文公）的俸禄了。［133］言，身之文也：语言，是身体的文饰。［134］求显：希望别人知道。［135］绵上：地名，在今山西省介休市东南四十里介山之下和灵石县接界处。为之田：做他的祭田。［136］志：标志。［137］旌：表扬。

思考题

重耳与夷吾同为晋献公的儿子，前期的人生经历十分相似，为何最后却是重耳登上王位，成为一代霸主？重耳的成长经历对你有何启示？

（孙惠欣）

史记·越王勾践世家（节选）
司马迁

导读

《越王勾践世家》出自西汉司马迁的《史记》卷四十一，其中"卧薪尝胆"的故事为后人广为传颂。

春秋时期的吴越之地，吴国和越国并立而存，却因日久争战结下宿怨。越王勾践打败吴国老王阖闾，初尝胜果，得意忘形之下，他不听范蠡之劝，欲灭吴国而后快，终被吴王夫差打得大败。越王勾践及其臣民命悬一线，范蠡只身去见夫差，说服夫差收兵，救下勾践。数年之后，勾践取得了夫差的信任，从吴国返回了越国。勾践卧薪尝胆、励精图治，暗中集结力量，多年后再次举兵伐吴。经过一场鏖战，夫差成了勾践的阶下囚，勾践终于实现了复兴的宏愿。

勾践之围会稽[1]也，喟然叹曰："吾终于此乎？"种曰："汤系夏台，文王囚羑里，晋重耳奔翟，齐小白奔莒，其卒王霸。由是观之，何遽不为福乎？"

吴既赦越，越王勾践反国，乃苦身焦思，置胆于坐，坐卧即仰胆，饮食亦尝胆也。曰："女[2]忘会稽之耻邪？"身自耕作，夫人自织；食不加肉，衣不重采[3]；折节[4]下贤人，厚遇宾客；振[5]贫吊死，与百姓同其劳。①

---

① 司马迁. 史记·越王勾践世家［M］. 北京：中华书局，1959：1742.

注释

　　[1] 会稽：古吴越地名。[2] 女：通"汝"，你。[3] 重采：两种以上的颜色，指华丽、美艳。采，同"彩"。[4] 折节：委屈自己，降低身份。[5] 振：同"赈"，救济。

思考题

　　"苦心人天不负，卧薪尝胆，三千越甲可吞吴。"这是清代学者蒲松龄所撰写的自勉联。"卧薪尝胆"讲述了越王勾践的逆境重生，重建辉煌的故事。身处逆境，是卧薪尝胆还是自暴自弃，值得我们深思。请结合现实，谈谈你的看法。

（孙惠欣）

报任安书（节选）

司马迁

导读

　　《报任安书》是司马迁写给其友人任安的一封回信。任安，字少卿，曾任益州刺史、北军使者护军等职。司马迁因李陵之祸被处以官刑，出狱后任中书令，表面上是皇帝近臣，实则近于宦官，为士大夫所轻贱。任安此时曾写信给他，希望他能"推贤进士"。司马迁由于自己的遭遇和处境，感到很为难，所以一直未能复信。后任安因罪下狱，被判死刑，司马迁才给他写了这封回信。关于此信的写作年代，一说是在汉武帝征和二年（前91），另一说是在汉武帝太始四年（前93）。

　　在《报任安书》中，司马迁以无比激愤的心情，向朋友也向世人倾诉了自己因李陵之祸而受的奇耻大辱，吐露了郁积已久的痛苦与愤懑，大胆揭露了朝廷大臣的自私，甚至还不加掩饰地流露了对汉武帝是非不辨、刻薄寡恩的不满。信中还委婉述说了他受刑后"隐忍苟活"的苦衷。为了完成《史记》的著述，司马迁所忍受的屈辱和耻笑，绝非常人所能想象。但他有一个万般坚定的信念，死要死得有价值，要"重于泰山"。因此，不完成《史记》

的写作，绝不能轻易死去，即使一时被人误解也在所不惜。就是这样的信念支持他在"肠一日而九回"的痛苦挣扎中忍辱负重，顽强地活了下来，终于实现了他的夙愿，完成了大业。

司马迁悲惨而传奇的人生告诉世人：人生会经历重重磨难，而这会使你越来越坚强。不经历风雨又怎能见到彩虹？

古者富贵而名摩[1]灭，不可胜记，唯俶傥[2]非常之人称焉。盖文王拘而演《周易》[3]；仲尼厄而作《春秋》[4]；屈原放逐，乃赋《离骚》[5]；左丘失明，厥有《国语》[6]；孙子膑脚，《兵法》修列[7]；不韦迁蜀，世传《吕览》[8]；韩非囚秦，《说难》《孤愤》[9]；《诗》三百篇，大抵圣贤发愤之所为作也。此人皆意有所郁结，不得通其道[10]，故述往事，思来者[11]。①

注释

[1] 摩：通"磨"。[2] 俶（tì）傥（tǎng）：同"倜傥"，即卓越豪迈，才华不凡。[3] 盖文王拘而演《周易》：传说文王被拘禁时，把《易》的八卦推演为六十四卦。[4] 仲尼厄而作《春秋》：厄指孔子周游列国所受的困厄。按：现代学者认为，《春秋》为鲁国史官所记，孔子进行了加工与修订。[5] 屈原放逐，乃赋《离骚》：《离骚》是屈原被楚怀王疏远后所作。[6] 左丘失明，厥有《国语》：左丘即左丘明。关于他失明的事，其书未见记载；《国语》是否为他所作，学者多有疑问。[7] 孙子膑脚，《兵法》修列：孙子即孙膑，他所作的兵法早已失传，1972年山东临沂银雀山西汉墓出土的竹简中，有《孙膑兵法》残简五千九百余字。修列：著述，编著。[8]《吕览》：即《吕氏春秋》，是吕不韦为相时命门客编写的。[9]《说难》《孤愤》：韩非著作中的两篇。[10] 通其道：行其道，即实现其理想。[11] 思来者：意思是想到以后的人会有理解自己的。

思考题

请结合《报任安书》，试谈你对"古者富贵而名摩灭，不可胜记，唯俶傥非常之人称焉"这句话的理解。

（孙惠欣）

---

① 班固. 汉书·司马迁传 [M]. 颜师古，注. 北京：中华书局，1962：2735.

史记·留侯世家（节选）

司马迁

导读

《留侯世家》选自司马迁的《史记》，是一篇关于张良的传记。张良（？—前186），字子房，颍川城父（今安徽亳州）人，西汉开国功臣、政治家，与韩信、萧何并称为"汉初三杰"。《汉书》中亦有传。张良一生充满传奇。少年、青年时的张良以豪侠著称，敢于行刺千古一帝秦始皇，成年张良为帝王师而出谋划策，晚年张良功成名就却主动请隐。

张良的文韬武略与他刺杀秦始皇不成而避难下邳之时遇黄石公，获得《太公兵法》并精心研读有关。之后他在留地归附刘邦后，成为重要谋臣。他为刘邦献计破秦，助刘邦鸿门脱险，代刘邦请得汉中，终使刘邦打败项羽，赢得楚汉之争的胜利。西汉建立后，他功成身退，被封留侯。该传记重点描述了张良在复杂的政治斗争和尖锐的军事斗争中展现的超群才干。

《留侯世家》曰："（张良）所与上从容言天下事甚众，非天下所以存亡，故不著。"这段话有两个重心，一是张良恪尽职守，关心国家大事，献策颇多；二是张良进策技巧"从容言"，使君王乐于采纳。"从容言"的实质是指进言者的品德修养，尽职尽忠，没有丝毫个人杂念。司马迁对张良的评价可谓中肯："运筹帷幄之中，制胜于无形……图难于易，为大于细。"

《留侯世家》中除了刻画张良的军事才能、政治才能外，还描写了他礼让、隐忍的一面，本篇节选的"下邳拾履"即表现了他性格的这一侧面。为陌生老人拾鞋、穿鞋，看上去好像很不值得，但这正是胸怀宽阔的象征，明知自己比老人身强力壮，仍处处礼让。也正是在不断礼让的过程中，张良磨砺了意志，得到黄石公的认同，获得"为王者师"的《太公兵法》，增长了智慧，最终成为"运筹于帷幄之中，决胜于千里之外"的杰出军事家、政治家。

良尝学礼淮阳。东见仓海君。得力士，为铁椎重百二十斤。秦皇帝东游，良与客狙击秦皇帝博浪沙中，误中副车[1]。秦皇帝大怒，大索天下，求贼甚急，为张良故也。良乃更名姓，亡匿下邳。

　　良尝闲从容步游下邳圯^[2]上，有一老父，衣褐，至良所，直堕其履圯下，顾谓良曰："孺子，下取履！"良鄂^[3]然，欲殴之，为其老，强忍，下取履。父曰："履我！"良业为取履，因长跪履之。父以足受，笑而去。良殊大惊，随目之。父去里所，复还，曰："孺子可教矣。后五日平明，与我会此。"良因怪之，跪曰："诺。"五日平明，良往。父已先在，怒曰："与老人期，后，何也？"去，曰："后五日早会。"五日鸡鸣，良往，父又先在，复怒曰："后，何也？"去，曰："后五日复早来。"五日，良夜未半往。有顷，父亦来，喜曰："当如是。"出一编书，曰："读此则为王者师矣。后十年兴。十三年孺子见我济北，谷城山下黄石即我矣。"遂去，无他言，不复见。旦日视其书，乃《太公兵法》^[4]也。良因异之，常习诵读之。

　　居下邳，为任侠。项伯常^[5]杀人，从良匿。后十年，陈涉等起兵，良亦聚少年百余人。景驹自立为楚假王，在留。良欲往从之，道遇沛公。沛公将数千人，略地下邳西，遂属焉。沛公拜良为厩将。良数以《太公兵法》说沛公，沛公善之，常用其策。良为他人言，皆不省。良曰："沛公殆天授。"故遂从之，不去见景驹。①

注释

　　[1] 副车：皇帝的侍从车辆。[2] 圯（yí）：桥。[3] 鄂：通"愕"。[4]《太公兵法》：相传为姜太公作的一部兵书。[5] 常：通"尝"，曾经。

思考题

　　你从张良"下邳拾履"的故事中得到什么启示？西汉建立后，作为开国功臣的张良却选择了功成身退，你对此如何评价？

（孙惠欣）

① 司马迁. 史记·留侯世家［M］. 北京：中华书局，1959：2034 - 2036.

史记·项羽本纪（节选）

司马迁

导读

《项羽本纪》出自司马迁《史记》。项羽（前232—前202），为周王族诸侯国项国后代，姬姓，项氏，名籍，字羽，泗水郡下相县（今属江苏省宿迁市）人，秦朝末年政治家、军事家，是一名乱世英雄。

《项羽本纪》是《史记》中司马迁着力较多的一篇传记，完整记录了项羽一生的起伏，全面展现了秦末动乱及楚汉战争所涉及的众多人物与事件。尤其是对巨鹿之战、鸿门宴、垓下之围三个主要场景的记录，具有震撼人心的艺术力量。《项羽本纪》可谓《史记》中公认的最有文学色彩的一篇。

《项羽本纪》中，从项羽一出场，司马迁就重点记录了其年少时两处惊世骇俗的话语，一处是："项籍少时，学书不成，去，学剑，又不成。项梁怒之。籍曰：'书足以记名姓而已。剑一人敌，不足学，学万人敌。'"另一处是："秦始皇帝游会稽，渡浙江，梁与籍俱观。籍曰：'彼可取而代也。'"这显示了项羽从小就卓尔不群、出类拔萃，也预示了其后的宏图霸业。

从起兵到灭秦，再到分王诸侯，项羽的伟业达到顶峰。《项羽本纪》在记录这一时期事件的同时，也记录了项羽各个阶段的言论，这些言论直接体现出其性格特征。鸿门宴上对刘邦解释时，项羽直言不讳地说："此沛公左司马曹无伤言之；不然，籍何以至此。"不带任何隐瞒与掩饰。楚汉之争时期，面对相持不下的局面，项羽对刘邦说："天下匈匈数岁者，徒以吾两人耳，愿与汉王挑战决雌雄，毋徒苦天下之民父子为也。"企图以两人决斗的方式解决楚汉之争，体现了项羽行事的单纯。磊落与单纯是项羽光辉的一面，同时也造成其悲剧结局。垓下之围是项羽一生最后一次战争，也是《项羽本纪》所记最为详细的一部分。项羽慷慨悲歌："力拔山兮气盖世，时不利兮骓不逝。骓不逝兮可奈何，虞兮虞兮奈若何！"这是壮士的悲歌，英雄的悲歌！其后刘邦数千汉骑追杀，项羽自度不得脱，对其骑兵说："吾起兵至今八岁矣，身七十余战，所当者破，所击者服，未尝败北，遂霸有天下。然今卒困于此，此天之亡我，非战之罪也。今日固决死，愿为诸君快战，必三胜之，为诸君溃围、斩将、刈旗，令诸君知天亡我，非战之罪也。"项羽的这段话可以说概括了他一生的伟业，也总结了其失败的原因。然将失败归结为天，足见项羽的自负与顽固。最终，为了尊严，为了不让自己高贵的人格受到侮辱，项羽选择了"乌江自刎"，结束了悲剧英雄的一生。

《项羽本纪》是一篇融入了司马迁个人强烈情感的文章，他之所以如此褒扬项羽，除却其对英雄的喜欢、敬仰之外，还与其自身的人生遭际有关。司马迁为了完成著书立说的伟大梦想，选择了忍辱偷生，"就极刑而无愠色"；项羽为了尊严，为了不让自己高贵的人格受到玷污，选择了"乌江自刎"。同时，项羽的英雄品格与司马迁秉持"实录"的史官精神也有着相通之处。项羽是个英雄，司马迁又何尝不是另一个战场的英雄？现代社会又怎能缺少英雄的引领与激励？

项籍者，下相[1]人也，字羽。初起时，年二十四。其季父[2]项梁，梁父即楚将项燕，为秦将王翦所戮[3]者也。项氏世世为楚将，封于项[4]，故姓项氏。

项籍少时，学书[5]不成，去[6]，学剑，又不成。项梁怒之。籍曰："书足以记名姓而已。剑一人敌[7]，不足学，学万人敌。"于是项梁乃教籍兵法，籍大喜，略知其意，又不肯竟学。项梁尝有栎阳[8]逮，乃请蕲狱掾曹咎书抵栎阳狱掾司马欣[9]，以故事得已[10]。项梁杀人，与籍避仇于吴中[11]。吴中贤士大夫皆出项梁下[12]。每吴中有大繇[13]役及丧，项梁常为主办，阴以兵法部勒[14]宾客及子弟，以是知其[15]能。秦始皇帝游会稽[16]，渡浙江[17]，梁与籍俱观。籍曰："彼可取而代也。"梁掩其口，曰："毋妄言，族矣！"梁以此奇籍。籍长八尺余，力能扛[18]鼎，才气过人，虽[19]吴中子弟皆已惮籍矣。①

注释

[1] 下相：县名。治所在今江苏省宿迁市宿城区西南。[2] 季父：小叔父。[3] 为秦将王翦所戮：始皇二十三年（前224），王翦破楚，虏楚王。项燕立昌平君为楚王，驻兵淮南反秦。第二年，王翦等破楚军，昌平君死，项燕自杀。[4] 项：春秋时国名。故城在今河南省沈丘县。[5] 学书：学习认字和写字。[6] 去：放弃。[7] 敌：对抗，抵拒。[8] 栎（yuè）阳：县名。治所在今陕西省西安市临潼区东北。[9] 蕲（qí）：县名。治所在今安徽省宿

① 司马迁. 史记·项羽本纪 [M]. 北京：中华书局，1959：295 – 296.

州市埇桥区东南。狱掾（yuàn）：掌管监狱官吏的属员。掾：属员，相当于今天的办事员。抵：致，送到。[10] 已：了结。[11] 吴中：县名，即吴县。治所在今江苏省苏州市，当时为会稽郡郡治。[12] 出项梁下：贤能在项梁之下。[13] 繇：通"徭"。[14] 部勒：部署，组织。[15] 其：指宾客及子弟。[16] 会稽：山名。在今浙江省绍兴市柯桥区东南。[17] 浙江：今浙江省的钱塘江。[18] 扛（gāng）：两手对举。[19] 虽：意思与"唯"同，句首语气词。

思考题

项羽不是帝王而司马迁把他放在"本纪"中，司马迁为何对项羽如此钟情？这或许与司马迁和项羽相似的人生遭遇有关。他们都是用生命去捍卫人格尊严的人，请对此谈谈你的理解。

（孙惠欣）

汉书·朱买臣传
班　固

导读

《朱买臣传》是《汉书》中的名篇。

《朱买臣传》记述了西汉大臣朱买臣跌宕起伏的人生经历。朱买臣自幼贫困，喜爱读书，割草负柴之际也不忘高声诵读诗书，但其妻无法忍受贫困，选择离他而去。孤独一人的朱买臣依旧坚持温习诗书，终于在几年后受到同乡好友的举荐，在皇帝面前讲解《春秋》《楚辞》等书籍，并因此受到重用，被任命为中大夫直至会稽太守，实现了建功立业的人生理想。

本篇散文重点记述了朱买臣贫困潦倒却坚持诵书的行为，他"担束薪，行且诵书"，在面对妻子的阻止和嘲讽时，依旧"独行歌道中，负薪墓间"。作者的目的正是讴歌朱买臣自信乐观、坚守本心的优良品质。通过塑造朱买臣妻子和会稽守邸等人物形象，从侧面烘托朱买臣虽贫贱却从不向命运低头的精神。面对"家贫""负薪墓间"的艰难处境，朱买臣从不放弃，他相信自己的才能终有一日会大放光芒，并为之不断努力，终于如他自己所言"我年五十当富贵"，在五十岁时受到皇帝重用，为国家贡献自己的才干。

这篇散文用平铺直叙的写作手法，生动形象地塑造了朱买臣不屈于贫困、有志竟成的形象，赞扬了他坚持不懈、立志进取的品质。虽然朱买臣的人生结局并不完美，但其身上所具有的拼搏精神和励志品质，不论在汉代还是在当代社会，都是值得传承的中华民族传统美德，值得我们学习传颂。

朱买臣字翁子，吴人也。家贫，好读书，不治产业，常艾[1]薪樵，卖以给食，担束薪，行且诵书。其妻亦负戴[2]相随，数止买臣毋歌呕[3]道中。买臣愈益疾歌，妻羞之，求去。买臣笑曰："我年五十当富贵，今已四十余矣。女[4]苦日久，待我富贵报女功。"妻恚怒[5]曰："如公等，终饿死沟中耳，何能富贵？"买臣不能留，即听去。其后，买臣独行歌道中，负薪墓间。故妻与夫家俱上冢，见买臣饥寒，呼饭饮[6]之。

后数岁，买臣随上计[7]吏为卒，将重车[8]至长安，诣阙[9]上书，书久不报。待诏公车[10]，粮用乏，上计吏卒更乞丐之[11]。会邑子[12]严助贵幸，荐买臣。召见，说《春秋》，言《楚词》，帝甚说之，拜买臣为中大夫[13]，与严助俱侍中。是时，方筑朔方[14]，公孙弘谏，以为罢敝中国。上使买臣难诎弘，语在《弘传》。后买臣坐事免，久之，召待诏。

是时，东越数反覆，买臣因言："故东越王居保泉山[15]，一人守险，千人不得上。今闻东越王更徙处南行，去泉山五百里，居大泽中。今发兵浮海，直指泉山，陈舟列兵，席卷南行，可破灭也。"上拜买臣会稽太守。上谓买臣曰："富贵不归故乡，如衣绣夜行，今子何如？"买臣顿首辞谢。诏买臣到郡，治楼船[16]，备粮食、水战具，须[17]诏书到，军与俱进。①

注释

[1] 艾（yì）：通"刈"，砍割。[2] 负：背在背上。戴：顶在头上。[3] 呕（ōu）：通"讴"，歌唱。[4] 女：通"汝"，你。[5] 恚（huì）怒：生气，愤怒。[6] 饭饮：给予饮食。[7] 上计：汉时，郡国的地方官每年派人到京师进呈会计簿籍，叫做"上计"。[8] 重车：辎重之车，即装载器物、粮食的车子。[9] 阙（què）：皇宫门前。[10] 公车：官署名。汉时，应征

① 班固. 汉书·朱买臣传 [M]. 颜师古，注. 北京：中华书局，1962：2791-2792.

的人由公家用车马运送至京城后，就住在这里等待皇帝召见。[11] 乞
匄（gài）：给予。[12] 邑子：同县的人。[13] 中大夫：官名，属光禄勋，
没有固定的职务，好似皇帝的顾问，有时也派到外面工作。[14] 朔方：郡
名。汉武帝驱逐匈奴，收复河南（今内蒙古自治区内黄河以南的地区）一带
地方，设立朔方郡，即今内蒙古自治区鄂托克旗一带。[15] 保：保卫守护。
泉山：山名，后称清源山，在今福建泉州。[16] 楼船：汉代的兵船。
[17] 须：等待。

思考题

　　朱买臣一生经历跌宕起伏，虽然实现了高官厚禄的人生愿望，却落得个
"上亦诛买臣"的结局。请结合相似历史人物经历，谈谈你对朱买臣这一人物
的看法。

（孙惠欣）

❖ 与杨德祖书 ❖

曹　植

导读

　　《与杨德祖书》是曹植书信中的名篇，他借与文学好友杨修的书信评述当
代著名文士，更重要的是抒发他自己"建永世之业，留金石之功"的胸襟抱
负。曹植与杨修二人文学造诣都十分高超，因此文章开篇在简述好友之间的
思念后就与其谈论起"今世作者"，包括王粲、陈琳、刘桢、应场以及杨修
等。曹植评价这些人并不是"文人相轻"式的贬损，也非阿谀吹捧，而是以
客观的、辩证的眼光看待这些魏晋时期的文人。曹植写此文的最终目的并不
是评价他们，他希望通过与好友的交流表明自己"建永世之业，留金石之功"
的理想抱负，当自己的崇高理想在现实中无法施展时只好退而求其次——
"成一家之言"。联想作者曹植一生的际遇就会发现他一直富有进取精神，为
国为民的情怀时刻洋溢，因此他不断求取机会，不断失败又不断尝试，这样
锲而不舍的精神值得我们学之、践之。

本文情绪直率外露、辞藻焕发、文笔犀利。曹植用充满感情的笔触向好友、向世人、向后人表述自己"戮力上国，流惠下民"的拳拳之心。他的这种理想抱负不单单在本文中有呈现，在其他诗歌、散文作品中也多次展露，这种思想深深刻在曹植的骨髓与血液。现实中理想不能实现的困难与挫折并不能使其放弃追求，"若吾志未果，吾道不行"，他不会就此消沉，而是要采实录、辩得失、定仁义、成一家之言。这种进取精神不就是留给后世人最宝贵的财富吗？这种精神在任何时代都具有催人奋进的力量。

植白：数日不见，思子为劳，想同之也。仆少小好为文章，迄至于今，二十有五年矣；然今世作者，可略而言也。昔仲宣独步于汉南[1]，孔璋鹰扬于河朔[2]，伟长擅名于青土[3]，公幹振藻于海隅[4]，德琏发迹于此魏[5]，足下高视于上京[6]。当此之时，人人自谓握灵蛇之珠，家家自谓抱荆山之玉[7]。吾王于是设天网以该之[8]，顿八纮以掩之[9]，今悉集兹国矣。然此数子，犹复不能飞轩绝迹[10]，一举千里。以孔璋之才，不闲于辞赋[11]，而多自谓能与司马长卿同风[12]，譬画虎不成反为狗也。前书嘲之，反作论盛道仆赞其文。夫钟期不失听[13]，于今称之，吾亦不能妄叹[14]者，畏后世之嗤[15]余也。

世人之著述，不能无病[16]。仆常好人讥弹[17]其文，有不善者，应时改定。昔丁敬礼[18]常作小文，使仆润饰之。仆自以才不过若人[19]，辞不为也。敬礼谓仆："卿何所疑难？文之佳恶，吾自得之，后世谁相知定吾文者邪？"吾常叹此达言，以为美谈。昔尼父[20]之文辞，与人通流[21]，至于制《春秋》，游、夏[22]之徒乃不能措一辞。过此而言不病者，吾未之见也。盖有南威[23]之容，乃可以论其淑媛[24]，有龙泉[25]之利，乃可以议其断割。刘季绪才不能逮于作者，而好诋诃文章，掎摭利病[26]。昔田巴毁五帝，罪三王，呰五霸于稷下[27]，一旦而服千人。鲁连一说，使终身杜口[28]。刘生之辩，未若田氏。今之仲连，求之不难，可无息[29]乎？人各有好尚，兰茝荪蕙[30]之芳，众人所好，而海畔有逐臭之夫；《咸池》《六茎》[31]之发，众人所共乐，而墨翟有非之之论[32]，岂可同哉！

今往仆少小所著辞赋一通相与[33]。夫街谈巷说，必有可采；击辕之歌[34]，有应《风》《雅》[35]；匹夫之思，未易轻弃也。辞赋小道，固未足以揄扬大义，彰示来世也[36]。昔扬子云先朝执戟之臣耳，犹称壮夫不为也[37]。吾虽德薄，位为蕃侯[38]，犹庶几戮力上国[39]，流惠下民，建永世之业，留金石之功[40]，岂徒以翰墨为勋绩[41]，辞赋为君子哉？若吾志未果，吾道不行，则将采庶官之实录[42]，辩时俗之得失，定仁义之衷，成一家之言，虽未能藏之于名山，将以传之于同好。非要之皓首[43]，岂今日之论乎？其言之不惭，恃惠子之知我也[44]。明早相迎，书不尽怀，植白。①

注释

[1] 仲宣：王粲的字。独步：超群出众，独一无二，即没有人赶得上他。汉南：汉水之南，指荆州。王粲曾在荆州依附刘表。[2] 孔璋：陈琳的字。鹰扬：语出《诗经·大雅·大明》："维师尚父，时维鹰扬。"像雄鹰飞举一般，喻超越同辈。河朔：指黄河以北的地区。陈琳曾在冀州做袁绍的记室。[3] 伟长：徐幹的字。擅：独揽。青土：指青州地区。徐幹是北海郡人，北海在古代属于青州。[4] 公幹：刘桢的字。振藻：显扬辞藻，这里指显扬文名。海隅：刘桢是东平宁阳人，宁阳靠近海边。所以说海隅。[5] 德琏：应场的字。发迹：显身扬名。此魏：应场是汝南南顿（今河南省项城市北）人，南顿接近魏都城许昌，故曰此魏。[6] 足下：敬辞，指杨修。上京：指京师洛阳。这时杨修在京师。[7] 灵蛇之珠：即隋侯救蛇所得的宝珠。荆山之玉：即和氏璧。[8] 吾王：指曹操。天网：像天一样大的网，此处指曹操网罗人才的政治措施。该：兼收。[9] 顿：整治。八纮（hóng）：八方极边远的地区。地有八方，故用八纮。纮：绳。掩：关闭，这里指网罗人才。[10] 轩：鸟飞的样子。绝迹：远方绝域，意谓最高的成就。[11] 闲：同"娴"，熟练。[12] 多：常常。司马长卿：即司马相如，这里是盛称自己和司马相如不相上下。[13] 钟期不失听：事见《吕氏春秋·本味》：钟子期和伯牙都是春秋时楚国人。伯牙善于弹琴，钟子期能知音。后钟子期死，伯牙便碎琴不复弹。[14] 妄叹：妄，原作"忘"。叹：此处指赞美。[15] 嗤：讥笑。[16] 病：缺点。[17] 讥弹：讽刺批评。[18] 丁敬礼：丁廙（yì），字敬礼，曹植亲近朋友之一，后为曹丕所杀。[19] 若人：指丁廙。[20] 尼父：即孔子。[21] 通流：即流通，指互相商讨。[22] 游、夏：孔子的弟子。言偃：字子游。卜商：字子夏。《论语·先进》："文学：子游、子夏。"意即二人熟悉文献。[23] 南威：又叫南之威，古美女名。[24] 媛：美女。[25] 龙泉：宝剑名。也作"龙渊"。[26] 刘季绪：李善注引挚虞《文章志》："刘表子，官至乐安太守，著诗、赋、颂六篇。"诋诃（hē）：诋毁指

① 张启成，等. 文选［M］. 北京：中华书局，2019：2933－2939.

责。掎（jǐ）摭（zhí）：指责、挑剔。[27] 田巴：战国时齐国的辩士。呰：同"訾"，诋毁。[28] 鲁连：即鲁仲连。杜口：闭口。据说田巴曾在狙丘和稷下等地跟人辩论，他毁五帝、罪三王，一日而说服千人。但鲁仲连指摘他在敌军压境、国家危亡时刻，发表这些议论，不能拯救国家，因此请他闭口，田巴便闭口不言了。[29] 息：止。[30] 兰茝（chǐ）荪蕙：都是香草名。[31]《咸池》：相传是黄帝时乐舞名。《六茎》：颛顼时乐舞名。[32] 墨翟有非之之论：墨子有《非乐》篇。"非之"指"非乐"。[33] 往：送去，寄去。一通：从头至尾称一通，可指一篇、一卷或一册。相与：相赠。[34] 击辕之歌：指民间诗歌。古代有田野中人叩击车辕唱歌，人称击辕之歌。[35] 有应《风》《雅》：指符合《诗经》的《风》诗和《雅》诗。[36] 揄扬：阐发。彰示：显示。[37] 扬子云：扬雄，字子云。先朝：指西汉。执戟：汉代郎官，执戟以侍皇帝，职位卑下。壮夫不为：扬雄《法言·吾子》："或问：'吾子少而好赋？'曰：'然，童子雕虫篆刻。'俄而曰：'壮夫不为也。'"意指作赋绘景状物，是童子所习的小技，男子汉是不屑于做的。[38] 蕃侯：诸侯之国的分封，其主要作用是作为王室的屏障，因此诸侯又可称为蕃侯。蕃：指藩篱，屏障。[39] 庶几：希望。戮力：尽力。[40] 金：钟鼎之属。石：碑铭之属。古代纪颂功德，均将事迹铭刻在铜鼎或石碑之上，以期流传后世。[41] 徒：仅。翰墨：即笔墨，指文章。[42] 实录：真实记录，指史料。[43] 要之皓首：约定与您保持友谊直至白头，指交情深厚。要：约请，邀请。[44] 惠子：惠施，战国时人，与庄周为知交，常常互相辩论问题。惠子死后，庄子过其墓，说："自夫子之死也，吾无以为质矣，吾无以言之矣。"（见《庄子·徐无鬼》）此处曹植将惠施比杨修，说因为彼此交情深厚，才敢"言之不惭"。

思考题

你是如何看待曹植"戮力上国，流惠下民，建永世之业，留金石之功"的个人理想的？当个人理想不能实现时，曹植又是怎样应对的？

（姚海斌）

四、小说

周　处

刘义庆

导读

　　《周处》出自《世说新语·自新篇》，讲述的是周处弃恶从善、改过自新的故事。据《晋书·周处传》记载，周处，字子隐，义兴（今江苏宜兴）人，任御史中丞时，曾上书弹劾皇亲国戚，说明他不避权势、正直侠义。后奉命征讨氐人首领齐万年，以少敌众、力战而死，可谓一位英雄人物。但周处在年少时，凶暴强悍，被乡里人认为是与蛟、虎并称的三患，且周处祸患程度强于蛟、虎，这样一个霸道少年斩蛟、杀虎后终于认识到自己的霸道给他人带来的困扰，于是决意改变。陆云的"朝闻夕死"以及"人患志之不立"让这位少年迷途知返，终成忠臣孝子。本文告诉我们一个很重要的道理：人只要立志向好，什么时候都不晚，终会留下美名。

　　《世说新语》属于志人小说，是早期的小说形式。本文叙述平白易懂、以人为主，通过简略描述事件经过刻画人物形象。小说颂扬了周处改过自新的行为，表达了一个人只要勇于改正自己的错误，定会成为有用之人的道理。小说借其中人物陆云之口说出立志的重要性，提醒周处要勇于改过、立志革新，同时也提醒犯了错的世人要及时改过自新。周处是个具体的人，也是一个符号，他代表着与他类似的人，从横暴少年到忠臣英雄，周处的经历向世人说明了，只要具有坚定的信念和立志向好的精神，定会有所成就。

　　周处年少时，凶强侠气[1]，为乡里所患[2]。又义兴水中有蛟[3]，山中有白额虎[4]，并皆暴犯[5]百姓。义兴人谓为"三横"[6]，而处尤剧[7]。或说处[8]杀虎斩蛟，实冀三横唯余其一[9]。处即刺杀虎，又入水击蛟。蛟或浮或没[10]，行数十里。处与之俱[11]，经三日三夜，乡里皆谓已死，更相庆[12]。竟[13]杀蛟而出。闻里人相庆，始知为人情[14]所患，有自改意。乃入吴寻二陆[15]，平原[16]不在，正见清河[17]，具以情告[18]，并云："欲自修改，而年已蹉跎^[19]，终无所成。"清河曰："古人贵朝闻夕死^[20]，况君前途尚可^[21]。且人患志之不立，亦何忧令名不彰邪^[22]？"处遂改励^[23]，终为忠臣^[24]孝子。①

注释

[1] 凶强：凶暴强悍。侠气：原意是侠客气概，这里有不顾一切，爱用武力同人争斗的意思。[2] 为乡里所患：被地方上的人认为是祸害。为：被。患：忧虑，这里指认为是祸害。[3] 蛟：传说是一种能发洪水的动物。[4] 白额虎：老虎。相传最凶的老虎额上生着白毛，所以称为"白额虎"。一作"邅迹虎"。[5] 暴犯：侵害。[6] 三横：三害。横：横暴的家伙，祸害。[7] 而处尤剧：（比起蛟和虎来）周处更厉害。剧：厉害。[8] 或说处：有人劝说周处。或：有的人。[9] 冀：希望。唯：只。[10] 或浮或没：有时浮起来，有时沉下去。[11] 俱：一起。[12] 更相庆：互相庆贺。更相：互相。[13] 竟：竟然。[14] 人情：众人的感情。[15] 二陆：陆机、陆云兄弟，吴郡人，都是著名的文学家。[16] 平原：指陆机。他曾经做过平原内史（官名），人们称他为陆平原。[17] 正：只。清河：指陆云。他曾经做过清河内史，人们称他为陆清河。[18] 具以情告：把（自己的）实情完完整整告诉了（陆云）。具：完全。[19] 年已蹉跎：时光已经错过了。蹉跎：原意是失足跌倒，借指虚度光阴，把时间白白耽误了。[20] 朝闻夕死：《论语·里仁》："朝闻道，夕死可矣。"意思是说早晨知道了真理，当晚死去都值得。[21] 尚可：还很有希望。尚：还。[22] 令名：美名。彰：显著。邪：通"耶"，句末语气词。[23] 改励：改过自新，努力上进。[24] 终为忠臣：后来周处在晋朝任御史中丞，朝廷派他到边境作战，英勇战死。

思考题

如何理解"人患志之不立"这句话？这句话对周处的人生有何影响，对你的人生又有何启发？

（姚海斌）

---

① 刘义庆. 世说新语 [M]. 刘孝标，注；徐传武，校点. 上海：上海古籍出版社，2013：448.

西游记（节选）

吴承恩

导读

　　《西游记》将唐代高僧玄奘到古代印度学习佛法的故事，敷演成一部神魔小说。玄奘主要生活在唐太宗李世民统治的时代，当时的佛经多由西域各国的语言辗转翻译成汉语，同一部经往往解说不同。玄奘想到佛教的发祥地学习梵文"真经"，以解除疑惑。他于贞观三年（629）前往天竺（古代印度）求法，前后历经17年，带回梵文佛经657部。归国后，他用了约20年的时间翻译佛经，为佛教文化的发展、东西文化交流做出了巨大的贡献。

　　玄奘西行的故事首先由他的弟子写成了《大慈恩寺三藏法师传》，到宋代取经故事开始神魔化，说话艺术中有取经故事，属于说话类型中的说经。保存到今天的《取经诗话》话本，可能刊印于宋元之间，里面有孙悟空的原型"猴行者"，到元代，取经队伍中的唐僧、孙悟空、猪八戒、沙和尚和白龙马就都完备了。学术界一般认为，在《西游记》成书之前，有一部大型的《西游记平话》，可惜没有传本，这部平话可能对《西游记》小说影响较大。关于作者，现在出版的《西游记》基本上都写吴承恩，但在明代，《西游记》是没有作者署名的，到了清代，有的版本署名丘处机，有人提出是淮安人吴承恩。到了现代，胡适、鲁迅等学者认为作者是吴承恩，这个观点被普遍接受了。不过，人们对吴承恩是否为小说作者仍然有不同看法。《西游记》虽然是出于作者"游戏"的目的，但小说中也蕴含着很多人生的哲理，有很强的思想性，同时，它的人生态度也是积极的，充满着正义感和反抗精神。小说中尤其值得今人继承的是它的"取经"精神，唐僧师徒求取真经的初衷，是能够普度众生，保大唐江山永固。为此，他们不畏艰险，不怕困难，更不惧生死，遭遇各种各样的妖魔鬼怪，历经九九八十一难；同时，他们更要克服漫长旅途的枯燥，常常要忍受饥渴，还要战胜内心的欲望，拒绝金钱、美女和权力的诱惑。最终，唐僧师徒到达西天，得到了真经，实现了最初的目标，而他们自身也修成了正果，唐僧被佛祖封为旃檀功德佛，孙悟空为斗战胜佛，沙和尚是金身罗汉，猪八戒是净坛使者。

第五十四回　法性西来逢女国　心猿定计脱烟花

且说那驿丞[1]整了衣冠，径入城中五凤楼前，对黄门官道："我是迎阳馆驿丞，有事见驾。"黄门[2]即时启奏，降旨传宣至殿，问曰："驿丞有何事来奏？"驿丞道："微臣在驿，接得东土大唐王御弟唐三藏。有三个徒弟，名唤孙悟空、猪悟能、沙悟净，连马五口，欲上西天拜佛取经。特来启奏主公[3]，可许他倒换关文放行？"

女王闻奏，满心欢喜，对众文武道："寡人夜来梦见金屏生彩艳，玉镜展光明，乃是今日之喜兆也。"众女官拥拜丹墀[4]道："主公，怎见得是今日之喜兆？"女王道："东土男人，乃唐朝御弟。我国中自混沌[5]开辟之时，累代帝王，更不曾见个男人至此；幸今唐王御弟下降，想是天赐来的。寡人以一国之富，愿招御弟为王，我愿为后，与他阴阳配合，生子生孙，永传帝业，却不是今日之喜兆也？"众女官拜舞称扬[6]，无不欢悦。

驿丞又奏道："主公之论，乃万代传家之好；但只是御弟三徒凶恶，不成相貌。"女王道："卿见御弟怎生模样？他徒弟怎生凶丑？"驿丞道："御弟相貌堂堂，丰姿英俊，诚是天朝上国之男儿，南赡[7]中华之人物。那三徒却是形容狞恶，相貌如精。"女王道："既如此，把他徒弟与他领给，倒换关文，打发他往西天，只留下御弟，有何不可？"

众官拜奏道："主公之言极当，臣等钦此钦遵。但只是匹配之事，无媒不可，自古道：'姻缘配合凭红叶，月老夫妻系赤绳。'"女王道："依卿所奏，就着当驾太师作媒，迎阳驿丞主婚，先去驿中与御弟求亲。待他许可，寡人却摆驾出城迎接。"那太师、驿丞，领旨出朝。

却说三藏师徒们在驿厅上正享斋饭[8]，只见外面人报："当驾太师与我们本官老姆来了。"三藏道："太师来却是何意？"八戒道："怕是女王请我们也。"行者道："不是相请，就是说亲。"三藏道："悟空，假如不放，强逼成亲，却怎么是好？"行者道："师父只管允他，老孙自有处治。"

说不了，二女官早至，对长老下拜[9]。长老一一还礼道："贫僧出家人，有何德能，敢劳大人下拜？"那太师见长老相貌轩昂，心中暗喜道："我国中实有造化！这个男子，却也做得我王之夫。"二官拜毕，起来侍立左右道："御弟爷爷，万千之喜了！"三藏道："我出家人，喜从何来？"

太师躬身道："此处乃西梁女国，国中自来没个男子。今幸御弟爷爷降临，臣奉我王旨意，特来求亲。"三藏道："善哉！善哉！我贫僧只身来到贵地，又无儿女相随，止有顽徒三个，不知大人求的是那个亲事？"驿丞道：

"下官才进朝启奏，我王十分欢喜，道夜来得一吉梦，梦见金屏生彩艳，玉镜展光明，知御弟乃中华上国男儿，我王愿以一国之富，招赘御弟爷爷为夫，坐南面称孤，我王愿为帝后。传旨着太师作媒，下官主婚，故此特来求这亲事也。"

三藏闻言，低头不语。太师道："大丈夫遇时，不可错过，似此招赘之事，天下虽有；托国之富，世上实稀。请御弟速允，庶好回奏。"长老越加痴哑。八戒在旁掬着碓挺嘴叫道："太师，你去上复国王：我师父乃久修得道的罗汉[10]，决不爱你托国之富，也不爱你倾国之容，快些儿倒换关文，打发他往西去，留我在此招赘，如何？"

太师闻说，胆战心惊，不敢回话。驿丞道："你虽是个男身，但只形容丑陋，不中我王之意。"八戒笑道："你甚不通变，常言道，粗柳簸箕细柳斗，世上谁见男儿丑？"行者道："呆子，勿得胡谈，任师父尊意，可行则行，可止则止，莫要担阁了媒妁[11]工夫。"三藏道："悟空，凭你怎么说好？"行者道："依老孙说，你在这里也好，自古道'千里姻缘似线牵'哩，那里再有这般相应处？"

三藏道："徒弟，我们在这里贪图富贵，谁却去西天取经？那不望坏了我大唐之帝主也？"太师道："御弟在上，微臣不敢隐言。我王旨意，原只教求御弟为亲，教你三位徒弟赴了会亲筵宴[12]，发付领给，倒换关文，往西天取经去哩。"行者道："太师说得有理，我等不必作难，情愿留下师父，与你主为夫。快换关文，打发我们西去，待取经回来，好到此拜爷娘，讨盘缠[13]，回大唐也。"

那太师与驿丞对行者作礼道："多谢老师玉成之恩[14]！"八戒道："太师，切莫要'口里摆菜碟儿'，既然我们许诺，且教你主先安排一席，与我们吃钟肯酒，如何？"太师道："有，有，有，就教摆设筵宴来也。"那驿丞与太师欢天喜地，回奏女主不题[15]。

却说唐长老一把扯住行者，骂道："你这猴头，弄杀我也！怎么说出这般话来，教我在此招婚，你们西天拜佛？我就死也不敢如此！"行者道："师父放心，老孙岂不知你性情？但只是到此地，遇此人，不得不将计就计！"三藏道："怎么叫做将计就计？"行者道："你若使住法儿不允他，他便不肯倒换关文，不放我们走路。倘或意恶心毒，喝令多人割了你肉，做甚么香袋啊，我等岂有善报？一定要使出降魔荡怪的神通。你知我们的手脚又重，器械又凶，但动动手儿，这一国的人，尽打杀了。他虽然阻当我等，却不是怪物妖精，还是一国人身；你又平素是个好善慈悲的人，在路上一灵不损，若打杀无限的平人，你心何忍？诚为不善了也。"

三藏听说，道："悟空，此论最善。但恐女主招我进去，要行夫妇之礼，我怎肯丧元阳，败坏了佛家德行；走真精，坠落了本教人身？"行者道："今日允了亲事，他一定以皇帝礼，摆驾出城接你；你更不要推辞，就坐他凤辇龙车，登宝殿，面南坐下，问女王取出御宝[16]印信来，宣我们兄弟进朝，把通关文牒用了印，再请女王写个手字花押，金押[17]了交付与我们。一壁厢[18]教摆筵宴，就当与女王会喜，就与我们送行。待筵宴已毕，再叫排驾，只说送我们三人出城，回来与女王配合。哄得他君臣欢悦，更无阻挡之心，亦不起毒恶之念，却待送出城外，你下了龙车凤辇，教沙僧伺候左右，伏侍你骑上白马，老孙却使个定身法儿，教他君臣人等皆不能动，我们顺大路只管西行。行得一昼夜，我却念个咒，解了术法，还教他君臣们苏醒回城。一则不伤了他的性命，二来不损了你的元神。这叫做——'假亲脱网'之计，岂非一举两全之美也？"

三藏闻言，如醉方醒，似梦初觉，乐以忘忧，称谢不尽，道："深感贤徒高见。"四众同心合意，正自商量不题。

却说那太师与驿丞，不等宣诏，直入朝门白玉阶前，奏道："主公佳梦最准，鱼水之欢就矣。"女王闻奏，卷珠帘，下龙床，启樱唇，露银齿，笑吟吟娇声问曰："贤卿见御弟，怎么说来？"太师道："臣等到驿，拜见御弟毕，即备言求亲之事。御弟还有推托之辞，幸亏他大徒弟慨然见允，愿留他师父与我王为夫，面南称帝，只教先倒换关文，打发他三人西去；取得经回，好到此拜认爷娘，讨盘费回大唐也。"女王笑道："御弟再有何说。"太师奏道："御弟不言，愿配我主，只是他那二徒弟，先要吃席肯酒。"

女王闻言，即传旨，教光禄寺排宴；一壁厢排大驾，出城迎接夫君。众女官即钦遵王命，打扫宫殿，铺设庭台。一班儿摆宴的，火速安排；一班儿摆驾的，流星整备。你看那西梁国虽是妇女之邦，那銮舆[19]不亚中华之盛，但见：

六龙喷彩，双凤生祥。六龙喷彩扶车出，双凤生祥驾辇来。馥郁[20]异香蔼，氤氲瑞气开[21]。金鱼玉佩多官拥，宝髻云鬟众女排。鸳鸯掌扇遮銮驾，翡翠珠帘影凤钗。笙歌音美，弦管声谐。一片欢情冲碧汉，无边喜气出灵台。三檐罗盖摇天宇，五色旌旗映御阶。此地自来无合卺[22]，女王今日配男才。

不多时，大驾出城，早到迎阳馆驿。忽有人报三藏师徒道："驾到了。"

三藏闻言，即与三徒，整衣出厅迎驾。女王卷帘下辇道："那一位是唐朝御弟？"太师指道："那驿门外香案前穿襕衣[23]者便是。"女王闪凤目，簇蛾眉，仔细观看，果然一表非凡，你看他：

丰姿英伟，相貌轩昂。齿白如银砌，唇红口四方。顶平额阔天仓满，目秀眉清地阁长。两耳有轮真杰士，一身不俗是才郎。好个妙龄聪俊风流子，堪配西梁窈窕娘。

女王看到那心欢意美之外，不觉淫情汲汲[24]，爱欲恣恣[25]，展放樱桃小口，呼道："大唐御弟，还不来占凤乘鸾也？"三藏闻言，耳红面赤，羞答答不敢抬头。猪八戒在旁，掬[26]着嘴，饧眼[27]观看那女王，却也袅娜，真个：

眉如翠羽，肌似羊脂。脸衬桃花瓣，鬟堆金凤丝。秋波湛湛妖娆态，春笋纤纤妖媚姿。斜嚲[28]红绡飘彩艳，高簪珠翠显光辉。说甚么昭君美貌，果然是赛过西施。柳腰微展鸣金佩，莲步轻移动玉肢。月里嫦娥难到此，九天仙子怎如斯？宫妆巧样非凡类，诚然王母降瑶池。

那呆子看到好处，忍不住口嘴流涎，心头撞鹿，一时间骨软筋麻，好便似雪狮子向火，不觉的都化去也。只见那女王走近前来，一把扯住三藏，俏语娇声，叫道："御弟哥哥，请上龙车，和我同上金銮宝殿，匹配夫妇去来。"这长老战兢兢立站不住，似醉如痴。行者在侧，教道："师父不必太谦，请共师娘上辇，快快倒换关文，等我们取经去罢。"

长老不敢回言，把行者抹了两抹，止不住落下泪来。行者道："师父切莫烦恼，这般富贵，不受用，还待怎么哩？"三藏没及奈何[29]，只得依从，揩[30]了眼泪，强整欢容，移步近前，与女主：

同携素手，共坐龙车。那女主喜孜孜[31]欲配夫妻，这长老忧惶惶只思拜佛。一个要洞房花烛交鸳侣，一个要西宇灵山见世尊。女帝真情，圣僧假意。女帝真情，指望和谐同到老；圣僧假意，牢藏情意养元神。一个喜见男身，恨不得白昼并头谐伉俪；一个怕逢女色，只思量即时脱网上雷音。二人和会同登辇，岂料唐僧各有心！

那些文武官，见主公与长老同登凤辇，并肩而坐，一个个眉花眼笑，拨转仪从，复入城中。孙大圣才教沙僧挑着行李，牵着白马，随大驾后边同行。猪八戒往前乱跑，先到五凤楼前，嚷道："好自在！好现成呀！这个弄不成！这个弄不成！吃了喜酒进亲才是！"唬得些执仪从引导的女官，一个个回至驾边道："主公，那一个长嘴大耳的，在五凤楼前嚷道要喜酒吃哩。"

女主闻奏，与长老倚香肩，偎并桃腮，开檀口，俏声叫道："御弟哥哥，长嘴大耳的是你那个高徒？"三藏道："是我第二个徒弟，他生得食肠宽大，一生要图口肥；须是先安排些酒食与他吃了，方可行事。"女主急问："光禄寺安排筵宴，完否？"女官奏道："已完，设了荤素两样，在东阁上哩。"女王又问："怎么两样？"女官奏道："臣恐唐朝御弟与高徒等平素吃斋，故有荤素两样。"女王却又笑吟吟，偎着长老的香腮道："御弟哥哥，你吃荤吃素？"三藏道："贫僧吃素，但是未曾戒酒，须得几杯素酒，与我二徒弟吃些。"

说未了，太师启奏："请赴东阁会宴，今宵吉日良辰，就可与御弟爷爷成亲。明日天开黄道，请御弟爷爷登宝殿，面南，改年号即位。"女王大喜，即与长老携手相搀，下了龙车，共入端门里，但见那：

风飘仙乐下楼台，阊阖[32]中间翠辇来。

凤阙大开光蔼蔼，皇宫不闭锦排排。

麒麟殿内炉烟袅，孔雀屏边房影回。

亭阁峥嵘如上国，玉堂金马更奇哉！

既至东阁之下，又闻得一派笙歌声韵美，又见两行红粉貌娇娆。正中堂排设两般盛宴：左边上首是素筵，右边上首是荤筵，下两路尽是单席。那女王敛袍袖，十指尖尖，奉着玉杯，便来安席。行者近前道："我师徒都是吃素。先请师父坐了左手素席，转下三席，分左右，我兄弟们好坐。"太师喜道："正是，正是。'师徒即父子'也，不可并肩。"众女官连忙调了席面。女王一一传杯，安了他弟兄三位。行者又与唐僧丢个眼色，教师父回礼。三藏下来，却也擎玉杯，与女王安席。那些文武官，朝上拜谢了皇恩，各依品从，分坐两边，才住了音乐请酒。

那八戒那管好歹，放开肚子，只情吃起。也不管甚么玉屑米饭、蒸饼、糖糕、蘑菇、香蕈、笋芽、木耳、黄花菜、石花菜、紫菜、蔓菁、芋头、萝菔、山药、黄精，一骨辣[33]噇了个罄尽，喝了五七杯酒。口里嚷道："看添换来！拿大觥[34]来！再吃几觥，各人干事去。"沙僧问道："好筵席不吃，还要干甚事？"呆子笑道："古人云：'造弓的造弓，造箭的造箭。'我们如今招的招，嫁的嫁，取经的还去取经，走路的还去走路，莫只管贪杯误事，快早儿打发关文，正是'将军不下马，各自奔前程'。"

女王闻说，即命取大杯来。近侍官连忙取几个鹦鹉杯、鸬鹚杓[35]、金叵罗[36]、银凿落、玻璃盏、水晶盆、蓬莱碗、琥珀钟，满斟玉液，连注琼浆，果然都各饮一巡。三藏欠身而起，对女王合掌道："陛下，多蒙盛设，酒已够了。请登宝殿，倒换关文，赶天早，送他三人出城罢。"女王依言，携着长老，散了筵宴，上金銮宝殿，即让长老即位。三藏道："不可！不可！适太师言过，明日天开黄道，贫僧才敢即位称孤。今日即印关文，打发他去也。"女王依言，仍坐了龙床，即取金交椅一张，放在龙床左手，请唐僧坐了，叫徒弟们拿上通关文牒来。

大圣便教沙僧解开包袱，取出关文。大圣将关文双手捧上。那女王细看一番，上有大唐皇帝宝印九颗，下有宝象国印、乌鸡国印、车迟国印。女王看罢，娇滴滴笑语道："御弟哥哥又姓陈？"三藏道："俗家姓陈，法名玄奘。因我唐王圣恩认为御弟，赐姓我为唐也。"女王道："关文上如何没有高徒之名？"三藏道："三个顽徒，不是我唐朝人物。"女王道："既不是你唐朝人物，为何肯随你来？"三藏道："大的个徒弟，祖贯东胜神洲傲来国人氏；第二个乃西牛贺洲乌斯庄人氏；第三个乃流沙河人氏。他三人都因罪犯天条，南海观世音菩萨解脱他苦，秉善皈依，将功折罪，情愿保护我上西天取经。皆是途中收得，故此未注法名在牒。"女王道："我与你添注法名，好么？"三藏道："但凭陛下尊意。"

女王即令取笔砚来，浓磨香翰，饱润香毫，牒文之后，写上孙悟空、猪悟能、沙悟净三人名讳，却才取出御印，端端正正印了；又画个手字花押，传将下去。孙大圣接了，教沙僧包裹停当。那女王又赐出碎金碎银一盘，下龙床，递与行者道："你三人将此权为路费，早上西天；待汝等取经回来，寡人还有重谢。"行者道："我们出家人，不受金银，途中自有乞化之处。"女王见他不受，又取出绫锦十匹，对行者道："汝等行色匆匆，裁制不及，将此路上做件衣服遮寒。"行者道："出家人穿不得绫锦，自有护体布衣。"女王见他不受，教："取御米三升，在路权为一饭。"

八戒听说个"饭"字，便就接了，捎在包袱之间。行者道："兄弟，行李见今沉重，且倒有气力挑米？"八戒笑道："你那里知道，米好的是个日消货，只消一顿饭，就了帐也。"遂此合掌谢恩。三藏道："敢烦陛下相同贫僧送他三人出城，待我嘱付他们几句，教他好生西去，我却回来，与陛下永受荣华，无挂无牵，方可会鸾交凤友也。"女王不知是计，便传旨摆驾，与三藏并倚香肩，同登凤辇，出西城而去。满城中都盏添净水，炉降真香，一则看女王銮驾，二来看御弟男身。没老没小，尽是粉容娇面、绿鬓云鬟之辈。

不多时，大驾出城，到西关之外，行者、八戒、沙僧同心合意，结束整齐，径迎着銮舆，厉声高叫道："那女王不必远送，我等就此拜别。"长老慢下龙车，对女王拱手道："陛下请回，让贫僧取经去也。"女王闻言，大惊失色，扯住唐僧道："御弟哥哥，我愿将一国之富，招你为夫，明日高登宝位，即位称君，我愿为君之后，喜筵通皆吃了，如何却又变卦？"

八戒听说，发起个风来，把嘴乱扭，耳朵乱摇，闯至驾前，嚷道："我们和尚家和你这粉骷髅做甚夫妻！放我师父走路！"那女王见他那等撒泼弄丑，唬得魂飞魄散，跌入辇驾之中。沙僧却把三藏抢出人丛，伏侍上马。只见那路旁闪出一个女子，喝道："唐御弟，哪里走！我和你耍风月儿去来！"沙僧骂道："贼辈无知！"掣[37]宝杖劈头就打。那女子弄阵旋风，呜的一声，把唐僧摄将去了，无影无踪，不知下落何处。咦！正是：

脱得烟花网，又遇风月魔。

毕竟不知那女子是人是怪，老师父的性命得死得生，且听下回分解。①

注释

[1] 驿丞：掌管驿站的官。[2] 黄门：官名，全称黄门侍郎。[3] 主公：臣下对君主的称呼。[4] 丹墀（chí）：宫殿前的红色台阶及台阶上的空地。[5] 混沌：我国传说中指世界开辟前模糊一团的状态。[6] 拜舞：跪拜与舞蹈，古代朝拜的礼节。称扬：称许赞扬。[7] 南赡：即南赡部洲，为佛教传说中四大部洲（包括东胜神洲、西牛贺洲和北俱芦洲）之一。[8] 斋饭：施给僧尼吃的饭食，一般是没有肉的。[9] 下拜：指跪下而拜。[10] 罗汉：佛教称断绝了一切嗜欲、解脱了烦恼的僧人。[11] 媒妁：即媒人，媒指男方的媒人，妁指女方的媒人。[12] 筵宴：宴会，酒席。[13] 盘缠：古代指路费。[14] 玉成之恩：指成全某件事情的恩德。[15] 不题：章回体小说用语，犹言按下不表。不提起的意思。[16] 御宝：天子的印玺。[17] 佥（qiān）押：在文书上签名画押表示负责。[18] 一壁厢：一边，一旁。[19] 銮舆：亦作銮驾，天子车驾。[20] 馥郁：形容香气浓烈。[21] 氤（yīn）氲（yūn）：指湿热飘荡的云气或烟云弥漫的样子，也有"充满"的意思，形容烟或云气浓郁。瑞气：吉祥之气。[22] 合卺（jǐn）：即交杯酒，旧时成婚时的一种仪式。[23] 襕（lán）衣：和尚所穿的长袍。[24] 汲汲：形容心情急切的样子，急于得到。[25] 恣（zì）恣：放纵，没有拘束。[26] 掬：两手捧（东西）。[27] 饧（xíng）眼：目光凝滞、蒙眬，

① 吴承恩. 西游记［M］. 黄肃秋，注释；李洪甫，校订. 北京：人民文学出版社，2012：664－674.

半睁半闭的样子。[28] 軃（duǒ）：同"軃"，下垂。[29] 奈何：动词，用反问的方式表示没有办法。[30] 揩（kāi）：擦，抹。[31] 孜孜：勤勉，不懈怠。[32] 阊（chāng）阖（hé）：泛指宫门或京都城门。[33] 一骨辣：同"一股那"。[34] 觥（gōng）：古代用兽角做的酒器。[35] 杓（sháo）：同"勺"。[36] 叵（pǒ）罗：古代饮酒用的一种敞口的浅杯。[37] 擎（chè）：举起。

思考题

（1）本回中，孙悟空替师父答应了女王的求亲，唐僧责骂道："你这猴头，弄杀我也！怎么说出这般话来，教我在此招婚，你们西天拜佛？我就死也不敢如此！"对唐僧的这番话你如何评价？

（2）按《西游记》小说的思想和逻辑，你认为怎样做才能修成正果？

（高日晖）

勉
学
篇

一、诗

诗经·菁菁者莪[1]

导读

《菁菁者莪》是《诗经·小雅》中的一首诗，创作主旨历来有争议。唐代孔颖达认为"作《菁菁者莪》诗者，乐育材也。言君子之为人君，能教学而长育其国人，使有材而成秀进之士，至于官爵之。君能如此，则为天下喜乐矣，故作诗以美之。经四章，言长养、成就、赐之官爵，皆是育材之事也"。

全诗共四章，运用比兴手法反复咏叹对于君子培育人才的欢悦之情，如以景物起兴，以萝蒿生长的茂盛来衬托人才的繁盛状况。此外全诗从第一人称视角来观照育材事物，如"我"才是培育人才的人，人才"有仪"，正是教育成功的表现，"我"自然感到快乐。全诗句式整齐，笔法清新优美，读来赏心悦目。

这首诗字面上并没有直接表示育才的文字，但对培养人才的成功给予极大的赞扬，也处处紧扣育才问题，对后世影响深广，如后世以"菁莪"二字作乐育贤才之喻。育才之事不仅关乎个人成长，还是治国之本。无论是在先秦时期，还是在当代社会，育才都有深刻的意义。

菁菁者莪，在彼中阿[2]。既见君子[3]，乐且有仪[4]。
菁菁者莪，在彼中沚[5]。既见君子，我心则喜[6]。
菁菁者莪，在彼中陵[7]。既见君子，锡[8]我百朋。
汎汎杨舟[9]，载[10]沉载浮。既见君子，我心则休[11]。①

① 程俊英. 诗经译注［M］. 上海：上海古籍出版社，2016：313－314.

注释

[1] 菁菁：盛貌。莪：萝蒿。[2] 中阿：即阿中。大陵曰阿。[3] 君子：即掌管教育的官吏。[4] 仪：仪表。[5] 沚：水中小沙洲。[6] 喜：乐。[7] 陵：土山。[8] 锡：同"赐"。[9] 杨舟：用杨木做的舟。[10] 载：又。[11] 休：《广雅》称为"喜也"。

思考题

《诗经·菁菁者莪》既称赞了君子培育人才，也描述了青年学子见到君子的欢乐之情。颜之推《颜氏家训》中有《勉学》篇，对后世影响深远。请你从育才角度结合《勉学》谈谈这首诗的意义。

（孙惠欣）

励 志

张 华

导读

张华（232—300），字茂先，范阳方城（今河北固安）人，西晋文学家。少时孤贫，好学不倦。初未知名，著《鹪鹩赋》以自寄，阮籍见之，赞曰："王佐之才也！"由此声名显著。魏末任佐著作郎、中书郎等职。入晋，为黄门侍郎。与武帝、羊祜共谋伐吴，吴灭，进封广武县侯。惠帝时，历任太子少傅、右光禄大夫等，进封壮武郡公，官至司空，后为赵王司马伦所害。张华为晋初文坛领袖，博闻强识、工诗善文、辞藻温丽，喜奖掖文士。钟嵘《诗品》评他："巧用文字，务为妍冶"。《隋书·经籍志》著录有集十卷，已佚，明人辑有《张司空集》。

《励志》（也有写作《励志诗》的，本书采录中华书局 2019 年版《文选》）是张华比较著名的一首诗歌，内容都是劝励之语。李善注曰："《广雅》曰：'励，劝也。'此诗茂先自劝勤学。"张华好学不倦，他作本诗最主要的目的是鼓励自己勤学、乐学，学古来圣贤之人及其修德养性的大道精神。当然，本诗同时也是张华鼓励后世学人勤勉奋进、读书修德、学无止息的谆谆之语。

诗歌列举了大量的贤才之人，如"孔子""养由基""隰朋"等，为自己及他人树立榜样。诗人借《诗经》《论语》《淮南子》等典故，向世人阐述修德学习的重要性和合理性。比起先天资质，诗人似乎更强调后天的勤勉与努力，"虽有淑姿"亦不可"放心纵逸"，学习是要温故知新、积少成多、持之以恒的终身之事。

《励志》一诗立意高远、宏大，从天地、四时运转规律说起，接续古来圣贤的丰功伟绩。通篇都在劝励人们向圣贤学习，立志高远、虚心修道、潜心养德。诗歌用典颇丰、譬喻精当，巧用对比等各种艺术手法，摆脱枯燥的说教，切实可感、形象生动地让人明白学习的重要性。木材不加以精雕细琢便不会成就精美的器物；躬耕南亩只有勤奋，秋来才能有好的收成，这些日常的、真实可感的事例，让人易于接受、理解、实践。诗人鼓励后天的踏实努力，只要"研精耽道"，必会达到幽深之境。日常的积累正如聚土成山、积水成川，只要勤于积累、日日奋进、有始有终便会有所收获。同时张华特别注意榜样的力量，向山海万物、圣贤仁人学习的精神值得世代传承。

大仪斡运，天回地游[1]。四气鳞次[2]，寒暑环周[3]。星光[4]既夕，忽焉素秋[5]。凉风振落[6]，熠耀宵流[7]。吉士思秋[8]，寔感物化[9]。日与月与[10]，荏苒代谢[11]。逝者如斯，曾无日夜[12]。嗟尔庶士[13]，胡宁自舍[14]。仁道不遐，德輶如羽[15]。求焉斯至，众鲜克举[16]。大猷玄漠[17]，将抽厥绪[18]。先民有作[19]，贻我高矩[20]。虽有淑姿，放心纵逸。田般于游，居多暇日[21]。如彼梓材，弗勤丹漆[22]。虽劳朴斫[23]，终负素质。养由矫矢[24]，兽号于林[25]。蒲卢萦缴[26]，神感飞禽。末伎[27]之妙，动物应心[28]。研精[29]耽道，安有幽深[30]。安心恬荡[31]，栖志浮云[32]。体之以质[33]，彪[34]之以文。如彼南亩，力未[35]既勤。薄蓑致功，必有丰殷[36]。水积成渊，载澜[37]载清。土积成山，歊蒸郁冥[38]。山不让尘，川不辞盈。勉尔含弘，以隆德声[39]。高以下基，洪由纤起[40]。川广自源，成人在始[41]。累微以著，乃物之理[42]。纆牵之长，实累千里[43]。复礼终朝，天下归仁[44]。若金受砺，若泥在钧[45]。进德修业，晖光日新[46]。隰朋仰慕，予亦何人[47]。①

---

①　张启成，等. 文选［M］. 北京：中华书局，2019：1248－1251.

注释

[1] 大仪斡（wò）运，天回地游：言大道回运，天地则转动。大仪：大道。斡：旋转。[2] 四气：四时，四季。鳞次：如鳞之比，以次而列。[3] 寒暑：四季。环周：循环以往，周而复始。[4] 星光：流火。《诗经·豳风·七月》"七月流火"。[5] 素秋：古人以秋属西方，西方色白，故曰素秋。[6] 振：落。落：落叶。[7] 熠耀：萤火虫发出的时隐时现的光亮。宵流：黑夜中飞舞。[8] 吉士：古代对男子的美称。思秋：悲秋。[9] 寔（shí）感物化：感物之迁化。[10] 日与月与：日月。与：虚词。[11] 荏苒：渐进。代谢：来者为代，去者为谢，此指更迭。[12] 逝者如斯，曾无日夜：《论语·子罕》："子在川上曰：'逝者如斯夫，不舍昼夜。'"指日月如流水，时不我待。[13] 庶士：众士。[14] 胡：何。宁：肯。自舍：自弃。[15] 仁道不遐，德輶（yóu）如羽：仁德之道，其求不远；其轻如羽，求之则至。仁道：仁德之道。遐：远。輶：轻。[16] 求焉斯至，众鲜克举：指仁德之道虽求之不难，但众人少有能求至者。[17] 大猷（yóu）：最高的道德准则。玄漠：幽远而寂寞。[18] 抽：理。厥（jué）绪：头绪。[19] 先民：前人，指古代圣贤。有作：已有所作为，有榜样可依循。[20] 贻：遗，留。高矩：高大之规矩、榜样。[21] 虽有淑姿，放心纵逸。田般于游，居多暇日：虽然有美好的资质，但放纵心意肆意玩乐。出去游玩，过着悠闲自在的日子。淑姿：美好的姿容，这里指美好的资质。[22] 如彼梓材，弗勤丹漆：谓匠人治材以为器，当勤于理削，而不应勤于丹漆。梓材：匠人治材。[23] 朴斫：匠人用刀斧削理木材。[24] 养由：养由基。春秋楚人，善射，百步之外射柳叶，无不中。矫矢：矫正弓箭。[25] 兽号于林：楚有白猿，楚共王自射之，猿则搏矢而顾，使养由基射之，始调弓矫矢，未发而猿抱树号矣。见《淮南子·说山训》。[26] 蒲（pú）卢：指蒲且子，蒲且射双凫，一中而一不中，不中者亦随之下，见《淮南子·览冥训》，言皆至妙之感。缴（zhuó）：矫射。[27] 末伎：微末小技，指缴射。[28] 动物应心：动于物而感于心。物：指兽与禽。[29] 研精：穷研使精。[30] 安有幽深：岂有幽深而不可达哉。[31] 恬荡：恬淡闲散。[32] 栖志浮云：栖志于浮云之上，心地高洁超脱。[33] 体：体现。质：质素。[34] 彪：指文饰。[35] 耒：指耕作。[36] 薅（biāo）蓘（gǔn）致功，必有丰殷：以农为喻，农夫勤耘草，苗则殷丰，学者勤于道德，亦致光大。薅：耘田除草。蓘：为植物培土。[37] 澜：波涛。[38] 歊（xiāo）：气上升貌。郁冥：深远。[39] 山不让尘，川不辞盈。勉尔含弘，以

隆德声：山川不辞让尘土，故能高深；人亦应该含弘光大，以崇德声。[40] 高以下基，洪由纤起：高必以在下者为基，洪当由纤细者为始。[41] 川广自源，成人在始：川之广大，在于泉源；人之成德，在于初始。[42] 累微以著，乃物之理：积微小以至于著，乃万物常理。累微：积累细微。[43] 缧（mò）牵之长，实累千里：千里马系绳索则为累矣。人虽然有容貌而不修德，如千里马之累缧牵。[44] 复礼终朝，天下归仁：《论语·颜渊》："子曰：克己复礼为仁。一日克己复礼，天下归仁焉。"[45] 若金受砺，若泥在钧：若金属受磨砺而成其利，泥从钧以成器，人亦因学以就其德。钧：作瓦之轮。[46] 进德修业，晖光日新：进德修业为日新之道。[47] 黯（xí）朋仰慕，予亦何人：黯朋犹慕德，我是何人而不慕乎？黯朋：春秋时齐国大夫。

思考题

你是如何看待"进德修业，晖光日新"这一观点的？它与"苟日新，日日新，又日新"有何区别与联系？

（姚海斌）

命 子

陶渊明

导 读

《命子》是陶渊明写给儿子陶俨的教导之语，此外还有《责子》《与子俨等疏》也是教育孩子的诗文，三篇内容及篇幅上存在差异。《命子》全诗共十章，采用四言联章的形式。前六章详细讲述了陶氏先祖的功德，目的是激励孩子继承发扬祖辈的优秀品质和家风；后四章表达诗人对孩子的殷切希望和谆谆劝勉，希望孩子能在未来有所作为。《命子》开篇叙述唐尧、虞舜、夏、商、周时，陶氏先祖们的丰伟功绩，先祖们累世盛德，一脉相承，治世文成武就，乱世避世不仕，功勋与德行都值得后代追慕。诗人两鬓发白时，儿子陶俨出生，因此诗人对儿子寄予了无限希望，杜甫诗中说道："陶潜避俗翁，未必能达道。"正是说陶潜品性高洁，不俗之人也难脱对儿子有所作为的积极期盼，《命子》中陶潜道："人亦有言，斯情无假。"爱子之心、希望孩子有所作为的情感都是真切的、相通的、不可避免的。因此陶潜勉励儿子向陶氏先祖们学习，一学为人，二学为学。陶渊明给儿子取名为"俨"，字"求思"，这些细节饱含着一位父亲对儿子品性、能力的殷切期盼，他希望儿子为人温和恭敬，向孔伋（字子思）学习，向自己的先祖们学习。随着时间推移，儿子渐已长大，他教诲儿子要"夙兴夜寐，愿尔斯才"，假若"尔之不才"，陶潜也采取了"亦已焉哉"的宽容态度。

《命子》用充满感情的语言和大量的历史人物，表述了诗人要儿子向先祖学习、向圣贤学习的殷切希望。诗人将一个个标杆人物摆在儿子面前，目的就是要儿子学习这些人物身上的品性和能力，亲近之人的榜样力量更能催人奋进。当然除了榜样人物的塑造，诗人还提出了具体的建议：达观豁然的心态、"夙兴夜寐"的勤勉。陶潜虽是在"命子"，但丝毫未让人感到咄咄相逼、急功近利之态，通篇语言柔和平缓，摆事实多于空讲道理。这样的教育方式更易于孩子接受，激发孩子勤勉、向好的内驱力。陶潜教子的可贵之处还在于他勉励儿子学习并不是要达到现实中的某种实际利益，也不是不达目标便否定一切的严苛之为，而是取法其上的勉励。

悠悠我祖，爰自陶唐[1]。邈焉虞宾[2]，历世重光[3]。御龙勤[4]夏，豕韦翼[5]商。穆穆司徒[6]，厥族以昌。

纷纷[7]战国，漠漠[8]衰周。凤隐于林，幽人[9]在丘。逸虬绕云[10]，奔鲸骇流[11]。天集有汉[12]，眷予愍侯[13]。

於赫[14]愍侯，运当攀龙[15]。抚剑风迈[16]，显兹武功[17]。书誓河山[18]，启土开封[19]。亹亹丞相[20]，允迪前踪[21]。

浑浑长源，蔚蔚洪柯[22]。群川载导，众条载罗[23]。时有语默[24]，运因隆寙[25]。在我中晋[26]，业融长沙[27]。

桓桓长沙，伊勋伊德[28]。天子畴我，专征南国[29]。功遂辞归[30]，临宠不忒[31]。孰谓斯心，而近可得[32]。

肃矣我祖，慎终如始。直方二台[33]，惠和千里。於皇仁考[34]，淡焉虚止[35]。寄迹风云[36]，冥兹愠喜[37]。

嗟余寡陋[38]，瞻望弗及。顾惭华鬓，负影只立。三千之罪[39]，无后为急[40]。我诚念哉，呱闻尔泣。

卜[41]云嘉日，占亦良时。名汝曰俨[42]，字汝求思。温恭朝夕，念兹在兹^[43]。尚想孔伋^[44]，庶其企而！

厉夜生子，遽而求火^[45]。凡百有心，奚特于我^[46]！既见其生，实欲其可^[47]。人亦有言，斯^[48]情无假。

日居月诸^[49]，渐免子孩。福不虚至，祸亦易来。夙兴夜寐^[50]，愿尔斯才。尔之不才，亦已焉哉^[51]！①

注释

[1] 爰（yuán）：乃。陶唐：指帝尧。尧初居于陶丘（今山东省定陶区），后迁居于唐（今河北省唐县），因此称陶唐氏。[2] 虞宾：指尧的后代丹朱。相传尧禅位给舜，尧的后代为宾于虞，因此称虞宾。[3] 重光：谓家族的光荣相传不绝。[4] 勤：服务，效劳。[5] 翼：辅佐。[6] 穆穆：仪表美好，容止端庄恭敬。司徒：指周时陶叔。《左传·定公四年》记周灭商以后，周公把殷余民七族分给周武王的弟弟康叔，陶氏为七族之一，陶叔为司徒。[7] 纷纷：骚乱的样子。[8] 漠漠：寂寞的样子。[9] 幽人：隐士。[10] 逸虬（qiú）绕云：奔腾的虬龙环绕着乌云。虬：传说中有角的小龙。[11] 奔鲸骇流：惊奔的鲸鱼掀起巨浪激流。[12] 天集：上天成全。有汉：即汉朝。有：名词词头。[13] 眷：顾念，关心。愍（mǐn）侯：汉高祖时右司马愍侯陶舍。[14] 於（wū）赫：赞叹词。[15] 运：时运。攀龙：指追随帝王建功立业。[16] 抚剑：持剑。风迈：乘风迈进，形容英勇威武。[17] 显兹武功：显扬了如此的武功。陶舍曾追随汉高祖刘邦击燕代，建立了武功。[18] 书誓河山：指封爵盛典。《汉书》记汉高祖与功臣盟誓曰："使黄河如带，泰山若厉（砺），国以永存，爰及苗裔。"[19] 启土开封：陶舍封地在开封（今属河南），称开封侯。启土：指分封土地。[20] 亹（wěi）亹：勤勉不倦的样子。丞相：指陶舍之子陶青。《汉书·百官公卿表》记：孝景二年八月，御史大夫陶青为丞相，七年六月免。[21] 允迪前踪：陶青确实能继承父亲的功业。允：诚然，确实。迪：追踪。[22] 浑浑长源，蔚蔚洪柯：用涛涛的大河和茂盛的大树比喻陶氏祖先的兴盛。浑浑：大水流动的样子。蔚蔚：草木茂盛的样子。洪柯：大树。[23] 群川载导，众条载罗：用群川始导于长源、众枝条皆布列于洪柯，比喻陶氏家族的后代虽枝派分散，但都导源于鼻祖。载：开始。罗：罗列，布列。[24] 时：指时运。语默：代指

① 张溥. 汉魏六朝百三家集［M］. 上海：上海古籍出版社，1994：85-88.

出仕与隐逸。《周易·系辞上》："君子之道，或出或处，或默或语。"语：显露。默：隐没。[25] 隆窊（wā）：谓地势隆起和洼下，引申为起伏、高下或盛衰、兴替。隆：高起，兴盛。窊：低洼。[26] 中晋：晋世之中，指东晋。[27] 融：光明昭著。长沙：指陶渊明的曾祖父陶侃。陶侃在晋明帝时因功封长沙郡公。[28] 桓桓：威武的样子。伊：语助词。[29] 畴：使相等。专：主掌。南国：南方诸侯之国。陶侃曾镇武昌；都督荆、湘、江等州军事；平定湘州刺史杜弢、广州刺史王机、交州梁硕的叛乱，进号征南大将军、开府仪同三司。[30] 遂：成。辞归：《晋书》本传载，陶侃逝世的前一年，曾上表逊位。[31] 临宠不忒（tè）：在荣宠面前不迷惑。忒：差错。[32] 孰谓斯心，而近可得：像陶侃那样的思想境界，在近世是难以得到的。斯心：指"功遂辞归，临宠不忒"的思想境界。近：近世。[33] 直：正直。方：法则。二台：指内台外台。[34] 於（wū）皇：赞叹词。皇：美，正。仁考：仁慈的先父。考：对已死的父亲的称谓。[35] 淡焉虚止：即恬淡无为的意思。焉、止皆语助词。[36] 寄迹风云：暂时托身于仕途。古人常把做官叫作风云际会。[37] 冥兹愠喜：没有欢喜和恼怒的界限。即得官没有欢喜之情，失官亦无恼怒之色。[38] 嗟：感叹。寡陋：见闻狭窄，学识浅薄。[39] 三千之罪：《尚书·吕刑》："五刑之属三千。"意谓犯五刑罪的有三千种之多。[40] 无后为急：《孟子·离娄上》："孟子曰：'不孝有三，无后为大。舜不告而娶，为无后也，君子以为犹告也。'"无后：不能尽到后辈的责任。急：指最重要的。[41] 卜：占卜，古人用火烧龟甲，视其裂纹作为吉凶的预兆。[42] 俨：恭敬、庄重。古人的名与字多取相近的意义。[43] 念兹在兹：语出《左传·襄公二十一年》："《夏书》曰：'念兹在兹，释兹在兹。'"原指念念不忘于某一件事情，这里是作者希望儿子要念念不忘自己名字的含义。[44] 孔伋（jí）：字子思，孔子之孙。相传孔伋忠实地继承了孔子的儒学思想。陶俨字求思，含有向孔伋学习的意思。[45] 厉：同"疠"，患癞病的人，典出《庄子·天地》。遽（jù）：急，骤然。[46] 凡百：概括之辞。心：指对儿子的希冀之心。奚：古疑问词，何。特：独。[47] 可：合宜，好。[48] 斯：此，这。[49] 日居月诸：时光一天天地过去。语出《诗经·邶风·日月》："日居月诸，照临下土。"居、诸皆语助词。[50] 夙兴夜寐：早起晚睡，形容勤奋不懈。[51] 亦已：也就罢了。焉哉：感叹词。

思考题

如何评价"尔之不才，亦已焉哉"的教育观？

（姚海斌）

责　子

陶渊明

导读

《责子》与《命子》都是陶渊明写给儿子的勉励之诗，但二者存在很大不同。《责子》大致作于诗人五十岁左右，此诗像是诗人五个孩子的画像。诗人用诙谐、幽默的口吻责备儿子们不喜读书、不求上进的状态，与自己对孩子们的期望颇有偏差。诗人作此诗的目的依旧是勉励他们勤学奋进、成为良才，与《命子》内核具有相似性，但内容及描写方式完全不同。《责子》开篇"白发被两鬓，肌肤不复实"，从视觉角度描写自己的老相，为后面铺垫。接着诗人总写儿子们都"不好纸笔"，继而分写每个儿子的具体表现。长子懒惰无比，次子不爱文术，三子四子不识数，五子只知贪吃，一幅顽童图在我们面前徐徐展开，足见陶渊明之笔力。面对如此情景，诗人发出"天运苟如此，且进杯中物"的慨叹，但这并非诗人的悲观之语，诗中的批评不妨说是带着笑意的鞭策。

本诗虽短，但笔力超凡。开篇的白描、总分式的描述、析字的修辞（二八与四，"四"字形近于"二""八"之合）、借典、数字的离合，以及描写五个儿子不好学的夸张，手法丰富，用语精练。杜甫在《遣兴》里谈及避世的陶翁依然不能对孩子的教育做到忘怀得失，"有子贤与愚，何其挂怀抱"。《责子》体现了陶渊明对子女教育的责任与期许，他希望孩子们能够"好纸笔""志学""爱文术"，总之就是勤学、好学、乐学，但诗人的劝学方式是诙谐的、有趣的，饱含爱怜和温情。"黑发不知勤学早，白首方悔读书迟"，陶渊明在孩子们少年时期就时时鼓励、劝勉，以免"少壮不努力，老大徒伤悲。"

白发被[1]两鬓，肌肤不复实。虽有五男儿[2]，总不好纸笔[3]。阿舒已二八[4]，懒惰故无匹[5]。阿宣行志学[6]，而不爱文术[7]。雍端年十三，不识六与七。通子垂九龄[8]，但觅[9]梨与栗。天运苟如此，且进杯中物[10]。①

注释

[1] 被（pī）：同"披"，覆盖。[2] 五男儿：陶渊明有五个儿子，大名分别叫俨、俟、份、佚、佟，小名分别叫舒、宣、雍、端、通。这首诗中皆称小名。[3] 好：喜欢，爱好。纸笔：这里代指学习。[4] 二八：十六岁。[5] 故：同"固"，本来，一向。无匹：无人能比。[6] 行：行将，将近。志学：指十五岁。[7] 文术：指读书、作文之类的事情。[8] 垂九龄：将近九岁。垂：将到。[9] 觅：寻觅，寻找。[10] 杯中物：指酒。

思考题

陶渊明运用何种方法勉励孩子们勤勉学习？《责子》与《命子》体现出的勉励方式有何异同？

（姚海斌）

赠从弟·其二

刘　桢

导读

《赠从弟》为刘桢的代表作之一，共三首，这是第二首，三首皆用比兴的手法，分别以"华叶出深泽"的蘋藻，"终岁常端正"的松柏和"奋翅凌紫氛"的凤凰为喻，勉励堂弟。本诗通篇围绕松柏展开，貌似咏物，实则咏志，又有所劝勉。全诗由物之品性投射出人之品性，诗人赞颂松柏，以松柏自喻，勉励他的堂弟也要向松柏学习，经寒不凋，青翠傲然。本诗托物言志，寓意高远，气质脱俗。松柏常常被文人赋予坚韧、青翠、高贵、刚劲等积极正向

---

①　张溥. 汉魏六朝百三家集［M］. 上海：上海古籍出版社，1994：120.

色彩。刘桢作此诗一是为了借松柏的高洁品质言明自己的心志，同时勉励堂弟学习松之刚劲、坚贞。

　　本诗句式灵活，用词朴素，格调崇高，运用象征比喻的手法，由松之外在"亭亭""端正"窥见其本性，进而窥见人性，由表及里，由此及彼。本诗是赠予堂弟的，全诗除赞咏松外别无他言，更未见直言兄弟情谊之词，但我们却能真切感受到诗人与堂弟的情谊深厚、心意相通。刘桢将自我的志趣、情操投射到松柏之上，这种象征手法是中国古典诗歌的传统特色之一。山中之松就是人之榜样，它象征刚劲，象征坚贞，象征坚韧向上的人，这是诗人想让堂弟获取并保持的品性。学习的对象并不局限于人，天地万物皆可成为人们师法的对象。熟语云："活到老，学到老。"新时代我们也不能停下学习的脚步，要一直在路上，一直在学习，一直在进步。

　　亭亭[1]山上松，瑟瑟[2]谷中风。风声一何[3]盛，松枝一何劲[4]！冰霜正惨凄[5]，终岁常端正[6]。岂不罹凝寒[7]？松柏有本性[8]。①

注释

　　[1] 亭亭：高耸的样子。[2] 瑟瑟：形容风声。[3] 一何：多么。[4] 劲：刚劲，坚挺。[5] 惨凄：凛冽，严酷。[6] 终岁：终年。端正：指松柏挺立不屈的姿态。[7] 罹（lí）凝寒：遭受严寒。罹：遭受。凝寒：严寒。[8] 本性：指松柏不惧严寒的品质。

思考题

　　《赠从弟》共三首，请查阅资料并分析它们之间的区别与联系。

（姚海斌）

---

　　① 张溥. 汉魏六朝百三家集［M］. 上海：上海古籍出版社，1994：28.

二、散文

荀子·劝学

荀 子

导读

《劝学》选自《荀子》。荀子（约前313—前238），名况，字卿，又称荀卿，战国末期赵国人。他曾三任齐国稷下学宫祭酒，两任楚国兰陵县令。荀子是孔孟之后最著名的儒家学者，是战国时期的思想家、教育家，他学识渊博，重实践，具有一定的朴素唯物主义思想。《荀子》现存32篇，是荀子学说的集中体现，绝大多数是长篇的专题学术论文，涉及面广。

荀子是战国后期儒家的代表人物，先秦时代百家争鸣的集大成者。他批判地接受并创造性地发展了儒家正统的思想和理论，主张"礼法并施"，提出"制天命而用之"的人定胜天的思想。他反对鬼神迷信，提出性恶论，重视习俗和教育对人的影响，并强调学以致用。他认为自然界的存在不以人的意志为转移，但人们可以用主观努力去认识它、顺应它、运用它。因此为了揭示后天学习的重要意义，他创作了《劝学》一文，鼓励人们通过学习改变不良的思想和行为，振兴礼义，制定法度，专心致志地实践君子之道。

《劝学》这篇文章围绕"学不可以已"这个中心论点，分别从学习是什么、为什么学习、怎么学习三个大方面，有条理、有层次地加以阐述，较为系统地体现了荀子的教育思想。全文可分为三个阶段，第一阶段开篇指出一个人时刻都不能停止学习。第二阶段突出学习对提高人的道德修养、学识才能的重要作用。第三阶段论述了一系列的学习方法，结构严谨，条理清楚。此外文章语言精练，设喻贴切，说理深入，善于通过大量的比喻，以人们熟悉的生活中的一事一物来说明道理，很少有空洞的说教。由于注重说理的譬喻性和教化的形象性，文章读来朗朗上口，便于领会，历经时代的大浪淘沙而得以保存下来。这也就是到了现代化高度发展的今天，我们的语文教材依旧把《劝学》篇当作古文经典篇章的原因所在。

君子[1]曰：学不可以已。青，取之于蓝，而青于蓝；冰，水为之，而寒于水。[2]木直中绳[3]，輮以为轮[4]，其曲中规[5]，虽有槁暴[6]，不复挺[7]者，輮使之然也。故木受绳[8]则直，金就砺则利[9]，君子博学而日参省[10]乎己，则知[11]明而行无过矣。

故不登高山，不知天之高也；不临深谿，不知地之厚也；不闻先王之遗言，不知学问之大也。干、越、夷、貉之子[12]，生而同声，长而异俗，教使之然也。诗曰："嗟尔君子，无恒安息。靖共尔位，好是正直。神之听之，介尔景福。"神莫大于化道，福莫长于无祸。

吾尝终日而思矣，不如须臾[13]之所学也；吾尝跂[14]而望矣，不如登高之博见也。登高而招，臂非加长也，而见者远；顺风而呼，声非加疾[15]也，而闻者彰[16]。假[17]舆马者，非利足[18]也，而致千里；假舟楫者，非能水也，而绝[19]江河。君子生[20]非异也，善假于物也。

南方有鸟焉，名曰蒙鸠[21]，以羽为巢，而编之以发，系之苇苕[22]，风至苕折，卵破子死。巢非不完也，所系者然也。西方有木焉，名曰射干[23]，茎长四寸，生于高山之上，而临百仞之渊，木茎非能长也，所立者然也。蓬生麻中，不扶而直；白沙在涅，与之俱黑。兰槐[24]之根是为芷，其渐之滫[25]，君子不近，庶人不服[26]。其质非不美也，所渐者然也。故君子居必择乡，游必就士，所以防邪辟而近中正也。

物类之起，必有所始。荣辱之来，必象其德。肉腐出虫，鱼枯生蠹[27]。怠慢忘身，祸灾乃作。强自取柱，柔自取束。邪秽在身，怨之所构[28]。施薪若一，火就燥也，平地若一，水就湿也。草木畴[29]生，禽兽群焉，物各从其类也。是故质的[30]张而弓矢至焉，林木茂而斧斤至焉；树成荫而众鸟息焉，醯[31]酸而蚋聚焉。故言有召祸也，行有招辱也，君子慎其所立乎！

积土成山，风雨兴焉；积水成渊，蛟龙生焉；积善成德，而神明自得，圣心备焉。故不积跬[32]步，无以至千里；不积小流，无以成江海。骐骥[33]一跃，不能十步；驽马十驾[34]，功在不舍[35]。锲而舍之，朽木不折；锲[36]而不舍，金石可镂。蚓无爪牙之利，筋骨之强，上食埃土，下饮黄泉，用心一也；蟹六跪而二螯，非蛇鳝之穴无可寄托者，用心躁也。是故无冥冥[37]之志者，无昭昭[38]之明；无惛惛[39]之事者，无赫赫之功。行衢道者不至，事两君者不容。目不能两视而明，耳不能两听而聪。螣蛇无足而飞，鼫鼠五技而穷。诗曰："尸鸠在桑，其子七兮。淑人君子，其仪一兮。其仪一兮，心如结[40]兮。"故君子结于一也。

昔者瓠巴[41]鼓瑟，而流[42]鱼出听；伯牙[43]鼓琴，而六马仰秣。故声无小而不闻，行无隐而不形。玉在山而草木润，渊生珠而崖不枯。为善不积邪，安有不闻者乎！

学恶乎始？恶乎终？曰：其数则始乎诵经，终乎读礼；其义则始乎为士，终乎为圣人。真积力久则入，学至乎没而后止也。故学数有终，若其义则不可须臾舍也。为之，人也；舍之，禽兽也。故书者，政事之纪也；诗者，中声之所止也；礼者、法之大分，类之纲纪也。故学至乎礼而止矣。夫是之谓道德之极。礼之敬文也，乐之中和也，诗书之博也，春秋之微[44]也，在天地之间者毕矣。

君子之学也，入乎耳，箸乎心[45]，布[46]乎四体，形乎动静。端而言，蝡[47]而动，一可以为法则；小人之学也，入乎耳，出乎口，口耳之间则四寸耳，曷足以美七尺之躯哉！古之学者为己，今之学者为人。君子之学也，以美其身；小人之学也，以为禽犊。故不问而告，谓之傲[48]；问一而告二，谓之囋[49]。傲，非也；囋，非也。君子如向矣。

学莫便乎近其人。礼乐法而不说，诗书故而不切，春秋约而不速。方[50]其人之习君子之说，则尊以遍矣，周于世矣。故曰：学莫便乎近其人。学之经莫速乎好其人，隆[51]礼次之。上不能好其人，下不能隆礼，安特将学杂识志，顺诗书而已耳。则末世穷年，不免为陋儒而已。将原先王，本仁义，则礼正其经纬蹊径也。若挈裘领[52]，诎五指而顿之，顺者不可胜数也。不道礼宪[53]，以诗书为之，譬之犹以指测河也，以戈舂[54]黍也，以锥餐壶[55]也，不可以得之矣。故隆礼，虽未明，法士也；不隆礼，虽察辩，散儒[56]也。

问楛[57]者，勿告也；告楛者，勿问也；说楛者，勿听也；有争气者，勿与辩也。故必由其道至，然后接之；非其道则避之。故礼恭而后可与言道之方，辞顺而后可与言道之理，色从而后可与言道之致[58]。故未可与言而言，谓之傲；可与言而不言，谓之隐[59]；不观气色而言，谓之瞽[60]。故君子不傲、不隐、不瞽，谨顺其身[61]。诗曰："匪[62]交匪舒，天子所予[63]。"此之谓也。

百发失一，不足谓善射；千里跬步不至，不足谓善御；伦类不通[64]，仁义不一，不足谓善学。学也者，固学一之也。一出焉，一入焉，涂巷之人[65]也。其善者少，不善者多，桀、纣、盗跖[66]也。全之尽之，然后学者也。

君子知夫不全不粹之不足以为美也，故诵数以贯之，思索以通之，为其人以处之，除其害者以持养之。使目非是无欲见也，使耳非是无欲闻也，使口非是无欲言也，使心非是无欲虑也。及至其致好之也，目好之五色，耳好之五声，口好之五味，心利之有天下。是故权利不能倾也，群众不能移也，天下不能荡也。生乎由是，死乎由是，夫是之谓德操。德操然后能定[67]，能定然后能应[68]。能定能应，夫是之谓成人。天见其明，地见其光，君子贵其全也。①

注释

[1] 君子：指有学问有修养的人。[2] 青，取之于蓝，而青于蓝；冰，水为之，而寒于水：指明物质通过改造，胜于改造以前。蓝：染青色的植物。[3] 中（zhòng）绳：（木材）合乎拉直的墨线。[4] 輮（róu）：通"煣"，以火烤木使木曲。[5] 规：指圆规，画圆的工具。[6] 槁：枯。暴：同"曝"，晒干。[7] 挺：直。[8] 受绳：用墨线量过。[9] 砺：磨刀石。就：动词，接近，靠近。[10] 参（cān）：一译检验，检查；二译同"叁"，多次。省（xǐng）：省察。[11] 知（zhì）：通"智"，智慧。[12] 干：古国名，此处即指吴国。夷：中国古代居住在东部的民族。貉（mò）：中国古代居住在东北部的民族。[13] 须臾（yú）：片刻，一会儿。[14] 跂（qǐ）：提起脚后跟。[15] 疾：壮，指声音宏大。[16] 彰：清楚。[17] 假：凭借，利用。[18] 利足：脚走得快。[19] 绝：横渡。[20] 生：通"性"，天赋，资质。[21] 蒙鸠：即鹪鹩，善于筑巢的小鸟。[22] 苕（tiáo）：芦苇的花穗。[23] 射干：一种草本植物，茎根可入药。[24] 兰槐：香草名，其根为"芷"。[25] 渐（jiān）：浸。滫（xiǔ）：臭水。[26] 服：穿戴。[27] 蠹（dù）：蛀蚀器物的虫子。[28] 构：结。[29] 畴：通"俦"，类。[30] 质：箭靶。的（dì）：箭靶的中心。[31] 醯（xī）：本义指醋。[32] 跬（kuǐ）：即半步。[33] 骐（qí）骥（jì）：千里马。[34] 驽马：庸劣的马。十驾：指十日之程。[35] 舍：舍弃。[36] 锲（qiè）：与下文的"镂"都指雕刻。[37] 冥冥：昏暗不明的样子，形容专心致志、埋头苦干。[38] 昭昭：明白的样子。[39] 惛（hūn）惛：指专心致志。[40] 心如结：指用心坚固专一。[41] 瓠（hù）巴：古代善弹鼓琴者。[42] 流：《荀子集解》作"流"，《大戴礼记·劝学》作"沉"。[43] 伯牙：古代善于弹琴的人。[44] 微：隐微。[45] 箸：通"着"，记住。[46] 布：表现。[47] 蠕：微动。[48] 傲：浮

---

① 安小兰. 荀子·劝学［M］. 北京：中华书局，2007：2－16.

躁。[49] 嘖：形容言语繁碎。[50] 方：仿效。[51] 隆：推崇。[52] 挈：提，拎。裘：皮衣。[53] 道：由，通过。礼宪：礼法。[54] 舂：把谷类的皮捣掉。[55] 壶：古代盛食物的器皿，这里指饭。[56] 散儒：指不遵守礼法的儒生。[57] 楛：同"苦"，这里是恶劣的意思，即指不合礼义的事。[58] 致：极致。[59] 隐：有意隐瞒。[60] 瞽（gǔ）：指盲目从事。[61] 谨顺其身：指君子谨慎修养自己，做到不傲、不隐、不瞽，待人接物恰到好处。[62] 匪：同"非"，不。[63] 予：有赞许之意。[64] 伦类不通：指不能触类旁通。[65] 涂巷之人：指普通人。涂：同"途"。[66] 桀、纣：夏朝和商朝的亡国之君。盗跖：古代一个名叫跖的大盗。[67] 定：有坚定的意志与见解。[68] 应：应对各种事物的本领。

思考题

荀子在《劝学篇》中强调后天学习的重要性，"锲而不舍，金石可镂"，请结合你的学习经历谈谈你的看法。

（孙惠欣）

战国策·苏秦始将连横

刘　向

导读

《苏秦始将连横》选自《战国策·秦策一》。战国时期，各诸侯国之间争战不休。各国为了增强实力，纷纷招募贤能之士，是谋臣策士出人头地的大好时机。王充《论衡·答佞》中指出："仪、秦，排难之人也，处扰攘之世，行揣摩之术。"其中"仪"指张仪，"秦"即苏秦，此二人均为纵横家鬼谷子的学生，精通纵横捭阖之术，是战国时期最为著名的策士。

在《苏秦始将连横》中，苏秦最初想连横，帮助秦国打击六国，秦王未接受他的意见。苏秦失败后发愤苦读，转而实施约纵策略，游说赵王，取得成功，联合六国，共同抗秦。文章表现了苏秦勤奋攻读，悉心体察天下大势，在政治上发挥了相当的作用，反映了战国时期士阶层的崛起及其不可忽视的社会价值，也刻画了苏秦迫切追求名利的心理和当时炎凉的世态。

通篇文章围绕苏秦的两次游说活动展开，前半部记言，苏秦滔滔雄辩表达了连横的主张；后半部叙事，用生动的人物肖像描写、传神的细节刻画，叙写了苏秦先挫后扬的经历，以及他勤奋攻读，体察天下大势，在合纵抑秦中发挥的作用。作者在记述事件时着重运用对比的手法，其一是"说赵"和"说秦"的区别，其二是苏秦潦倒与显贵的对比，其三是苏秦的家人前后态度的对比。在艺术上，本文大量运用对偶句、排比句，尤其是写苏秦的说辞，反复铺陈，气势充盈，体现出《战国策》文笔酣畅、气势磅礴的特点。

司马迁指出："世言苏秦多异，异时事有类之者皆附之苏秦。"（《史记·苏秦列传》）该文所记苏秦事迹，即主要出于传说和虚构。作为一个自信、刻苦、坚韧、执着的文学形象，苏秦刻意谋求"势位富贵"，坚定不移甚至是不择手段地追求个人名利得到最大化实现，这使他熟谙一种审时度势、随机应变、努力进取、自强不息的实践方法论，连同他为实现人生价值不惜"引锥刺股"的个人奋斗精神，都对后世产生了极大的影响。明代学者王应麟提炼出"头悬梁，锥刺股"的警言，更成为鼓励学子和志士好学与拼搏的典型事例。

说秦王书十上而说不行，黑貂之裘弊，黄金百斤尽，资用乏绝，去秦而归。嬴縢履蹻[1]，负书担橐[2]，形容枯槁，面目犂[3]黑，状有愧色。归至家，妻不下纴[4]，嫂不为炊，父母不与言。苏秦喟然叹曰："妻不以我为夫，嫂不以我为叔，父母不以我为子，是皆秦之罪也！"乃夜发书，陈箧数十，得太公《阴符》之谋[5]，伏而诵之，简[6]练以为揣摩。读书欲睡，引锥自刺其股，血流至足[7]，曰："安有说人主不能出其金玉锦绣，取卿相之尊者乎？"期年[8]，揣摩[9]成，曰："此真可以说当世之君矣。"于是乃摩燕乌集[10]阙，见说赵王于华屋[11]之下，抵[12]掌而谈，赵王大悦，封为武安[13]君，受相印[14]，革车[15]百乘，锦绣千纯[16]，白璧百双，黄金万镒[17]，以随其后，约从散横，以抑强秦[18]。故苏秦相于赵，而关[19]不通。当此之时，天下之大，万民之众，王侯之威，谋臣之权，皆欲决苏秦之策[20]。不费斗粮，未烦一兵，未战一士，未绝一弦，未折一矢，诸侯相亲，贤于兄弟[21]。夫贤人在而天下服，一人用而天下从，故曰：式[22]于政，不式于勇；式于廊庙[23]之内，不式于四境之外。当秦之隆[24]，黄金万镒为用，转毂连骑，炫熿[25]于道，山东之国[26]从风而服，使赵大重[27]。且夫苏秦，特穷巷掘门桑户棬枢之士耳[28]，伏轼撙衔[29]，横历天下，廷说诸侯之王，杜[30]左右之口，天下莫之能伉[31]。

将说楚王，路过洛阳，父母闻之，清宫除道，张乐设饮，郊迎三十里。妻侧目而视，倾耳而听。嫂蛇行匍伏，四拜自跪而谢。苏秦曰："嫂何前倨[32]而后卑也？"嫂曰："以季子[33]之位尊而多金。"苏秦曰："嗟乎！贫穷则父母不子[34]，富贵则亲戚畏惧，人生世上，势位富贵，盖[35]可忽乎哉？"①

注释

[1] 羸（léi）：缠绕。縢（téng）：绑腿布。蹻（jué）：草鞋。[2] 橐（tuó）：囊。[3] 犁：通"黧"（lí），黑色。[4] 纴（rèn）：纺织机。[5] 太公：姜太公吕尚。《阴符》：兵书。[6] 简：选择。[7] 足：应作"踵"，足跟。[8] 期年：满一年。[9] 摩：靠近。[10] 燕乌集：宫阙名。[11] 华屋：指宫殿。[12] 抵：拍击。[13] 武安：今属河北省。[14] 受相印：谓赵王封苏秦为相。[15] 革车：兵车。[16] 纯：匹。[17] 镒：二十四两。[18] 约从散横，以抑强秦：联合六国以抗秦。[19] 关：函谷关，为六国通秦要道。[20] 策：策略。[21] 贤于兄弟：胜于兄弟。[22] 式：用。[23] 廊庙：谓朝廷。[24] 隆：显赫。[25] 炫熿：光耀之意。[26] 山东之国：华山以东的国家。[27] 使赵大重：使赵的地位因此而提高。[28] 掘门：同"窟门"，窑门。桑户：以桑木为板的门。棬（quān）枢：树枝做成的门枢。[29] 轼：车前横木。撙（zǔn）：节制。[30] 杜：塞。[31] 伉：通"抗"，匹敌。[32] 倨：傲慢。[33] 季子：苏秦的字。[34] 父母不子：父母不以为子。[35] 盖：通"盍"，何。

思考题

如何看待苏秦这个人？从树立正确的金钱观和学习观的角度谈谈你的看法。

（孙惠欣）

---

① 廖文远，廖伟，罗永莲. 战国策·秦策［M］. 北京：中华书局，2012：67－70.

劝 学

贾 谊

导读

《劝学》出自贾谊的政论文集《新书》卷八。

《新书》也称《贾子》或《贾谊新书》，此书是贾谊的政论文集，收其文章 58 篇，多为论文，个别的为交流对话和劝勉之语，对其所从事的教学活动有所体现和反映。贾谊作为太子的老师，其劝学主张可谓高瞻远瞩。他专门写了《劝学》一文，教育人们要努力学习。他将自己与舜对比，认为先天没有什么区别，只是后天的努力程度不同，而学习能够美化、武装学子，使其强大。关于学习的方法和途径，贾谊认为，最要紧的是拜访名师。他在《劝学》中以古时候南荣跦不远千里拜老子为师，虚心求教的故事为例，教育学生要拜名师、亲贤者，这样自然会不断进步。

《劝学》否认人的天性有本质差别，认为在"启耳目，载心意，从立移徙"这些基本认知和行动方面，圣贤与一般人并无太大不同。而正因圣贤"龟勉而加志"，一般人"僮僮而弗省"，才造成巨大差异，以此来教育人们勤勉上进。

谓门人学者：舜何人也？我何人也？夫启耳目，载心意，从立移徙[1]，与我同性。而舜独有贤圣之名，明君子之实；而我曾无邻里之闻、宽徇[2]之智者。独何与？然则舜龟勉[3]而加志，我僮僮[4]而弗省耳。

夫以西施之美而蒙不洁，则过之者莫不睨[5]而掩鼻。尝试傅白黛黑，榆铗陂[6]，杂芷若，虻虱视，益口笑，佳能佻志，从容为说[7]焉，则虽王公大人，孰能无悇憛[8]养心而巅一视之？今以二三子材[9]，而蒙愚惑之智，予恐过之有掩鼻之容也。

昔者南荣跦丑圣道之忘乎己[10]，故步涉山川，垒冒[11]楚棘，弥道千余，百舍重茧，而不敢久息。既遇老聃[12]，嚚若慈父[13]，雁行避景[14]，夔立蛇进[15]，而后敢问。见教一高言，若饥十日而得大牢焉，是达若天地，行生后世。

今夫子之达侔乎老聃，而诸子之材不避荣跦，而无千里之远、重茧之患。

亲与巨贤连席而坐，对膝相视，从容谈语，无问不应，是天降大命以达吾德也。吾闻之曰：时难得而易失也。学者勉之乎！天禄[16]不重。①

注释

[1] 从立移徙：站立行走。[2] 宽徇：宽容徇情。[3] 黾（mǐn）勉：亦作"僶俛""闵勉""闵免"，表示勤勉，尽力。[4] 僤（dàn）僈（màn）：同"诞谩"，放纵。[5] 睍：斜视。[6] 榆铗（jiá）陂（bēi）：佩戴首饰。[7] 说：通"悦"，取悦。[8] 悇（tú）憛（tán）：忧虑不安貌。[9] 二三子材：一般人的身材。[10] 昔者南荣趎丑圣道之忘乎己：从前相貌难看的南荣趎为追求圣贤之道，很是忘我。[11] 坌（bèn）冒：聚而冒起。[12] 老聃（dān）：即老子。[13] 霳若慈父：像见到慈父那样严肃。[14] 雁行避景：像大雁飞行那样避开自己的影子。[15] 夔立蛇进：像夔龙一样站立，像蛇一样前行。[16] 天禄：天赐的福禄。

思考题

荀子与贾谊均创作了《劝学》篇，二者有何相同与不同之处？谈谈你的理解。

（孙惠欣）

❖ 学行（节选）❖

扬　雄

导读

《学行》出自扬雄的《法言》。扬雄（前53—18），字子云，蜀郡郫县（今四川省成都市郫都区）人，是西汉后期著名学者，哲学家、文学家、思想家，一生著作颇丰。他少而好赋，前期作了大量辞赋讥讽时政，然其结果不尽如人意，顾辗而不复，并将其归为"童子雕虫篆刻"（《法言·吾子》）一

---

① 方向东. 新书［M］. 北京：中华书局，2012：245－248.

类。由此，扬雄的著述开始转向以哲学为主，效法《易》作《太玄》，效法《论语》而作《法言》。通过这两本著作，他建立起了以维护圣人之道为出发点、以儒家伦常为核心的思想体系。《法言》共十三卷，体裁模仿《论语》，采用问答体，言语简约，内容以儒家思想为主，兼收道家思想，主张人性"善恶相混"，强调修身立本，重视儒家经典的作用。

《学行》中论述了扬雄关于学习的观点，他希望人们通过学习来去恶长善，成为善人。他说："学者，所以修性也。视、听、言、貌、思，性所有也。学则正，否则邪。"他反对那种认为人不可能修为善人的观点，主张人在学习中善性自然就形成了，即所谓"礲而错诸，质在其中矣"。在《问道》中他甚至认为，即使是庄周、申不害、韩非，只要努力不间断地学习儒家经典，同样可以成为杰出的贤人。可是扬雄生活的西汉末年，社会思想混乱，宗派林立，党争频繁，政治斗争日益激烈。恶劣的社会环境导致经学偏离先秦儒学的轨迹，日益世俗化、功利化。世人读书的目的是求得金银俸禄、跻身官宦之列，而不是自我提升。正是在这种背景下，扬雄创作了理性精神迸发、思辨精神并存的著作——《法言》。其《学行》中"学者，所以求为君子也。求而不得者有矣，夫未有不求而得之者也""人而不学，虽无忧，如禽何"的呐喊体现了他希望扭转汉朝世风、学风的愿望。

学，行之，上也；言之，次也；教人，又其次也。咸无焉，为众人。

或曰："人羡[1]久生，将以学也，可谓好学已乎？"曰："未之好也。学不羡。"

天之道，不在仲尼乎？仲尼驾说[2]者也，不在兹儒乎？如将复驾其说，则莫若使诸儒金口而木舌[3]。

或曰："学无益也，如质何？"曰："未之思矣。夫有刀者礲[4]诸，有玉者错[5]诸。不礲不错，焉攸用？礲而错诸，质在其中矣。否则辍。"

螟蛉[6]之子，殖而逢，蜾蠃祝之曰："类我，类我。"久则肖之矣！速哉，七十子之肖仲尼也。

学以治之，思以精之，朋友以磨之，名誉以崇之，不倦以终之，可谓好学也已矣。

孔子习周公者也，颜渊习孔子者也。羿、逢蒙[7]分其弓，良舍其策，般投其斧而习诸，孰曰非也？或曰："此名也，彼名也，处一焉而已矣。"曰："川有渎，山有岳，高而且大者，众人所能逾也。"

或问："世言铸金，金可铸与？"曰："吾闻觌[8]君子者，问铸人，不问铸金。"或曰："人可铸与？"曰："孔子铸颜渊矣。"或人踧尔[9]曰："旨哉！

问铸金，得铸人。"

学者，所以修性也。视、听、言、貌、思，性所有也。学则正，否则邪。

师哉！师哉！桐子[10]之命也。务学不如务求师。师者，人之模范也。模不模，范不范，为不少矣。一哄之市，不胜异意焉；一卷之书，不胜异说焉。一哄之市，必立之平。一卷之书，必立之师。

习乎习，以习非之胜是也，况习是之胜非乎？於戏[11]，学者审其是而已矣！或曰："焉知是而习之？"曰："视日月而知众星之蔑[12]也，仰圣人而知众说之小也。"

鸟兽触其情者也，众人则异乎，贤人则异众人矣，圣人则异贤人矣。礼义之作，有以矣夫！人而不学，虽无忧，如禽何！

学者，所以求为君子也。求而不得者有矣，夫未有不求而得之者也。①

注释

[1] 美：美慕，希望。[2] 驾说：解马、停车，比喻人死。说：脱，解脱。[3] 金口而木舌：指木铎，铜制的铃，以木为舌。古代公家有事宣布即摇动木铎来让大家注意听。这里比喻传道。[4] 礲（lóng）：磨物。[5] 错：物体交错摩擦，这里指治玉。[6] 螟蛉（míng líng）：稻螟蛉的幼虫，泛指稻螟蛉、棉铃虫、菜粉蝶等多种鳞翅目昆虫的幼虫。螺蠃蜂（螺蠃）捕螟蛉为食，并以产卵管刺入螟蛉体内，注射蜂毒使其麻痹，然后负之置于蜂巢内，作螺蠃幼虫的食料。古人误认为螺蠃养螟蛉为子，故把"螟蛉"或"螟蛉子"作为养子的代称。[7] 逢（páng）蒙：逢蒙是后羿的徒弟，是一个善于射箭但品行不端的小人。[8] 觌（dí）：见，相见。[9] 踧（cù）尔：惊惧不安的样子。[10] 桐子：儿童，童子。桐：通"童"。[11] 於（wū）戏：语气词，相当于"呜呼"。[12] 蔑：微小。

思考题

请谈谈你对扬雄"学以治之，思以精之，朋友以磨之，名誉以崇之，不倦以终之"这句话的理解。

（孙惠欣）

————————

① 韩敬. 法言·学行 [M]. 北京：中华书局，2012：2－18.

进学解

韩　愈

导读

韩愈（768—824），字退之，河南河阳（今河南省孟州市）人，祖籍昌黎郡，世称"韩昌黎""昌黎先生"，进士出身，中唐著名文学家、政治家。在诗歌、散文创作方面取得了非常高的成就，是中唐古文运动领袖，为"唐宋八大家"之首，与柳宗元并称"韩柳"。

韩愈一生反对佛教，并因上表给唐宪宗谏迎佛骨，被贬官潮州（今广东潮州）。

韩愈著有《韩昌黎集》，存诗歌散文七百多篇。《新唐书》《旧唐书》有《韩愈传》。

《进学解》作于韩愈任职于国子监时。文章用对话的形式，一问一答，不仅给当时的青年学子上了一堂生动形象的思想品德课，也让千年后的我们受益匪浅。

第一段，韩愈用老师早课训诫学生的口吻，教导学生们要认真学习知识，努力修养品德，成为能独立思考、有专业知识和技能的优秀人才。不要把时间和精力浪费在嬉戏游乐上，也不要毫无定力和主见，随波逐流，放任自我，导致学业荒废，事业无成。他还满怀信心地告诉学生，只要你们有才学，就一定能被接纳、被重用，只要工作有能力、有业绩，就一定会被看到、被提拔，不用担心有关领导看不到你的才能和业绩，不用担心有关部门不给你公平的待遇。

这段话表面看是韩愈讲给年轻学子们的，让他们对未来充满信心和期待，似乎他们只要埋头读书学习，不断增进自己的学业和修养，就一定会有光明美好的未来在等待着他们。其实这段话是韩愈说给自己的，也可以说，韩愈年轻时的想法就是如此单纯乐观，但是到了四十不惑以后，经历过宦海浮沉的韩愈，已经明白了一切不是那么简单，所以，他在第二段里，用学生的口吻对第一段的观点提出了质疑。

在第二段中我们看到了一位知识渊博、学问精深，品行优良、兢兢业业，完全符合第一段优秀人才标准的先生，却生活穷困、仕途不顺，不但没有被有司重视提拔，反而被贬谪、被诋毁。这哪里能体现付出就有回报、有才有德就会被重用的公平原则呢？在这一段里，韩愈借学生之口，用自己一生的坎坷经历，控诉和谴责了不公平的用人制度和社会现实。

第三段，韩愈通过木匠用木材、医生用草药时因材施用的方式，以比喻宰相用人的策略和方法，来回答学生的质疑，认为自己所遭受的一切，都是因为自己学业不精、能力不行，不是有司不明和不公。韩愈表示自己能有现在的职位和境况，已经是一件幸事："学虽勤而不繇其统，言虽多而不要其中，文虽奇而不济于用，行虽修而不显于众。……然而圣主不加诛，宰臣不见斥，兹非其幸欤？"还能有什么要求、有什么不满足呢？

全文运用比喻、对偶、排比等多种艺术手法，对主题进行了充分论证，佳句迭出，成为流传千古的名篇。

国子先生[1]晨入太学，招诸生立馆下，诲之曰："业精于勤，荒于嬉[2]；行成于思，毁于随[3]。方今圣贤相逢，治具[4]毕张[5]。拔去凶邪，登崇俊[6]良。占小善者率[7]以录，名一艺者无不庸[8]。爬罗剔抉[9]，刮垢磨光。盖有幸而获选，孰云多而不扬？诸生业患不能精，无患有司[10]之不明；行患不能成，无患有司之不公。"

言未既，有笑于列者曰："先生欺余哉！弟子事先生，于兹有年矣。先生口不绝吟于六艺[11]之文，手不停披于百家之编[12]。纪事者必提其要，纂[13]言者必钩其玄。贪多务得，细大不捐。焚膏油[14]以继晷[15]，恒[16]兀兀[17]以穷[18]年。先生之业，可谓勤矣。觚排异端[19]，攘斥佛老[20]。补苴[21]罅[22]漏，张皇[23]幽[24]眇[25]。寻坠绪[26]之茫茫，独旁搜而远绍。障百川而东之，回狂澜于既倒。先生之于儒，可谓有劳矣。沉浸醲郁，含英咀华[27]，作为文章，其书满家。上规姚姒[28]，浑浑无涯；周诰[29]、殷《盘》[30]，佶屈[31]聱牙[32]；《春秋》谨严，《左氏》[33]浮夸；《易》[34]奇而法，《诗》[35]正而葩；下逮[36]《庄》[37]《骚》[38]，太史[39]所录；子云[40]相如[41]，同工异曲。先生之于文，可谓闳其中而肆其外矣。少始知学，勇于敢为；长通于方，左右具宜。先生之于为人，可谓成矣。然而公不见信[42]于人，私不见助于友。跋[43]前疐[44]后，动辄[45]得咎。暂为御史，遂窜[46]南夷[47]。三年博士，冗[48]不见[49]治。命与仇谋，取败几时[50]。冬暖而儿号寒，年丰而妻啼饥。头童齿豁，竟死何裨。不知虑此，而反教人为[51]？"

先生曰："吁[52]，子来前！夫大木为杗[53]，细木为桷[54]，欂栌[55]、侏儒^[56]，根^[57]、阒^[58]、㕛^[59]、楔^[60]，各得其宜，施以成室者，匠氏之工也。玉札^[61]、丹砂^[52]，赤箭^[53]、青芝^[64]，牛溲^[65]、马勃^[66]，败鼓之皮，俱收并蓄，待用无遗者，医师之良也。登明选公，杂进巧拙，纡余^[67]为妍^[68]，卓荦^[69]为杰，校^[70]短量长，惟器是适者，宰相之方也。昔者孟轲好辩，孔道以明，辙^[71]环天下，卒老于行。荀卿^[72]守正，大论是弘，逃谗于楚，废死兰陵。是二儒者，吐辞为经，举足为法，绝类离^[73]伦^[74]，优入圣域，其遇于世何如也？今先生学虽勤而不繇^[75]其统，言虽多而不要其中，文虽奇而不济于用，行虽修而不显于众。犹且月费俸钱，岁靡^[76]廪^[77]粟；子不知耕，妇不知织；乘马从徒，安坐而食。踵^[78]常途之役役^[79]，窥^[80]陈编^[81]以盗窃。然而圣主不加诛，宰臣不见斥，兹非其幸欤？动而得谤，名亦随之。投闲置散，乃分之宜。若夫商财贿^[82]之有亡，计班资^[83]之崇庳^[84]，忘己量之所称，指前人^[85]之瑕疵^[86]，是所谓诘匠氏之不以杙^[87]为楹^[88]，而訾^[89]医师以昌阳^[90]引年，欲进其狶苓^[91]也。①

注释

[1] 国子先生：国子监里的先生，韩愈自称。国子监是唐代最高学府。[2] 嬉：游戏，嬉戏。[3] 随：听任，放任，不思考。[4] 治具：治理国家的政策、法律等。[5] 张：建立，确立，颁布。[6] 俊：才智出众。[7] 率：都。[8] 庸：通"用"，采用，录用。[9] 爬罗剔抉：搜集，选拔，培养。[10] 有司：政府部门或相关官员。[11] 六艺：指《诗》《书》《礼》《乐》《易》《春秋》六部儒家典籍。[12] 百家之编：指儒家经典之外的各家著作。[13] 纂：编集。[14] 膏油：油脂，指灯烛。[15] 晷（guǐ）：日影。[16] 恒：经常。[17] 兀（wù）兀：辛勤不懈的样子。[18] 穷：终，尽。[19] 异端：指儒家思想之外的学说。[20] 老：老子，道家学派创始人，这里指道家思想。[21] 苴（jū）：做鞋垫的一种细软的草，此处作动词，意为"填充，填补"。[22] 罅（xià）：裂缝。[23] 皇：大。[24] 幽：深。[25] 眇：微小。[26] 绪：前人留下的事业，[27] 英、华：指文章中的精华。[28] 姚姒（sì）：相传虞舜姓姚，夏禹姓姒。[29] 周诰：《尚书·周书》中有《大诰》《康诰》《酒诰》《召诰》《洛诰》等篇。诰是古代一种训诫勉励的文告。[30] 殷《盘》：《尚书》的《商书》中有《盘庚》上、中、下三篇。[31] 佶屈：屈曲。[32] 聱牙：形容不顺口。[33]《左氏》：《春秋

---

① 张伯行，肖瑞峰. 唐宋八大家文钞［M］. 上海：上海古籍出版社，2022：61-63.

左氏传》，简称《左传》。[34]《易》：《易经》。[35]《诗》：《诗经》。
[36] 逮：及，到。[37]《庄》：《庄子》。[38]《骚》：《离骚》。[39] 太
史：司马迁，曾任太史令，也称太史公，著有《史记》。[40] 子云：汉代文
学家扬雄，字子云。[41] 相如：汉代辞赋家司马相如。[42] 见信：见，用
在动词前表被动。被信任。[43] 跋（bá）：踩。[44] 踬（zhì）：绊。
[45] 辄：常常。[46] 窜：窜逐，贬谪。[47] 南夷：对南方少数民族或边
远地区的称谓。[48] 冗（rǒng）：闲散。[49] 见：通"现"，表现，显露。
[50] 几时：不时，不一定什么时候，即随时。[51] 为：语助词，表示疑
问、反诘。[52] 吁（xū）：叹词。[53] 亲（máng）：屋梁。[54] 桷
（jué）：屋椽。[55] 欂（bó）栌（lú）：斗栱，柱顶上承托栋梁的方木。
[56] 侏（zhū）儒：梁上短柱。[57] 椳（wēi）：门枢臼，传统建筑大门两侧
安装的承托门轴的臼状底座。[58] 闑（niè）：门中央所立的短木，在两扇门相
交处，便于将门关闭严实。[59] 扂（diàn）：门闩之类。[60] 楔（xiē）：门两
旁的长木柱。[61] 玉札：地榆。[62] 丹砂：朱砂。[63] 赤箭：天麻。
[64] 青芝：龙兰。以上四种都是名贵药材。[65] 牛溲：牛尿，一说为车前
草。[66] 马勃：马屁菌。以上两种及"败鼓之皮"都是贱价药材。
[67] 纡（yū）余：委婉从容的样子。[68] 妍：美。[69] 卓荦（luò）：突
出，超群出众。[70] 校（jiào）：比较。[71] 辙（zhé）：车轮痕迹。
[72] 荀卿：即荀况，战国后期儒家大师，著有《荀子》。[73] 绝、离：超越。
[74] 伦：类。[75] 繇：通"由"。[76] 靡：浪费，消耗。[77] 廪（lǐn）：
粮仓。[78] 踵（zhǒng）：脚后跟，作动词，指跟随。[79] 役役：拘谨局促的
样子。[80] 窥：从小孔、缝隙或隐蔽处察看。[81] 陈编：古旧的书籍。
[82] 财贿：财物，指俸禄。[83] 班资：等级，资格。[84] 庳（bēi）：通
"卑"，低。[85] 前人：职位高于自己的人。[86] 瑕疵：比喻人的缺点。
[87] 杙（yì）：小木桩。[88] 楹（yíng）：柱子。[89] 訾（zǐ）：毁谤、非
议。[90] 昌阳：菖蒲。药材名，相传久服可以长寿。[91] 豨（xī）苓：又
名猪苓，一种草药。

思考题

谈一谈《进学解》对当代青年的意义。

（李丽）

与友人论学书

顾炎武

导读

　　顾炎武（1613—1682），昆山（今江苏昆山）人，原名绛，明清易代后改炎武，字宁人，因其故居旁有亭林湖，世人尊称其为亭林先生。顾炎武是明末清初著名的思想家、学者和文学家，他与黄宗羲、王夫之并称清初三先生。顾炎武是复社成员，清兵入关，他积极参加抗清斗争，后拒绝清朝博学鸿词科的邀约，坚守节操，不与清朝合作，是著名的明遗民。顾炎武有学术著作《日知录》《天下郡国利病书》等和文集《亭林诗文集》。作为学者，顾炎武倡导经世致用之学，提出"文须有益于天下"的观点，开清代朴学之风气。

　　这篇《与友人论学书》从宋代以来学者治学的弊端出发，指出了空谈性理、忽视个人德行的修养和知识的积累，必将落入空疏不实的境地。文章的开头，顾炎武直接指出了百余年来学界的根本问题，学者妄谈心性，却不懂心性的真正含义。接下来从孔子对待心性问题的做法谈起，孔子以及他著名的学生都很少谈及心性之学，只是写进《易传》中。《易传》是对《易经》的解释，相传为孔子所作，实际应是战国时期孔门后学所为。顾炎武认为，孔子在回答什么是"士"这个问题时，给出的答案是"行己有耻"，孔子做学问的原则和方式是"好古敏求"，也就是做人要有廉耻之心，做学问要喜好古学而勉力追求。孔子还提倡要广博地学习，志向坚定，并结合现实思考，要做到学以致用。而这正是现在的学者所缺乏的，难道他们比孔子更有学问，他们的弟子比孔子的弟子更高明吗？接下来顾炎武举《孟子》的例子，《孟子》中虽然谈心性，但是孟子在跟弟子的谈话中，讲的是出处、去就、辞受、取与等做官、处世和为人的实学。再如伯夷、伊尹这样的贤者和能臣，他们重视的是"行一不义，杀一不辜，而得天下不为"的道德。最后关于圣人之道，顾炎武提出了自己的观点，概括为"博学于文""行己有耻"。"博学于文""行己有耻"都是孔子在《论语》中提出来的观点，是君子和士的标准，顾炎武认为，学者要广泛地涉猎典籍，既有渊博的知识，又要修炼道德良知，有羞耻之心。顾炎武将道德与学识并重的观点，针对的就是一百多年来功利、空疏的学风和士风，对我们今天求学的人来说，仍然有很好的借鉴意义。

　　这篇文章虽短，但议论严谨，说理透彻，语言犀利而简洁，丝毫不拖泥带水。文中引用孔孟先贤的例子来说理，却不是拿圣人的帽子吓唬人，而是用事实说话，有很强的说服力。

　　比往来南北[1]，颇承友朋推一日之长[2]，问道于盲[3]。

　　窃[4]叹夫百余年以来之为学者[5]，往往言心言性，而茫乎不得其解也。命与仁，夫子之所罕言也[6]；性与天道，子贡[7]之所未得闻也。性命之理，著之《易传》，未尝数以语人。其[8]答问士也，则曰"行己有耻[9]"；其为学，则曰"好古敏求[10]"；其与门弟子言，举尧、舜相传所谓危微精一之说[11]一切不道，而但曰"允执其中，四海困穷，天禄永终"[12]。呜呼！圣人之所以为学者，何其平易而可循也，故曰"下学而上达[13]"。颜子[14]之几乎圣也，犹曰"博我以文[15]"，其告哀公也，明善之功[16]，先之以博学。自曾子[17]而下，笃实无若子夏[18]，而其言仁也，则曰"博学而笃志[19]，切问而近思[20]"。今之君子则不然，聚宾客门人之学者数十百人[21]，"譬诸草木，区以别矣[22]"，而一皆与之言心言性。舍多学而识[23]，以求一贯之方，置四海之困穷不言，而终日讲危微精一之说。是必其道之高于夫子，而其门弟子之贤于子贡，祧东鲁而直接二帝之心传者也[24]，我弗敢知也。

　　《孟子》一书，言心言性，亦谆谆矣，乃至万章、公孙丑、陈代、陈臻、周霄、彭更[25]之所问，与孟子之所答者，常在乎出处、去就[26]、辞受、取与之间。以伊尹[27]之元圣[28]，尧舜其君其民之盛德大功，而其本乃在乎千驷[29]一介[30]之不视不取。伯夷[31]、伊尹之不同于孔子也，而其同者，则以"行一不义，杀一不辜[32]，而得天下不为"。是故性也，命也，天也，夫子之所罕言，而今之君子之所恒言也；出处、去就、辞受、取与之辨，孔子、孟子之所恒言，而今之君子所罕言也。谓忠与清之未至于仁，而不知不忠与清而可以言仁者，未之有也；谓不忮不求[33]之不足以尽道；而不知终身于忮且求而可以言道者，未之有也，我弗敢知也。

　　愚所谓圣人之道者如之何？曰"博学于文"，曰"行己有耻"。自一身以至于天下国家，皆学之事也；自子臣弟友以至出入、往来、辞受、取与之间，皆有耻之事也。耻之于人大矣，不耻恶[34]衣恶食，而耻匹夫匹妇之不被其泽[35]，故曰"万物皆备于我矣，反身[36]而诚"。

　　呜呼！士而不先言耻，则为无本之人；非好古而多闻，则为空虚之学。以无本之人，而讲空虚之学，吾见其日从事于圣人而去之弥远也。虽然，非愚之所敢言也，且以区区之见，私诸同志而求起予^[37]。①

注释

[1] 比往来南北：清兵南下时，顾炎武在苏州参加了抗清斗争。失败后，往来于山东、河北、山西、陕西一带。比：近来。[2] 推：尊重。长：年长者。[3] 问道于盲：向盲人问路。[4] 窃：私下，自谦之辞。[5] 百余年以来之为学者：指明代王守仁之后的一些理学家，如王畿、王艮等。[6] 夫子：孔子。罕：少，语出《论语·子罕》。[7] 子贡：孔子的弟子，姓端木，名赐。[8] 其：指孔子。[9] 行己有耻：持身要有廉耻，语出《论语·子路》。[10] 好古敏求：爱好古代的学问，勤勉地探求，语出《论语·述而》。[11] 举：凡。危微精一：是《尚书·大禹谟》"人心惟危，道心惟微，惟精惟一，允执厥中"的简称，指尧舜禹心心相传的精微之道。[12] 但：只。允：确实。天禄：上天的赐予，语出《论语·尧曰》。[13] 下学而上达：从初步学起，才可以通达高深，语出《论语·宪问》。[14] 颜子：孔子弟子颜回，字渊。[15] 博我以文：语出《论语·子罕》。博：使……渊博。[16] 其：指孔子。哀公：鲁哀公。明善：辨善恶，语出《礼记·中庸》。[17] 曾子：孔子弟子曾参。[18] 子夏：孔子弟子卜商。[19] 笃志：志向坚定。[20] 切问：切实发问。近思：不作空想，所想切近，语出《论语·子张》。[21] 门人：弟子。学者：求学的人。[22] 区以别矣：加以区分，语出《论语·子张》。[23] 识：记住，语出《论语·卫灵公》。[24] 祧：此处意为超越。东鲁：指孔子，孔子是鲁国人。二帝：指尧舜。[25] 万章、公孙丑、陈代、陈臻、周霄、彭更：孟子的弟子。[26] 出：做官。处：隐居。去：辞官。就：接受官职。[27] 伊尹：汤时的大臣。[28] 元圣：大圣。[29] 驷：四匹马共拉的一辆车。[30] 介：同"芥"，轻微纤细的事物。[31] 伯夷：商代末年孤竹君之子，不赞成武王伐纣，商亡，不食周粟，与其弟叔齐饿死于首阳山。[32] 不辜：无罪的人。[33] 忮（zhì）：嫉妒。求：贪求。[34] 恶：粗劣，语出《论语·里仁》。[35] 匹夫匹妇：普通男子和女子。被：受。泽：恩泽。语出《孟子·万章上》。[36] 反身：自省，语出《孟子·尽心上》。[37] 私：私下。起：启发。

---

①　顾炎武. 顾亭林诗文集［M］. 华忱之，点校. 上海：上海古籍出版社，1983：40 - 41.

思考题

（1）顾炎武认为圣人之道就是"博学于文""行己有耻"，你如何理解？

（2）从学生的身份来看这篇文章，它对你有何启发？

（高日晖）

为学一首示子侄

彭端淑

导读

　　彭端淑（约1699—约1779），字乐斋，丹棱（今属四川）人。雍正十一年（1733）进士，官至吏部郎中、广东肇罗道署察使。晚年辞官归隐，在锦江书院讲学二十年。彭端淑子侄辈多至数十人，彭端淑对他们肯定是寄予了厚望的，这篇散文就是专门教育儿子、侄子该怎样读书为学的。

　　本文首先提出了一个问题"天下事有难易乎"，再展开论述说明，从辩证的角度解释了难与易的关系，进而引申到为学的难和易上，而为学的难易，在很多人看来是学习者的聪慧与昏庸之别，而作者的观点是资质固有聪敏、昏庸之别，但是如果自恃聪敏而不努力学习，就是自毁前程；如果昏庸者不为资质所限，而是"力学不倦"，就会靠自己的努力学有所成。彭端淑的这篇文章具有很强的针对性，很多年轻人往往以自己不够聪敏或者不适合读书（现代的学生往往是偏科）为理由，给自己不努力找借口。实际上，资质好的人不努力一样不成功，资质差一些的人持之以恒也会成功。

　　文章为说明这个道理，还讲了一个很有说服力的小故事作例证。僧之富者，虽有物质条件，但没有付诸行动，终究到不了普陀山；僧之贫者，虽无条件，但付诸了行动，经年以后居然自普陀山回来了，无非就是时间长一点、路途难一点罢了。学习者往往也是如此，阻碍成功的不是客观条件，而是克服困难的勇气以及持之以恒的毅力。

　　天下事有难易乎？为之，则难者亦易矣；不为，则易者亦难矣。人之为学有难易乎？学之，则难者亦易矣；不学，则易者亦难矣。

吾资[1]之昏，不逮[2]人也，吾材之庸，不逮人也；旦旦而学之，久而不怠焉，迄乎成，而亦不知其昏与庸也。吾资之聪，倍人[3]也，吾材之敏，倍人也；屏弃而不用，其与昏与庸无以异也。圣人之道，卒于鲁[4]也传之。然则昏庸聪敏之用，岂有常哉？

蜀之鄙[5]有二僧：其一贫，其一富。贫者语于富者曰："吾欲之南海[6]，何如？"富者曰："子何恃[7]而往？"曰："吾一瓶一钵[8]足矣。"富者曰："吾数年来欲买舟[9]而下，犹未能也。子何恃而往！"越明年，贫者自南海还，以告富者，富者有惭色。西蜀之去南海，不知几千里也，僧富者不能至，而贫者至焉。人之立志，顾不如[10]蜀鄙之僧哉？

是故聪与敏，可恃而不可恃也；自恃其聪与敏而不学者，自败者也[11]。昏与庸，可限而不可限也；不自限其昏与庸而力学不倦者，自力者也。①

注释

[1] 资：天资，天分。[2] 不逮：赶不上。[3] 倍人："倍于人"的省略，超过别人。[4] 圣人：指孔子。卒：终于。鲁：迟钝、不聪明。[5] 鄙：边远的地方。[6] 南海：指佛教圣地普陀山。[7] 何恃："恃何"的倒装。恃：凭借，依靠。[8] 钵：和尚用的饭碗。[9] 买舟：租船。买：租，雇。[10] 顾不如：难道还不如。顾：难道，反而。[11] 自败者也：自毁前程的人。

思考题

这篇文章提出的观点对今天的大学生来说，有哪些可借鉴之处？

(高日晖)

---

① 彭端淑. 彭端淑诗文注 [M]. 李朝正，徐敦忠，注. 成都：巴蜀书社，1995：464 - 465.

三、小说

太傅东海王镇许昌

刘义庆

导读

　　《太傅东海王镇许昌》出自《世说新语·赞誉篇》，讲述太傅东海王司马越对他的记室参军王承颇为器重，教育儿子司马毗要向王参军学习。本篇一共提及三个值得学习、效仿的人，分别是王承、邓攸、赵穆，对王承着笔更多，提醒后代要师从人中楷模，学习他们的精神品质、为人之道。本篇的可贵之处在于突出了学习要注重实践的观点，通过对比的方式强调在实践中学习的重要性，"学之所益者浅，体之所安者深"，亲身体悟实践比理论学习收获更大。接下来作者举具体的例子对比验证：熟悉礼法不如亲眼观看礼仪，参与其中；背诵前人之言不如亲自接受高人指导。

　　本篇运用对比、举例强调了要在实践中学习，要向具体的人、有才学的身边人请教，一定程度上反驳了"一心只读圣贤书"的埋头苦读形式。学则有益，我们今天面对不同的学习内容和学习环境，应灵活采用各种学习方式，有益的书本和积极的实践都能帮助我们正向发展。

　　太傅东海王镇许昌[1]，以王安期为记室参军，雅相知重。敕世子毗[2]曰："夫学之所益者浅，体之所安者深。闲习[3]礼度，不如式瞻仪形[4]；讽味遗言[5]，不如亲承音旨[6]。王参军人伦[7]之表，汝其师之。"或曰："王、赵、邓三参军，人伦之表，汝其师之。"谓安期、邓伯道、赵穆也。袁宏作《名士传》，直云王参军。或云赵家先犹有此本。①

---

　　① 刘义庆. 世说新语［M］. 刘孝标，注；徐传武，校点. 上海：上海古籍出版社，2013：313.

注释

[1] 太傅东海王镇许昌：西晋末，怀帝即位，东海王司马越辅政，因怀帝亲理政事，司马越不能专权，便请求镇守许昌。[2] 敕：告诫。世子毗：司马毗，司马越唯一的儿子，后被石勒斩杀。[3] 闲习：熟习。[4] 式瞻：瞻仰。仪形：仪式。[5] 讽味：背诵和体会。遗言：古圣先贤流传下来的话。[6] 音旨：语言和意思。[7] 人伦：这里指有才学的人。

思考题

你是如何理解"学之所益者浅，体之所安者深"以及"学然后知不足"的？你对学习方式、学习内容有何见解？

（姚海斌）